U0071799

鋼鐵德魯伊

故事集2〔圍困〕

凱文・赫恩——著 戚建邦——譯

KEVIN HEARNE

鋼鐵德魯伊

故事集2

目次

獻辭
DEDICATION

給里維和洛斯可——

我真心相信你們前途無可限量。

編輯說明

於「鋼鐵德魯伊」系列經常登場的神祇或地名、傳說等於《故事集》中不另行註釋。

荷魯斯之眼

阿提克斯是在關妮兒受訓之初分享這個故事，介於《圈套》和短篇故事《兩隻渡鴉和一隻烏鴉》之間。

我經常遇上讓人想起遼闊天空下的小營火最能羈絆人心的情境。儘管人類是社會化動物，還是有太多情況會把我們區隔出來。膚色與眾不同、語言與別人不一樣、沒有信仰會讓鄰居邀請共進晚餐的宗教……最後那一點讓我寂寞了很長、很長一段時間。因為除非把各式各樣新世紀異教版本都算進去，世上已經沒有其他德魯伊了，而那些信仰都奠基在十九世紀重建的德魯伊形象上。

儘管收了學徒，我還是懷疑她不會成為和我一樣的德魯伊——我是說她不會和我一樣信仰古愛爾蘭諸神，尊重他們、向他們祈禱、舉行在基督徒入侵前的愛爾蘭節慶和儀式。蓋亞並不要求德魯伊要信仰任何神祇才能與她羈絆，她只要求訓練精實的心靈和堅定不移的奉獻。我認為關妮兒願意接納神、體會欣賞神所帶來的奇蹟與恐懼，但會堅決抗拒崇拜對方。

但她很喜歡凝望營火。在日常訓練後，營火就是盛著放空與寧靜的暖杯。我用語言和思考模式耗盡她的腦力，然後以武術訓練讓她精疲力竭。每天太陽西落在納瓦霍國家公園的砂石峭壁後時，她就會沉浸在黃橘色搖曳火光前，打探我過去的故事。

「呃，」她說，一屁股坐倒在火堆旁，嘶地一聲撬開啤酒瓶，瓶蓋叮地一聲落地。「今天超累的。真希望我能像尼歐那樣把功夫上傳到腦海裡，不用這樣慢慢學。」她靠在鋪了睡袋的岩石上，喝口啤酒，因爲肌肉痠痛而微微皺眉，然後說：「聊聊從前吧，阿提克斯，你年輕時，馬桶發明之前，得走滿地大便的路上山的那個年代。」

「妳眞的想聽那年代的事？」

「這個嘛，我喜歡聽古代的鬼事，不過如果你覺得比較好的話，不一定要有大便。我很累了，可惡。隨便講個故事。」

「嘿，我知道你該和我們說什麼故事。」歐伯隆透過心靈連結說。他在火堆旁伸展四肢，躺在我腳邊，露出肚子讓我揉。關妮兒聽不見他的聲音，但可以從我的回應聽出他說了什麼。

「什麼故事，歐伯隆？」

「記得我們在開羅讓那一大堆貓追殺的那次嗎？因爲你惹火那個母貓神？」

「喔，你是說巴絲特。有，我記得。那種事情很難忘。」

「告訴我們你是怎麼惹火她的。」

「你知道她在氣什麼。她要我歸還許久之前被我偷走的神祕教典。」

「對，但你沒和我提過細節。你上哪去偷的？你到底爲什麼會想去偷一本描寫貓人做愛的典籍？有木乃伊看守嗎？他們臭不臭，有沒有請你幫他們換繃帶？」

「喔，我懂了。嘿！不錯，我想那個故事很適合今晚。哇，那可是西元三世紀的事了。那時我還待在歐洲。」

「等等，阿提克斯，先暫停，」關妮兒說。「這故事很長嗎？」

「不確定。妳趕時間？」

「我不想打斷你說故事，但我該先去回應大自然的呼喚。」

「我最喜歡這種呼喚了！我隨時都能尿尿。」

「好主意。我們先去和大自然聊聊再回來集合。」

□

有些藏身處比其他的好。最好的藏身處就是有友善同伴的那種，而所謂的友善，是指不會特別在乎你的出身，或身上刺青有何意義的人。他們只想知道該怎麼叫你，確定你能自力更生，還能幫助團體生存，或許偶爾說個笑話，或滾滾床單什麼的。我懷念可以輕易隱姓埋名的年代，隨便捏造姓名，跑去某座小村莊，一直待到我忍不住施展魔法，在妖精前洩露行蹤。我會認識新朋友、幫助大家，然後消失幾年。

那並不表示沒人找得到我。莫利根幾乎隨時都能找到我。而在這故事裡，她是在我和位於現代摩爾多瓦南端的西哥德人混時找到我的，當時我在努力躲避羅馬帝國追殺。她在我撿枯木當晚間柴火時輕輕落在一棵樹上，雙眼綻放紅光，讓我知道她不是普通烏鴉。我環顧四周。附近只有我一人。

「嗨，莫利根。看來附近沒人。妳有事要告訴我？」

她降落地面，化為人形，眼中紅光黯淡。「哈囉，敘亞漢。沒錯，我是來傳信的。歐格瑪有急事找你。你得立刻去拜占庭找他。」

「拜占庭？那裡現在很亂。」

事實上，和我在一起的西哥德人也是那場亂局的一部分。拜占庭——其實是大部分羅馬帝國——都深陷在現代歷史學家稱之爲「三世紀危機」的事件中，對外得面對各方邊境的外族入侵，國內幣值又貶到宛如澡堂馬賽克磁磚地上的屎一樣，還有一群軍事將領排隊當皇帝。莫利根來訪是西元二六九年，在奧勒良掌權，帶領帝國重返榮耀之前的事。

「情況還會更亂，特別是埃及。我預見了。」

「妳預見了什麼？」

莫利根嘴角微微上揚。「我預見你在那裡陷入危機。所以你顯然非去不可。」

「妳這樣講，讓我一點去的動力都沒有。」

「激勵你去可不是我的問題。那是歐格瑪的事。我只要你去拜占庭找他。」

「妳要我去？爲什麼？妳有什麼好處？」

「人情。世間最棒的貨幣。」

這話說得直截了當。我欠莫利根好幾個人情，她還救過我的命，我無法拒絕。「拜占庭哪裡？」

「一間名叫凱薩之杯的酒館。歐格瑪在那裡等你。」

「我去要花點時間。」

「他知道。但你最好立刻出發。」

「好。再見，莫利根。」

「下次見，敘亞漢。」她變回烏鴉，飛入黃昏。我把木柴搬回村裡，幫大家生好公用火堆，然後收拾爲數不多的財物，趁大家用餐時溜入黑暗之中。

幾週過後，我走進凱薩之杯，遮住所有刺青，掩飾我是德魯伊的事實，假裝是出門喝酒的羅馬公民。歐格瑪確實在酒館裡，坐在一張長桌末端，面前酒杯裝了當時堪稱昂貴美酒的飲料，還有一盤麵包和乳酪。

他朝我點頭，指示我在他對面坐下。

「在這裡別提姓名。」他說。「說拉丁語。來一杯？」

「當然。」他幫我點了杯深紅色的葡萄酒，然後繼續說下去。

「很高興見到你。她有說我找你幹嘛嗎？」

「她有提到埃及，就這樣了。」

「對。帕邁拉人【註】很快就會造反，羅馬將會派兵鎮壓。亞歷山大圖書館會有危險。」

我嗤之以鼻。「那間圖書館隨時都有危險。兩世紀前才差點被朱利爾斯・凱薩放火燒掉。」

「我們認爲這次情況會更糟。」

「我們？」

歐格瑪目光移向長桌前端兩個點了酒，但沒在交談的人身上。他們很可能在聽我們說話。

「我本人、我姊，還有烏鴉。」他是指布莉德和莫利根。「很多知識都將永遠失傳。其中有些知識應該保留下來。我對其中幾捲卷軸感興趣。」

編註：帕邁拉（Palmyra）是位於現敘利亞中部的古城，是要穿越敘利亞沙漠的重要中轉站。在三世紀危機中，取得羅馬行省敘利亞、阿拉比亞及埃及等地統治權，脫離羅馬帝國，成爲獨立王國。西元二七三年左右瓦解。

我聳肩道：「眞好。告訴我幹嘛？」

「我要你去幫我弄來。」

我默不吭聲地凝視他約莫三秒鐘，然後低頭看酒。「我不懂。我會的技巧你都會，還比我強。你親自出手肯定易如反掌？」

歐格瑪輕笑，我抬頭看他。他笑容滿面。「才不易如反掌。其實風險很高。卷軸守衛森嚴。」

「肯定是很了不起的知識。」

「沒錯。此時此刻，你肯定在想自己何必答應此事。」

「我承認這個問題有浮現心頭。」

「你會同意是因爲圖書館裡眞的有很了不起的知識。所以你帶出來的東西，只要不是我要求的，都可以留下。」

我歪頭。「你可以舉例說明裡面有什麼値得我用命去換的東西嗎？」

歐格瑪看看那兩人，他們還是沒有交談。他比向酒館後方。「後面有座簡陋的花園。要不要去曬曬太陽，繼續聊？」

「當然。」

我們起身，拿著酒杯走過許多桌椅和好奇的目光。從頭到腳都包在衣物裡的人在夏天看起來很顯眼，特別是在習慣裸露小腿的文化裡。歐格瑪邊走邊以古愛爾蘭語小聲說話。

「那些人的能力不強，但很頑固。我抵達這裡不久就被盯上了。且看他們會不會放棄僞裝，直接找上門來。」

花園裡只有兩個人，因爲外面很熱，花園中沒多少遮蔭；園中大多是矮樹籬和花圃，沒幾棵樹，而且所有植物都很缺水。唯一快枯掉的棕櫚樹葉投下的樹蔭已經被人占走了。我們走到花園對面，完全站在太陽下，不過也遠離任何人的偷聽範圍。雖然附近根本沒人，但歐格瑪換回拉丁語，壓低音量，只讓我聽見。

「回答你的問題——在圖書館裡，你會找到與圖阿哈・戴・丹恩及其他你認識的神祇極爲不同的神祕知識。長久以來鎖在黑暗中的儀式、法術及祕密，有朝一日安格斯找上門來時能幫上忙的東西。也有笨手笨腳的巫師得耗費極大心力和祭品才能施展的防禦魔法，但你能輕易修改成優雅的羈絆。」

「在我聽來沒有那麼美好。」

「眞的有。再說，你很無聊。你現在多少，三百多歲了？過去五年都和西哥德人一起生活？」

「他們是很有魅力的民族，也是很棒的野炊廚師。我告訴你，他們會用鐵叉烤兔子。而且還有很多與性愛意外有關的故事。」

「去。你渴求更有趣的生活，敘亞漢。你從身經百戰的康恩手裡偷走富拉蓋拉。你從艾兒蜜特那裡學會了最強大的藥草知識，從未洩露出去。可別說你能滿足於平淡無趣的鄉村生活、滿足於當前的知識，永遠不再去學更多東西。」

「你說的或許沒錯。但那並不表示我打算爲了你的利益去亞歷山卓送死，歐格瑪，不好意思。」

「我說過了，這對你也有好處。如果你幫我做這件事，敘亞漢，我就欠你一個人情。那可比羅馬錢幣値錢多了。」

這是眞的，比眞的還眞。當神說祂欠你貨眞價實、沒有具體細節的善意人情時，你就得好好想想自己是不是在放棄一生一次的機會。說不定是之後能夠救你一命的機會；有些人情，在適當時機去討，或許就等於一張逃離死亡卡。不過很顯然歐格瑪不會幫我逃離任何在亞歷山卓遇上的麻煩。不管那裡有什麼讓他覺得如此危險的東西，對我而言肯定加倍危險。

「我還沒同意，」我對他說，「但至少你引起我的興趣了。多說點細節。我要找什麼，要上哪兒找，會有什麼風險？」

歐格瑪露出勝利的笑容，喝一大口酒，幫兩個杯子都重新倒滿，然後才回答。

「圖書館底下有間密封的寶庫，類似金字塔中的法老墓穴。裡面有幾捲卷軸，還有幾本精裝書。或許還有幾支權杖之類的東西，造型美觀、威力強大。我要的四捲卷軸在一個有荷魯斯之眼標記【註二】的亮漆盒中。你知道那個標記嗎？」

「知道。但那個標記很常見，不是嗎？那種盒子可能有好幾個。」

「沒有。」

「如果房間密封，你怎麼會知道裡面有什麼？」

「圖阿哈．戴．丹恩也有我們自己的全知之眼。」

「啊。莫利根？」

「沒錯。」

「那些卷軸有什麼特別的？」

語言之神聳肩。「我要看過才能確認。」這種顯然在規避的回應表示他不想告訴我。

「那密封室是誰建造的？」

「不管是誰建的，肯定已經死了。但至少有一部分是屬於埃及女神塞莎特【註二】的私藏。」

「我不熟。」

「書寫及保存知識的女神。」

「啊。保存知識。我想這間密封室是要在後世盜賊之前保存知識。」

「對。你可以合理假設會遭遇一些詛咒。」

「比方說？」

「沒概念。」

我揚起雙手。「這個房間位於地下，用毫無生氣的開採石塊密封，對吧？我會無法接觸蓋亞，也就是不能施法。我不認爲有可能成功。」

歐格瑪對我點頭，微微一笑。他料到我會這麼說。「至少我有東西幫得上忙。」

他伸手探入上衣褶子，拿出一個刻滿繩紋的金項圈。「這是我和布莉德一起做的。」

「布莉德也有參與？」

「對。她也想看那些卷軸。」他把項圈交給我。「裡面儲存了一些魔力，供你取用。」

我撫摸那些繩紋。「這些是防禦力場？」

編註一：荷魯斯（Horus）是埃及神話中的守護神、天空之神，外形爲隼頭人身；與王權密切相關，法老被視爲荷魯斯的化身。埃及文物中常見的單眼記號荷魯斯之眼，是他的象徵記號。

編註二：塞莎特（Seshat）是古埃及神話中掌管智慧、知識、記述等的女神，也是手稿與文書的守護神。形象爲身披豹皮、頭頂七星冠，在棕櫚枝上記載法老生平。象徵記號爲她頭頂的七星冠。

「對。泛用式防禦力場，能夠對付我們之前遭遇過的一些埃及詛咒。」

「之前是什麼時候？」

「古時候。就在蓋亞為了撒哈拉元素之死而羈絆圖阿哈．戴．丹恩後不久。」

「喔。聽起來合理。」

「我們跑去盡可能恢復秩序，將四散的自由魔力羈絆進尼羅河，主要就是幹這個。埃及的神……不歡迎我們。我們靠這些防禦力場逃出生天。它們不能完全抵擋那些詛咒，但能削弱威力。」

「你有什麼沒告訴我的？當時有死人嗎？」

「當然有。我們總得先見識詛咒的功效才能想因應之道。」

「所以就算有這玩意兒，你還是不願意自己去偷卷軸。為什麼？」

歐格瑪指著項圈。「這些力場幾千年前有效，但他們現在搞不好有新詛咒了。」

我大聲吐氣，用力搖頭。「你會為此欠我一個超大的人情。我想不通的是到底值不值得冒這個險。為什麼要把不想讓其他人知道的東西寫下來？為什麼不和我們一樣口耳相傳就好？」

「在權力的天平上，分享知識占有極大的分量。」他回答，而我後來知道此言乃是真理。「重點向來都是控制你想要分享的東西，而什麼都不書寫記載是最極端的控制方式。這種做法雖然能夠保守祕密，但卻限制了我們散播智慧的能力，不是嗎？想想那個從耶路撒冷傳來的新興宗教——基督教。他們寫下這個叫作耶穌的傢伙的事蹟，而他們散播這些故事的速度遠比我們散播德魯伊教條要快多了。識字的人不多，但那個宗教的教士只要拿著書說：『基督將會回歸！白紙黑字寫在聖經裡！』信徒就會奉為真理。我擔心這些教士出現在愛爾蘭時會怎麼樣。寫下來的文字和口耳相傳的知識一樣神奇。好好想想，敘亞漢。」

這時在酒館裡偷聽的兩個男人從後門出來，發現我們站在一起，拿著能在市集中賣到好價錢的純金項圈。顯然光是那個項圈就足以讓他們不再超無能地跟蹤，毫不掩飾地以暴力威脅。

「打擾了，」其中一人說，他脖子很粗，手臂和豬屁股一樣肥大，「你們都是羅馬公民嗎？」

公民擁有某些權利，想去哪裡就去哪裡。不是公民就會被羅馬當局以芝麻蒜皮的小事，甚至毫無來由地加以騷擾或逮捕。我們不是公民，他們可能早就知道了，所以很顯然打算強調這一點，然後找因頭吞掉項圈。

「僞裝。」歐格瑪輕聲唸誦，當場消失，將體色素與周遭環境羈絆在一起。我當時還沒做護身符，也沒有他那種神力，所以得脫掉涼鞋吸收大地魔力，然後唸誦羈絆咒語。那兩個男人在我這麼做的同時對著歐格瑪消失的位置大吼大叫，還叫我不要動。我沒動，不過在幾秒過後自他們眼中消失。

他們罵髒話，左顧右盼，好像我是趁他們眨眼時迅速跑開一樣。這是普通人看見有人消失時的自然反應，而我向來都會加以利用。趁他們目光飄向別處時，我輕手輕腳地移動位置，歐格瑪肯定也在做一樣的事。我們有必要這樣做，面對他人憑空消失的第二個自然反應，就是去戳對方消失時的位置。沒錯，他們上前，難以置信地伸出雙手，確認我們眞的消失了。雖然我離他們很近，但他們只有抓到空氣。我一伸手就能拍到粗脖子老兄的肩膀。他的夥伴，肌肉結實的年輕瘦子，提出了理論。

「我聽說過這種事。他們可能是德魯伊。」

「德魯伊？這裡？我以爲他們都在高盧。」

瘦子點頭。「我就是在高盧聽到這種憑空消失的現象。但當時羅馬軍團還是殺得了他們，因爲他們並沒有眞的消失。他們還在這裡；只是我們看不見。但或許能打傷他們。」他伸手去拔短劍，才剛拔到一半，他的左臉突然在一下生肉甩到砧板上的聲響中塌陷進去，牙齒隨著鮮血飛出嘴外。歐格瑪偷襲他，而他倒了。我配合動手，從反方向擊中粗脖子老兄，被他的下巴撞斷一節指節。他摔倒在地上動彈不得，兩個人暫時都無力追趕我們。

「我們換個地方聊。」歐格瑪用古愛爾蘭語對我說。「我們得離城。消息會傳開，他們會開始搜尋兩個德魯伊。」

「好。」

我們把兩個間諜留在塵土裡呻吟，溜出酒館，在街上撤除僞裝。有些人被我們的出現嚇到，但沒有多想什麼，只當是之前不知道爲什麼沒看見我們。我們快步走到附近的城門，在守衛聽說要留意我們這種可疑人士前離城。

「如何？你怎麼說，敘亞漢？」歐格瑪問。「願意去偷卷軸、拿走任何你想拿的書，並讓我欠你人情嗎？還是要讓羅馬人摧毀那些寶物？」

我不愛這種不是這樣就是那樣的說法，但又知道評論此事絕非明智之舉。「時限？」結果我問。

「你還有時間趕去，不過越快越好。等叛軍起義、羅馬反擊時，你可不想還待在城裡。布莉德預見了這一點。」

「沒有樹林可以傳送過去？」

「很不幸沒有。」

「那就得騎馬數週。但這樣可以遠離安格斯・歐格。好吧，歐格瑪。我去。」

「太好了。」

我一出城立刻甩甩手，施展治療法術羈絆打斷的指節，心裡很肯定這只是一連串苦難的開端。

在亞歷山大圖書館外，我聞到鹽、魚、烘烤石、汗水、鮮血、腐臭垃圾的味道。圖書館裡的味道則大不相同：灰塵、發霉的羊皮、文獻上的墨水和膠水味，偶爾還有爲了掩飾沒洗澡的腋下臭味而塗抹的香水膏味。

我把馬牽去馬廄，然後進圖書館，再次檢查自己的衣著，確定刺青沒有外露，還在袍子內塞了現代電玩玩家稱爲乾坤袋的東西，把富拉蓋拉藏在裡面。我微笑、點頭，偶爾說幾句科普特語。這裡卷軸大多不能隨意瀏覽。得去找圖書館員申請，然後對方幫忙拿來相關文件。不過一樓有幾座書櫃可以瀏覽，而我假裝在找書，一面四下尋找往樓下的樓梯。當我找到一扇圖書館員進進出出的門後，戴上歐格瑪給的金項圈，感應到儲存其中的魔力。我擷取些許魔力施展僞裝羈絆，踏上樓梯間，抵達灰塵滿布、人跡罕至的地下室。牆邊都是書櫃，支柱間也有成排書櫃。我迅速繞了一圈，發現圖書館員很少下來，而且他們都是人未到，聲先至，於是我解除僞裝，節省法力。我注意到那些支柱上刻有古埃及象形文字——不太尋常，因爲這種聖書體【註】早在數百年前就沒人用了。柱上還有些段落以世俗體刻成，或許是充當羅塞塔石碑的功用，幫現代讀者解讀象形文，但世俗體已逐漸讓科普特語取代。

編註：古埃及的文字有：獻給神明的正式碑銘體聖書體（Egyptian hieroglyphs）、手寫的僧侶體（Hieratic），以及從僧侶體而來、平民使用的世俗體（Demotic），三者並行通用；羅塞塔石碑上即刻了聖書體、世俗體與希臘文。

歐格瑪沒有清楚說明密室位於何處，也沒說要怎麼找。塞莎特不只封閉了入口，還把入口藏了起來。儘管看不懂那些聖書體，我還是仔細檢視那些支柱，一根接著一根，然後我在三根支柱上找到了其他柱子上沒有的荷魯斯之眼。我分別回到那三根支柱前，進一步檢視，尋找通往塞莎特密室的蛛絲馬跡。我按壓荷魯斯之眼；檢查支柱兩側的書櫃，找尋不尋常的跡象；搜查支柱上的裂縫，看看有沒有通往空心柱內部的密門或樓梯。一無所獲。我兩度聽見腳步聲，要隱藏身影等圖書館員離開。

我得重新思考。有荷魯斯之眼標記的三根石柱自然會形成三角形，當我確認相關位置後，發現那是正三角形，就和金字塔一樣。我憑藉實驗和想像找到一條沒有支柱的走道，大致位於正三角形的中央。我盯著地面，很快就發現石板上有個淡淡的荷魯斯之眼輪廓。我跪下，看出荷魯斯之眼外緣有精細的線條，顯示那個荷魯斯之眼是可以沉入地面的刻紋。不過該刻紋沒有大到會被人不小心踩到就啓動。用拇指大力壓下或許有用，但我不打算隨意嘗試。我取用項圈中的魔力，揭開世俗視覺的簾幕，透過魔法視覺打量刻紋。

是個單純的按鈕，會推動槓桿，啓動一系列隱藏在我腳下的石齒輪，不過得先解除其上的魔力才行；不然就會卡住。據我推測，要解除魔力得在我左邊的大書櫃下動點手腳，而那個書櫃上疊滿了裝有卷軸的木箱。按鈕四周的紅色羈絆魔光朝那個方向延伸，消失在書櫃下。

我懷疑自己推得動整個書櫃，甚至不認爲該嘗試這麼做。羈絆法術搞不好會一路延伸到其他走道上，於是我先去確認。沒有，羈絆法術就消失在書櫃下。我回到地板上有荷魯斯之眼的走道，檢查最底層的書櫃。其中一個卷軸箱末端有用斑剝藍漆繪製的荷魯斯之眼。這肯定是條線索。卷軸箱看起來沒有陷阱，也沒有任何魔法保護，所以我小心地從其他箱子底下搬出它，打開，攤平裡面的卷軸，於過程中恢復正常視覺。

那是地下密室的地圖，卷軸外緣以聖書體、世俗體、科普特文反覆強調只有大祭司得以安然進入。我正想問：「什麼的大祭司？」就看到下方有代表數名神祇的聖書體，應該是解答。我認出荷魯斯、阿努比斯、歐西里斯、伊西絲、巴絲特、塔沃里特，還有因為歐格瑪提示而在預料中的塞莎特【註】。

等我進去後，裡面會有個按鈕關閉入口，然後有條走道通往七個房間：走道兩側各三個房間，末端還有間大房間。比歐格瑪提到的房間數多了六間，而且沒有一間標示「放了歐格瑪要的東西」。事實上，房間完全沒有任何標示，也沒有如何打開密室的指示。正如歐格瑪在拜占庭對我說的，要分享哪些知識是有辦法控制的。唯一與底下有些相關的提示，就是進入後該如何關閉石室的世俗體和科普特文指示及箭頭。但總共有七個神的象形圖和七間密室；或許每間石室都歸專屬的神所有，我只要找到有荷魯斯，或塞莎特——既然我聽說她是負責保護這些知識的神——標記的石室就行。

要如何下去的問題還是沒有解決。或許我該花更多精神在書櫃上。

我不管有沒有放在箱子裡，清空了所有遮住魔法線條的卷軸——包括有荷魯斯之眼的卷軸箱。如今出現在我眼前的是一片黑影，不能肯定裡面有什麼，只能肯定有蜘蛛。

施展夜視能力讓我看出書櫃底部鑽了個洞，大概就是拇指抵食指比ＯＫ的圈圈那麼大。我看不出洞

編註：阿努比斯（Anubis）是古埃及神話中的胡狼頭之神，主管木乃伊與死後生活；歐西里斯（Osiris）是冥神，也是一位反覆重生的神明，有著綠皮膚；伊西絲（Isis）是歐西里斯的妻子、豐饒女神，頭上頂著王座頭飾；巴絲特（Bast）是貓首女神，曾為戰爭女神，後轉為守護家庭的女神；塔沃里特（Taweret）是主管家庭與生產的女神，外形為站立的雌河馬。

裡有什麼。該伸手指進去嗎？如果有必要，我想少了根小拇指也不會要我的命，於是我伸了根小拇指進去。彎曲指頭，四下摸索，感覺到櫃底的地板。沒有東西咬我。

我信心大增，把左手大拇指伸進去，用力往下壓。石板地往下沉，死寂中傳來喀啦一聲，但是沒有其他事發生。我撤銷夜視能力，轉入魔法視覺，發現書櫃下的紅色羈絆消失了。地板中央的按鈕應該可以按了。我用右手大拇指去按，然後在下方地板開始搖晃時跑開。石板從中向外開啓了個人孔蓋大小的洞，洞裡有石頭橫檔組成的梯子在挑釁我下去。我接受挑釁，啓動夜視能力，找到地圖上標示出能夠關門的按鈕。那個按鈕同時還啓動了照明：不是電燈，是走道牆壁燭台上冒出的綠燄，我完全看不出燃料爲何。古時候沒有這種說法，但那些綠燄眞是有夠詭異的，詭異得很酷。

我再度嘗試按下按鈕，綠燄熄滅，密門重新開啓。逃生路線搞定，我又關上門，點燃詭異綠燄。繼續前進前，我從袍底拿出富拉蓋拉和我的戰利品袋。我把袋子和劍分別掛在兩邊肩膀後方，然後將富拉蓋拉拔出劍鞘。準備隨時應付任何場面。

左邊第一扇門上刻有河馬女神塔沃里特的標記，這標記通常被當作保護印記。我可不想亂搞她的房間。如果他們架設了對付小偷的陷阱，肯定就在這間房裡。右邊是伊西絲的房間，我也不太敢去惹她。左邊第二間則是巴絲特的房間，而我也算不上是愛貓人士。

那些門上沒有世俗體或科普特文提示裡面有些什麼，只有聖書體，但門左邊有個明顯是給人推的石圈。門在石頭磨擦聲響中開啓，突然間大放光明，我看見了遠比霍華・卡特【註】在圖坦卡門王陵寢中所見更加美麗的景象。巴絲特的金像和黑曜石像，還有青金石、雪花石等各式材質的雕像；卷軸、書籍、精裝典籍，很多都是用世俗體和科普特文寫成。我就是在那裡找到巴絲特的貓皮性愛書，不過也找到了歐格瑪口中日後可能派得上用場的東西，記載保護力場的卷軸——我注意到在這間石室內並沒有架設那些力場。不過我透過魔法視覺看到石壁上雕的精美圖樣都有力場圍繞，只看，沒有碰。

走廊對面是歐西里斯的房間，在我看來，裡面的東西都沒有力場防禦。或許他的大祭司認為等他死而復生後，他的世俗財物都已變成無關緊要。我偷了幾捆看起來有用的卷軸和書，然後離開。

接下來兩間房分別歸阿努比斯和塞莎特所有。我一點也不想招惹阿努比斯，而我此行目標的塞莎特之門，布滿了層層防禦力場、強大的魔法，絕不可能是祭司所為。無論從質或量來看，眼前的魔法都絕對是出自女神本身之手，而我完全不會羞於承認我緊張到吞了一大口口水。在此之前，我都可以假裝我只是來偷凡人的寶物，而我通常應付得了凡人。當眞發現隨時有可能激怒毫不同情愛爾蘭人的女神時，非常提神醒腦。該完成工作、離開此地了，我只希望不用進那扇門就能完成工作。

荷魯斯的房間是最後的大房間，就與巴絲特和歐西里斯的房間一樣，很容易進去。既然此行目標有可能在裡面，那房間至少又進得去，而塞莎特的房間透露出強烈不祥預兆，我決定去看看。不過與巴絲特和歐西里斯的房間不同處在於，房裡的安全機制沒有那麼簡單。

首先，入口內的地板上躺了具屍體。不是剛死的人，但也不是木乃伊。他身上爬滿聖甲蟲和蠕蟲，那股腐臭或許能用一整車玫瑰花瓣蓋過，不過我懷疑。我摀住鼻子，用嘴巴呼吸，站在走廊上檢查，沒有跨越門檻。

從沒有皺紋的皮膚，或該說是僅存的皮膚判斷，他年近三十或三十出頭。沒有明顯的暴力跡象，

編註：霍華・卡特（Howard Cater, 1874-1939）是英國考古學家，也是研究古埃及的權威。在埃及國王谷進行考古挖掘，並於一九二二年發現了三千多年來未曾有人踏足的圖坦卡門王（Tutankhamun）陵墓。

像是頭顱坍陷、肋骨卡著長矛之類的。然而，他手指甲綻開，有幾片不見了，這讓我對發生的事有點概念。他進房，門關了，就這樣。他受困在內，沒有食物、飲水或求援管道，因爲這整塊區域都是圖書館員鮮少踏足的地下室密室。他肯定有大吼大叫，但卻徒勞無功。所以他被自己必死無疑的命運逼瘋，企圖徒手挖牆出去——這讓我知道裡面無法開門。

我仔細檢查那扇門，因爲與其他門不太一樣，其他門都是標準的長方形，透過牆壁內的滑輪系統和配重塊移動。荷魯斯的門是圓形的，其機械設計讓它能夠更快打開或關閉。按下左側按鈕會導致部分地板下沉，形成斜坡，讓門滾開，撞上門內的門檔。我假設牆內地板會在要關門時升起，讓石板門滾回原位。我不確定這位老兄是如何觸發陷阱，但我絕不會讓同樣的事發生在我身上。

我擷取些許項圈裡的魔力，將石門牢牢羈絆在牆座裡——特別是地板——確保石門會保持開啓，永遠不會滾回原位，就算我和那個不幸的賊觸發同樣的陷阱也不會。

滿意後，我跨越門檻和屍體，檢視裡面的好東西。歐西里斯什麼都沒有保護，巴絲特則只有保護她的貓身形態最奢華的雕像。而荷魯斯或他的祭司，在我眼前大部分的東西上都架設了防禦力場，但卻看不出任何排列規則——除了某種私人界定的價値系統，我猜。我還在好東西外圍的地板上看見一道魔法絆腳線，離門很遠。就是這個——走向値錢的寶貝，觸發魔法開關，門就會關上了。我跨越絆腳線，扭動身子繞過它。門還是開著。

然而那只是輕鬆的部分。找出歐格瑪的歡樂亮漆卷軸盒遠比這困難，特別是如果它們根本不在這裡，而是在塞莎特石室裡的話。這間石室裡的書櫃本來擺放整齊。但是地上的死者在死前曾陷入瘋狂，把東西都掃到地上，或到處亂丟。

這裡和巴絲特的石室一樣有些精巧的小雕像。有些書、盒子、從前可能是陶瓷容器的碎片、純金打造的牧羊杖和流星錘、黑曜石安卡，還有其他東西。

我先檢視散落滿地的盒子，但上面都沒有荷魯斯之眼的標記。亂七八糟的內容物也沒有任何特別。我丟下那些盒子，跨越警戒線，跑去搜書架。我找到了一個有荷魯斯之眼標記的亮漆盒，沒被動過，放在最後面。盒子兩側都有空間，但死者在死亡恐懼的驅使下還是認爲不該去碰這個盒子。或許是因爲盒子顯然受到某種保護。

既然找到了，我就開始打量書櫃的其他空間，發現了許多看起來很有價值的書和卷軸。我先把沒保護的寶物放入袋子。有保護、在魔法光譜中呈現紅色和黃色的那些，我打算晚點再說。我規畫了一條路徑，以歐格瑪要的盒子爲起點，經過其他我想拿的東西，逐漸接近門口。我打開袋子，用右手抓著袋口，展開行動，每次碰到東西就準備遭遇魔法攻擊。

但什麼都沒有發生。我把所有想拿的東西都塞入袋子裡，一個接一個，完全沒有感應到任何魔法攻擊。這很怪。難道歐格瑪的項圈眞把我保護得那麼好？還是那些詛咒的本質都是長期性詛咒？

我關上袋子，拔出富拉蓋拉，跨越門檻，等待某件可怕的事情發生，但卻沒有。我露出勝利的笑容，把袋子綁在肩膀後，與富拉蓋拉的劍鞘交叉綑綁。我繼續拿著劍，以防萬一，但步伐輕盈、情緒興奮地迎向走道末端，準備打開暗門，爬樓梯回到圖書館本館。

我還沒按下鈕，門就開了。有人下來。我連忙後退，平貼在巴絲特門上，對自己施展僞裝羈絆。

爬樓梯下來的裸胸男子渾身都是肌肉，而我立刻知道他不只是圖書館員，也不是大祭司。我會知道，是因爲那傢伙沒有人頭。他有的是表面光滑、微微抽動的鷹頭，而且也不是《星際之門》【註二】裡那種高科技面具——眞的就是鷹頭，只是大得有點不像話，銳利的鳥喙開開闔闔，漆黑的眼睛微微眨動，看著走道末端那扇通往他石室開啓的門。

荷魯斯親自駕到。

而且他的兩眼顯然完好。他在與賽特【註二】打鬥時失去了一顆眼珠，而在透過魔法重建眼珠後，他把眼珠拿去復活歐西里斯，但我猜他有在某處的罐子裡收藏XXXL號的鷹眼，每當他眼眶空出來時就可以拿出來塞。他的頭像鳥一樣左右轉動，強化深度感知，如果不是兩隻眼睛都能運作的話，他就沒必要這麼做。這表示，很不幸的，他沒有盲點。

是什麼把他召喚來此？肯定不是開門的關係。我懷疑會是因爲觸發他的小陷阱，畢竟他始終沒有跑來清理上一個觸發陷阱那位老兄的屍體，也沒有整理那老兄搞亂的殘局。或許是因爲我染指了他的魔法道具——甚至可能是歐格瑪叫我來偷的那玩意兒。可能性最高的就是它，因爲之前那個賊沒碰過那個亮漆盒。我這才想到剛剛看見的魔法本質上並非詛咒，比較像是召喚荷魯斯前來充當保安的警報器。而他欣然應召而來。

他心思都放在寶物被偷和想弄清楚爲什麼密室的門開著之上，完全忘了要關密門，給我留下逃生路線。我超聰明的計畫就是保持僞裝不要動，等他經過我的身邊，前去檢查密室，然後在他弄清楚自己中計前爬上樓梯。

我的計畫很少執行順利。

荷魯斯直接走過前兩扇門，然後在我對面停下，鳥頭上的左眼宛如象形文字般筆直看著我——雖然我希望他不是眞的在看我。照理說我應該完全隱形，但誰知道他擁有什麼樣的超感應能力——甚至只是極端敏銳的正常感官。他或許聞得到我手肘的味道，或聽見我的腳趾甲生長的聲音之類的。

他右手往臂側移動，拿出一根類似金屬棒的東西。棒子兩端開始收縮，兩頭變形清清楚楚的形狀：頂端是貝努鳥斜頭，底端是弦月狀利刃。那是沃斯權杖【註三】，一種權力象徵，而顯然同時也是武器。他深吸口氣，胸口隆起，那是唯一的警訊，他在吐氣時以極快的速度企圖砍斷我腦袋。

我矮身險險避過。權杖打碎石牆，碎石劃破我的頭皮，我則趁他揮杖時砍出富拉蓋拉，劍尖在他肚子上畫出一道紅線。這一劍令我信心大增，同時又覺得很糟，那表示他會流血，但他往後跳，躲開了大部分攻勢，就是說他知道我有武器，也看見我出手。就算沒有看穿我的僞裝，他也能感應出來。

荷魯斯迅速後退，擋住我的逃生路線。我左轉來到走廊中央，稍微後退，好賺取時間啓動加持速度和反應的羈絆。項圈裡的魔力所剩不多，已經施展不了多少法術。

荷魯斯在我施法時低頭看傷口，然後放聲尖叫。之後他的聲音轉爲低頻率的啾啾聲，可能在施展治療法術，或是加持魔法好直接除掉我。我不打算讓他完成施法。

神經肌肉加持羈絆宛如音叉般貫穿我的身體，我撲向前去，這一次做好會被權杖擋下的準備，也確實被擋下了；雖然我有僞裝，但荷魯斯肯定能感應到我的攻擊。但我接著又對準他的肚子補上一腳，這

編註一：電影《星際之門》（*Stargate*, 1994）中，主角穿越星門來到生活如古埃及的外星球，其中的荷魯斯、阿努比斯等人戴著用金屬製作的動物形象頭盔遮住頭部。此系列後來發展成一個包含電影、影集的科幻宇宙。

編註二：賽特（Set）古埃及神話中的沙漠之神、戰神，常見的外形有著豺狼頭、手拿安卡十字架。荷魯斯宿敵。

編註三：貝努鳥（Bennu）是埃及的不死鳥，被認爲是太陽神的靈魂。沃斯權杖（Was sceptre）是古埃及一個符號，常出現在宗教相關的藝術品或象形文字中。一端是動物造型頭，另一端則爲叉形。除了與王權相關，也與賽特及阿努比斯等神關係密切，例如賽特畫像常拿著沃斯權杖。

一腳則輕鬆命中，踢出他肺部的空氣，打斷他唸咒。他轉身後退，神色震驚，我繼續進逼，趁他低頭時踢他的鳥喙。荷魯斯大叫，身體後仰，差點往後摔倒，我在發現這代表什麼後面露微笑——他能感應到我的劍，但卻感應不到我。只要我讓劍遠離我，他就看不見我的攻擊。他一開始精確瞄準我的頭，是假設我把富拉蓋拉拿在右手上推測出來的。

然而，我想了太久才想出這一點。荷魯斯站穩身形，大叫一聲，迅速旋轉權杖，手法與我如今在教的杖法差不多。然而，當時我沒見過這樣使杖的，我還要七百年後才會去中國學習武術。我後退，思索該如何破解他的攻勢，重新掌握優勢。如果我能成功打斷他，他就會有寶貴的半秒左右完全不設防。或許。我不知道他還有什麼反制招式，老實講，我覺得自己根本不是對手。

但既然他心思都放在我的劍上，我用劍假裝向右佯攻，趁他轉向架開魔劍時，我從左側出腳。我的腳踢中他的前臂，確實阻止他轉杖，但權杖自頂端伸長，他奮力反手揮擊，我完全閃避不開。權杖擊中我鎖骨下方，我嘟噥一聲，往後跌開，撞上石壁。

不幸的是，我撞上的不是普通牆壁，而是塞莎特那扇超級防禦加持門。我不知道荷魯斯是不是故意的，但這下讓他看起來非常聰明。

我摔倒在地，肌肉抽搐，渾身神經刺痛不已，塞莎特的防禦力場貫穿項圈上的防禦羈絆攻擊我。歐格瑪說過項圈可能只有部分功效，而我用愛爾蘭語大叫：「部分個屁！」然後以類似胎兒的姿勢滾向一旁，拉開我與荷魯斯之間的距離。我幾乎滾到他的石室門口才終於覺得我又能動了，也才發現要不是項圈上半調子的防禦羈絆，塞莎特的力場很可能把我當場擊斃。

荷魯斯肯定是這樣以爲的，因爲當我站起身來時，他還站在原地，困惑地眨眼睛。他顯然是刻意把我逼上那些力場的，或許此刻他心裡也浮現了一些我心裡那種不確定的感覺；看在九層地獄的分上，我要怎麼打贏這傢伙？

根據我個人的計算，此戰沒有勝算，只能逃。他的武術遠比我高強，也不必仰賴魔力加持力量。我提醒自己只要繞過他就好了，不必摧毀他。

如今他沒有用杖子施展防禦性武術屏障，於是我拔腿狂奔，平舉右手，讓富拉蓋拉吸引他的注意，進而誤判我的位置。他舉起權杖，雙手持杖狠狠揮下，掠過我的右側，我則衝向他的臉，朝他喉嚨踢出左腳。我在他出手時收回右手，他的權杖掠過我右側，我的腳跟則擊中他喉嚨。他發出窒息聲響，往後跌開，我的腳在他倒地時壓上他的胸口，然後繼續往出口跑。

我並非毫髮無傷通過這一關。他拿權杖在頭上盲目揮舞時，銳利的弦月刀刃刺穿了我屁股上方的背。我唸誦羈絆咒語，把血留在體內，不留下任何可供荷魯斯之後運用的東西，羈絆法術還把他刀刃上的血都吸回我體內。

如果腎上腺素還能在已用羈絆法術加速過的四肢上增加速度，那它當時肯定發揮作用了。我在還來不及哼出星際大戰勝利式的開場音樂前，就已經跑過走廊、爬上樓梯。

但是有條身影等在樓梯上，位於書堆之間，她看到我就像我看到她一樣吃驚；是塞莎特，知識守護者，我差點死在她的防禦魔法下。

我能認出她是因爲她和她的象形符號很像——身披豹皮，頭戴七角頂飾。她與荷魯斯一樣能感應到身有僞裝的我在面前。她嘶吼一聲，唸誦我沒聽清楚的古埃及咒語，對我揮出一手。

我覺得彷彿口渴多年——喉嚨中所有濕氣都被吸乾，難以呼吸——但我順時針轉身掠過她，衝向通往圖書館一樓與自由的樓梯間。我把富拉蓋拉插回背上劍鞘，希望劍鞘能抵抗埃及諸神瞄準我。奔跑的過程中我沒有遭受攻擊，一路跑回一樓，甚至跑出圖書館，然後才發現我的身體出了大問題。

我在自認安全後立刻喘息說道：「感謝莫利根、布莉德，還有所有地下諸神。」問題在於我完全沒有聽見自己說話。

「怎麼了？」我說，但我還是沒有聽見我的聲音。

「我聾了嗎？我啞了嗎？」沒聽見。

不會是聾了。我聽得見其他聲音——行人走路、涼鞋磨擦地面。項圈魔力耗盡，僞裝羈絆和強化羈絆都失去功效，路過的人盯著我——站在亞歷山卓街道上的白皮膚紅髮男子——看，用科普特語、希臘語或拉丁語向我問好。我聽見海棗樹中傳來蝗蟲聲響、街道上的馬蹄聲。我的聽覺沒有問題。

「我啞了。」我說，但沒聽見話聲，而既然別人都聽不見我說話，我又補充：「塞莎特詛咒了我。」我剛剛喉嚨中的招就是這個，歐格瑪的項圈完全沒有保護我。

對想保守祕密的神來說，這是最完美的詛咒，能確保偷走祕密的人永遠不能說出祕密。那對德魯伊而言也是完美的詛咒，因爲少了說話能力，我就沒辦法羈絆或解除羈絆。

我剛剛用力肯定扯裂了什麼，因爲荷魯斯刺我的傷口開始流血，而因爲有人奪走了我羈絆傷口的能力，我除了用手施壓外完全無法止血。不過我沒看見荷魯斯或塞莎特的蹤跡。或許他們決定晚點再來找我，先去弄清楚被偷了什麼東西。

我有考慮請元素來幫我破解塞莎特的詛咒，但這裡是全世界唯一沒有元素的地方，感謝法老王年代那個爲了一己之私而吞噬撒哈拉元素的巫師。那些殘存魔力形成了尼羅河元素，但我得離開亞歷山卓，走一大段路才能進入它的影響範圍。我回馬廄牽馬，加入前往開羅的人潮。等抵達三角洲區域——其實不算多遠——我下馬，透過刺青聯絡尼羅河元素——這麼做不必用到口頭咒語。

／／幫助德魯伊／／我說。／／療傷／移除詛咒／／

它立刻開始幫我療傷，但詛咒又是另一回事了。尼羅河終於請我把話說清楚。

／／提問：詛咒？／／

／／無法說話／／我解釋。／／無法羈絆／得移除喉嚨上的詛咒／／

元素停頓片刻，然後沮喪回應：／／辦不到／／

元素不會開玩笑。如果尼羅河說辦不到，那就表示眞的辦不到。但我不瞭解爲什麼辦不到，我非問不可。

／／不熟悉的魔法／只能由人類解除羈絆／／尼羅河說。

我沮喪嘆氣。我得大老遠跑回耶路撒冷，希望歐格瑪能解除它。

／／或是讓鐵吃掉／／尼羅河說。我肯定表現得十分困惑，因爲元素繼續說：／／鐵元素能吃魔法／移除詛咒／留下刺青／我來控制／／

我唯一的回應就是：／／好／／因爲我有點搞不清楚狀況。我的大德魯伊從未提過這種事。我們聽說過有些力量較弱的元素會在世界各地奔走，與不同東西產生關聯，但我們從未想過能和它們溝通，更別說要請它們幫忙。

／／留在這裡／鐵元素正在趕來／／

等待令我煩躁，因爲我等了將近整個白天，鐵元素才終於抵達。路過的旅人全都懷疑地打量我，深怕我是躲在那裡埋伏他們的強盜。當然，我也擔心有人想占我便宜，但更擔心荷魯斯、塞莎特，甚至巴絲特找上門來。

或許他們會趁夜晚能夠不知不覺通過人群時上門。又或許他們還沒找來，是因爲他們眞的不知道該從何找起。

我想著乾坤袋，如今裝了很多寶物。只有荷魯斯的寶物上有施加警報或類似的詛咒，萬一那個詛咒不但會發警報，還能提供位置呢？若果眞如此，放在袋子裡就是最安全的地方。只要我再度碰觸它們，荷魯斯就會知道上哪兒來找我。他只是在等我把玩它們。

他們也可能透過預言占卜才找出我和寶物的下落；我不確定埃及眾神有多擅長預言，但我很肯定只要在同一個地方待太久，他們肯定會找上門來。

鐵元素在火紅的太陽落入沙丘後抵達。

//坐下別動//尼羅河說。//左手貼地//

我照做，黑鐵屑宛如螞蟻般爬上我的手，來到肩膀上，環繞我的脖子。它們短暫形成一道實體的套環縮緊，不過在我向尼羅河表達驚慌前鬆開，鐵屑沿著手臂而下，我又能說話了。

「嘎，感謝地下諸神！」我說。「或許歐格瑪除外。對。我們現在先別謝他。」

//感激//我對尼羅河說，接著靈光一現，補充了個要求：//提問：鐵元素能把袋子裡物品外包覆的魔法吃掉嗎？//

//提問：什麼物品？/看不見//

當時路上無人行走，附近也沒人。我把乾坤袋倒過來，不觸碰地讓亮漆盒與其他物品掉到沙地上。

／／這些物品／請移除外面包覆的魔法，但是別動裡面的／／

我附加最後那句話是因爲盒裡的東西可能力量極端強大，但我可不太想隨身攜帶只要一碰就會召喚荷魯斯的詛咒物品。

一切在一分鐘內就搞定了。盒子在魔法光譜下看來完全正常，我笑著把它放回袋裡。

／／感激／和諧／／我對尼羅河說。恢復力量，騎馬離開，前往耶路撒冷去見歐格瑪。蓋亞和元素向來都是我們的朋友和救贖，就和德魯伊對它們而言一樣。

我抵達西奈半島後才發現自己犯了大錯，還追加了另一個大錯。我找了一處綠洲休息，避開炎熱的白晝，確保一些隱私，一本接著一本打開那些書，看看我給自己偷了些什麼出來。

我先從荷魯斯那裡拿的書看起，就是讓鐵元素吃掉我在魔法光譜中看見的詛咒的那些書。然而，我一打開書，立刻發現內頁都是空白的。我無從得知它們本來就是白的，還是離開密室時被房內的防禦力場抹除內文，或不小心遭受鐵元素摧毀。無論如何，那些書都毫無價值，荷魯斯沒有損失任何東西。我希望盒裡的卷軸還有價值，擔心這次滲透行動一無所獲。我連忙檢查其他戰利品。

歐西里斯的書書況都很好，一開始就沒有魔法保護，裡面和魔法力場相關的知識都是無價之寶，光它們就值得我跑這一趟。我鬆了口氣，感謝地下諸神。

最後我翻閱巴絲特的書。其中有《羔羊寶典》，因爲某人跑來第三隻眼書籍藥草店找這本書，我在許多世紀後才瞭解其內容眞正的意義。另一本記載防禦力場的做法，和歐西里斯那本很像，非常有價值。最後一本是巴絲特的神祕典籍，一打開閱讀就會產生強烈恐懼——彷彿實質存在般爬上心頭。

書是用科普特語寫成的，當時我仔細閱讀，嘴巴因爲恐懼而半開半闔，目光無法自書頁上移開，彷彿在看其他人讓自己出糗，或在路邊伸長脖子打量車禍現場。接著寧靜的閱讀時間突然被來自四面八方的嚎叫、尖叫、嘶吼聲打斷。我翻身而起，拔出富拉蓋拉，滿心以爲自己遭受攻擊，但等有機會觀察形勢後，發現我竟然被幹他媽的貓咪包圍了！我這麼說是因爲那些貓眞的，或許有點不情願地，在幹。牠們似乎幹得不太爽，或許那就是牠們發出那種恐怖聲音的原因。說眞的，我聽得也不太爽，我們應該對貓咪都等到深夜才到沒人的地方幹這種事心存感激，而且牠們通常是一公一母，而不是群聚而幹，淫聲浪語。我伏低身形，闔上那本書，沒多久貓咪就停止在做的事，甚至不再維持貓形，牠們融入沙裡、遁入風中，消失得無影無蹤。我笑了，發現巴絲特在書上施展了無形詛咒——除非你是她的大祭司或得到她的認可，不然看書時就會遭受震耳欲聾、不寒而慄的貓科高潮聲浪攻擊。

幾天後，我在耶路撒冷與歐格瑪會合，交出放卷軸的亮漆盒。他打開盒蓋，攤開檢視其中的卷軸，然後看著我笑。

「你欠我一個大人情。」我提醒他，伸手指指向卷軸。「我被刀刺傷，失去嗓音，還得聽從古至今最恐怖的貓咪叫春。有朝一日，我會讓你踏上極端艱困的旅途。」

「我明白。」他說，然後伸出手，掌心朝上。「請還我項圈？」

「呃，我不能留下？」

「不能。」

「啊，好吧。」我把項圈給他，他得意洋洋地收起項圈和亮漆盒。我們隨即起身，擁抱，道別，他回歸提爾．納．諾格，我去羅馬帝國以外的地方找個新的村落。

不幸的是，沒過多久，所有德魯伊都透過當地元素聽說了埃及從此不再歡迎他們的消息。但我可以告訴各位，現代考古學家並沒有找到我在亞歷山大圖書館底下見到的寶物，而我懷疑它們依然藏在某處，如今全在塞莎特的防禦力場守護之中。

□

「等等，」關妮兒說。「不，故事不能這樣就算完了！歐格瑪要的盒子裡究竟放了什麼？」

我聳肩。「我不知道，除了裡面放滿卷軸，我永遠不會知道。我問都沒問就把盒子交給他。妳可以把它當成《黑色追緝令》裡的朱爾斯和文森在追的那個箱子——很閃亮，但永遠是個謎。」

「你真的都沒看？」

「不關我的事。對我而言，未來的人情遠比盒子裡的東西重要。再說，我已經獲益良多了。」

「我希望你不是指和那本貓咪性愛書有關的冒險。」

「不，歐伯隆，我不是指巴絲特的神祕典籍。我是指其他我偷來的東西。我在那些東西上學到了很多知識。有些知識到今天都還派得上用場；第三隻眼書籍藥草店的部分防禦系統就是埃及來的。而且我刻意沒告訴歐格瑪鐵元素可能有多好用。」

「喔？那表示圖阿哈．戴．丹恩從未召喚過它們嗎？」關妮兒問。

「沒錯。我是說，我現在告訴莫利根了，但我懷疑她短期內能和它們交朋友。」

我的學徒瞪大雙眼，搖了搖頭，不過沒有說話。

「就是那次幫歐格瑪跑腿，加上幾世紀後另一次跑腿，讓我踏上成為鋼鐵德魯伊的道路，製造出我的護身符，當作不唸咒就施展羈絆法術的方法。塞莎特的詛咒肯定讓我瞭解有這種需求。」

關妮兒哼了一聲。「是呀。」

「歐格瑪還欠我人情——兩個！——但我不確定我眞的會要他還。要不是幫他跑腿，我也不會成爲今天的我。變成鋼鐵德魯讓我生存下來，就和不朽茶一樣。」

「我們有機會聽聽另外那次跑腿的事嗎？」關妮兒忍著哈欠問道。

「當然。但等改天聚在火堆旁再說吧【註】。」

「我希望在那堆火前還會有人幫我揉肚子。還有更多肉。或許再來隻翹尾巴的貴賓犬。」

我盡力而爲，歐伯隆。

「所以下次看見歐格瑪，我該把上次被貓追的事怪在他頭上？」

不，那個要怪我。是我激怒巴絲特的。

「啊。我不能把任何事怪在你頭上，阿提克斯！你給我點心，那等於是外交豁免權。不公平！」

沒錯，我的朋友，生活就是不公平。但有時候還有肉醬。

「你說得超對，阿提克斯。肉就是我們的慰藉和歡喜。」

《荷魯斯之眼》完

作者註：火堆旁的另一夜是指《危險禮拜堂》的故事，故事發生在西元五三七年，阿提克斯幫歐格瑪在威爾斯尋找聖杯。至於歐伯隆提到被貓追的事情則記載在短篇故事《羔羊寶典》中。

金塵德魯伊

阿提克斯說的這個故事發生在關妮兒受訓期間，《小麥街的惡魔叫客員》事件過後。

任何生過超過一個小孩的人——說起來，養過超過一隻寵物的人也算——都瞭解同時收到眾多要求時的哀傷與壓力。想像身爲將近兩千年來全世界所有元素唯一能仰賴的德魯伊是什麼感覺。我承認，也是有風平浪靜很久的時候，不過往往緊接著許多重大事件同時爆發。祕密訓練新德魯伊就有點類似那種情況——經過一段平淡無奇的規律生活，然後會被幾天很花時間的差事打斷。在一個普通的訓練日裡，紐西蘭和辛巴威元素同時要求德魯伊協助，外加狡猾的凱歐帝慢聲慢氣提出的要求——全擠在同一天——關妮兒聽見我低聲抱怨說這就和淘金熱年代差不多，於是在我們回歸日常心理和生理訓練，傍晚於火堆前放鬆時，她問起此事。

「淘金熱年代發生過什麼事，阿提克斯？」她在木柴啪啪噴出橘色火星，形成明亮弧光時問道。我們在烤肉，煙燻牛胸肉加烤豆子配冰啤酒。我叫歐伯隆別碰豆子，不然待會兒我的鼻子就慘了。

「當時有群白痴沉迷於召喚惡魔，逼得我在理應保持低調的情況下跑去世界各地對付他們。」

「你是指女巫團召喚大批惡魔，還是怎樣？」

「不，都是在不同地點獨立召喚。如果他們召喚惡魔，出賣靈魂或是什麼的換取願望，然後驅退惡魔，那通常就無所謂，沒我的事。元素會告知我有東西穿越世界而來，以免情況失控，而有時候就會失控。」

「怎麼失控？」

「這個，妳記得不久前堪薩斯的事？」

「我很難忘記那些食屍鬼和那麼多可憐人。那股味道至今還會讓我作惡夢。」

我的愛爾蘭獵狼犬歐伯隆，和我有心靈連結，暫時停止吃烤肉，插嘴道：「眞的！食屍鬼和惡魔味道超臭的！像是，比芥末臭多了。」

「對大地造成的危險主要不是來自食屍鬼——我是說，對被殺的人而言肯定很危險，但對蓋亞不算。危險來自於打開地獄通道，並吸收大地力量維持通道開啓的惡魔。要是讓那些惡魔跑掉，他們幾乎每次都會盡量多找一些同伴過來，一起尋歡作樂，而那種事肯定會對蓋亞造成影響。」

「所以十九世紀中葉跑掉了很多惡魔？」

「只有一個。但是很古老、很強大的惡魔。」

「像是以棉花糖寶寶形態出現的高瑟里安的高瑟【譯註】？」

「對，歐伯隆，遠比高瑟里安的高瑟可怕。」

「太棒了。今晚有故事當甜點了，是吧？」關妮兒說。「聽起來這個故事很有教育意義。」

「好吧。等我們洗好餐盤，收好剩菜再說。」

「我就喜歡你這種假裝會有剩菜的想法，阿提克斯。你眞是太樂觀了。我已經準備好要吃第三盤牛胸肉了。你也可以把剩下的通通放到我盤子裡，我想到就來一口。」

□

麻煩起於一八四八年一月，西西里的巴勒莫，有個喀巴拉教徒召喚惡魔幫他掀起革命，對抗兩西西里王國【編註一】的波旁王。

□

「等等，阿提克斯，兩西西里王國的波旁王就像是芝加哥香腸王嗎？」

「不像，歐伯隆。那表示他是當時統治歐洲幾個國家的波旁王朝中的其中一位國王。一八四八年時，君主政體逐漸式微，各國都在起義反抗——很多人都想要制憲，終結封建制度——但封建制度並沒有徹底消失。」

「所以他的名字就只有波旁？他和操弄波本酒【編註二】市場、毫不理會世俗道德、摧毀整個國家的肝臟沒有關係吧？」

譯註：高瑟里安的高瑟（Gozer the Gozerian）是電影《魔鬼剋星》（*Ghostbusters*, 1984）的魔王。

編註一：兩西西里王國（the Two Sicilies, 1816-1861）過去位於義大利南部的王國，成立於拿破倫戰爭，首都在那不勒斯，王家來自波旁王朝。

編註二：波本酒（the bourbon）的名字來自於美國肯塔基州波旁郡，該郡名稱是爲了感謝法國在美國獨立戰爭期間的支援，而取自法國波旁王家。波本與波旁在英文是同一個字。

「波旁是他的名字，不是職業。」

「呃。好吧，你錯過了好題材，阿提克斯。我覺得不行。一星評價。」

「什麼？你連第一句話都不讓我說完！」

「已經比這年頭大部分書的機會多了。很多人在書還沒寫完就貼書評了。」

「要是故事裡有貴賓犬呢，歐伯隆？你會給其他年代的翹尾巴歡樂貴賓犬一星評價嗎？」

「你是說……上等貴賓犬？故事裡有上等義大利貴賓犬嗎？」

「讓我把故事說完，不要打斷我，然後你就知道了。」

□

如我所說，西西里反抗軍得到召喚惡魔的幫助，讓西西里能在一八四九年五月前保持自由，直到費迪南德二世——本故事中的波旁王——再度征服它。我沒有大老遠跑去西西里，因爲那個惡魔已經被成功驅退，而我沒有必要不會穿越提爾．納．諾格。但我後來查出此事源頭，是個名叫史戴方諾．帕斯多的喀巴拉教徒，五月時逃出西西里，因爲聽說內華達山脈發現黃金而來到加州。和許多人一樣，他以爲能在那裡大發一筆，像剛開始幾個探勘者那樣走在路上就能撿到金塊。

但當他於一八四九年秋天抵達目的地時，躺在地上給人撿的金塊早就被撿光了。你得挖礦井或淘金砂才能弄到黃金，而且競爭者眾多。史戴方諾．帕斯多沒那個耐性，內華達山脈一開始下雪，他立刻跑去舊金山過冬，眼看發大財的礦工賭光財產，或靠投資大量房地產和做生意越賺越多。他不認爲他們特別聰明，應當獲得那麼多財富：他們只是運氣好，來得早。這種想法持續惡化，讓他認定爲了財富認眞工作是笨蛋才做的事。所以當一八五〇年春季到來，礦工再度帶著十字鎬和淘金鍋前往山區時，他留在城裡，藉由一個寵物惡魔的幫助，追求自己的好運。他或許會想：見鬼了，我上次召喚惡魔爲西西里人帶來十六個月的自由，接受魯傑羅・瑟提莫【註】的統治，我當然也能花十六個月或更多時間讓自己變得超級有錢。

於是他拿出蠟燭、鹽巴和所有大型召喚需要的器材，小心翼翼地在地板上繪製魔法圈和力場，等著四月二十六號出現的適當月相。他成功完成了召喚儀式——那天我正在南美洲南端閒著，突然收到瑟克亞的報告，它是從加州海灣區一路延伸到克拉馬斯山的元素。

但沒多久單純的召喚惡魔報告就變成迫切請求幫助。事實上，瑟克亞大半夜把我喚醒。//現在要德魯伊//元素說，搖晃我的身體，滲入我的意識。//大型惡魔跑了//

自從舊世界發現新世界後，我就一直盡可能遠離北美洲，因爲當時的情況令我沮喪。歐洲人堅決相信他們師出有名——事實上，相信那是神的旨意，而神爲他們的行爲感到高興——於是他們忙著屠殺美洲原住民、奴役非洲人，竭盡所能不讓白人以外的人種取得該大陸上豐富的天然資源。如果我每天都得應付那種殘酷的愚行，肯定會隨時處於暴怒狀態——而如果不想讓安格斯・歐格發現並除掉大地僅存的守護者，或是在人類本身之前守護人類的過程中害死自己，我就什麼都不能做——所以十八、十九世紀

編註：魯傑羅・瑟提莫（Ruggero Settimo, 1778-1863）是出生西西里的義大利政治家、外交官，是愛國主義者。在兩西西里王國被併入義大利王國前，他曾擔任西西里島國家元首十六個月。

的大多數時候，我最好的選項就是跑去沒人的地方閒著。

瑟克亞的召喚迫使我轉移到舊金山附近的紅杉林，見證了偉大的美國淘金熱。我一進城，立刻發現自己的穿著不合時宜，所有人也都注意到了，很少有人佩劍而非六發式左輪槍了。但我可以晚點再來擔心融入社會的問題。

我跑去史戴方諾．帕斯多的住所。瑟克亞指引我前往傳送門所在位置。她只能告訴我從地面吸收她能量的地方在哪裡，問題在於那是棟三層樓高的建築，我必須一間一間搜索，最後才在三樓找到血淋淋的案發現場。

史戴方諾．帕斯多的屍體躺在他自己的血泊裡，喉嚨被壓碎，腫大的藍舌頭垂在嘴外，雙眼凝視天花板。不過從氣管的情況來看，完全沒必要開膛剖腹引發大量出血。血液已經凝結變黑，氧氣都沒了，玷污了他鋪好的鹽圈。附近還有一個較小的鹽圈，惡魔就是從那裡召喚來的。這是《所羅門王的大鑰匙》【註二】中描繪的設置，稍加修改過。照理說他會受到一個鹽圈保護，惡魔則困在另一個鹽圈內，但兩個鹽圈都被人用靴尖刻意抹開。這引發了許多問題。那是帕斯多自己的靴子嗎？如果是，他就贏得了史上最煞費苦心的儀式自殺大獎。但若不是帕斯多幹的，又是誰弄花了鹽圈，還全身而退？房裡沒有其他屍體。所以要嘛就是惡魔刻意放對方走，不然就是附在對方身上。我猜是後者，因爲所謂的「大型惡魔」很少會和不認識的人類跳舞狂歡。他們的樂趣比較類似把受害者的腸子打結。再說，惡魔到處亂走臭味是會被人聞到的。唯一能不被人發現的，就是我們在堪薩斯見過的做法：附在人類身上，或是操縱屍體，讓人類外皮掩飾惡魔的眞身。只要附身者穿著鞋，或走在沒有接觸土地的地板上，瑟克亞就沒辦法幫我找出惡魔位置。

我要更多情報，但帕斯多手上沒有剛好拿著記載他召喚了哪個惡魔的日記。這表示我得等惡魔開始鬧事後才能找出對方。

這個計畫有兩個問題：第一，就算沒有惡魔興風作浪，舊金山也夠亂的了——當時人口是六萬名男子和兩千名女子；而第二，那些人都不會自動向我回報。沒人知道我是誰。但他們會向傑克・咖啡・海斯警長——舊金山首任官派警長回報，酒保告訴我說他三週半前才當選的。

酒保在幫我倒裸麥威士忌時，又補充說傑克・海斯是見過世面的人。他本來是德州騎警，然後在美墨戰爭中晉升上校，經歷過無數大小戰役。沒什麼事情嚇得倒他。

去找他幫忙要有技巧。如果我現在這樣子去見他——赤腳，身穿自製服裝——他立刻就會打發我走。想要他認眞看待，就得換套新裝扮，能夠顯示我很有錢、值得尊敬的裝扮。最受人尊敬的外表就是有錢人的外表了，而在所有國家、所有年代，服裝都是最容易製造那種外表的捷徑。只不過當時要在舊金山找到那種服裝並不容易。沒時間訂做，我急著要穿，而既然我要別人找到帕斯多的屍體，並在我去找警長前報警，我決定要先回紅杉林，轉移到紐約的中央公園。當時紐約已經有成衣工業，城內有數百，甚至數千名裁縫在幫人修改衣服。事實上，很多裁縫都是愛爾蘭移民，當時正值馬鈴薯大饑荒【註二】，很多人都賺取微薄工資養家。等我去男性服飾店買了基本服裝，跑去理髮店打理外表後，就去富蘭

編註一：魔法書《所羅門王的鑰匙》（*The Key of Solomon*）版本眾多，而《所羅門王的大鑰匙》（*The Greater Key of Solomon*）是以大英博物館所藏的神秘學學者Macgregor Mathers著之《所羅門》斷章爲基礎所編的版本。

編註二：馬鈴薯大饑荒（potato famine, 1845~1849）是十九世紀愛爾蘭的主要作物馬鈴薯的晚疫病災導致的饑荒，愛爾蘭大量人口餓死，也有大量人口移民外國。又名大饑荒（Great Famine）。

納根家混了兩小時，讓富蘭納根太太幫我修改衣服。我付她公訂價九倍的錢，讓她放下手裡的工作，又帶了一週分量的雜貨和一瓶愛爾蘭酒助他們度過難關。我與富蘭納根先生和他孩子交換故事和歡笑，當我道別時，大家都比之前開心，也獲益良多。

□

「暫停。」關妮兒說。「你難道不能幫忙改善馬鈴薯大饑荒嗎？」

「老實說，那是我首度聽說此事，當時饑荒已經五年了。元素不會和我分享這種事。愛爾蘭人一直以來都只種馬鈴薯，結果遇上了一種吃馬鈴薯的黴菌，這就是爲什麼我們隨時都該栽培各式各樣不同作物的原因。但當然如今美國人完全無視從前的教訓，爲了大量炸薯條而只種馬鈴薯。我敢保證，炸薯條末日就要來臨了。要不是用了大量殺蟲劑，炸薯條末日早就發生了。」

「我向來欣賞你餵我各式各樣肉的做法，阿提克斯。」歐伯隆說。「但我現在才知道吃同樣食物不但無聊，還很危險。我今晚最好別再吃牛胸肉了。」

「你吃飽了，是不是？」

「對，那也是原因。」

□

我回舊金山後的第一件事，就是去花園角廣場找史帝爾先生令人讚歎的書店查資料，然後跑去美國飯店要了間不確定住幾天的房間。我把富拉蓋拉放在飯店經理的高保險櫃裡，裡面除了理所當然會有的財物外，還放了幾把來福槍。我刻意穿了超不舒服的新鞋，避免妖精透過欣喜若狂的植物找出我的下落——這通常不是問題，但我轉進、轉出又轉進舊金山可能會讓安格斯．歐格發現我對這附近的東西感興趣。他只要問瑟克亞出了什麼事，她就會告訴他有惡魔逃脫。到時候他或他的手下就會出現在史戴方諾．帕斯多的命案現場，趁我獵殺惡魔時獵殺我——這表示越快解決此事越好。但是從地獄逃脫的傢伙很少會讓我日子好過。

我抵達時戴了手套，藉以掩飾刺青；金錶在紫紅色緞面背心口袋中滴答作響；可笑的領帶，配上光芒形的別針；加上炭灰色細條紋外套和長褲，頭戴圓頂帽。我把梳直頭髮、抹油，讓頭髮散發紅色的油亮色澤，給我的小鬍子上蠟，低聲讚嘆自己的短絡腮鬍。我沒帶劍，改拿了把手杖，如果要打鬥可以當作短杖，同時也能讓人以爲我舊傷未癒，或許膝蓋不好。

這就是我第二次踏入帕斯多命案現場時的模樣，不過這回有兩個人站在屍體旁，低聲表達此事有多詭異。我僵在門口，倒抽一口涼氣，吸引他們的注意，隨即補充：「喔，見鬼了。」立刻讓他們知道我不是美國人。「我來遲了。」

那兩個男人把我圍住，其中之一手放在槍上。他在看見我一手拄著手杖，一手摀住心口，一副被命案現場嚇到的模樣時鬆了口氣。

「你是誰？」

我左手下移，放到握著手杖的右手上，說了個符合我英國富豪形象的名字，語氣僵硬到彷彿用女王的澱粉漿洗過。「奧澤郎・波西，第四代諾森伯蘭公爵，超自然現象專家，沒能來得及阻止帕斯多先生做出致命的愚行。」奧澤朗・波西真的是當年諾森伯蘭公爵的名字，但除了我們膚色都很白，我懷疑他和我有任何相似之處，而他肯定不是超自然現象的專家。但萬一警長費心調查當前公爵的名字，至少不會從那一點發現我是冒牌貨。我是從史帝爾書店的現代英國軍隊史中挑出這名字的，因爲理論上軍官向來都是貴族，而我沒弄錯，這位好公爵就是上將或之類的高官。

「你認識這個人？」

「我認識。請問你是誰，好先生？」

「傑克・海斯警長。」外套上別有星形警徽的人說，帶有一點德州腔調。他額頭很寬，雙眼漆黑如炭，微微綻放鑽石般的光芒。他帽子拿在手上，我注意到濃密的鬈髮掠過耳際，還有布滿鬍鬚的方正下巴。他有刮脖子上的鬍子，不過此刻已有一、兩天沒刮，看起來一副想和砂紙比誰比較粗的模樣。他對另一個男人點頭，此人鬍子刮得很乾淨，皮膚被太陽曬傷，頭髮是麥稈色，外套上也有星形警徽。「這位是我的副警長，凱西・普林瑟。」

「很榮幸認識兩位。既然我爲了追這位仁兄大老遠跑來，希望有能夠爲兩位效勞的地方。」

「死者是什麼人？」普林瑟副警長問。他不是德州人；母音發音和腔調都不一樣，說話較輕快，不會拖長尾音，我就是從那時開始學習美國南方口音的。我後來發現他是肯塔基人，來自阿帕拉契。

「他是義大利邪教徒，我不介意告訴兩位，我是經歷了地獄般的苦難才找到他的——請原諒我用雙關語。」

兩個警察瞇起雙眼打量我，我猜那是因爲他們完全沒有聽出雙關語的關係。「我不確定你這麼說是什麼意思，」海斯說。「我見過很多死人，你了解，但我沒見過這種死法。」他低頭看屍體。「先被勒斃，然後挖出內臟。又或許是反過來。不管怎樣都太凶殘了。然後還有地上這些玩意兒。鹽巴、蠟燭，亂七八糟的。如果要我猜，看起來像是某種魔法儀式。我不知道。你懂這種東西嗎？」

「我懂。我確實懂。我能進來嗎？」

「當然。不要踩到地上的東西就好。」

「想都不敢想。」我往前走，打量現場，假裝第一次看到。「嗯。是了。有點魔鬼氣息，呃？」

「我不知道。你認爲是誰殺了帕斯多先生？」

「這個嘛，我們顯然要找抹花羈絆守護圈，讓惡魔有機會殺死死者的人。」

「那現在怎麼辦？」海斯問。

「你剛剛是說『惡魔』還是——傑克，這是什麼情況？」普林瑟副警長問。

「地獄就是現在的情況，副警長。」我回答。「證據明明白白擺在你眼前。」

「或許你該解釋一下你看到了什麼我們看不出來的東西。」海斯說。

「這兩個魔法圈、希伯來文和希臘文、黑蠟燭、銀匕首——就是你所謂的『魔法儀式』——這些東西就是召喚惡魔用的。而且召喚儀式成功了。」

「你是認眞的嗎？」普林瑟副警長說。「誠實面對上帝【註】的惡魔？」

「基本上，惡魔既不誠實，也與上帝無關，但沒錯，副警長，我非常認眞。帕斯多先生的屍體可以

編註：honest-to-god通常用在強調所言爲眞的狀況（常作說眞的或上帝爲證），這裡雙關「誠實面對上帝」。

證明這種魔法有多致命。而我得指出我不太可能會為了享受和兩個陌生人開個小玩笑的快感，花這麼多錢大老遠從英格蘭跑來。兩位先生，我是在說我認知中的絕對事實。這個人召喚了一頭惡魔，而惡魔在某人抹花魔法圈時逃脫，造成兩位眼前所見的慘狀。」

「好吧，」海斯說，「姑且假設那是真的——波西先生，我不介意告訴你，老實說我很難相信——我們還是有些問題。」

普林瑟副警長嗤之以鼻。「對，像『你在唬我嗎』和『怎麼會有人想要召喚惡魔』之類的問題。」

副警長的評論在警長臉上掀起一抹笑意，宛如天上稍縱即逝的趣味流星。但接著他全神貫注在我身上，目光炯炯，顯然在說如果我的答案不能滿足他，我就要倒大霉了。

「除了你，還有誰知道這傢伙在召喚惡魔，波西先生？那個人此刻身在何處？更重要的是，跑掉的惡魔又在哪裡？」

我喜歡我在傑克·海斯身上看到的特質。遇上問題，不管看來有多不可能，他就會想辦法解決。他會先弄清楚是不是真的不可能。當然，第一個問題有點敏感。我已經變成嫌犯了。

「我向你保證，我不知道是誰幹的。但既然這裡只有一具屍體，而非兩具，那個惡魔很可能已附在他身上。那個被附身的人，我可以保證，會在城裡興風作浪。當你找到他，和他對質時，惡魔或許會反抗，又或許會離開宿主，附身其他人，留下一個完全不知道警長為什麼要逮捕他的受害者。」

普林瑟副警長搖頭。「去。警長，我這輩子聽過不少鬼話，但這是我聽過最鬼扯的鬼話。」

警長目光飄向副警長片刻，然後又回到我身上。「或許是，或許不是。聽著，波西先生，我感謝你走這一趟。我們得清理現場。如果之後要你協助，我能上哪兒去找你？」

「沒問題。我住在美國飯店。如果你逮捕了不記得最近發生什麼事的人，請知會我。追查他們的腳步或許有助於查出惡魔接下來的目的。」

「好。謝謝你。」他一副當我是有錢的怪人，除了玩風車外沒有其他事好做的瘋子般打發我走；他會改變看法一來是因爲副警長的話，二來是因爲正常人都不相信這種超自然的說法。沒關係。等屍體越來越多，他就會來找我，爲我指引正確的路。那就是我的目的。我微微低頭，輕點帽沿。

「美好一天，先生。」我回到飯店，在大廳點了杯茶，適當扮演維多利亞時代女王臣民的角色，翻開我在史帝爾先生的書店買的《匹克威克外傳》。狄更斯浮誇的文筆常常讓我看得很痛苦，不過當我看到第十章，讓剛出場的倫敦佬所吸引時，普林瑟副警長已經跑來找我，但顯然違反他的意願。

「警長要見你，波西先生。」他說，表情顯示他認爲警長判斷錯誤。我放下狄更斯小說，拿起手杖。

「聽候差遣。」

副警長一路上都緊閉嘴巴，叫我所有問題都去問警長，領著我往北走出兩條街，來到一間酒館兼賭場，顯然是這座城市裡很具代表性的一種行業。完全就是惡魔會喜歡的那種地方。我還沒看見現場就已聞到那股味道，噁心的血銅味外加一絲硫磺味。我皺起鼻頭，副警長看見了。

「我知道。聞起來像是有人放了個密西西比河西岸最大的屁，然後打算和你最討厭的姻親一樣從此住下來。」

副警長可能與家人處得不好。「我知道你心存懷疑，普林瑟副警長，但那是惡魔的味道。」

他沒回應，只是搖了搖頭，要我隨他進入酒館。

翻倒的桌子。吧台後的鏡子碎片和破酒瓶的瓶底，上半部都被射爛。五具屍體躺在地板上，不過這次死於槍傷，而非遭勒斃或開膛剖肚。

一個大鬍子男人，或許是老闆，站在吧台後，身穿染血的白襯衫，二頭肌附近有幾條黑繫帶。他冷酷地看著其中一具屍體，彷彿年輕人發現自己的童年已經離家出走，就算有機會再見，也只能從遠方默默打量。傑克．海斯警長站在吧台另一邊，在我進屋時問了老闆一個問題，但完全沒有得到回應。他叫對方名字，在對方面前彈指，吸引對方注意：「史塔佛？史塔佛。嘿，比爾。」我的出現讓警長轉頭。

「啊！波西先生。或許你能告訴我這種情形和，呃……我們剛剛討論的事有沒有關係。」

「或許。」我走到吧台旁，忽視所有屍體，指向比爾．史塔佛。「他能告訴我們事發經過嗎？」

「我正在努力讓他再說一次。史塔佛！」

男人嚇了一跳，轉身面對警長。「呃？在？」

我取用了些許儲存在熊符咒裡的魔力，切換到魔法光譜，確認史塔佛的靈氣依然完全是人。但惡魔在大庭廣眾之下來過這裡；那股味道就是證據。

「再告訴我們一次發生了什麼事。」

「喔。當然。」他和警長一樣有德州口音，對我熟悉南方口音的抑揚頓挫有幫助。「這個，那邊那位老兄——超臭的那個——他不久前走進酒館，在法羅牌【註】桌上贏了很多錢。事實上，贏到吸引人潮圍觀的地步，有人開始下大庭廣眾之下邊注。我只知道他快我把贏光了，如果讓他繼續賭下去，我們就會破產。我要我的伙計柯林斯很有禮貌地去對他說些好話，請他帶他的超級好運去別的地方賭，我們實在賠不起了。接著情況就失控了。他推開柯林斯，叫柯林斯去吃屎，柯林斯也推他，然後那傢伙就扛起柯林斯，當成布娃娃般丟到房間對面去。柯林斯摔到一張撲克牌桌上，那桌的賭客全都站起來罵丟他的人。然後就拔槍了，那個幸運的傢伙並不聰明。四對一，他還開槍打死一個人，其他人就一起往他身上招呼。但儘管身中三槍，同時持續中彈，他仍不斷開槍，射中所有撲克牌賭客的心臟，然後才倒地死亡。」

「我懂了。酒館裡其他人呢？」我問。

「槍戰開始後就跑了。我看到他們搶了不少錢走。」

「什麼時候開始有臭味的？」

史塔佛皺眉。「我想是法羅牌玩家死的時候。」

「最後一個離開的是誰？」

「柯林斯。」

警長開口：「你那個被遠遠拋開、摔在桌上的伙計？」

「對。我本來以爲他昏過去，搞不好死了，但他突然醒來，跌跌撞撞地走出去，哈哈大笑，好像整件事很有趣。他沒和我說話。我猜他辭職了。遇上這種事，我也不能怪他想換工作。」

「就是他，警長。」我說，他朝我揚起一邊眉毛。「我們得找出這個柯林斯。他就是我們要找的人。」

「他只是照我的吩咐做事，沒有別的。」比爾・史塔佛說。

編註：法羅牌（the Faro）是一種來自法國的撲克牌賭博遊戲，規則簡單、類似輪盤，十八、十九世紀時風行歐美。

「柯林斯長什麼樣子，比爾？」警長問。「我們只想問他幾個問題。」

「很高。六呎。綠背心、棕髮藍眼，還戴著那種可笑的愛爾蘭帽，你知道我說的是哪種？帽頂平平的那種。」

「他有槍嗎？」

「沒。如果要趕人出去，他會先接近對方，然後趁人拔槍前動手。」

「他出門後是右轉還是左轉？」

「我想是左轉。」

「好。」警長轉向凱西．普林瑟。「副警長，請你去找幾個人幫忙清理現場，讓史塔佛先生能夠盡快開門做生意。我和波西先生去找柯林斯先生。」

我們在不到一條街外找到柯林斯，在濃濃的硫磺味中呻吟嘔吐。

「啊，萬能的天神呀，」他講話時愛爾蘭口音很重，正努力坐起身來。「我好難受。那是什麼鬼味道？」

我檢查他的靈氣，惡魔不在，只剩下臭味。他已經附到其他人身上了。

「你記得的最後一件事是什麼？」我蹲在他身邊問他。

「讓個粗魯的傢伙丟到酒館另外一邊去。他看起來沒那麼壯。呃，我的背痛得要命。你知道我在哪裡，怎麼來的嗎？」

「離酒館一條街，」我說，決定最好別告訴他被惡魔附身的事。「我想你不記得被丟後見過任何人？」

「不，不記得。」

「好吧，」海斯警長說，「我們帶你回酒館。」我們扶起柯林斯，一起走回酒館，過程很費力，因為他身體狀況眞的不佳。他要休息，或許要醫生，雖然那年代的醫生帶來的傷害往往比好處多。我讓警長負責說話，心想不知道那個惡魔是因爲柯林斯的傷才丟棄他，還是因爲這傢伙眞的聰明到會在四下無人的時候轉換宿主。如果他這麼聰明，那就表示帕斯多召喚的不是只想搞破壞的低階小惡魔，而是眞的很危險的傢伙。那就很符合瑟克亞的警訊，但我還是有所保留。

等我們有機會在室外方便交談後，我告訴警長：「我們找到那個混蛋前很可能還會遇上幾次這種複雜狀況。」

他瞇眼看我。「你是在用華麗的詞藻形容槍戰嗎？」

「請見諒。沒錯。死人附近有硫磺味。」

「嗯。」海斯皺起眉頭，往街上吐口水。「有件事令我困擾，波西先生。我還是不敢肯定相不相信這種事，但為防萬一——姑且說我們找到了這頭惡魔後，該怎麼辦？特別是當他能夠讓人擁有超強的力量，還能轉移宿主？」

「我們羈絆他，然後驅魔。」

「你是說驅魔，不是運動【註】？像神父那樣？」

「不，我的做法略有不同。」

譯註：英語中驅魔（exorcise）音近運動（exercise）。

「我有機會採用你的做法嗎？」

「不幸的是，沒有。」

「開槍打他沒用？」

「正如史塔佛先生的證詞所說，開槍打他對被附身的人效用很大，但惡魔只會換個像柯林斯先生的新宿主。」

「好吧，那你要怎麼對付他？」

「我會竭盡所能保護其他人，警長，但我驅魔的過程得保密。」

「料到你會這麼說。神祕不可知的鬼話。就和上教堂一樣。」

「哈！對，我懂你的意思。不過我不會要你捐錢，警長。」

「是呀，你最好不要。你接下來要怎麼做？」

「我想我要在城裡走走。去其他酒館找那傢伙。既然已經殺了五個人，他會渴望殺更多人。」

「那我就讓你放手去做。有發現請通知我。」

他回到酒館去幫比爾和副警長清理命案現場，我則轉身去找別家酒館。我的計畫就是沿著街道走，經過酒館就探頭進去打量酒客的靈氣，希望找到不尋常的東西。這樣不會消耗多少儲備魔力，而我至少也能藉此熟悉市區。

不幸的是，我在造訪第一家酒館時就發現了不尋常的東西，那家酒館很多人，我得走進去才能徹底檢視靈氣；而在酒館另一端，有個妖精用幻術變成一身灰塵的粗暴礦工，瞪視其他酒客，在做和我一樣的事——找人。找我。

我認得幻象下的那張面孔。他是安格斯・歐格的手下，值得注意的是，他佩了槍，還戴手套，方便他接觸鐵。我轉身就走，向莫利根祈禱他沒發現我。然後我祈禱城裡沒有其他妖精，或者，如果有的話，祈禱他們可以幫我解決那個惡魔，讓我拍拍屁股走人。

在此同時，我得保持低調，不做任何引人注目的事。我去飯店保險櫃取回富拉蓋拉，帶著《匹克威克外傳》回到房間，告訴自己暫時龜縮不出是非常符合邏輯的行動。這頭惡魔顯然對人類構成威脅，但暫時而言，並不會威脅蓋亞，我有時間等妖精搜索，讓他們相信我不在舊金山。給他們一天、兩天或五天，他們就會離開。

然而那頭惡魔並沒有離開。海斯警長大半夜跑來敲我的門，回報另外一間酒館發生大屠殺，情況和之前如出一轍——幸運到不像話的賭徒吸引大量目光，直到情況突然失控，死了一堆人。此事很值得思考，但我懷疑得親自到場才能查出線索，而我還不打算離開房間。

「除非你知道惡魔此時此刻身在何處，不然我完全幫不上忙，警長。」我這麼說，他抿嘴瞪我。

他離開後，我思索兩次事件的相似處。高階惡魔喜歡透過七宗罪狩獵，而這頭惡魔似乎有慣用手法——以貪婪開場，獲取靈魂所需的憤怒與暴力是必要的結尾，但並非引誘獵物的手段。

我記得當時自己坐在一張不太舒服的椅子上，大聲說道：「喔，狗屎，」然後放下狄更斯小說。

「萬一是瑪門【註】怎麼辦？萬一帕斯多瘋狂到召喚聖經中貪婪的實體化身怎麼辦？」

編註：瑪門（Mammon）原本是新約聖經中代表財富的用詞，在阿拉姆語中代表不義之財，後來神格化，成爲基督教文化中代表七大罪之一貪欲的惡魔君主。

當我開始這樣想後，我就知道自己該怎麼做了。當然，出城幾天，甩開妖精，但我同時得在瑪門擅長的領域擊敗他。我在大門櫃檯詢問要上哪裡買馬，黎明時我已弄到了一匹最近才抓到的野馬，名叫莎莉，不過那首歌和跑車都要約莫一百年後才會出現【註一】。早餐過後，我換上馬裝，騎馬南行，繞過舊金山灣。等我仰賴莎莉本身的力量抵達該處後，我下馬並脫鞋，與瑟克亞短暫交談，讓她知道我要做什麼，請她賦予莎莉能量。元素同意幫忙，我再度上馬，用比甘道夫騎影疾還快的速度西行，徹底在安格斯．歐格及其手下前掩飾行蹤。

□

「等等，阿提克斯。我在努力想像那畫面。你騎野馬莎莉時有戴特別的帽子，對吧？請告訴我是尖頂帽。」

「圓頂帽，歐伯隆，頂是圓的。不是尖頂巫師帽。」

「你又辜負觀眾期待了！畫面都準備好了，像感恩節火雞一樣等著給你拔毛，結果你竟然錯過啦。而且到現在還沒有上等貴賓犬出場！一星。」

□

丟下惡魔不管令我深感罪惡。我很可能會任由天知道多少人因為貪婪而死。但如果待在城裡，我很可能也是會一整天徒勞奔波，試圖找出惡魔下落，而他們還是會死。如果惡魔眞的開始吸收蓋亞的能量，瑟克亞會告訴我，我可以轉移回去。在此同時，我得想辦法甩開妖精，弄點惡魔誘餌。

騎了兩天，我抵達卡拉維拉斯郡內的內華達山脈，當時離馬克・吐溫寫出那隻卡城名蛙【註二】還有一段時間。瑟克亞已經告知內華達山脈元素我的需求，而那些東西就躺在一道花崗岩壁上通往小山洞的裂口等我。那是一大疊純金金塊，滿身灰塵的礦工夢寐以求的那種，於火山中成形，幫我集中在一個淺坑裡，方便塞入鞍袋。對這片山區整體將會出土的金塊而言只是九牛一毛，但已經是一大筆錢，也是解決瑪門問題的關鍵。

有條山蛇宛如小龍般看守那些金塊，不過看起來沒什麼幹勁。他對我微微吐舌後，就不再理我。

□

「等等，」關妮兒說。「你之前讓科羅拉多把一堆黃金弄來這裡給凱歐帝用。當時爲什麼不那麼做？」

「好吧，我想是因爲凱歐帝當時沒逼我那麼做。反正我也得離開舊金山。再說，那是我第一次與採礦相關的體驗。我之前沒這麼幹過，我喜歡讓大地保有她的寶藏。」

編註一：出自歌手Bernadette Castro在一九六〇年代的的單曲*Sports Car Sally*。

編註二：出自馬克・吐溫作品《卡城名蛙》（*The Celebrated Jumping Frog of Calaveras County*）。

□

我在五月三號下班時間前回到舊金山，相信妖精已經放棄找我，跑去別的地方了。我在城南跳下野馬莎莉，脫掉鞋子吸收大地能量。我取用些微能量，解除一塊金塊的羈絆，變成金粉，然後重新羈絆到我的外套、帽子，甚至是褲子上，還在臉上和小鬍子上都撒了些。我不再是平淡乏味的英國貴族，而變成光鮮亮麗的有錢小夥子，名符其實地金光閃閃。

這個計畫並非毫無風險，但當時在舊金山，唯一比在賭桌上大贏特贏更能激發貪欲就是扛著一大堆黃金走在路上。每次挖到金礦都會激發淘金狂熱，每當礦工帶著金礦回城時，消息都會迅速傳開。我的純金金塊和衣服上的金粉將會立刻造成轟動，也確實造成轟動了。我來到花圓角廣場的亨利・M・納格利銀行，剛好趕上銀行關門，而當時我身後已跟了一大群人，走在莎莉身邊，盯著鞍袋看，一邊舔嘴唇一邊幻想裡面放了些什麼東西。他們的靈氣中都浮現強烈的貪婪橘光，但全都不是身穿肉衣的惡魔。我沒有把奧澤朗・波西這個名字告訴那個問我「你叫什麼名字，先生」的人。

「席拉斯・梅克皮斯。」我用希望聽起來像警長腔調的拉長口音說話，當場掰了個姓名，因爲那個年代還能那樣做。人群裡沒人知道我是奧澤朗・波西，諾森伯蘭公爵，所以沒理由戴那張面具。

「你外套上的金粉可能就值一百塊。看來你的地很了不起。」

「我想是。」我微笑地對他說著，雖然我不太確定他在講什麼。

「你的地在哪裡？」另一人問。

「和大家一樣，在內華達山脈。」

「是呀，但是是你自己的地，還是別人的？」

「當然是我的。」

「在哪裡？」

「那是我的事。」

「你反正都有回報郡府建檔，不如直接告訴我們。」

這消息很糟的。我沒有回報任何土地，甚至不知道我該做這種事。這就是離群索居的問題：你遲早得要回歸人群，偏偏習俗和法律似乎總是會被改到對你不利。我料到會有人想搶金塊，但從未想過對方會利用法律漏洞來達到這目的。但至少聽起來我有辦法拖延。「那你就去查檔案吧，因爲我不會告訴你。」

對方喃喃自語，但其他人只是嘲笑他，說我沒有義務做任何事，只要在打木樁後三十天內回報建檔就行了。

看見銀行後，我接觸莎莉內心，叫她開始跑，拋開那群人。如果我讓他們一路跟我走過去，事情就不會圓滿收場。會有一、兩個人說要幫我把黃金抬進去，當我拒絕時，他們就會想辦法起鬨、打架，然後我的黃金就會被某人或更多人偷走。所以我得利用這個機會甩開他們，而由於我沒有對莎莉下達口頭命令，他們不會料到我這樣做。有兩個人因爲離馬太近而被撞倒。

他們大吼大叫，緊追而來，事實上我抵達拴馬柱時也才拉開五十碼而已，但這段距離足以讓我下馬，把鞍袋甩上左肩，溜進銀行，在一群怒氣沖沖的人面前關上大門，將門栓完全鎖上。群眾的叫罵聲和敲門聲令我忍不住微笑。

「嘿，」有人抱怨道。「你不能那樣把門拴起來。我們在做生意，現在是營業時間。」

我轉頭看見一個留著史詩級黑色小鬍子加大波浪落腮鬍的男人。他下巴修剪乾淨，嘴巴本來應該完全掩沒在鬍子底下，不過由於他在皺眉看我的關係，我可以看見拉長的下唇。掠奪者般的雙眼透過長長的鼻子緊盯著我，讓他看起來有點像是毛茸茸的老鷹。他就是亨利・納格利，日後離開銀行業，改行釀酒，南北戰爭時又成爲同盟軍將領的人。

「我帶了很多黃金，先生。」我蓋過敲門聲喊道，聳一聳肩，凸顯沉重的鞍袋，「外面那些人打定主意要搶走我的黃金。如果我可以先把黃金賣給你，就不用擔心把門打開的事了。」

儘管他堅持開門做生意，銀行裡卻沒有其他顧客。他從出入口上鎖的櫃檯後方的椅子上起身，片刻過後伴隨鑰匙敲擊聲走出來，大聲招呼從外面看不到的人過來幫忙。沒多久就有兩個男人從後面出來，兩人都全副武裝、留有壯觀的鬍鬚，隨時準備保護銀行內的財物。他們三人聳立在我身後，大聲叫外面的人閉嘴，銀行已經關門了。追我的人終於放棄，但放狠話會來找我。我就是要他們這麼做，所以我在門後挑釁：「來呀來呀。」

如今消息已經傳開，有個名叫席拉斯・梅克皮斯的混蛋帶了一大堆金塊入城，他們打算查清楚他是在哪裡挖到的。他們會大聲張揚，而他們貪婪的意圖肯定會吸引惡魔。無論是哪種情況，我們遲早都會碰頭。當如此強烈的貪婪聚集在城裡時，他絕不會跑去其他地方。

肯定不會有人闖入銀行後，亨利・納格利指向我的鞍袋。「我可以看看嗎？」

「當然。」我拉開一個鞍袋，觀察他打量其中金塊的眼神。眼睛睜大，不過只睜大一點，他克制自己，微微點頭。

「非常好，看來我們可以做生意，先生是……」

「梅克皮斯。」

「歡迎，先生。」他請一個武裝守衛待在門口，要另一個看好後門。「請到那個窗口，梅克皮斯先生，我們來檢驗你的金塊。」

之後就是一段漫長的等待，亨利．納格利秤我的金塊，共有三十磅眞金，外加衣服上在我偷偷解除羈絆後花了點心力收集下來的幾盎司金塵。

「你是哪裡人，梅克皮斯先生？」納格利一邊工作一邊問。「聽起來像是南方來的。」

「不毛之地德州。」我希望我的口音學得夠像。納格利先生是北方人，或許不太分得清楚南方口音，而我只要再維持這個身分一段時間就好了。「厭倦養牛了，決定往西岸來看看大家在吵什麼。」

「看來你找到大家在吵的東西了。」

「顯然是。不過我不太懂什麼土地的問題。」

銀行家停頓片刻，抬頭看我。「這不是從你自己的地開採出來的？」

「這個嘛，如果不是呢？」

「那你首先得證明不是從其他人的地裡開採出來的，如果那不是任何人的地，你就能夠提出宣告，防止其他人開採。」

「喔。那我要怎麼宣告土地？」

「首先，你要用木樁標示土地邊界——」

□

「哇，阿提克斯，等等。牛排【註】？你爲了宣告土地把美味的牛排放在地上腐爛？」

「不，歐伯隆，木樁，插到地上的那種木樁。是同音字。」

「喔，還好。我本來想說如果要放棄牛排的話，我永遠不會宣告任何土地。另外？英文很蠢。而且我還在等上等貴賓犬。」

「你表現得很有耐心。」

□

納格利繼續：「打好木樁後，你有三十天去郡府宣告邊界，支付相關費用之類的。我假設你是美國公民？」

「是。」我說，雖然我當然不是。不過他沒有質疑我，因爲我聽起來不像是從歐洲來的。

「那很好。本城兩週前才通過外國人挖礦稅，一個月要二十塊錢。」

我沒有針對此事多說什麼，不過後來得知那條法律是首條用來歧視中國人的法律，不過當然也會影響到像史戴方諾・帕斯多那種人。或許那就是逼他召喚惡魔，而不是靠挖礦爲生的原因。當時的二十塊相當於現代的五百塊。

等我讓他相信我沒有跑去別人的地挖礦後，納格利終於說出了一個數字，我沒有討價還價，而是收下他給我的錢。那對我的目的而言很夠了，足以吸引貪婪的目光，特別是某道特別的目光。我也想到了要怎麼利用那條宣告土地的法律。

當我離開銀行，衣服上的金粉都沒了，鞍袋也空了，但荷包滿滿，這時我發現有些剛剛跟著我的傢伙還在附近等。太陽西下，我就著天際看見他們的輪廓。

「他來了，」有人說，另一個說：「動手。」我依然是目標。錢財從金塊變成了硬幣和鈔票，但我初來乍到，沒有朋友，甚至沒槍。而他們來加州是為了要迅速致富，但卻事與願違，這表示短期內我就是他們最好的機會，只要搶我就好了。但我還是有佩劍，於是我把鞍袋丟到莎莉背上，立刻拔劍。這令他們放慢腳步。他們不是全都有佩槍：五個人裡只有兩個有槍。

「如果你們想談，站遠一點談，不然我會砍傷你們。」

「當然。」其中之一說。「我們也只是想這樣。談談。」他們的肢體語言可不是這麼說的，但我假裝他夠真誠。

「好吧。我不知道你怎麼樣，但我渴了。第一輪我請客，各位先生。城裡哪裡有好酒？」

「聯邦交易館不錯，」其中一人說。「他們威士忌只有加一點水。」

「聽起來不錯。或許他們有珍藏完全沒加水的威士忌。帶路。」

聯邦交易館就在兩條街外，店名聽起來像是銀行或金融機構，但其實是兼賣酒的賭場。就和當時舊

譯註：木樁（stakes）和牛排（steaks）同音。

金山其他地方一樣，那家店是用木頭快速搭建而成的，因為當新興都市在擴展時，你可不想為了牢固的建築而少賺一晚錢——擴張的時間就只有那麼長，等沒錢可賺時，木造建築也可以說丟下就丟下。

至少這間酒館有在假裝高級：現場有鋼琴演奏，我只能想像那台鋼琴是哪裡弄來的。肯定不是從外地運來的。

這裡有兩張二十一點的牌桌、法羅牌桌、輪盤，還有很多撲克牌和其他牌戲的牌桌。有三個女人在倒威士忌，還與礦工調情。其中一個帶著一盤酒來到我們這桌，我先買一輪讓大家喝乾，然後再買一輪小酌。

我本來會向各位描述這些人的，問題在於我不記得他們的名字。我只是把他們當成貪婪的源頭，希望他們能把惡魔引來這棟建築物。

我杜撰了土地的位置，還有我意外找到那裡的故事，那地方還有很多金塊躺在地上，根本不用挖就能撿到之類的，我很肯定山裡到處都是那種地方，而他們信了我。他們不停喝酒，一小時後，他們都不醒人事，但因為一直在解除體內酒精的羈絆、防止自己喝醉，我沒醉。我沒必要和他們打架，而我也慢慢吸引了酒館內其他人的注意，消息很快就傳開了，拜威士忌酒侍所賜，大家都知道我在某地找到金礦，發了大財。請所有人喝一輪酒也幫我吸引了不少注意。

我把本來要襲擊我的傢伙弄得酩酊大醉，坐都坐不起來，然後擺出外行人的模樣晃去輪盤那桌。我花了點時間弄清楚輪盤的規則，和人聊天，開始下注。然後作弊。

我作弊當然不是為了私利，純粹是為了吸引目標。我會輸幾盤，但贏更多，一分一秒地慢慢累積財富，其他人則趁著我的運勢，跟著下注。

□

「暫停。」關妮兒說。「你如何作弊？」

「想要肯定會贏時，我就會把輪盤球表面和挑選的號碼格短暫羈絆，讓它待在格子裡。」

「這樣都沒被發現？」

「我輸的次數多到他們不會起疑。而且我一直在請大家喝酒，鈔票一疊一疊送人，然後他們又很快把錢輸掉。酒館沒在輸錢。我贏的錢大概就維持在我進入賭場時身上的錢。而在我這麼做的同時，貪婪的氣息持續高張。」

「是呀，那裡的東西好吃嗎？」我的獵狼犬問。

「我正要講那個呢，歐伯隆。」我說。

□

我休息片刻，去吃晚餐；聯邦交易館提供甜烤肉醬牛肉片、同樣醬料的斑豆，還有一座玉米麵包山。這樣讓我有時間說點笑話，與酒館員工混熟。我吃不完餐點——東西太多了——所以我問他們有沒有愛吃剩菜的獵犬。

「我們當然有，」酒保說，他告訴我他名叫柏金斯，還表明他就是業主。他用蠟弄捲小鬍子，露出顎裂的下巴。

「什麼品種？」

「標準貴賓犬。高高的那種，你知道，不是小型犬。」

「叫什麼？」

「費莉絲蒂【註】，因爲我們相遇是很幸福的事。我在俄勒岡道上遇到她；她當時快要餓死了。她失去了家人，我也失去我的，我們互相支持對方走下去。」

「我很遺憾。」我說。「我可以和費莉絲蒂打聲招呼嗎？我已經很久沒看到狗了。或許她可以爲我帶來好運，讓我繼續贏下去。」

他看著我笑。「當然，有何不可？我請露西帶你過去。」

露西是其中一個威士忌酒侍，她在柏金斯要求下帶我到後面的廚房，路過廚師，來到貴賓犬睡覺的地方。費莉絲蒂有著很漂亮的白鬈毛，看起來吃得不錯。她尾巴在床上甩了兩下，接著起身打招呼。我幫她搔了幾下，還給了她點牛肉吃，然後她告訴我說她認爲柏金斯比大部分人類對她好。我很高興知道這一點。

□

「她會尿尿在對她不好的人類身上嗎？」

「什麼？歐伯隆，不會。」

「你有問她嗎？」

「我不會想到要問她那種問題。」

「好吧，既然你提到了貴賓犬，還有餵她吃東西，我就多給你一顆星，不過你是爲了迎合我才特別提起她的，所以我要再減掉一顆星。這表示你還是一顆星。」

「我才不是在迎合你！費莉絲蒂還會出場。我一開始就說過會有上等貴賓犬。可以先讓我說完嗎？」

聽見我提到迎合歐伯隆的指控時，關妮兒努力忍住不笑出聲。

「好吧，繼續。」歐伯隆說，高高在上，一副給我面子才聽我說的模樣。

□

回到酒館時，我希望貪婪的氣息已足夠吸引我的獵物現身。我掃視大廳中的靈氣，卻一無所獲，這表示我得繼續加油。我賭博、狂歡、大笑。很多人問起我的劍，還有爲什麼要戴手套。我說那些東西爲我帶來好運，然後就沒說下去了。

當時的賭場只要還有在賺錢就不會打烊。而既然現場有不少金錢易手——我努力確保這一點——柏金斯沒有在該去睡覺的時候上床睡覺。他找人過來接手吧台，不過繼續待著，留意賭場中的狀況。撲克

譯註：費莉絲蒂（Felicity）是幸福的意思。

牌桌起了幾場衝突，但我巧妙維持輪盤桌的秩序。我就和《哈姆雷特》中的國王一樣，飲酒作樂、歌舞狂歡。但即使同時在解除酒精羈絆、每隔一段時間就下場休息，我還是越來越累，開始考慮放棄。直到午夜過後許久——沒弄錯的話是淩晨三點——賭場中的氣氛才突然出現變化。

一個挺著小啤酒肚的男人步入賭廳，寬邊帽壓低，大黑鬍子修剪整齊，嘴角叼著悶燒的雪茄。他腰間掛著兩把手槍，腳上是實穿又耐看的鋼尖靴子；他不是勤勞工作的牛仔或礦工。他是別種人。

我透過魔法光譜打量他，在他靈氣中看見黑色攪動的污點，表示他遭附身。有惡魔把這個人當成人肉禮車駕馭。

我轉動輪盤，希望這一把輸，而我確實輸了。我離開賭桌，說去休息，晃晃悠悠地走向柏金斯。

「是，先生，梅克皮斯先生，我能爲你效勞嗎？」他說。我伸手指朝他勾一勾，讓他湊近一點，不讓其他人聽見我說話。

「我本名不是席拉斯・梅克皮斯。」我說著丟下德州口音，轉回英國腔調。「我名叫奧澤朗・波西，在幫警長臥底辦案。我們要找的人剛剛走進酒館。你能立刻派人去找海斯警長過來嗎？告訴他波西找到對方了。」

「好。會引起騷動嗎？」

「很可能會，但我希望能在沒人受傷的情況下解決。警長越快來，你蒙受損失的可能就越小。」

「哪個傢伙？」

「細雪茄、寬邊帽、花俏靴子、絲帶領帶。」我朝正門方向輕輕點頭。

柏金斯眼珠轉動，停下，瞇眼。「沒見過這傢伙。但那不代表什麼。好，交給我。」

晚間演奏的鋼琴師已經回家了，如今這個鋼琴師演奏到渾然忘我，彷彿飄在一朵鴉片酊雲霧中，那可是很厲害的毒品。

附身男的雙眼盯著輪盤桌看，也就是強烈的貪婪慾望凝聚中心。如果依照他之前的做法，他會開始在那桌下注，一直贏到柏金斯請他離開爲止。然後情況就會失控。他會盡可能打死最多人，然後溜出這具肉身，去找新的宿主。

柏金斯派他的酒保去找警長，我則轉身瞄準對方的槍套。我利用熊符咒裡的能量把槍上的鐵羈絆到皮槍套，讓他無法拔槍。鐵在抗拒，我的施法端與槍的部分都有阻力，表示這麼做要消耗的魔力比預期多。我又用大量魔力融掉擊鎚，讓他沒辦法透過槍套開槍。我所剩的魔力不多，但希望不用太多魔力。在這種情況下施法會引來不必要的注意。

惡魔花了點時間打量賭場，然後往輪盤桌移動，我在他看到我前離開吧台。我繞到賭桌對面，隱身在兩個醉漢之後。沒過多久，他來到輪盤桌，開始操弄賭局。換句話說，和我一樣作弊。我透過魔法光譜觀看。他確保主要賭客輸錢，他贏錢。他很快就會變成主要賭客，到時候我們全都會踏上危險的道路。我得趁他以貪婪誘惑他人，殺光他們，將靈魂據爲己有前把他引到沒人的地方。

我步伐輕快，左手連鞘拿著富拉蓋拉，從惡魔側面接近，在他下注之前拍他肩膀。

「嘿，老兄，我是不是認識你？你說你叫什麼？」我在他轉身看我時面露微笑。他故意朝我的方向吐了口毒煙，然後才回答。

「史蒂芬·布萊摩爾。」

「不對，你不叫那個。你是瑪門，對不對？」

我沒料到肚子上會挨一拳，也沒料到那拳的速度和力道。我以爲對方會瞇眼瞪我，以克林・伊斯威特那種沙啞的嗓音來句：「你叫我什麼，混蛋？」然後才開始拳打腳踢，但是，不，我讓他一拳擊中橫膈膜。彎腰向下是本能反應，無法抗拒，但我連忙後退，不讓他輕易追擊。他還是打中我肩膀，力道強到令我失去平衡，摔倒在地。我翻身滾開，大口吸氣閃避我很肯定會緊接而來的踏擊或踢擊；我翻滾時撞倒了個矮子，他沒發現我們已經開打，整個人摔在我身上，大聲咒罵。這情況阻擋了惡魔片刻，讓我重新站穩腳步。

我及時察覺另一拳來襲，有鑑於他之前攻擊的力道，如果中了這一拳，我的鼻子就會被打進腦子裡去。我揮動左手擋在面前，將他拳頭向左架開，隨即挺直兩根手指插向他的喉嚨。惡魔或許不在乎空氣或其他東西，但他駕馭的肉身總有反射動作。他後退，嘴裡的雪茄掉下。我接住雪茄，以點燃的那一端轉向他，整根塞入他嘴裡。這提供了更多題材思考。他或許在想是不是該提早離開史蒂芬・布萊摩爾的身體，因爲惡魔並不擅長療傷。

我取得足夠時間呼吸，拔出富拉蓋拉，指向他。「富拉格羅伊土。」我說，啓動劍刃上的魔法能力，把他羈絆在原地，就像任何力場或鹽圈一樣。我讓他吐出雪茄，然後用古愛爾蘭語說：「沒有我的同意，你不能移動或說話。」他聽不聽得懂都無關緊要；富拉蓋拉懂就好了。他僵在原地，瞪我，接著我就面對了抓住老虎尾巴後該怎麼辦的那句古諺——你最好不要放手。

問題在於我是在眾目睽睽下這麼做。人們或許不了解眼見的是德魯伊對抗地獄來的惡魔，但他們知道事情不對勁，因爲帶兩把槍的男人竟然沒有威嚇拿劍的人，而拿劍的人還講了奇怪的話。

「抱歉，各位。」我用不太肯定的德州腔調說。「我們會去別的地方繼續，不打擾大家的興致。」

我對惡魔說：「我們去門邊聊聊，不要亂來。」

我可以透過移動劍尖把他推向正確的方向，但沒辦法強迫他移動。加持魔法的功效主要是防止目標移動，而不是推到或拉扯對方。而史蒂芬・布萊摩爾體內的惡魔真的很不願意合作。

他雙手伸向手槍，企圖拔槍出套，結果發現拔不動。他渾身顫抖，努力破解魔法，或許，甚至逃出宿主體內，再找人附身，但他完全受困於魔劍。他的雙眼在沮喪和憤怒下轉變成煮熟龍蝦的顏色；他張大嘴發出任何正常人類都無法發出的吼叫，聲音很低沉，彷彿他一小時前剛吃過壞掉的卷餅，但聽起來顯然是發狂戰士要大開殺戒時會發出的戰呼。

酒館一片死寂，所有人轉頭過來看。就連鋼琴師都不再瘋狂演奏。

「這傢伙不舒服。」我說。「不要碰他，拜託，給我們點空間。他知道得照我的話做，但他不願意。抱歉，各位，我們會盡快離開。」

史蒂芬・布萊摩爾不斷拉扯他的槍。「拔不出來的，我做過手腳了。讓我們來聊聊，好嗎？想要擺脫我只有這條路。」

這話不光是說給惡魔聽，也是說給其他人聽。確定不會開槍後，人們開始議論紛紛，有些人禮貌地轉身繼續賭他們的。鋼琴師收到指示，再度開始演奏。

「走吧，」我對惡魔說。「往門口走。」惡魔決定不再抗拒，眼中的紅光消失，手腳也不再抖動。他握緊拳頭，走向門口，我劍尖始終指向他，請別人不要走到我們中間。幾名衣衫襤褸的礦工坐在一張桌旁喝酒聊天。我請他們換坐位，丟了一些沒兌換的籌碼當作赤裸裸的賄賂。其中一人還要更多籌碼，不過其他人叫他不要那麼混蛋；對他們來說，這個不怎麼樣的晚上終於開始轉運了。

我讓他坐在我對面，背對門口，露西過來問我要不要喝酒。我點了兩杯裸麥威士忌，但我們兩個都不打算當眞喝酒。

該是使用富拉蓋拉魔法功效——強迫對方說實話——的時候了。「來辦正事，好嗎？我是問附身在這個人類身上的惡魔，你叫什麼名字？」

一開始惡魔覺得有趣，布萊摩爾受傷的喉嚨裡發出輕笑聲，但接著「瑪門」脫口而出，惡魔在發現自己除了回答問題別無選擇時，眼睛再度綻放紅光。

「我想也是。史戴方諾・帕斯多是個笨蛋才會想到要召喚你。但我想知道的是：是誰幫你逃出召喚圈，殺害帕斯多的？」

布萊摩爾的臉扭曲成醜陋的笑容。瑪門很樂意回答這個問題。「有個笨蛋在我被召喚出來沒多久後，因爲我大叫而進入房間。帕斯多沒有阻止我影響其他人的能力。我承諾那個傢伙只要他踢開一點我身邊的鹽，便給他難以想像的財富。帕斯多求他不要那樣做，但沒辦法阻止他。他抹花了鹽圈，我附身在他身上。然後我操控他破解帕斯多的保護圈，讓他爲了他的自大付出代價。你是誰？」

「是我在問問題。你有對附身的那個人實現承諾嗎？」

「有。他玩法羅牌贏了一輩子都沒見過的財富，但有人企圖阻止我，然後就亮槍了。我離開他的身體前收了四條靈魂。」

聽起來像第一晚柯林斯先生被遠遠丟出去時發生的事。

「之後每天晚上你都在做類似的事？」

惡魔又微笑。他認可這些問題。「對。這是我喜歡的那種城市。」

「好吧，不再是了。我要你回歸地獄。」他只是凝視著我，我發現自己不是在問他問題。「你可以自由發言，只要用英文說就行。」

「你不能送我回去。」他啐道。

「我當然能。」

「你又不是神父，你也不是宿主。」

「你說得沒錯。但在信仰上與你對立的人並非唯一想要阻止惡魔肆虐人間的人。」

「你用以羈絆我的武器，」他說，不屑地看著劍，「沒辦法對我造成永久性傷害。」

那也是實話。我當時不像去梅沙追殺墮落天使那次，有聖母瑪利亞祝福過的弓箭。富拉蓋拉可以除掉大部分低階惡魔，因為他們在人間現身的力量不強，但瑪門是真正的狠角色。你要如何摧毀貪婪的實體化身？

「我沒說我要拿劍插你。」我對他說。「劍正在發揮功效，把你困在原地，等我找到能夠傷害你的東西或人。你聽說過布莉德吧，第一妖精，能夠施展寒火的？」

自信和高傲的態度蕩然無存。「聽過。」

「她是我朋友。所以你自己決定：自願回歸地獄，保有力量，不必為了此行的殺戮負責，或留下來，在人間化為灰燼。你會煙消雲散，虛弱好幾個世紀，而且影響力會減弱——事實上，這麼想起來，除了你，這種做法可能對大家都有好處。我或許不該給你選擇，但我說過要你自己決定。」

如今回想起來，那可能是我犯過最嚴重的錯誤之一。如果貪婪打從一八五〇年起就退居幕後，讓其他罪孽出頭，這個國家——或擴大來說，整個世界——會是什麼樣子？有太多跡象顯示我當初應該多想一想的。但當時我沒考慮得那麼長遠。我只想趕走瑪門，解決大地短期內的威脅，好讓我回阿根廷繼續隱居。

「你怎麼說，瑪門？完好無缺地回去，還是被炸成碎片？」

他再度開始劇烈顫抖，憤怒的紅眼回歸，但他得決定，回答我的問題。「我回去。」

我微笑回應。「謝謝你。非常合作。但我得問清楚什麼時候，因爲這不是我第一次和喜歡玩弄細節的傢伙打交道。所以，你願意在我開啓通往地獄的傳送門時回歸地獄嗎？」

「願意，」他咬牙說道。「但我發誓我會——」

「閉嘴。」我說，富拉蓋拉打斷他。

傑克・海斯警長步入酒館大門，我朝他招呼。他看起來不太高興看見我。

「你他媽上哪兒去了，波西？」他說，這話提醒我轉換口音。「每天晚上都在死人——耶穌基督呀。」他在看見劇烈抖動的史蒂芬・布萊摩爾時住口。「就是這傢伙？」

「是他，警長。」我說。「他已經同意回歸地獄了。」

「好吧，那我們先帶他出去。」

「我認爲讓其他人通通離開這裡比較好。這就是我要你來的原因。如果帶他出去，可能出錯的地方太多了。幾乎任何人都有可能打斷我們——幾乎任何人都可能見證此事。我們可不想要那樣。」

「哼。」海斯看著熱熱鬧鬧的賭場。「在大家興致這麼高昂的情況下要他們離開可不容易。」

我開始從口袋裡拿出籌碼、硬幣和鈔票，放在桌上。「付錢給他們。也付給業主。貪婪是很強烈的動機。」我邊說邊看著瑪門笑，他氣得冒泡。

「耶穌呀。」海斯又說，布萊摩爾的身體在警長拿起桌上的錢時不停抽動。他很聰明地從吧台後的柏金斯著手，然後請鋼琴師離開。他大聲喊叫，蓋過人聲，吸引所有人目光後，他請大家玩完手上這一把，或直接棄玩，然後離開，聯邦交易館今晚已經結束營業。抱怨最大聲的是牌運甚佳的撲克牌賭客。警長走過去，低調用我的錢打發他們離開。

當酒館裡只剩下布萊摩爾、柏金斯、警長和我後，警長對我聳肩。「現在怎麼樣？」

「現在我要兩樣東西，」我說。「柏金斯，我要你從廚房拿一、兩瓶鹽出來。還有警長，我不想請你這麼做，但由於我得拿著這把劍困住惡魔，我得請你幫我脫掉我的鞋子。」

海斯警長噘嘴，一副寧願跑去和胖女人共進晚餐的模樣。「爲什麼要脫鞋？」

「我要直接接觸土地。再一次，我很抱歉。請把剩下的錢留下當作酬勞。」

「我想我會這麼做。」他說著在走過來時把剩下的錢塞入外套口袋。「別告訴別人我這麼做。」

柏金斯消失到廚房去，警長則幫我脫鞋。「怕你沒發現，酒館裡沒有土地。」他說。

「會有的。」我對惡魔說。「好了，瑪門，起來。倒退走，等我叫你停爲止。」我想盡量遠離門口，以免有人進來，但爲了防止有人進來，我還是請警長去門口站崗。

柏金斯從廚房回來後，我用左手在持劍的手下方撒了一條鹽線，往兩旁延伸，然後將鹽瓶還給柏金斯。「我要你在這個男人旁邊倒一個鹽圈，但不要接近到觸手可及的距離，好嗎？」

柏金斯皺起鼻頭。「你喝了鋼琴師的鴉片酊嗎？」他問。

「不，我從沒碰過。鴉片酊是很強的毒品。」

「現在究竟是怎麼回事？你說他是通緝犯，那警長爲什麼不直接帶走他？」

「因爲，柏金斯，這個人體內有頭惡魔，我們得把他趕出來。」

柏金斯瞪我片刻，然後轉向海斯。「警長？」

海斯對他點頭。「照他的話做就對了。」

「這樣超浪費鹽的。」他說，但還是照我的話做，我則緊盯著布萊摩爾不放。

「謝謝。」我在他弄好之後說。「現在最好退到吧台後面去。」在他轉身搖頭時，我利用熊符咒裡最後的魔力來取得更多魔力：我解除所站地板的纖維，接觸木板之下的地面。當時的房屋沒有水泥地基，房子外圍會有石頭和泥灰地基，但中間就是直接把木板鋪在土地上。

在重新獲得蓋亞的能量，並直接接觸元素瑟克亞後，我告訴她已經抓到惡魔，得開啓傳送門，把他送回地獄。獲得允許後，我在鹽圈外製作防禦力場當作後援，然後開始進行眞正棘手的部分。

我不知道史蒂芬．布萊摩爾被附身前是什麼人，但我不能在他還活著時把他丟入地獄。他應該有機會活下來贖罪，如果他想要贖罪的話。但要把瑪門逼出布萊摩爾體外，我就得要他脫離富拉蓋拉的羈絆——惡魔也知道這一點。他不能說話，但對我眨眼微笑。他絕不可能乖乖回歸地獄。

我檢查防禦力場，遠比鹽圈強大。我在其中製作傳送門。如今除了繼續進行，沒有別的事情可做：拖延越久，就越可能會有人跑進來打斷儀式——史戴方諾．帕斯多就是被人打斷的。

「當我解除羈絆時，瑪門，你會信守承諾，離開布萊摩爾。」

「我沒承諾過那個。我只說你打開傳送門後，我會回歸地獄。」

「你不能帶布萊摩爾先生一起回去。」

「喔，但我就是打算這麼做。他歸我所有，正如那把劍歸你所有一樣。」

「他現在還不是你的。他應該要活完自然壽命，到時候你再取得他的靈魂。」

「哈！你根本不知道這傢伙幹過什麼。但你又能怎麼辦？摧毀他來摧毀我？你要這麼做可是會下地獄的。」

「不，我死後不會下地獄。我是莫利根的。」

惡魔側過布萊摩爾的頭。「莫利根？……喔。你是那些傢伙。德魯伊。我以爲他們死光了。」

「顯然沒有。」

布萊摩爾閉上雙眼，深吸口氣，然後吐氣。再度睜眼時，他對我微笑。或者該說，瑪門對我微笑。

「很好，德魯伊。等你解除羈絆時，我會離開布萊摩爾，讓他活完一生。」

他有點太好心了。「活到自然死亡？」我逼問。

「對。」

「好。來吧。」我讓布萊摩爾脫離富拉蓋拉的掌控，一股油膩的橘煙噴出他耳朵、鼻孔和嘴巴。橘煙於空中旋轉，在他身後凝聚成人形，那股氣味來襲時，我忍不住在嘴裡嘔吐了點東西。

最後他七竅不再噴煙，瑪門以原形現身——肌肉糾結、身材乾瘦的怪物，宛如埃貢・席勒的畫作【註】，但腹部腫大，冷酷眼洞如同礦坑、血盆大口中長滿銳利的牙齒，彷彿來自馬里亞納海溝的夢魘。

他的宿主搖晃眨眼，恢復自我。「史蒂芬，過來。」我對他叫道。他只要跨越鹽圈就安全了。「史

編註：埃貢・席勒（Egon Schiele, 1890-1918）是二十世紀初期表現主義的奧地利畫家，特徵是個性強烈的畫風，畫中人物姿勢或肢體扭曲，讓觀者爲之衝擊。

蒂芬！」

「呃？嘎！可惡，我的屁眼為什麼好像著火了？」

以遺言的標準而言，這話算不上深奧，也沒什麼啟發性。瑪門從他後方伸手，抓住他左肩，纖細的長手指扣住布萊摩爾的脖子，連頭帶帽一起拔掉他的腦袋。他準確無誤地把頭丟向吧台上的煤油燈，油燈摔爛，引燃櫻桃木。布萊摩爾的腦袋消失在吧台後，柏金斯驚慌大叫，不過我不知道是因為失火，還是在他的店裡看見惡魔的關係。

但瑪門還沒鬧完。他把布萊摩爾的屍體大卸八塊，丟向酒館內其他油燈，到處放火。

「你承諾會讓他自然死亡！」我在他分屍時叫道。

「沒錯呀。我徒手殺他，這種死法很自然呀。」瑪門說。「獵食者把獵物分屍也很自然。進入魔法圈，德魯伊，我讓你感受一下自然。」

「這是怎麼回事？」凱西・普林瑟副警長在這時候步入酒館，目瞪口呆，海斯警長拔出手槍，用槍柄敲普林瑟的肩膀。

「可惡，整間房子都要燒掉了！去找人幫忙，不然全城都會陷入火海！」

我轉頭發現他說得沒錯。如今火勢凶猛，而酒館完全是木造的。聯邦交易館已經完了，但柏金斯顯然不願相信這一點。他想拿毛巾撲熄吧台的火勢，但是整座酒館都在燃燒。

「柏金斯！」我在普林瑟出門時叫道。「出去！沒救了！」

「我們可以阻止火勢！」他回道。「來幫我！」

「柏金斯，辦不到！」我努力回想任何比他一手打造的生意更值得他深愛的東西：「想想費莉絲蒂，柏金斯！你得去救費莉絲蒂！帶她離開這裡！」

他不再拍火，抬起頭來，發現我說得沒錯。不管我們怎麼做，酒館都已經完了。自高奮勇的消防隊和水桶隊絕不可能即時趕到。我們都已經滿頭大汗，而當時是很涼爽的清晨。

「我希望你們全部下地獄！」他說著丟下吧台毛巾，衝回廚房去找費莉絲蒂。我認爲那隻貴賓犬光是身在廚房就等於是救了他一命；如果她不在，我想他會很樂意和酒館同歸於盡。

至少，那在這場傳奇級的災難中算得上一點好事。隨著火頭亂竄，溫度高漲，濃煙四起，我終於發現瑪門的企圖，擾亂和拖延到我別無選擇，只能自行離去。如果我始終沒辦法開啓地獄門，他就沒必要踏進去。

警長並沒有分心。他有東西要殺，手裡也握著可以正常運作的手槍，而他剛剛目睹了瑪門撕爛一個人，把他的屍塊到處亂丟。殺掉這頭惡魔完全不會良心不安。海斯上前一步，站好位置，開始射擊。子彈擊中目標，但直接射穿。瑪門凝聚了形體，但卻沒有眞正的血肉占據空間。他只是哈哈大笑，看著警長射光子彈，火勢越來越猛。

我將注意力集中在布萊摩爾剛剛站的位置，唸誦咒語，首先把那塊空間和地獄同一塊空間羈絆在一起，然後解除分隔兩個世界的簾幕羈絆。瑪門的反應就是一爪抓入布萊摩爾沒頭沒肢體的軀幹裡，扯出血淋淋的腸子，對我甩過來。

這種情況就是德魯伊至少要發展出兩個戰鬥思考模式的原因。其中一個應付肉體戰鬥，另一個專心負責製作羈絆。

我只是稍微抬高富拉蓋拉，以刃面對準瑪門，不讓腸子打中我的臉，然後繼續羈絆。史蒂芬・布萊摩爾的消化系統濕淋淋地打在劍刃或我身上，然後掉落地面，而我渾身濺滿他的血和糞便，但那些東西也不比瑪門本身的臭味噁心。

羈絆完成，地獄在瑪門腳下裂開時，他大吼大叫，把布萊摩爾的軀幹對我丟過來。我花點心力矮身閃過。

「馬伊斯，納卡海爾！」我用蓋爾語對他說，這話對瑪門那種貪得無厭的傢伙而言是絕佳的詛咒，意思是：「祝你大吃大喝，拉不出來。」

他半滑半跳地進入地獄門，被本身言語制約的力量拉下去，而我立刻關閉地獄門。瑟克亞會感應到地獄門關閉，知道我已經完成使命。

／／和諧恢復／／我傳訊給她，她善意回應。

「我以為我什麼都見識過了。」海斯在火海中吼道，「但我想我最好多想想。來吧，波西，走。」

「我要從後門走，確定柏金斯眞的離開了。」我對他說，指向廚房門，他和我目光相對片刻，很清楚那只是表面的說詞，明白他再也見不到我了。接著頭上有根屋梁斷裂，我們點頭，分道揚鑣。我穿越廚房，從後門離開，確保柏金斯和費莉絲蒂都走了，然後想到要去馬廄裡牽野馬莎莉。我趕往城北最近的羈絆樹，希望我能在此地所作所爲吸引下一波安格斯．歐格的妖精出現前轉移離開。

那場火就是第二次舊金山大火，貨眞價實地由貪婪所引發，最後吞噬了三個街區，造成四百萬元的財務損失。感謝普林瑟副警長迅速應變，火警即時傳開，除了史蒂芬．布萊摩爾外沒有任何人死亡。而我則在阿根廷與野馬莎莉享受一年的寧靜生活，直到她眞的自然死亡爲止。

□

「你沒給她喝不朽茶？」歐伯隆問。

「沒，歐伯隆，」我透過心靈連結告訴她。「你是我第二隻喝過不朽茶的夥伴。」

「爲什麼？」

「有些人——動物——不太能適應長壽。長壽會對他們帶來不好的改變。但你則越變越好。」

「喔。謝謝。我如果有點心，就會給你一塊當獎勵。嘿，你想要來點牛胸肉嗎？我還有剩。」

我看了歐伯隆爪下那堆濕濕的肉一眼。「不用，謝謝，我飽了。」

「你第一個喝不朽茶的夥伴是誰？」

「我改天再告訴你，好嗎？那也是一個完整的故事。」

「很棒的故事，阿提克斯。」關妮兒說。「我會花點時間想想沒有貪婪的世界。我想你或許說得對：讓瑪門回地獄或許是你這輩子犯過最大的錯。就是貪婪讓我們一點一滴摧毀蓋亞。」

我嘆氣聳肩。「這我不會和妳爭辯。我可以做得更好，這點無庸置疑。但長時間身爲全世界唯一的德魯伊，我的人生紛擾不斷。那就是蓋亞要有更多德魯伊的原因。」

關妮兒展顏歡笑，雙眼反射火光。「對。學成之後，我會很樂意幫忙。」

《金塵德魯伊》完

布拉澤的鬼怪

這個故事由大德魯伊歐文・甘迺迪講述，發生在「鋼鐵德魯伊」系列第八集《穿刺》後，《歐伯隆的肉肉神祕事件簿：被綁架的貴賓犬》之前。

在樹林中奔跑時，不管是我們是要做愛、打架，還是一起來都無所謂；葛雷塔向來都喜歡事後抱抱，來段所謂的「枕邊細語」，就算我們從來不帶枕頭出門也一樣。或許是因爲我們每次一起玩都太粗暴了，所以她才想要來段寧靜的交談，隔離體內的獸性，回歸人性。我不知道；這樣或許有點過度解釋。但，就像她一樣，我漸漸開始期待枕邊細語時間，就與打架和性愛一樣期待。她有很多很狂野的故事，就是你很肯定絕不可能是眞的，只會在配備一支麥克風、瘋瘋癲顚的電台主持人發燒時的囈語中聽到的那種鬼話。

比方說，在曼尼托巴獵殺溫迪哥。和食屍鬼協商，確保部族可以有效率地處理屍體。她還宣稱他們摧毀了一個現代死靈法師，因爲他在鳳凰城復活屍體來幫他做玉米餅和瑪格麗特雞尾酒，而部族得在他把力量用在更邪惡的事情之前殺了他。

我們赤裸裸地躺在旗杆市附近的杭夫瑞山山坡上流血時，她說輪到我分享故事了。從狼形變回人形殘留的痛楚依然令她發抖，而她和我十指交握，躺在地上透過山楊樹的白樹幹凝望藍天。如此從樹林地面往上看，樹幹宛如埋在地下的巨人手指般伸手迎向最後一個艷陽天。

當我這麼對她說時，她眯眼看樹，彷彿自己的眼睛有問題。「萬一眞是那樣呢？」她說著擠進我的臂彎裡。「你想他們怎麼會淪落到這裡，埋在冰冷的地底下？」

我哼了一聲。「何不問問我們怎麼會跑來這裡，躺在冰冷的地上。」

她抬起頭來，面對我的雙眼。「那好吧。我這樣問：我們怎麼會在這裡？」

「什麼？妳是認眞的？妳知道呀。敘亞漢把我從提爾．納．諾格的時間島裡撈出來，然後我們就在霍爾家認識。」

「對。我很久以前被剛納和霍爾轉化成狼人。一串連鎖事件的因果關係。但你從未與我分享過這條鎖鏈中一個關鍵連結。」

「什麼關鍵？」

「你怎麼會成爲阿提克斯．歐蘇利文的大德魯伊？有沒有值得一提的故事？還是只是稀鬆平常的情況，比方說你的大德魯伊把他分配給你？」

「妳眞的想聽敘亞漢和我的故事？我以爲妳寧願去幫蟑螂擠奶也不要聽我提起他。」

她搖一下頭。「我要聽你的故事。是什麼讓你與他相遇，還收他爲徒？我是說，你說過他爸死於牲口掠奪事件，但事情沒有那麼簡單，是吧？」

「喔，是，是有一堆狗屁倒灶的事把我送到他該死的家門外，這是事實。我想這故事很適合說給妳聽。」

她的頭又躺回我的臂彎，雙手撫摸我的胸毛，用那個寵物名喊我。「告訴我所有細節，泰迪熊。」

□

如果我沒弄錯，事情發生在公元前七十年。大概在那前後。當時我們沒有想到幾百年內全世界會改用另一種曆法紀元；我們基本上只在乎季節交替、冬至夏至，沒有你們現在這些年月的分別。

當時我算年輕的德魯伊，才二十幾歲，老實說，是那種幼稚又愚蠢的二十幾歲，而我的大德魯伊指派我去處理一座小村莊的需求，我相信那裡是現在的奧法利郡。那附近有一陣子沒有德魯伊了，而他們做了些蠢事，把整片土地變成一大片泥炭沼澤。妳知道，清除掉維持自然界平衡、吸收大量雨水的樹林，而少了樹林，土地開始變酸，地面過度潮濕。我想現代有個名詞……對了！皆伐。造成巨大傷害。我趕到那裡時，沼澤已經比國王的自負還大，晚上比獾的屁眼還要漆黑危險——你眞的不會想在裡面閒晃。我的任務是要阻止他們把情況變得更糟，或許想辦法治療土地。

問題在於，村民不願意相信是他們的行爲導致沼澤形成。根據他們的說法，過去幾年間，沼澤欠他們幾十隻牛羊，或許還有十個男孩和女孩。

「你是說你們在沼澤裡走丟了那麼多牲口和小孩？」我問他們，而有個渾身長瘤的紅臉男說：「不是，你這個大奶頭，他們是被偷走的。」

「偷？」我說。「誰偷的？」或被誰偷的，天知道哪種用法恰當——我討厭妳要我說的這種爛語言的所有文法規則。

好了，瘤男看看他妻子，她對他點頭，他又看他朋友，他們也點頭，這表示大家都允許他把事情告訴陌生人。

「沼澤裡有東西。」他說。「鬼怪。」

「你是說妖精嗎？」我問他。「如果是妖精，我或許幫得上忙。」

「幫什麼忙？」他嗤之以鼻。「你要給我們一大塊鐵嗎？我們沒你想像中那麼單純，歐格漢・歐肯奈傑。我們已經做了所有預防措施、獻上各式祭品、唸誦所有禱文，但事情依然持續發生。不光是我們，不光是這裡，這座天殺的沼澤附近所有村落都在受苦，南邊和東邊都有，或許西邊也是。每天晚上這裡會少一頭牛，那裡會少一隻羊，三不五時會有男孩或女孩失蹤。外面有個天殺的鬼怪，就和我有老二尿尿一樣是真的，如果你要我們在乎你的建議，而我們沒有尋求建議，那你就把你的瘦屁股塞到沼澤裡去，除掉這些年來荼毒我們的鬼怪。」

其他人出聲贊同，我發現自己別無選擇。除非我先處理他們的問題，不然無法處理蓋亞的問題。而且說真的，我認為蓋亞的問題沒那麼急。小孩應該要在安全的環境下長大，不然沒人能夠享有安全，是不是？要解決這些人臉上那種被遺棄的表情，好吧，真的就只有一個辦法——公義。偷走那些小孩的傢伙，同時也偷走了身為父母的喜悅和未來的希望。

「好吧。」我對他們說，幸好我這麼說了，因為如果我沒這麼說，他們就要叫我去上牧地裡最老的羊。「我需要細節，拜託。但是一個一個來。牲口或小孩遭竊的時間和地點講得越仔細——特別是小孩——對我的幫助就越大。因為我確實想幫助各位，這可不是在說謊。」

我的愛，那就是我踏上敘亞漢那條啪答啪答潮濕道路的開端，雖然我當時對日後的發展一點概念都沒有。

他們帶我去用木頭和土搭建的小屋，讓我在那裡見他們，一次一個，傾聽失去和哀悼的故事。

最令我印象深刻的是瑟夏的故事，她是在兩週前失去女兒雪凡的。她和大多數村民一樣很瘦，吃不夠，一邊擦拭臉上淚水和鼻涕，一邊在哽咽抽搐中說出她的故事。

「事情發生在十三天前的晚上，先生。我送她上床，吻她臉頰，告訴她我愛她，因爲我眞的愛她。我和大家一樣都在擔心受怕，但我以爲她不會有事，因爲我和她父親都睡在旁邊。她脖子上掛著鐵，我們向布莉德、莫利根和所有地下諸神祈禱，而她一整晚都睡得安安穩穩。但當黎明東升，公雞斥責太陽時，她卻不見了！她的毯子拉開，娃娃還在，但卻沒有回應我們的呼喚。我們檢查附近，你知道，確定她不是跑出去尿尿，但到處都找不到她，是吧？毫無蹤跡。村裡都沒有。我們叫醒所有人來找她，但雪凡消失了。所以除了困擾我們多年的布拉澤鬼怪外還能是什麼呢，先生？」

「瑟夏，內心深處，」我問她，「妳能十分肯定妖精與此事無關嗎？妳，或妳丈夫，過去幾年間可曾做過任何會激怒他們的事？」

「我無法肯定，是吧，先生，因爲任何芝麻蒜皮的小事都有可能激怒他們。但內心深處，我很肯定我想不出任何可能惹來這種懲罰的事。」

「我了解。」我說，點頭表示我和她站在同一陣線，檢視同樣的事實。「現在回想妳發現她失蹤的那天早上，有腳印或任何不尋常的東西嗎？」

「喔，有。我們跟隨一組腳印進入沼澤。但是約莫一百步後就消失了。沼澤裡的水，先生，遠比天上的雲更能遮蔽視線。」

「但是妳說的腳印是男人的、女人的，還是其他種腳印？」

「喔，太難分辨了，先生，只看得出是成年人類的腳印。」

「雪凡多大？有可能是她的腳印嗎？」

瑟夏搖頭。「我懷疑。她十四歲，身材瘦小。她知道不能跑去沼澤遊盪。而且我丈夫說，從腳印的深淺判斷，對方肯定很重——不然就是扛著雪凡的人！我女兒不會留下那麼深的腳印。」

其他人的說詞都差不多；不管走失了什麼，都發生在夜晚，除了偶爾留下通往沼澤的腳印外，沒有任何線索，而腳印最後都消失在水裡。好吧，腳印，還有他們靈魂中幾乎實質存在的大洞。這種情況與在戰場上痛失戰友不同，你不知道風險，也不會期待死亡。這是屬於無辜者的恐懼，世界突然陷入瘋狂，而他們看我的眼神，彷彿我是唯一能給他們理由繼續在泥濘、暴雨和無止盡迷霧中前進的人——好吧，我覺得好像肚子被人捅了一刀。

我依然認為是會聰明到化身人形的妖精幹的，因為我想不出還有什麼東西會想吃人——除非是天殺的吸血鬼。當我想到這一點時，這個可能性在我心中滋長。當時我還沒遇過吸血鬼，但大陸上的德魯伊說他們很殘暴，和某支非常有紀律的部隊——羅馬人——一起待在北方，你知道。嫌犯的手法符合吸血鬼的傳言——他們趁夜狩獵，擁有能夠魅惑人類的奇特能力。

不管這個鬼怪是什麼東西，我都得獵殺他，經過一晚彷彿有蘇格蘭人在我的睪丸上跳舞演奏風笛的休息過後，我向村民討了些乳酪和醃牛肉，然後就晃進那時面積沒有現代這麼大的布拉澤。

我一離開村民視線範圍，立刻找了塊還算乾的石南草地，脫光，把衣服塞入我的袋子，變形為紅鳶。我的袋子以人類的標準來看不重——因為我沒帶武器，最重的是食物——但對身為紅鳶的我而言還是很重。我努力帶著袋子起飛，而我看得出來每隔一段時間就得降落地面，補充魔力，但這樣找還是比在泥濘中跋涉穿越蚊子群要快多了。

我飛了很多哩、花了數小時、穿越如同低矮雷暴雲頂的蚊雲，才終於發現了值得調查的東西。一條身影在泥濘中朝西南方前進，當我盤旋而下時，他抬頭看我。沒多久他就好像老朋友一樣對我招手，這比臭鼬跑去參加聖方濟教會修士的性愛派對還奇怪，於是我繼續逼近。他舉起手臂，手背朝我，我看見熟悉的德魯伊治療三曲枝圖。他知道我是什麼人，紅鳶不會抓著行李飛越沼澤。

我失望之餘又鬆了口氣，挑了塊在這附近堪稱山丘的隆起土地，降落其上。這讓我有時間在他跑過來打招呼時變回人形，換好衣服。

他年紀比我大，鬍子中雜了一撮灰鬍鬚，好像他含著一口肉醬睡著，肉醬在睡夢中流出來一樣。他比我高也比我壯，渾身都是結實的肌肉，腰間掛著一把斧頭和短劍，還揹了個比我的大很多的行李袋。這麼多東西以致於他無法變形帶著走，這顯然就是爲什麼他要徒步穿越這座沒有傳送樹林供他自由轉移的沼澤。他笑容滿面地對我招呼，很高興能在這裡遇上另一個德魯伊。

「很高興見到你，先生！」他在接近到叫喊距離時叫道。「願蓋亞祝福你！」

「祝福你。」我回道，走近之後，我們互握手臂，笑得好像從小一起長大般，雖然我們素未謀面。近看之下，我發現他的臉髒兮兮的，沾了許多不知道是沼澤的泥巴還是乾掉的血塊。可憐的傢伙已經很久沒洗澡，也沒看過自己的倒影了，我想連條河也很久沒遇上了。

「杜維林．歐梅拉。」他說，語調爽朗，彷彿小孩收到小狗禮物般。

「歐格漢．歐肯奈傑。」我說。我的眼睛自動飄向他的右臂，打量他二頭肌上的刺青，確認他能變形爲什麼動物。這麼做向來很有趣，因爲蓋亞會幫每個德魯伊挑選形態，而且向來都不是愛爾蘭土生土長的動物。他也在做同樣的事，目光飄向我手臂。一如往常，他問起我的水形。

「你的水形是有長牙的動物？」他問。

「對。叫作海象。我很少用。」

「你的獵食者形態呢？」

「啊，是頭熊。我喜歡那種形態。你的呢？大型貓科？」

「對。我聽說那叫老虎，不過牠們不住在這座大陸上，更別說是這裡了。我想應該是在廣大世界某個我永遠不會踏足的地方。」

「啊，好了，快別這麼說。看來你有見識世界的打算。你帶了這麼多行李是要去哪裡？」

「回我的營地。離這裡不遠。要跟我來，一起喝酒，說說故事嗎？我有蜜酒，如果回去的路上沒遇上一、兩隻野兔當晚餐的話，還有些根莖蔬菜。」

「聽起來很棒。我有乳酪和醃牛肉。但你爲什麼會在這裡紮營？」

杜維林聳肩。「我奉命處理這座沼澤的問題。沼澤在擴張，如果我們不治療這片天殺的土地，還會持續擴張下去。」

「我也收到同樣的命令。但還得說服村落不要繼續砍樹，以免造成沼澤擴張。你的營地多遠？」

他眯眼看向午後的太陽。「大概還要往西南方走一個小時。」

「好吧，那我們出發。」

我們在沼澤跋涉的過程中分享彼此的過去，杜維林是在厄蘭長大的，也就是現代的芒斯特，位於科克港南方【註】。他的大德魯伊認識我的大德魯伊——這很合理，因爲他們兩個都派學徒來防止這座島變成大沼澤。

「想想看，」我對他說，「如果世界上沒有德魯伊在告訴人類他們在摧殘大地，教導他們要如何補正的話，全世界都完蛋了。」

他聳肩同意。「空氣裡有大便、水裡有大便，普通人因爲到處都是大便而生病。願莫利根在我親眼見證那天到來前就帶我走。」

當然，我現在會想起他當時這麼說，是因爲莫利根眞的確保我能看見那一天，見識人類在沒有德魯伊的幫助下如何摧殘世界，直接跳過兩千年。那個胡亂預言的傢伙杜維林猜得沒錯。

抵達目的後，我發現他的營地大部分都在地下，肯定是藉由元素幫助所建，四周都是實心石頭，防止有水滲入。方圓五十步內土地都是實心的，而且很平。他甚至弄了座花園。

「看來你已經來一陣子了。」我說，他點頭。

「現在比較像是家，而不是營地了。」他承認。「此事進展緩慢。環境變成這樣經歷過好幾百年，我不可能短短一週或三週內就處理完畢。我一直用營地稱呼它只是出於樂觀，我很可能一輩子都要住在這裡。」

「啊，我知道你爲什麼會擔心這個。但現在我也來了，我敢說事情會很快處理完畢，要不了多久，你就能搬到比較乾燥的地方去了。」

他從架子上拿出一個大陶罐，咬下罐塞，吐到角落，因爲我們很可能會把酒喝完。他倒了兩杯香醇的黃色液體，遞給我一杯，說道：「願地下諸神保佑。」

編註：現今的芒斯特（Munster）省位於愛爾蘭島南方，科克（Cork）是該省最大城市，位於芒斯特省西北端。

「祝健康，朋友。」我說，兩人喝乾杯裡的酒，彷彿比在撒哈拉沙漠游泳的鯨魚還渴，然後他又倒滿酒杯。我左顧右盼，看到有個睡覺用的小稻草床、一些零星物品、看起來像女人珠寶盒的東西，還有幾個裝蔬菜的柳條籃，放在陰影下保持涼爽乾燥。他還有座壁爐，旁邊放了一疊木柴，不過地面上有個看起來比較常用的火堆。他順著我目光看去，然後在對上我的雙眼時聳肩。

「很寒酸，我知道。這裡最奢侈的享受就是當外面又冷又濕時能夠保持乾燥。老實說，我比較喜歡待在外面。要在上面生火嗎？」他問，我立刻同意。見過遼闊的天空後，再好的小屋都會給人牢房的感覺。

我們用手捧著木柴，在太陽下山前生好火堆。乳酪撐不了多久，所以我分給他一塊，他給了我一顆洋蔥當蘋果啃，當年這樣吃很正常。

「你知道北邊，就在沼澤外圍的那個村落嗎？」我吃飽後問他。

「知道。他們一直在砍樹，養牛養羊。」

「對。但沼澤裡似乎有東西在騷擾他們。他們的冷言冷語差點割傷我；我在村裡連一句『你好』都聽不到。你有在這附近遇上妖精，還是什麼能讓村民害怕的東西嗎？」

他噘起下唇，眉頭深鎖，沉思片刻，搖了搖頭。「已經好幾年沒有了。幾年前有隻沼澤食人妖，但我說服他搬家了。」

「自然獵食者呢？雖然我想不出會是什麼。動物不符合那些狀況。」

「哪些狀況？」

「牛隻失蹤，還有山羊和綿羊。」

「動物幹得出來。不過如果我沒弄錯，如今狼很少見了，快要在這座島上絕跡了。」

「對。獵狼犬太擅長他們的工作了，呃？」

我們笑了一笑，我又請他倒了杯蜜酒。他把酒罐放在底下，所以他下去拿酒，我則拿起鐵火叉把火弄旺一點，又丟了根木柴下去。我注意到火堆裡的灰燼很深，應該快該清理了。裡面有些燒焦的骨頭，在我看來不算不尋常，直到我發現那些不是野兔，甚至綿羊或山羊的骨頭。毫無疑問是人骨。

即使證據擺在眼前，我還是無法相信。我首先想到的是，誰把這些骨頭放到杜維林的火堆裡？彷彿事情絕對不會是他幹的一樣。接著事實宛如做工精緻的鞋子般組合起來，我發現他完全符合嫌犯的特徵。

如果不是妖精幹的，那肯定就是人；狼和食人妖都不會留下人類腳印，也不可能在沒人發現的情況下從村落中偷走小孩。但是德魯伊辦得到，而杜維林是唯一住在布拉澤中，火堆裡又有骨頭的德魯伊。他在這裡住好幾年了，而他可以隨心所欲地攻擊沼澤四周的村落。

我丟下鐵叉，站起身來，在杜維林帶著蜜酒回來時退離火堆。

「啊，我就需要那個。」我說著舉起酒杯，雖然我不打算再多喝一滴酒。我不能排除他在我沒看到的時候下毒。

他也給自己倒了一杯，對我舉杯。「祝健康。」我學他的樣子，把酒杯放到嘴前，假裝喝酒，同時透過刺青問元素有沒有骸骨埋在附近，特別是人類骸骨。

／／有／／元素立刻回應，快到令我不安。／／很多人類青少年／／

我壓低酒杯，拉下臉來，瞪視他雙眼。

「雪凡還活著嗎？」我問他，他立刻在吃驚中瞠大雙眼，隨即開始裝傻。

「哪個雪凡？」

我把杯子丟向他，灑出蜜酒，濺得他滿臉都是。我原先以為他臉上那些是動物的乾血，八成都歸可憐的雪凡所有。

「你兩週前從那座村子裡帶走的女孩！她還活著嗎？你這個一無是處的睪丸。還是你已經吃了她？你這個沒心沒肺的怪物。」

一時之間，他眼中浮現恐懼。或許還有一絲罪惡感，因為他被逮到了，而他很清楚這一點。我以為他會當場動手，但他只是仰頭大笑，我驚訝到下巴都掉下來。

「你很年輕，自以為是！」他說著看著我笑。「我是在幫蓋亞辦事，其他一切都無所謂，你懂嗎？這頭山羊、那頭牛，或那個叫雪凡的女孩——對蓋亞而言都只是肉，你知道那是事實，就和布莉德用三道嗓音說話一樣。如果蓋亞在乎我今天吃什麼，明天拉什麼，那我現在根本不會在這裡了，不是嗎？大地想要獲得治療，歐格漢，是誰在傷害大地？那些要你義憤填膺跑來幫忙出頭的天殺村民。因為他們蠢到不懂放遠目光導致我們得跑來修補的這座大沼澤的怒氣要怎麼辦，朋友？」

「我們可以修復大地，可以教育村民，必要時可以犧牲，但不能成為自己理應要對抗的怪物。我們在蓋亞的法規外添加德魯伊教條是有原因的！你怎麼能站在那裡告訴我說那一切都無所謂？」

「因為就是無所謂，」他回答，聲音和南極冬季的企鵝一樣冰冷。「再說，小孩超好吃的。」

好吧，既然他都這麼說了，再說什麼也沒意義。我們非打不可，別無選擇，不過德魯伊很少自相殘殺。如果我們在掠奪牲口時對立，只會為己方提供優勢，或讓敵方難辦事——召喚濃霧或是弄軟地面之類的。我們很少會直接互相攻擊，因爲重點在於我們效忠蓋亞，不是這個國王或那個軍閥。

但杜維林認爲這表示他已經和人類無關。我知道我得在他再度動手殺人前讓他離開人世。

我變爲熊形，他變爲老虎，我們努力讓對方受到治療能力跟不上的傷害——不然我們還能怎麼辦？如果施展僞裝羈絆，魔法視覺還是看得見我們的靈氣。

他抓瞎我一顆眼珠，讓我一側出現盲點，但我後退，以另一顆眼珠看他，讓受傷的眼睛治療。他繼續進攻，企圖把握優勢，但他沒和熊打過，不知道我很樂意在人立而起時揮掌打他。他一頭撞上我算計好的一記勾拳，而我的爪子——以一大堆肌肉爲後盾，加上超越往常的怒火——抓下他大半個鼻子，還打掉了一顆牙齒，把他的血濺到火裡，當場滋滋作響。他隨即後退，思考對策。

趁著我們緩緩繞圈評估形勢時，我聯絡元素，要求它截斷杜維林的能量供應。它問我原因，我解釋他違背德魯伊教條，吃了他理應保護的人類小孩。元素的回答基本上是：//那又怎樣？//而這回應令我心寒——也改變了我的想法。杜維林的想法沒錯，他沒有用羈絆法術殺人，他也有盡力修補大地，所以在蓋亞眼中，他是大好人。這讓我開始質疑我所學過的道德基礎——我的大德魯伊教學的態度就像這一切都是從蓋亞那裡學來的智慧一樣。

如果我要他死，我就得比他殘暴才行。而如果我失敗了，幾年之內都不會有人來打擾他，更別說是挑戰他，他就可以繼續獵殺布拉澤附近村落的人。

我撲向他，側頭用完好的眼睛看他，決定承受他所有攻擊，只要自己能反擊就好。我猜不透他會打算側面跨步，從盲點攻擊，或是把我的另一眼當成目標——他絕對喜歡瞎了眼的對手，但或許他是抓著弱點猛打的那種戰士。我準備應付這兩種狀況；無論如何，我的腦袋都會遭受攻擊，所以感覺像是選擇要把頭塞到河馬嘴裡還是屁股裡。

在我撲到他身上前，他肌肉鼓起，洩露了意圖；老虎的身體構造不適合側面跨步，所以他會瞄準我的好眼睛。我用後腿撐起身體，即時揚起熊掌，接下他的攻擊。這一下差點把我撞倒，但他勢道太猛，以致缺乏防備，渾身破綻。他看見我左掌揮落，但卻因爲我衝撞的力道還在而無法閃避。這一掌正中他的腦側，從耳朵到下頷，就聽見嘎啦一聲，他臉上留下一條深溝，暫時無法張嘴咬我，他摔向一旁。

我在他爬起身前繼續進攻，一口咬住他的喉嚨。他用爪子抓我，情急之下扯開我的肚子，我被迫後退，不過還是把他的頸靜脈給咬了下來。

結果這種傷勢就算過重了，他在治好傷前就失血而亡；我吐出嘴裡的肉，然後開始嘔吐。

我倒在地上專注療傷，一隻烏鴉盤旋而下，落在杜維林臉上。牠毫不浪費時間，當場啄出他的眼睛，吞入腹中。我正在想那隻烏鴉最好別來惹我，腦中就聽見沙啞的聲音，彷彿在回應我的想法。

你今日無需擔心莫利根，歐格漢·歐肯奈傑。烏鴉轉頭，目綻紅光，我這才發現眼前的是死亡挑選者本人。我感到毛骨悚然，嚇得直發抖，完全忍不住。接著我懷疑莫利根有沒有幫我打贏這場架。

我或許有幫點忙，她說，再度回答我的想法。但找到他的人依然是你，也是你決定要和他打的。

我想變形爲人，以便說話，但我擔心那會拖慢治療，或惡化傷勢。我眞的很想知道有沒有別的德魯伊找到過杜維林，看見他幹了什麼，但選擇不和他打。我不必擔心；莫利根也讀出了我的心聲。

還有兩個德魯伊找到過他，知道他是壞人，但卻置之不理。他們活不久了，他們下次戰鬥時——我會確保他們盡快戰鬥——我就會帶走他們，吃掉他們的心臟，因爲他們看見如此邪惡之事，卻毫無作爲，任由他持續壯大。但你，歐格漢，將會長命百歲，度過豐富的一生。我知道這是事實。多年之後，我們會再度交談，在你進入下個階段之前。願你心靈和諧。

那就是她打算日後把我的屁股丟到時間島上去的唯一暗示。她說完後就飛走了，顯然只對他的虎眼感興趣。我希望她把杜維林的靈魂塞到黑暗的地方。

殺死另一個德魯伊，還讓死亡女神說「幹得好」，可不算小事。我花了幾天療傷，思索這一切所代表的意義。我搜查杜維林的屋子，如果那算是屋子的話，發現他把紀念品放在珠寶盒裡，其中滿是手指骨。從此以後，我再也不敢相信住在沼澤裡的人，或是任何住在荒野裡的隱士。

我把老虎的屍體留給食腐動物處理，然後抓起衣物袋飛回北方。前往村莊途中，我決定只會稍作停留，告知他們鬼怪已經死了。等他們知道是德魯伊在吃他們的人後，絕不會再歡迎我。就算他們相信我不是杜維林那種德魯伊，但每次看見我，還是會想起他們失去的人或牲口，而人不能那樣過活。

由於我的內臟回歸原位，眼珠也痊癒了，當我抵達村莊時，我清楚看到有人正在掠奪牲口——或者該說，掠奪已經接近尾聲，入侵者慘敗。對方一敗塗地，正在拖著屍體落荒而逃。守方並不打算追擊，但我很想知道入侵者是從哪裡來的。

我暫時不管村莊，飛到三個逃命男人前方，降落在他們面前，變形爲人，讓他們當即知道我是德魯伊。他們立刻驚慌地轉向兩側，但我揚起一手，大喊說我只想談談，他們不必擔心己身安危。

「如果我想得沒錯，」我問他們，「你們村莊此刻是否需要德魯伊？因爲從我剛剛看到的情形判斷，你們顯然沒有德魯伊。」

他們承認如果我早來幾分鐘，他們會非常歡迎。

「如果早來幾分鐘，我就會加入另一方，而你們全都會死。」我說。「但我打算離開此地，去幫助要幫助的人。所以你們怎麼說？你們要接納德魯伊，讓我教導弟子，榮耀地下諸神嗎？我不會去不歡迎我的地方。」

他們同意，我要他們等我向村民道別，幫助村民埋葬他們和入侵者的死者。

瑟夏在聽說雪凡的死訊時放聲尖叫，徒手攻擊我——全死了，牲口和小孩都一樣。我不怪她；在她被體內的怒氣吞噬前，沒有其他對象可以發洩怒氣。失去孩子已一陣子的父母聚集而來，落了幾滴淚，不過還是向我道謝，因爲至少他們知道孩子的命運了。但沒人對我離開表達遺憾。

離開村莊去找三個活下來的入侵者時，我想起杜維林其實只說對了一半，蓋亞或許不在乎人類的法律，那並不表示人類的法律就沒有意義、沒有效用。相反地，如果缺乏法律和文明舉止，我們很難服侍蓋亞，擔任大地的僕人。

倖存者帶我回到他們村莊，那是個位於沼澤東側、可憐兮兮的小地方，居民全都飽受饑荒所苦，臉頰凹陷、目光空洞。與另外那個還算富裕的村莊不同，這裡的人比較樂意接受幫助和指示。

有些人聽說他們的父親、兄弟或丈夫的死訊時傷心欲絕。不過其中有個女人和她的紅髮兒子則一點都不傷心。他們對看一眼，鬆了口氣，或許神情中多了一絲希望。不管他們失去的是誰，肯定是個很爛的父親或丈夫。那個母親左眼下的瘀青就說得夠明白了。

第二天，我與那個孩子正式會面。他七歲，和刀尖一樣敏銳，對一切感到好奇。每每我話沒說完，他就已提出下一個問題，當我問他爲什麼這樣時，他看著我笑。「抱歉，大德魯伊，」他說，雖然我當時還不是他的大德魯伊——他懂得拍馬屁，知道如何操弄人心。「只是我身邊一直沒有願意回答問題的人。」

我就是這樣遇見敘亞漢・歐蘇魯文，並收他爲徒。我埋葬了他父親，如果我沒跑到那個村莊去幫他們度過難關，他的人生肯定會一團糟，村莊也會受苦。他的壽命絕對會短很多，而我想如果沒有他在世界各地甩屌兩千年，這世界會和現在大不相同。但只是不同，天知道是比較好還是比較糟。

不過如今回想起來，敘亞漢之所以會變成今天這樣都是拜布拉澤事件所賜。因爲我沒有用我接受訓練的方式去訓練他，對不對？我沒有把蓋亞與德魯伊的律法當成絕對得遵守的單一教條去教育他。我教他如果眞的有必要，偶爾可以違背德魯伊教條──或其他世俗教條──也不會受到懲罰，因爲蓋亞並不在乎。

這就是他有膽子從圖阿哈・戴・丹恩手中偷走富拉蓋拉，到處和人談條件、做交易的原因。如果他要成爲最好的德魯伊，就得保住性命、強化力量，如果他在過程中違背了所有規矩，惹惱所有妖精，好吧，在他的想法裡都情有可原，因爲他始終在爲蓋亞服務。

□

葛雷塔用手肘撐起自己，凝視著我。「你的意思是你要爲他的行爲負責？」

「不是，他得爲自己的行爲負責。妳可以怪我教他質疑權威，其優先考量和動機，並在認定權威與蓋亞的利益起衝突時起身對抗。」

我的愛人皺眉搖頭。「你明知這樣可能會讓他變成杜維林那種怪物──目無法紀的獵食者，爲什麼還要這麼做？」

「因爲我不希望他變成像我這樣憤世嫉俗的混蛋，在幻想破滅後質疑我所受的訓練都是謊言！我要他知道所有事實，當個懷疑論者，那和目無法紀大不相同。再說，我很清楚如果他眞的變壞了，莫利根會解決他。但她顯然沒有這麼做。根據他的說法，莫利根守護了他很長一段時間。」

葛雷塔眨眼，試著吸收這種說法，對照她對他的看法。

「重點在於他的價值觀與其他人類價值觀不同。我指出蓋亞要保護的是整顆星球上生命的活力和多樣性。總體而言，除非你淪爲獵食者的獵物，這種說法很難爭辯，如果從長遠和宏觀的角度來看，這種基本價值觀是很單純、很良善、對所有生命都有好處的。但人類，我告訴他，很少會從那種角度來看。人類的法律都把守護人類放在第一位。如果你仔細研究所有人類法律，它們基本上都在保護少數人的利益，而非全人類的福祉。我敢說妳能想出一條或三條專門保護特定人士利益，而非所有人利益的法律。」

葛雷塔兩眼一翻。「簡單。稅法保護有錢人，很多選舉法都在保護多數白人，仲裁條款防止企業在剝削人民後被告，講一整天也講不完。」

「很好，所以妳明白重點。那就是我教導他的核心價值，首先保護蓋亞、其次保護人類、質疑其他一切。那或許導致他架構了奇特的道德羅盤。看看關妮兒，我懷疑他會不會以更極端理念教育她——蓋亞的教條才是唯一重要的，人類的法律都是狗屎，是在保護星球時要小心繞過去的東西。」

「呃。我們的觀念也差不多。我是說部族。我們經常會繞過法律，保護我們自己的利益。我想知道的是，你打算用同樣的方式教育你現在的學徒嗎？」

「我不知道。好吧，不——我的教育方式已經不同了。我不像從前那樣滿腔怒火。人類在莫利根把我長期儲藏後對這顆星球的所作所為還是讓我很生氣，但我想我了解所有人都在保護他們的東西，而很少會考慮到下週之後要吃什麼。我也了解訓練人們以不同觀念看待事物是條漫長的道路，但至少我有時間走這條路。他們都是好孩子，現況還算不錯。」

「對。」葛雷塔拍拍我的胸口，躺回去，和我一起仰頭看天，滿足地嘆口氣。「現況不錯，歐文。」

「我很高興可以與妳一起踏上這條漫長道路，我的愛。」

葛雷塔輕笑，和我預期的反應不同。「你在多愁善感嗎，泰迪熊？」

「沒，我只是嘴巴痛。我不知道剛剛怎麼回事。我只是想嘟囔一聲，結果就亂說話了。」

她輕笑，一腳跨過我身上，吻我臉頰。「我想有人對你解釋過前戲是怎麼回事。」

「我以為打架就是前戲了。」

「哈！」她又吻我。「你身上沒傷口還在流血，是吧？」

「我沒問題。」

她整個人壓到我身上，雙掌捧起我的臉，鼻子貼鼻子說：「那我們就來踏上那條漫長道路吧。」

《布拉澤的鬼怪》完

抱抱地牢

這個故事由佩倫講述，發生在「鋼鐵德魯伊」系列第八集《穿刺》的事件之後。

收到邀請前往這個叫作「抱抱地牢」的地方時，我還以爲或許是我的英文不好，又或許那座地牢裡的都是怪人。地牢是地下的監牢，充滿令人不快的東西——老鼠、臭味、潮濕咳嗽的雜音。抱抱則是做愛前後一段溫柔親密的時光。我不會把這兩種東西聯想在一起，但這些現代人會。

我的愛人富麗迪許說這叫諷刺，是種玩笑，但我就是不懂。於是她聳肩說道：「那是蘇格蘭的東西。」反正只要我聽不懂，她就說是蘇格蘭的東西。不過她也會把不想解釋的東西歸類爲蘇格蘭的東西。比方說是誰邀請她帶我去抱抱地牢的：「某個蘇格蘭人。」

這會對生活在現代的斯拉夫雷神造成困惑，不過我想世界出現其他種類的地牢也是好事。科技文明就是很執著在更新上。如今他們什麼都要更新，就連地牢也一樣。

我們在潮濕的城市愛丁堡排隊，狹窄的石板地巷道，兩旁都是磚造建築，有樓梯通往地下。前面有個男人伸手出來，富麗迪許遞出她之前在別處購買的門票。對方看著我笑道：「你完全不知道來這裡幹嘛，是吧？」

我指向樓下的門。「就抱抱。」我說，他又笑了笑，以重到我聽不懂的蘇格蘭腔說了一長串話。

我在下樓時問富麗迪許：「那個小男人幹嘛笑我？底下究竟是怎麼回事？」

「我不知道，佩倫。」她說。「我就是為此而來。我想要點驚喜。我想嘗試新鮮的事物。」她是古老的愛爾蘭狩獵女神，或許比我還老。我們不會討論從前的歲月，不會討論我們對例行公事的厭倦。我們找尋新體驗，看看人類能不能給我們驚奇。對抗厭倦是場漫長的戰鬥。那就是當富麗迪許在布拉格的皮革店看見我和叫作阿提克斯的德魯伊時，為什麼會想到嘗試穿皮衣做愛的原因，而我立刻就答應了，因為那對我來說很新鮮。但富麗迪許告訴我，皮衣只是某種玩法的外在裝扮而已。這種玩法有規則、有特定的做法，還有很多很多種玩具。我們現在只有衣服；我們在皮衣外穿了長外套遮掩，其他排隊的人也一樣。

我希望門後會很好玩。光是下樓梯就讓我充滿活力。期待是很甜蜜的東西。我希望樓梯更長一些，讓我能夠期待更久一點。

門是金屬的，鉸鍊嘎嘎作響。打開門時，我們聽見有人在笑。還有聽見尖叫聲。或許也有些呻吟，還有打擊樂。前方的牆壁是白色的，加裝軟墊，彷彿棉花糖房間。我們沿著走廊而行，照明逐漸黯淡。門附近很亮，走廊比較暗。但四周的牆壁始終又白又軟。

笑聲和尖叫越來越大聲，富麗迪許笑容滿面地看著我。她也很享受期待的感覺。

我們轉過角落，發現有另一條通往兩個方向的走廊。有門框，但是沒門。看起來像迷宮。

「哪條路？」我問，富麗迪許再度聳肩。

有個高大的男人跑出右邊的門，高喊戰呼，直衝而來。對方比我還壯，赤身裸體，只戴著遮眼黑面具，還有小皮褲遮住下體。他身體抹油，肌肉亂抖，雙臂攤開，彷彿要施展熊抱。我們轉身逃跑，迎向在笑的人。在一個享受快樂時光的地方，莫名其妙被人追的感覺很有趣。

富麗迪許閃過角落，進入彎彎曲曲的走道，我緊跟在後。轉了三個彎後，我們遇上死路，於是笑著回頭。我們躡手躡腳地往回走了兩、三步，心想或許那個抹油壯漢會錯過我們。但接著他轉出轉角，氣喘吁吁地撞上軟墊牆壁。

「找到你們了！」他說著並站直。他沒有蘇格蘭口音，聽起來比較像美國人。「你們以爲擺脫我了，呃？」富麗迪許輕聲嬌笑。如果她不想讓他看見我們，他就不會看見。「你們跑什麼？我只想跳舞給你們看。」他輕哼節奏，雙掌放在腦後，隨著節奏擺臀。他肌肉抖動，出人意表，弄得我們都忘了禮貌。富麗迪許笑得摔在地上站不起來，抱著肚子，瞇起眼睛，眼角含淚。我也差不了多少，已經很多年沒有叫這麼大聲了；我往後跌開，靠牆支撐。我知道富麗迪許和我在一起後從未笑得這麼開心過。抱抱地牢已經值回票價了。

滑稽舞男終於大發慈悲，不再擺臀。「好了，」他說著對我們展顏歡笑。我們的笑聲沒有冒犯他；他就是要我們笑。他深吸兩口氣。「我叫保羅，是兩位的嚮導，會帶你們去商店，以免你們臨時要用到道具，然後兩位就能前往主遊樂區。途中我可以提提這裡的規矩——就算你們已經知道了也好——因爲違反規矩是會被趕出去的。」

我們彈掉眼角的淚水，向他道謝，然後我朝富麗迪許伸手，扶她起來。她外套下穿了叫作束腹的東西，彎腰的角度有限。

「請帶路，保羅。」她說。

「好！這邊走，請。」我們隨他轉彎後，他就開始背誦記憶中的重要規則，表情十分嚴肅，完全沒有笑容。

「我們這裡不管做什麼，最重要的都是要取得對方的同意和安全。要取得對方口頭同意才能觸碰對方，不然我們會請你離開。同樣地，如果有人在沒有取得你的口頭同意前就碰觸你，請回報給我們，我們會請他離開。在沒有取得主人同意前，不能和僕人交談。在地牢中可以隨意觀看所有場景，但如果你想親自下場去玩，讓別人看，確保你講好了安全密語，還有，當然，『紅色』就是通用密語。如果你們兩人之中有人說了密語，地牢主就會過來確保一切安全。」

他又說了一些類似的東西，但我已經不太確定他在說什麼了。我希望富麗迪許聽得懂。他說了很多次「地牢」，還說不能照相，但完全沒有提到抱抱。至少不要亂碰別人是很好記的重點。我是只爲了富麗迪許來的。

我們沒多久就穿越一扇門，然後白棉花糖牆壁就消失了。我們進入一間黑牆房間，肯定就是所謂的商店。牆上掛了很多用黑皮和金屬製作的東西，櫃子上擺滿我從未見過的物品，也看不出它們的用途。但店裡有些知道那些東西的人，也很清楚他們想要什麼。他們和我們一樣，沒穿多少衣服，而且沒穿外套遮掩。保羅往右一比，說那裡的櫃檯是寄放外套的，收銀機後的門通往遊樂區；然後他請我們享受美好的夜晚。

外套寄放區站著一個臉上和胸口有很多環洞的男人，脖子和手腕上都有布滿尖刺的皮環。他大部分皮膚上都有刺青；刺青消失在搖滾歌星會穿的那種緊身褲下。

我們脫下外套交給他。他目光停留在我身上的時間多過富麗迪許，所以我假設他喜歡男人，因爲富麗迪許是所有感官的女神。店裡其他人的目光都和我一樣，她是最美的。但既然我也是神，我的外表也很吸睛。我體毛甚多，不算非常英俊，但每個人品味不同，有些人喜歡肌肉。我聽說美國人會用「牛肉蛋糕」來形容我，雖然我不是用牛肉做的，也和糖霜麵團沒有關係。

我戴著正面有金屬環的頸圈。富麗迪許在男人掛起外套前，從外套口袋裡拿出鎖鏈，一端扣入我的頸圈。今晚，她說，我是她的寵物。她還從口袋裡拿出小錢包。

寄放外套的人要我們交出手機，我們說沒有。他一開始不信，但富麗迪許指指她和我的衣服。她胸部下方穿著黑束腹，之上就只有條防禦我的閃電的閃電熔岩護身符垂在雙乳之間——我興奮起來眞的會放電。她腰下穿著比基尼內褲，還有及膝厚底靴。我有兩條皮帶在胸前和背後交叉，於頸圈之下形成X形，底下是條後空內褲，前面有必要的話可以拉開。「你以爲我們能把手機藏在哪裡？我連錢包都放不下。」對方承認我們沒有口袋，也沒有手機形狀的隆起部位，於是把外套號碼牌給她。

我們轉身時發現店裡很多人在偷看我或富麗迪許的背影。我們同聲輕笑。但我想我們都很興奮。這裡有很多裸露的皮膚、很多曲線和乳溝、銀釘飾和黑皮尖刺包裹許多柔軟的線條和尖挺的輪廓，各種吸引人的體型和膚色都有。這些衣服的重點都在於給人欣賞。

富麗迪許帶我走到一面掛了各式各樣皮鞭的牆前。她用錢包裡的錢買了一種名叫短馬鞭的鞭子，沒買其他東西。

「買鞭子幹嘛？」我問，但她沒有回答。她說今天晚上除非她允許，我都不准講話。這是體驗的一部分，她解釋，同時也是爲了防止我看到什麼都要問。

我們穿越通往遊樂區的門，音樂突然變了。不再是電音節奏，而是震耳欲聾的金屬吉他。這裡就是尖叫聲的出處。

這個房間又大又暗，只有舞廳那種燈光——狂怒紅、尿黃、假覆盆子藍色的光束投射在下方眾多場景上。

有個穿著打扮和保羅完全相反的瘦女人在門口接待我們。她全身除了雙眼和陰部，都包覆著皮革。她嘴巴上有拉鍊，不過拉鍊打開，讓她可以說話。

「妳第一次到地牢來嗎？」她用蘇格蘭英文問富麗迪許，完全不理會我。我的愛人點頭，女人指向打了燈的場景，介紹它們。「那裡有標準束縛桌、一個懲罰台、一間牢房，旁邊有一組束縛椅，中央舞台對面的後牆邊還有一排各式圍欄。另一面牆前有封鎖系統、頸手枷，還有兩匹束縛馬。所有沒人使用的設備都歡迎使用。」

大部分都有人在用。有些男人、有些女人，用鋼扣或繩索綑在那些道具上，任由其伴侶搔癢、甩巴掌、捏肉或其他各種玩法。他們發出的聲音蓋過音樂，但他們都是自願的。其他人則在旁欣賞。

拉鍊女說：「上面交代我告訴妳說她還沒到，但中央舞台的場景開放後她就會來了。她總是會來欣賞主秀。」

「謝謝妳。」富麗迪許回應，而我忘記了之前收到的指示。

「誰要來？」我問，富麗迪許用鞭子甩我胸口，刺痛我的奶頭。

「不准說話！」她緊盯著我，看我有沒有反應，但我乖乖閉嘴。滿意後，她轉向那個女人說道：「中央舞台什麼時候開放？」

「快了。」她說。

「好。我想我和我的同伴要參加。」

「太好了。你們有說好安全密語嗎？」

富麗迪許回頭看我。「佩倫。你可以回答。你的安全密語是什麼？」

「什麼叫安全密語？」

「我們會玩，享受歡樂時光，但如果你覺得不好玩了，或你基於某些理由想要或需要停下來，你就說安全密語，我就會停下來放你走。其他觀眾會確保我這麼做。」

「放我走？」

「我會把你綁起來，佩倫。我想你會喜歡。所以你的安全密語是？」

「呃？」我努力思考某個做愛時絕對不會說的字眼。「牛肉蛋糕。」

富麗迪許看著拉鍊女，她點頭表示滿意。「很好。」

「待會兒誰會來？」既然她還沒叫我閉嘴，我便問富麗迪許。但問話讓我胸口挨了一鞭，又被命令閉嘴。或許她在等的人也會加入我們一起玩。或許她不肯說是爲了給我驚喜。

富麗迪許和拉鍊女道別，輕扯我的鎖鏈。我們繞過舞台，往左邊走，欣賞那些場景，有些觀眾轉頭看我們。富麗迪許在我們繞舞台時拒絕了很多一起玩的要求。大家都很有禮貌。

當我們抵達大門對面，或許稍微偏右一點，富麗迪許用短馬鞭指向一根奇怪的木樁，上有手銬和皮帶。不，不是警用手銬。這副比較寬大，是黑鋼的。我想起來了，那叫鐐銬。

「開始吧。」她說。「站在那前面，面對我。」

聽到這幾個字就讓我興奮不已。打從剛剛就一直在累積期待，如今我開始以爲今晚大部分樂趣都會奠基在期待上了。

由於我很高，富麗迪許得調整道具配合我的身材。她得彎腰和伸展，不少人都被她吸引。他們開始往我們這邊走來，丟下其他場景，看我們要做什麼。

富麗迪許把我右手手腕放到手銬裡，如果我是躺在羅盤上的話，我的右手就會指向西北方。左手則被銬在指向東北方的手銬裡。地板上的腳鐐銬住我雙腳腳踝。我的四肢如今就和胸口的皮帶一樣，呈X形。

儘管她做了這些確保我碰不到她的事，她卻一直在摸我，指甲輕輕掠過我雙手和雙腳。她告訴我會如何挑逗我，在這些人面前慾火中燒——來看的人越來越多了——直到我要爆炸爲止。但我不能——絕對不能爆炸——除非她允許我爆炸。

後來的情況基本上就是如此。基本上。

她拉開後空內褲的正面，把我的勃起攤在眾目睽睽下。但之後她的手指再也沒碰過我。她就一直說話，用短馬鞭碰我。但是無法掌控——對於接下來會被碰到哪裡、怎麼碰，是刺痛還是愛撫的期待和驚喜——遠比我想像中更加刺激。我沒料到會有觀眾，也沒想到他們的表情會如此滿意，這一切都讓我覺得很棒。

富麗迪許把我帶往爆發邊緣，然後保持在那個境界，我看見觀眾後方有人在中央舞台上走動。沒過多久，有個奇怪的人推開觀眾而來，他身穿西裝，除了皮鞋外沒有穿戴任何皮製衣物。他來拖拖地牢不是爲了性愛，看起來對我、富麗迪許或其他人都不感興趣。對這個小白鬍子末端上蠟的男人而言，這些裸露的俊男美女顯然非常無趣。他清清喉嚨，對富麗迪許說：「她來了，正在看。」

「謝謝你。」她微微轉頭回應。他推開群眾，再度消失。

「誰——」我開口，說到這裡時已經挨了一鞭。

「現在別管那個，佩倫。」富麗迪許說。「我認為你很乖，有資格解放。」她放下馬鞭，貼了上來，用上她的雙手，感覺很不同、很想要、讓我慾到一個不能回頭的地步。我雙眼閃閃發光，電流導致我背上寒毛豎起。「你不想失控嗎？我要你失控。這些人都想看你失控。你獲得允許。射吧。」

短短數秒內，強烈的快感透過脊椎而來，渾身緊繃、肌肉拉扯，然後——沒有感覺。或者說，有感覺，不過不是高潮。而是肌肉放鬆，我在鐐銬容許範圍內渾身軟癱。事實上，那些鐐銬是唯一支撐我站著的東西。我的力氣蕩然無存，腦袋天旋地轉，眼中色塊閃耀，但全都很模糊，沒有形狀。

「抓到你了。」富麗迪許說，但聽起來不像是在對我說話。我感覺她在我右腳旁解開腳鐐。

「怎麼回事？不太對勁。」我努力回想安全密語。「蛋糕！」

「對，我們玩完了。狩獵開始了。」

右腳獲釋，我試著伸展膝蓋，結果卡住。其他鐐銬支撐住我。視線清晰到足以看見富麗迪許在解我的左腳鐐銬，不過模糊得像是透過暴雨的玻璃窗視物。

「獵什麼？」

「獵剛剛把你高潮時能量吸走的傢伙。」

「是那個穿西裝的怪人嗎？」

「不，他是艾洛威休・麥克維，蘇格蘭巫師。」她說得一副我該聽過這個名字的模樣。「就是他告訴我這裡有麻煩的。」

左腳獲釋，我搖搖晃晃，彷彿站在麵條上走路。我的肌肉不想正常運作。富麗迪許注意到了。「我得抱你嗎？」

「我應該要躺下來吃一隻雞。或許五隻。」

「不，佩倫，我們該去追她。」她堅持，解開左手銬。我努力不摔倒，但還是往前倒下去。富麗迪許把我推回去靠著木樁。

「謝謝，」我說，努力固定膝蓋，保持站立。我兩條腿都在抖。「追誰？」

「這麼做的瘋寧芙。我現在可以追蹤她了。她是我女兒的手下。」

「芳德派寧芙到這裡來？」

「不，我懷疑。她只是在芳德推翻布莉德失敗後逃出提爾．納．諾格，然後想出辦法在鐵世界中生存。」

拉鍊女走過來，問我情況如何，需不需要幫助。

「或許，」富麗迪許說。「我解開最後這副鐐銬時，如果有必要，幫我扶他站好。」

拉鍊女用肩膀頂住我的左臂。「怎麼了？」

「他太爽了。」富麗迪許說，這是眞的，但不是全部事實。她解開另一手，要不是有她和拉鍊女扶著，我肯定會摔倒在地。我從未虛弱到這種地步。「我們得扶他到外套寄放處。我口袋裡有藥。」我認爲她肯定在說謊，她怎麼可能有專治這種情況的藥？但我在他們幫助下跌跌撞撞地走向外套寄放處，路過舞台和許多繼續在光線和吵雜音樂中做愛的男女。

視線逐漸清晰，但我沒看見寧芙。我想問富麗迪許，但又不想讓拉鍊女聽見。

環孔刺青男交還我們外套，富麗迪許從口袋裡拿出一個小玻璃瓶，打開瓶塞。「喝下去。」她說。那玩意兒類似巧克力糊加酒，或許再來一把沙。我一口呑下，咳了幾次，目光泛淚。我低下頭去，發現自己沒有那麼興奮了。老二軟垂，像條傷心的蛇。我收起老二，拉好內褲。

「好點了嗎？」她問，點頭向我暗示正確的答案。

「好點了，」我說。「好多了。」

「多謝幫忙。」富麗迪許對拉鍊女說。「我們會沒事的。祝妳有個美好的夜晚。」

拉鍊女接受暗示，當即離開。我們穿上外套，遠離櫃檯，找個地方私下交談。我的腳比較穩了，不過動作還是很慢。

「告訴我寧芙的事。還有我喝了什麼。」

「孤紐死前釀造的。他送給我的禮物，讓我在城裡狩獵、無法接觸大地時恢復魔力，如果有必要的話。但我想在當前情況下應該對你有幫助。你應該很快就會好多了。」

「已經有感覺了。但妳怎麼知道我會有需要？」

「兩天前，艾洛威休・麥克維通知我，有個妖精在抱抱地牢裡狩獵性愛能量，違反圖阿哈・戴・丹恩與蘇格蘭人很久很久以前簽訂的協議。他出於禮貌和我聯絡，問我要不要動手解決，我說要。因爲不管惹事的是誰，總之都可能會知道芳德的下落。而且我想知道她這麼做的動機爲何。」

「我也想知道！這個寧芙瘋了！」

富麗迪許輕哼微笑，彷彿我說了什麼很有趣的話。「你準備好了嗎？」

「沒，我有很重要的問題。」開始恢復理智後，我發現她利用我。她本來就打算這麼做，不然不會帶藥水來。她從一開始就知道寧芙會出現。「妳爲什麼不先問就拿我去當誘餌？」

「因爲如果知道我們會在玩樂中狩獵的話，你就不會那麼享受了。也因爲你不會有事。」

「我沒享受到，也不算沒事，富麗迪許。妳說謊騙我過來。」

「不，我沒有。我說我們今晚是來玩的，我們也有玩。我只是沒告訴你我會在玩樂時辦點正事，但我們很快就可以繼續玩了。你的狀況會比剛剛更好，我保證我會補償你的。但我們得先抓到她。」

「爲什麼？」

「你還想再當雷神吧？」

「我現在還是雷神。」

「恐怕只是名義上的雷神。她不只偷走你的高潮。她也偷走了你的雷電。」

我嗤之以鼻。「不可能。」但我試著感受空氣中的雲氣和濕氣，辦不到。這讓我有點擔心，但我記得之前在地底時也發生過幾次這種情況。「她還在這裡？」

「不，她以最快的速度離開了。但我們會找到她。」

「走吧。」我們穿越棉花糖牆壁迷宮，經過樓梯和黑暗巷道，我的心情就和陽光下的羊奶一樣臭酸。蘇格蘭小鬍子巫師等在那裡。他朝我們左邊點頭。

「她往那個方向走，」他說。「非常不穩定。」

「謝謝，艾洛威休。」富麗迪許說。我們慢跑過巷子，我的身體感覺好多了，只是不像神。我感覺不到雲或風。寧芙眞的偷走了我的力量。

「如果那個蘇格蘭人找得到她，爲什麼不讓他幫妳狩獵這個寧芙？爲什麼讓她偷走我的力量？」

「因爲除非你標記她們，或確實知道她們的藏身處，寧芙幾乎無法追蹤。她們會直接消失到相關的元素裡。只要讓她身上充滿雷神的力量，她無論如何都沒辦法融入元素。你聞到了嗎？燒焦的空氣和毛髮。她招惹了不該招惹的力量。」

我認爲我也招惹了不該招惹的力量。又或許我根本沒資格說什麼招惹。我是爲了歡樂時光才跑去地牢的——我承認，這種做法或許有問題——但卻得到悲慘的時光。失去讓我成爲佩倫的力量感覺很不舒服。如果寧芙擁有我的力量，而我現在跑去找她，還會對閃電免疫嗎？

我氣得冒泡，走在愛丁堡的潮濕石板街道上。「氣得冒泡」是很不錯的英文字。適當表現出憤怒，同時又適當表現出隱忍不發的感覺。因爲此事根本不該發生。我不應該淪爲他人達成目的的手段。特別是我不知情的目的。富麗迪許還在隱瞞她的眞實目的。我要的結局是再度感受雷電。

「她在朝荷里路德公園前進。」富麗迪許說，鼻孔開合追蹤氣味。「我們得——等等，看到她了！」

她指向前方一個在街燈下跌跌撞撞的人。看起來像是身材嬌小的黑髮女子在對抗頭顱附近的蜜蜂，只不過沒有蜜蜂。她在對抗的是瘋狂和電光。街上的路人紛紛大喊走避，因爲她令他們害怕。她顯然很痛苦。小愛爾蘭寧芙無法控制斯拉夫神的力量。

她離公園很近了——前方的街燈消失，表示那裡有大片自然土地。

因爲目標近在眼前，我們加快腳步。富麗迪許動作較快，在寧芙碰到公園第一根草時撲倒她。寧芙像我一樣放聲吼叫，發出沒人料到那麼嬌小的生物會發出的聲音。閃電擊中富麗迪許，不是發自天空，而是來自寧芙，將其圍繞在藍白相間的電光之中。她受到閃電熔岩護身符的保護，大聲命令寧芙住手，她只是想談談。她把寧芙翻過身來，壓在地上。

但寧芙無法控制那股力量。她腦袋前後搖晃，發出類似現代男生玩電動時的怒吼，雙眼綻放火紅天際般的光芒。

富麗迪許問她芳德和馬拿朗・麥克・李爾的事。問起他們的計畫、他們的防禦機制、她如何學會吸收能量。寧芙對所有問題的答案都是尖叫和掙扎。路人開始看我們，這可不是好事。

這個寧芙顯然已經瘋了，而我越來越沮喪。一切徒勞無功，我覺得像是在棋局中白白犧牲的小卒。老實說，這盤棋甚至不是我的棋局；這是愛爾蘭的棋局，我根本不該牽扯進來。

「九層天殺的地獄，」富麗迪許喃喃說道，從外套口袋中拿出一塊寒鐵。「事情不該走到這個地步。」她大發慈悲，把鐵貼在寧芙的額頭上。

寧芙尖叫一聲，化為灰燼，而她搶走的力量在空中啪啦作響，回歸原先的主人體內。我的身體再度強壯，風在我的思緒中低語，雷電也劈里啪啦作響。那感覺像是潛入清涼的水池，沐浴在健康之間。我已經很久沒有這麼好過了。回想起自己的天賦、我的人民用信仰賜給我力量的感覺很好。而富麗迪許認為這些天賦都是她可以隨意拿去玩的東西。

提爾・納・諾格上無盡的夏天很舒適，但同時也是圖阿哈・戴・丹恩玩弄自然秩序的完美範例。我是斯拉夫的自然秩序之神，而我也遭受他們玩弄。現在是我重獲自由的時候了，讓雨水洗淨憤怒，恢復寧靜的心靈。

我們花點時間揮手趕開跑來查看尖叫和電光的人。我們保證沒有問題。寧芙已經散入空中，黑暗中完全看不見殘骸。這裡沒東西看。當他們離開後，我看向我的愛人，做了非做不可的事。

「妳記得那個滑稽舞男保羅是怎麼說的嗎？」我脫下外套，解開皮帶，只留著頸圈和內褲。「他說：『最重要的就是取得同意。』他指的是性愛部分，但也能用在其他事上。妳做這些事沒有取得我的同意。妳以爲可以隨便利用我。這樣不對，富麗迪許。」

她朝我伸手，搖頭說道：「佩倫——」

「不。我很感謝妳和我共度的快樂時光。事實上，我永遠都會放在心裡，因爲與妳在一起眞的很快樂。但我認爲快樂已經結束了。維勒斯死了，洛基找不到我。我又可以留在凡間，享受暴風雨。請幫我個忙，把我的斧頭交給德魯伊阿提克斯。我會去找他拿。再見。」

我在富麗迪許的抗議聲中化身爲鷹，步出內褲，甩開項圈，展翅遁入月光照耀、雷雲陰暗的空中。我轉向東方，飛越海洋、平原、高山，前往我信徒的遺忘大地。我已經離開很久了，如今我一心只想待在家鄉。

《抱抱地牢》完

血布丁

這個關於妮兒的故事發生在《穿刺》和《歐伯隆的肉肉神祕事件：被綁架的貴賓犬》之後。

一直以來，我都只有一個老師，如今一下子有了十三個，感覺就像突然發現冰淇淋不是只有香草口味，或是了解到獨唱無法提供的合唱美聲觸及靈魂的感覺。我覺得很豐富、很多樣、很開心——她們喜歡看我學習，我也喜歡得到她們認可。不光是從維斯瓦華．辛波絲卡的作品中，向曙光三女神女巫團及華沙酒吧的顧客學習波蘭文的成果十分豐碩。我回奧勒岡家的時間基本上就是累癱，那讓我有點罪惡感，但幸好阿提克斯是很有耐心的人，眼光放得很遠。他沒有爲了我長時間待在國外多說什麼。畢竟，他已經獨占我十二年了，甚至還超過，而他很清楚發展更多思考模式的重要性。

我笑著回想一連串讓我又回去當酒保的事件。之前在魯拉布拉工作是我成爲德魯伊的前奏。我不禁要想又有什麼冒險在六區釀造場之後等著我？

這間精釀啤酒酒吧生意很好，我的同事人也很好。奧莉維雅．祖拉夫精通兩種語言，很樂意幫助我學習波蘭文。她在英國待過幾年，所以她的英文參雜薩福克郡和華沙口音，聽起來很悅耳。

酒吧的顧客也很樂於幫忙。特別是男性顧客，他們一開始都會熱心糾正我的發音，接著在我還是用同樣的發音重複一遍後，就會說我說得比之前好。很多人都會問起我身上的刺青——塔吐茲——我發現我很難想出任何人會想聽的答案。

如果我說那是我自己的事，他們就會覺得我在打發他們。如果據實以告——我是德魯伊，刺青把我和蓋亞羈絆在一起——他們會不太確定地微笑，點頭，然後小心翼翼地去向奧莉維雅點酒。有些人表現得好像我是在監獄裡刺的——有個人甚至問我爲什麼坐牢。

「我殺了個男人……用這隻拇指！」他沒聽懂《料理鼠王》的梗。他以爲我是認眞的，於是瞇眼看我。

「妳犯了謀殺罪，還這麼快就放出來？」

「噓。他們沒有放我出來。我逃獄。但是不要對別人說，好嗎？」

這時他終於知道我在開玩笑，但卻不覺得好笑，而他顯然是熟客。「嘿，奧莉維雅，這新來的是誰？」他問。

「就是一個在躲其他拿槍美國人的美國人。」她對他說，他笑出聲來。

「好吧，她用拇指殺過人！」

當天下班後，我前往瑪李娜·索可瓦斯基家，從拉度許其區渡河，向女巫團學波蘭文。大多是安娜在教我，因爲她喜歡辛波絲卡的詩作，但我刻意向艾格妮伊許卡提問，因爲她很擅長防禦魔法，主導在我身上施展占卜防禦術的儀式。

「妳覺得可能在我的刺青外施展隱形遮罩嗎？」我問。「精釀酒吧的顧客一直問我，有點煩。」

「只是視覺遮罩，是吧？不是要遮蔽魔力或羈絆法術？」

「是。」

「嗯。」她輕拍下巴思考；羅克莎娜從角落探頭出來，一頭鬈髮難得沒有綁在腦後，披散而下。

「不是在偷聽，但我聽見妳的問題。如果我們不用遮罩，用反魅惑術呢？」

「什麼？鼓勵別人去看別的地方，而不是『快看這裡』？我怕那樣會讓別人完全不看她。還有魅惑術中影響慾望的部分要怎麼解決？如果我們也反轉那部分，可能會讓別人心生厭惡。」

「好吧，顯然我還沒想通，」羅克莎娜回答，透過杯子迅速眨眼。「我只是提供一個起頭。」

「喔，是，我明白。有很多方面要考慮。」艾格妮伊許卡轉向我問：「給我點時間研究一下？」

「當然。」才過兩天，她們就想出了辦法，而她們先在我的治療刺青上實驗，確保不會搞亂我前臂上的刺青，那裡的刺青是負責轉移世界、讓我回家的。

「這不是魅惑術、反魅惑術或類似的東西，」艾格妮伊許卡解釋。「這是一段很有趣的討論，我們或許會把結果用在其他地方，不過對妳而言，我們應該已經想出遮罩了。」

波塔先在我手上抹了有點臭的透明黏液。「我親手調配的。」她說，雖然我已經猜到了。那可不是CVS線上藥局會賣的東西。

剛認識波塔時，我以爲她只是喜歡料理，結果發現她和瑪蒂娜是女巫團的藥水和儀式藥材專家。她們喜歡用世俗料理作爲競爭手段，常常會找我來當裁判。

「什麼藥膏？」

「遮罩的羈絆媒介。隱形遮罩會羈絆在這上面而不是妳的刺青，然後妳的皮膚吸收羈絆媒介，讓遮罩待在裡面，隱藏刺青，但不影響妳和大地的羈絆。」

「理論上？」

「對，理論上。」

女巫團其他成員抵達，艾格妮伊許卡帶她們進來羈絆遮罩。這次比施展占卜防禦遮罩的儀式要快多了，儀式結束後，我手上的醫療刺青緩緩消失在我眼前。

「喔，眞是太酷了。」我看著她們笑道。

「但妳得測試看看。」瑪李娜說著交給我一把匕首。「我們得確定妳還能不能治療。」

「對。」我在左前臂上割了一小道傷口，流了一點血，然後命令我的身體癒合皮膚。傷口合上，完全看不出來有受傷。還有效。

「成功了！揮拳慶祝！好好享受各位技巧高超的證明！」

確認成功後，女巫團把我的手臂也遮蔽了，但我留下二頭肌上的變形刺青。我喜歡那些刺青。我擁抱大家，評論了兩個慶祝用的巧克力蛋糕，然後去精釀酒吧上班。

□

輪班兩小時後，約莫八點，一個體格看起來像長跑健將的英俊男子走向吧台，臉頰宛如多佛的白懸崖般傾斜，下巴如同鐵砧邊緣般鋒利。頭髮和衣服彷彿是約好了兩小時後要拍產品型錄般。他清爽乾淨，一副可以去逛街幾個小時的模樣。如果要我說實話的話，很夢幻。

我用波蘭文問他要點什麼。他目光下移——不是看我胸部，那是典型的男子反應，而是在看我伸長了撐在吧台上的手臂。他特別看著我的右手。

「是不是有個美國女人在這裡工作，和妳一樣紅髮，但是手臂上有刺青？」他問。他如此精準的形容當場令我毛骨悚然。他是來找我的，但顯然是陌生人，不然他會知道我就是他要找的人。有人要他來找刺青紅髮女人；女巫團施展的遮罩法術或許不光幫我擋下工作上的小不便。

「她還沒來，不過再過幾分鐘就到了。」我說著拿起吧台餐巾，放在他面前。「我可以在你等候時幫你倒點喝的。」

他看來不太確定，然後微微羞怯地哼了一聲，笑道：「我不太會喝酒。」他的頭轉向坐在旁邊的男人，享受著一種我希望能在美國找到的甜點。「他在吃什麼？」

「啤酒布丁。」我說。「很好吃。要來一份嗎？」

他聳肩。「當然。」他說，拉開另外那位顧客——馬切——旁邊的椅子。他是我第一個熟客，重金屬樂迷，一嘴亂糟糟的金鬍鬚，及有飾釘的皮夾克。他三不五時會隨著腦中的吉他旋律搖頭晃腦。因爲我知道英格威．瑪姆斯汀【註】是誰，甚至能講出幾首瑪姆斯汀的歌，便以爲我和他是同一種人。

「味道如何？」我在轉身輸入點單時聽見剛來的人問。

馬切停下來回答。我很肯定他在思索什麼史詩級的答案，因爲通常他在描述東西時都很浮誇。我以爲他會說：「味道就像是你燒掉敵人的房子，一頭跳進他的淚湖時，對方絕望無助的甜美叫聲。」但顯然他覺得這個外表典雅的男人不會欣賞這種描述。「就是用黑啤酒煮過的梅子布丁，味道像巧克力麥芽加上一點梅子。很好吃。」

編註：英格威．瑪姆斯汀（Yngwie Malmsteen, 1963-）是瑞典知名吉他手、音樂家，特色爲將古典樂融入吉他演奏，爲吉他界帶來了革新。

「描述得很棒，馬切。」我說著對他微笑，端了杯水給剛來的人。馬切目光在和我相對時有點擔憂。新來的傢伙也給他一股不祥的預感，並在聽見我謊稱刺青美國女孩另有其人時也沒說穿。馬切今晚進門時問過我刺青跑哪裡去了，我說因為它們會惹麻煩，所以我把刺青藏起來了。他本來認定那絕非事實——刺青是好東西！——但如今他完全理解了。

我用挖冰塊的聲音遮掩施展魔法視覺的唸咒聲。我當時身上沒有儲存魔力的法器，但是魔法視覺要的魔力不多，所以我認為值得耗費一點本身的能量確認眼前是什麼麻煩。

馬切的靈氣七彩繽紛，顯示他以孤獨的薄膜掩飾性愛與暴力的慾望。不意外。不過那個新來的帥哥渾身都是灰色靈氣，只有兩點紅光，一點在胸口，一點在腦袋。這表示他是吸血鬼。而他只有一天時間可以永遠離開波蘭。我們在羅馬和李夫・海加森簽署的協議規定，明天起我可以把所有出現在波蘭的吸血鬼解除羈絆。

我把水放在他面前，心裡明白他不會碰水或他點的啤酒布丁。「親愛的，你叫什麼？」我問。

「巴托希。」

「我喜歡。我可以叫你美髮巴托希【註】嗎？」

我的問題令他不知所措。他顯然不是碧昂絲的粉絲，這表示他與世界脫節。但我見過那種表情——和李夫・海加森搞不懂現代年輕人在講什麼時一模一樣。巴托希來自另一個年代。「如果妳喜歡。」他說著揮揮纖細的手指，拋開不重要的小事。「妳說妳同事叫什麼名字？」

「我沒說。如果你連她叫什麼都不知道，找她會有什麼事？」

他伸手進外套，拿出一個信封。「我只是信差，要把這封信交給手臂有刺青的紅髮美國女人。」

他把信封放在吧台上；象牙白古典亞麻信封，上面沒有收信人姓名。「喔。好吧，」我以希望算是隨口幫忙的語調說，「喜歡的話，我可以把信給她，一點也不麻煩，如果你趕時間。」

「妳真好心。請問妳叫什麼？」

我不想讓他知道我的本名，或當前使用的化名，所以我瞎掰：「我叫黛萊拉。」

「黛萊拉。非常好。黛萊拉。請看著我。」我照做，他立刻利用目光接觸魅惑我。我知道他想幹嘛，因為我上衣底下的寒鐵護身符緊貼我的胸口，擋下他的直接攻擊。而我確實將魅惑視為攻擊，關於這點我曾與女巫團討論許久：魅惑會顛覆意志，不管效果有多溫和，仍是心靈攻擊。

「如果我把這封信交給妳，妳一定會在妳同事抵達時交給她，是吧？」

「是。」我說，用力點頭，盡量配合，語氣茫然。但還是搞砸了，因為他不相信我，側頭皺眉。

「妳確定嗎？妳聽起來不太確定。」

我心念電轉：一封在驅逐波蘭吸血鬼的協議生效前夕送交給協議簽署人之一的信，絕對不是什麼正面的東西。那不會是善意的道別：「再見，感謝各位的血！」那是挑釁和激怒我的行為。如果不立刻採取行動——而巴托希決定動手——我絕對沒有勝算，因為他再過幾秒就會發現我不是普通人，不能輕易擺弄、控制、吞噬。但我的魔杖不在身邊，也沒辦法輕鬆取用大地的魔力。我當時只是個軟弱的人類，只有一個優勢——解除吸血鬼羈絆的能力。好吧，或許還有另兩個優勢——出其不意，以及美國人的唬爛天賦。

編註：出自碧昂絲的專輯《檸檬特調》（*Lemonade*）〈抱歉〉（*Sorry*）歌詞：Becky with good hair.

我朝他微笑點頭，保持目光接觸，轉爲古愛爾蘭語，背誦會把他分解爲一團礦物質和血液泥漿的解除羈絆咒語。因爲他沒聽過這種語言，他眉頭深鎖，在我唸到一半時試圖插嘴：「等等，什麼？說波蘭語。」我繼續唸咒，他這才發現不管我在唸什麼，總之都沒有如他想像般遭受魅惑，而某件非常糟糕的事情即將發生。或許有人警告過他會遇上這種事。他在想到我可能是在唸咒而非說話時，瞪大雙眼，接著嘶吼一聲、露出獠牙，從椅子上撲過來，在我唸完解除羈絆咒語時抓住我。

宛如雕刻出來的俊俏五官轉移融化，骨頭失去形狀，遭受液態肌肉擠壓。我立刻往旁側跨，避開他嘴裡噴出的血肉——他大吐特吐，噴到調酒用的柑橘片和瑪拉斯奇諾櫻桃。他像空水袋般消氣片刻，然後皮膚開始脫落，任由其中的液化物質流出。黏液夾雜肉塊隨腦漿噴出頸部，如雨水般灑落在馬切身上，濺濕他的啤酒布丁。

這個畫面在酒吧內掀起許多尖叫聲——顧客大多沒有全程目睹，只看見結尾，一個男人無端自爆，戰鬥或逃跑的本能支配身體，不少人開始衝向門口。馬切驚慌地叫了一聲，畏縮但卻沒動。他看到我還站著，而那個詭異的傢伙掛了，這對他而言就夠了，雖然深吸幾口氣後，他還是開始大叫：「幹！狗屎！」一直叫一直叫。我趁亂上前，抓起吧台上的血信封，用吧台毛巾吸掉大部分血肉，然後塞到後口袋裡。

奧莉維雅從吧台另一端走過來，說：「喔，天呀，怎麼回事？」

「我不知道；這傢伙突然爆炸了。」

「妳說爆炸是什麼意思？」

「就是爆炸。」

馬切不再咒罵，看著自己染成紅色的外套，開始大笑：「這！太！重金屬啦！」他叫道。我丟下奧莉維雅，越過吧台，低聲對他說話。

「等警察來後，我要你別提他來此的原因，還有他想幹嘛。他就是坐下，點了布丁，告訴我們他叫巴托希，然後就死了。」

「沒問題，」馬切吼道。「實情就是如此。我會說我問起他的工作，然後他就爆炸了。肯定是個壓力超大的工作。」

「很好，非常好。我也會這麼說。今天我請客，想點什麼就點什麼。現在要來點什麼嗎？」

「一杯祖布魯夫卡【註】，再加杯啤酒。或許再來條吧台毛巾。」

「立刻就來。讓我先把那個拿走，因爲，噁。」我伸手去拿他的布丁杯，裡面積了一小池血，還有幾塊腦漿，但馬切阻止我。

「不，不，等等，我得先照張相。」他說著便拿出手機。「血布丁乃是世界上最重金屬的布丁，哈哈！」

經理從廚房冒出來，看了一眼現場的情況，宣布今晚所有顧客免費，讓顧客精神受創還要出錢可不是做生意的道理。他暫時關門，等警察趕到，然後我又忙了幾個小時倒酒和回答問題——回答同事、警察，甚至媒體的問題，不過我堅持不能拍照或以任何形式留下我的長相。

終於解脫後，我的魔杖史卡維德傑在廚房後的員工區等著我。我一拿走魔杖，立刻吸收儲存在銀杖

編註：祖布魯夫卡（Żubrówka）是波蘭特產的香料伏特加，由裸麥釀造而成，酒瓶裡放了一根野牛草莖。

頭內的魔力，感覺好過一些；那兩個小羈絆術讓我精疲力竭。

終於有點隱私後，我從口袋裡拿出血信封，打開來看。我讀了兩次，然後撥打手機裡儲存的號碼，感覺比我上次見到我繼父時還要生氣。

「哈囉，關妮兒，我就在想妳今晚會打來。」一個斯文的聲音在我耳邊慵懶地說。

「去死，李夫。你知道他會來？」

「我知道誰……？不好意思。出了什麼事嗎？」

「對，出事了！我今晚在我的酒吧裡解除了一個吸血鬼的羈絆！」

「妳有問他名字嗎？」

「天殺的巴托希。」

「嗯。我不認識天殺的巴托希，但我可以拿名冊來看看。」

「他不是我打這通電話的原因。在我解除他的羈絆前，他給了我一封信，我剛剛才有機會打開來看。信上的署名是卡茲伯．果瓦。你認識他？」

「喔，認識。太不幸了。他就是我在等妳電話的原因——傳言說他不打算依照協議離開波蘭。」

「不是傳言，是事實。讓我把這封狗屎逐字逐句唸給你聽。」

「麻煩了。我想知道他怎麼讓妳氣成這樣。」

「信裡說：『給德魯伊婊子和高傲自大的維京小子：我不會離開波蘭，我朋友也不會。我們不承認妳的協議或李夫．海加森的領導，沒有義務遵守小孩的命令。不如這樣，遵守你們長者的命令：離開波蘭，離開羅馬。妳或許以爲嚇到幾個陳腐的遠古吸血鬼就有權力領導。事情不是這樣運作的。你們兩個可以離開或死。就是這麼簡單。』」

「啊，」李夫說。「現代是怎麼說的？大膽？無禮？笨手笨腳踩到自己的睪丸？我想我沒說錯。」

「什麼？你是指『絆倒睪丸』【註】？天呀，不要再學人家說酷話了，李夫。你比阿提克斯講得還糟糕。我想知道的是他爲什麼叫你小子？你在羅馬不是告訴我們你是全世界現存最老的吸血鬼嗎？」

「我相信我說的是『據我所知』。當時我不知道卡茲伯尚在人間，我以爲他在二次世界大戰時就被解決掉了。顯然我弄錯了。」

「所以他有多老？我是說他比你強大多少？」

「他比我老一百三十歲，西元九世紀時出生在位於現代克拉科夫附近的部落裡，那時波蘭還不是政治實體。」

「這表示他有資格出面領導其他吸血鬼。」

「沒錯。他是眞正的威脅。波蘭吸血鬼全都聽他號令。有些吸血鬼離開了，但我估計有五十到六十個吸血鬼聚集在他的旗幟下，或許還有其他吸血鬼會來，要求他挑戰我的統治。」

「現在沒人會聚集在他人旗幟下了，李夫。」

「古老吸血鬼會。他要求大家不必遵守我們協議的訴求已傳遍全世界，我向妳保證。我今天才聽說此事；他是挑好時間復出的。告訴我，阿提克斯或歐文有沒有收到類似的信件？」

「我還不知道。我得問問他們。但我猜他們沒有，你也沒有，對吧。」

譯註：絆倒睪丸（tripping balls）意指嗑藥嗑到茫了。

「猜對了。」

「我就知道。因為卡茲伯不會貶低阿提克斯和歐文，是吧？阿提克斯比他老八或九百歲，而儘管歐文沒有眞的活那麼久，他還是比阿提克斯早出生，不會忍受這種鬼話。」

「妳當然也不會忍受這種鬼話？」

「當然不，我會解除他的羈絆，就和他的好兄弟巴托希一樣。只要我能找到他。我想你不知道他人在哪裡？」

「我對他所知的一切都是希特勒掌權以前的事了。他從前在克拉科夫有些地產。他有可能在戰後轉手過，但我猜他只是把所有權轉到我不知道的化名底下。」

「好吧。我要你過來幫我解決此事。」

「我非常同意。我得回應他的挑釁。」

「你入境後打電話給我。」

我接下來兩天休假，算我運氣好。然而，此事或許會處理超過兩天，而由於吸血鬼找得到我，我或許沒辦法繼續在精釀酒吧工作了。他們是怎麼找到我的？我很想知道。我才來這裡兩週左右，又沒做過任何顯然是德魯伊會做的事。我應該沒沒無聞才對。精釀酒吧裡有人——可能是顧客或員工——認識吸血鬼。

當時很晚了，我不想對女巫團把整個故事重說一遍，所以前往波雷莫可士夫斯基的羈絆樹，脫掉鞋子，轉移回奧勒岡的家。女巫團可以等天亮再得知此事。

我親愛的獵狼犬歐拉，滿心歡喜、渾身抖動地跑出來迎接我。「關妮兒！猜猜怎麼著？猜猜怎麼著？」

怎麼了，歐拉？我透過心靈連結回應。

「妳回家了，我很開心！但猜猜還有什麼事！」

我猜不到。告訴我。

「阿提克斯說我要生六隻小狗了！他看看我的肚子，說有六道靈氣。妳相信嗎？就是五……再加一！」

妳說得對，沒錯！哇！好多小狗！

「歐伯隆說是因爲他了不起的關係，但我想是因爲我了不起。妳覺得誰說得對？」

不能兩個都了不起嗎？

「這個，好啦，阿提克斯也這麼說，但，拜託，現在都是我在累。而且我知道五加一等於六。」

非常有道理，歐拉。那我們就說，妳很了不起，歐伯隆以男性的角度而言還過得去。妳可以對他說是我說的。

「喔，他一定會大叫的！嘿嘿！妳是最棒的人類，我愛妳。」

妳是最棒的獵狼犬，我也愛妳。阿提克斯和歐伯隆在裡面嗎？

「在！星巴克也在！」

喔！當然！我居然把他給忘了，但是星巴克才剛來我們家；他是阿提克斯在波特蘭救的波士頓㹴犬，我和他還不太熟。

「阿提克斯在準備好幾種雞肉給我們享用。」

他眞的就是這麼說的，是吧？

「沒錯！」

我們去找他們吧。我踏出六步快樂的步伐，每一步都代表一隻小狗，接著收到威廉米特元素透過我的腳跟傳來訊息。塔斯馬尼亞發生了要德魯伊處理的情況，於是我快步跑入屋內，叫阿提克斯出來，讓他也能接收信息。

匆忙打過招呼並把爐火關小後，他出門來到我身邊。

「先不要回應，」我告訴他。「我們得談談今天發生的事。」

「好。」

我們討論過後，決定他去塔斯馬尼亞處理大地的問題，每天晚上都回來確保歐拉和星巴克沒事，我則回波蘭去強制執行協議。

「千萬不要背對李夫。」他對我說。「他只效忠自己。妳只有在他認定妳活著對他有好處時才算安全。還有要小心——你們獵殺的吸血鬼既然知道你們要來，肯定會使用紅外線。」

他是在說唯一能夠看穿僞裝羈絆的可靠辦法——還有，我假設，史卡維德傑的隱形能力。吸血鬼在德國曾成功利用紅外線找出他。「謝謝你提醒。」我說，我們決定好之後的行動，然後享受愉快的雞肉大餐，稍晚又堅決指示獵狼犬不要來打擾，享受屬於我們的私密時間。我一直睡到當地時間的中午才被電話聲吵醒。阿提克斯和歐伯隆已經走了。

「我在克拉科夫，」李夫說。「現在晚上八點。」

「好。我半小時內會轉移到舊城區外的拉斯沃斯基森林。你會在哪裡？」

「在史達利港，一間水手主題餐廳，提供烈酒，歡唱水手歌。地址是史卓斯基高街二十七號。請快來。這些歌有夠難聽。」

「我一轉移過去就去找你，要看從羈絆樹跑去要多久。」

我沖了個澡，親親歐拉肚子，和星巴克磨蹭磨蹭，並餵他們兩個吃點東西後，就出門了。我轉移到克拉科夫外的丘頂樹林裡，開始往下走，精神飽滿，史卡維德傑在手，打電話給瑪李娜告知現況。

「基本上，所有卡茲伯・果瓦及其化名出沒過的地點都有幫助。我們希望如同承諾般趕走所有波蘭的吸血鬼，而我們要情報。」

「歐蘇利文先生呢？」瑪李娜問。「當初是他許下承諾的。」

「蓋亞召喚他去處理塔斯馬尼亞的問題。我會和李夫・海加森一起處理此事。他對解決此事深感興趣，而一旦解決，他就會離開波蘭。」

「如果卡茲伯・果瓦不在克拉科夫呢？」

「如果妳們能提供線索，不管他在哪裡，我們都會去找他。」

「不死生物無法占卜，所以我們會嘗試占卜他的奴僕。我一有結果就通知妳。」

我發現史達利港非常忠於它的航海主題。牆壁旁有整排擺了細長蠟燭的黑木桌，整體裝飾偏向暖色調。鑲金邊的傳統船艦畫像在對酒客招手，彷彿丁尼生的《尤利西斯》所說：「尋找新世界還不算太遲。」李夫・海加森坐在一張方形桌旁，一腳優雅地蹺在另一腳上，彷彿在大聲吶喊他應該要開腿坐一樣。他看起來非常不自在，面對一群紅臉醉漢大吼大叫地唱著波蘭水手歌，歌詞與繩索燃燒有關，我猜那是和繩索有關的雙關語。

「謝天謝地妳來了。」李夫在我就座時說。「他們一直等我一起唱。妳知道卡茲伯在哪裡嗎？」

「還不知道。等瑪李娜提供線索。」

「所以還要一陣子。」

「對。我們該點些東西。」

「請點兩杯妳想喝的，然後幫我的份一起喝了。」

「你，呃……吃過了嗎？」

他點頭，沒有多說細節，我為此心懷感激。我點了兩杯烈酒，加丁香、肉桂和橘子，然後花點時間研究李夫收集到的卡茲伯和他波蘭朋友的資料。

開始喝第二杯酒時，我的電話響了，瑪李娜打來的。

「他在諾瓦胡塔區，那裡是二次世界大戰後才開發的。」她說。「他買了幾棟房子，外表看起來像是共產黨建造的小磚屋，其實是大型地下建築的入口和出口。我們找到兩棟住有奴僕的房子，能告訴妳隱藏樓梯間在哪裡，但我們懷疑有多少吸血鬼在。」

「好，把地址給我。」

接下來就是探查任務，我們小心不讓瑪李娜指出的那兩棟房子裡的人發現；姑且不論人類奴僕，那附近很可能會有波蘭吸血鬼在暗中徘徊。

我注意到那兩棟房子陰森森的、需要重新粉刷，間隔約莫三條街區，這表示地下建築起碼有三條街區大。屋子看起來並不起眼；兩輛擋泥板生鏽的老爺車停在車道上，提供偽裝。住在這裡的絕不可能是有錢有勢之人。

「好吧，我得試試一種做法，」我對李夫說。「我或許能透過大地估計地下建築的大小。缺乏活體土地——所謂的負面空間，我猜——可以幫我估計邊界。」

「很好。妳能不能也感應看看其他樓梯間，讓我們弄清楚其他出入口在哪裡？」

「嗯，我想取決於他們的建築方式。如果樓梯都是地面建築地基中的台階或旋轉梯，那除了我們已知道的那兩座外，我沒辦法判斷哪些是出入口。不過如果是用斜坡延伸，遠離地基，指向地下建築中央的話，我應該就能辨別出來。」

「我敢說是這種情況。」李夫說。「有句老話是這麼說的……」

「請閉嘴。」

「不，我保證很有趣！這是藉由反問來引出答案的說法。如果妳問我他們的樓梯傾斜角度是不是四十五度，我就會回答：『熊會在樹林茂密的地方排便嗎？』呃？妳懂嗎？答案很顯然是肯定的。」

「天呀，李夫，不。你完全沒有融入人群的能力。」

「但我盡力而爲，就和西西佛斯一樣。」

「你爲什麼這麼有信心？」

「直上直下的空間沒有藏身處。吸血鬼有信心能夠打贏任何正面衝突。」

「好。不要亂動，我看看能感應到什麼。」

附近有一小塊地，勉強算是城市中的綠色地帶，我踢掉涼鞋，聯繫大地。在元素的幫助下，我在地面下找尋果瓦地下堡壘的邊界，而該地下堡壘確實延伸好幾塊街區，對一個人而言，空間實在是太大了；而從四周延伸出來的狹窄通道來看，地下堡壘的逃亡路線遠不只女巫團找出的那兩條。李夫說得對，樓梯是呈斜坡從地表建築通往祕密堡壘。

「還有四條出入口。」我告訴他，他輕吹口哨。

「妳看得出是哪些房子嗎？」

「可以。」

「我們去調查看看，確認守衛情況。」我們沿著街道走，一副要去逛俱樂部或去潮咖啡店喝咖啡的模樣。

我路過時往每棟目標房屋點頭，看起來完全沒有守衛。或至少沒有奴僕守衛。

「這些房子裡沒有人類。」李夫打量完每棟房子後低聲說道。「防禦系統要嘛是自動防禦，不然就是不死生物防禦。這是很有用的情報。我們先離開這個區域，謀定而後動。」

「好吧。回史達利港？」

吸血鬼皺眉。「如果別無選擇的話。儘管那裡氣氛不好，起碼能提供足夠隱私。」

之前店裡的歡樂酒客如今已經換了一批，但還是一樣吵鬧，對自己的歌聲十分自豪。我又點了兩杯烈酒，酒一上桌，李夫就湊上來和我討論。

「我認為地下堡壘太大，我們無力獨自應付。首先，我們不可能兼顧六個出口。」

「同意。」

「我提議找傭兵趁白天清理巢穴。」

「紫杉人？」儘管收費昂貴，阿提克斯還是一直雇用他們。

「不，人類傭兵。我以前雇用過他們，他們已經習慣這種工作。他們知道是怎麼回事。可以犧牲，所以很完美。」

「如果要白天行動，你會待在哪裡？」

「去別的地方睡覺。」

「而我就去當可以犧牲的完美傭兵？」

「不。我們派傭兵從所有入口下去，只留下一個。那就是他們的逃亡路線。妳等他們出現。要嘛就是奴僕帶卡茲伯出來，讓妳解決他們，不然他就是死在下面。」

「除非他和他的護衛除掉所有傭兵，踏過他們的屍體從其他五條出路之一離開。」

「對，除非發生那種事。但或許我們可以交代傭兵封閉入口。所有人都得從最後的出入口出來，不然就別出來。」

「這樣或許能成功。你可以讓傭兵一早就趕來嗎？」

李夫拿出手機。「如果早上不行，下午也肯定可以。今天就是卡茲伯最後一次月出。」

「好吧。就這麼辦。」

我聽著他冷酷地安排一批軍事攻擊部隊入境，接著打電話去瑞士，報出銀行帳戶號碼，支付一切開銷，讓對方開始行動。他擁有阿提克斯從前能夠動用的資源。我們午夜時安排好一切。

十二小時後，我與傭兵在史達利港會合，交付地圖、任務目標，提醒他們小心陷阱、確保沒人從進去的路出來。

「這不是我們第一次掃蕩巢穴。」其中一名傭兵說，可能是在場唯一的美國人。他肌肉鼓脹油亮，看起來像是八〇年代的類固醇電影；就差沒在嘴裡叼根雪茄菸，咬得爛到好像剛拉出來的臘腸狗便便一樣。其他傭兵都是方下巴的歐洲人，以帶有口音的英文交談。

「好。但這次可能是最大的巢穴。小隊隊長都有各自的入口地址。你們在一三〇〇時展開進攻，剷除所有敵人，或把活口趕往唯一出口。有疑問嗎？」

沒有疑問。他們真的幹過這種事，而他們全都表現出收錢辦事的專業態度。他們前往指定位置，著裝備戰。我收到一支漂亮的藍芽耳機，讓我能夠得知A小隊的情況。我大步走到留下出口的房屋前院，啓動史卡維德傑的隱形羈絆，蹲在門附近，遠離任何窗口的視線範圍。魔杖的銀杖頭裡灌滿能量，而前院的土地能夠即時提供我所需能量。

隨著一點逐漸逼近，耳機裡的人聲越來越多。他們說了很多瞭解和收到，告訴彼此一切都「大聲又清楚」。

我看不見其他入口房屋，所以觸目所及就是一片寧靜的中產階級住宅區，但開始進攻後，我在耳機裡聽見很多聲音。要敵人手舉高跪下的命令。驚訝、抵抗的叫聲，還有幾下槍響，然後是每個房間檢查過後的「安全！」回報。

A小隊等其他房子回報安全後，開始檢查樓梯間附近的陷阱和安全措施——樓梯間的入口在其中一間臥房的書櫃後方。

等他們滿意後，第二階段的協同進攻開始。他們打開暗門，開始下樓，接著就展開火拼。我聽見慘叫聲、嘶吼聲，還有垂死掙扎，但我分辨不出垂死的人是誰。我不知道其他小隊的情況，不過A小隊聽起來還算順利。

A小隊至少在一個房間內找到兩個棺材，插死了在裡面睡覺的吸血鬼。他們與C小隊會合，然後繼續前進。沒有其他小隊的消息。

但是策略有效。我聽見屋裡傳出動靜和咒罵聲。塑膠鞋跟踏在地上的撞擊和擠壓聲，接著是一下重擊。有人，或是很多人穿越暗門。之前死寂空蕩的屋子裡突然出現鬧哄哄的住客，彼此大吼大叫，罵了很多創意十足的波蘭髒話。

驚慌失措的奴僕。拖著很難拖的東西。

噹啷。硬塑膠輪子推過磁磚的空洞聲響。「走！走！」有人叫。輪子迅速接近門口，我左手握緊史卡維德傑，右手拔出一把飛刀。

門鎖轉動，大門開啓，一根槍管冒出來，伸過我的頭頂。蒼白的人類奴僕出門，在腎上腺素驅使下微微發抖，目光在街道上來回移動，不過沒看到隱形站在他右後方的我。我讓他走過去。他轉身指示其他人外面安全。

四個手心冒汗的男人推了一張輪床出來，床上放著一具非常沉重的棺材。他們朝著街上一輛黑色大休旅車前進。他們後面有個後衛，全副武裝，準備應付追趕而來的傭兵。我先把飛刀丟到前衛背上，然後用魔杖攻擊後衛。魔杖甩中他的手腕，逼他放開武器，或許還打斷了骨頭，接著我擊中他下巴，讓他在前衛慘叫、努力想拔背上飛刀時摔倒在地。

推輪床的人轉過身來，找尋攻擊者，但都沒看見打爛他們鼻子、瞬間放倒三人的那根木棍。最後一個人拔腿就跑，我由他去，決定先解決有槍的前衛，確保對方不會開槍。我打爛他的手肘，他在慘叫聲中放開手槍，接著我拔出他背上的飛刀，掃他膝蓋後側，將他擊倒在地。他日後會痊癒的。

不過在棺材裡睡覺的那位老兄就不會痊癒了。當天晴朗無雲，太陽很大。我收回飛刀，拿出手機，滑開照相軟體。我打開棺蓋，幫裡面那張乳白色面孔拍了張照，接著陽光開始煎煮他，他被臉頰滋滋冒煙的聲響驚醒。

他尖叫起身，我使盡全力揮出魔杖，擊中他喉嚨，把他打回棺材裡。他不會因爲喉嚨塌陷而死，不過這一杖讓他有幾秒鐘動彈不得，讓太陽得以伸張公義。我後退，跨過奴僕的身軀，擋住門口。片刻過後，吸血鬼衝出棺材，渾身冒火朝我直奔而來，急著找尋遮蔽陽光的地方。我本來以爲只要再給他一杖就好了，但他停下腳步，撿起後衛的手槍，直接指向我。他知道我在哪裡；就算看不見我，他也聽得見我，或可以聞到我。他迅速扣下扳機。

胸口兩槍，腹部一槍，我如同午餐女士可悲餐盤中的馬鈴薯泥般癱倒在地。但我出於反射，在他持續進逼，打定主意要跳過我進屋時舉高史卡維德傑杖端。

他撞上了史卡維德傑。他那像紙一樣脆弱、已在燃燒融化的皮膚被木頭直接撞穿血肉，上衣陷入傷口，像保險套般包覆杖頭。他肋骨下方被插在木杖上，在力量消失、被火焰吞噬時放聲慘叫。他在烈燄中化爲灰燼，體重隨風而逝，只留下些許焦黑的布塊，這是好事，因爲我的力量也在迅速消失。我放下史卡維德傑，在A小隊和C小隊上樓時現出眞身。他們把我拖出門外，放到草皮上，讓我輕鬆吸收大地的能力自療；我呼吸急促，抑制劇痛，治療傷口。子彈沒有穿透身體。那些都是空尖彈，彈頭擴張變形，撕裂我左鎖骨下方、胸口上方。腹部左側的那顆子彈差點擊中腎臟，劃破了腎動脈，而我搶先治療那裡。移除子彈時肯定會很不好受。

傭兵開始把昏迷不醒或還在呻吟的奴僕拉進屋去，避免驚動附近鄰居。我希望沒人看見或聽見什麼；只要有一個好奇的退休人員就可以招來警察。

發現草皮上躺了個在流血的女人也可能會引來麻煩，於是我一邊療傷一邊施展偽裝羈絆。前院清空之後，我聽見更多傭兵爬上樓梯的聲音。肌肉過大的那位——油亮的美國浩克，如今已經叼起了剛剛沒叼的雪茄菸——走出前門來找我。

「嘿，紅髮女，妳在哪裡？」

「我叫關妮兒。」我解除偽裝羈絆後說。

他很大男人地對我揚揚下巴，打聲招呼。「我叫德克。」

「你當然叫德克。」

「妳不會有事吧？還是我們要找醫護兵過來？」

「我不會有事。你的弟兄沒事吧？」

「我的沒事。但B小隊折損兩人，C小隊有一人受傷。有個吸血鬼醒著躲在暗處。所以，嘿，我是來問有沒有解決卡斯柏的。」

「你是說卡茲伯？」

「我是這麼說的，不是嗎？」

其實不是，但我想他聽不出發音上的些微不同。「我不知道我們有沒有解決他。燒死的那個我在他化為灰燼前照了相。我們得向付錢的傢伙確認。」

德克嘟噥一聲，把他的爛雪茄菸移到嘴角一側。「這次行動過後，他又會獲得更多錢。」

「什麼意思？」

「我們殺吸血鬼，他奪走他們的東西。這種事就是這樣。」

「你是說他們底下有寶庫之類的？」

「不。不過他們有電腦，還習慣在顯眼的地方寫下密碼。他會把密碼給他手下，然後就能取得錢或情報，或都有。」

他的語調聽起來很無趣，令我不禁好奇。「你們到底幫他剷除過多少巢穴？」

「我想這次是第二十一座了。」

「二十一？今年？」

「這個嘛，就是過去三、四個月。我不想一直接這種任務——風險太高了——但如果照這樣下去再幹兩個月，我就可以找座小島退休，在蘭姆酒裡醉生夢死了。」

我皺眉，不知道阿提克斯是否知情。或許李夫受到利用紫杉人在羅馬剷除巢穴的啓發，決定要趁機獲利。這種做法可以讓他雙重獲利，剷除一座古老吸血鬼的巢穴就能提昇他的權力與財富。

「所以妳又算什麼？」他問。「某種女巫嗎？」

「我是德魯伊。」

「那表示妳中彈都不用醫護兵？」

「有時候，對。」

「太強了。妳怎麼變成德魯伊的？」

「經歷十二年語言、武術、記憶詩作的訓練，最後舉行長達三個月的儀式，和大地神奇地羈絆在一起。」

「喔，狗屎。那我才不幹。」

「德克！」屋裡有聲音叫道。「回報。」

「上工了。」他說，這一次他對我點頭致敬，和之前隨便揚揚下巴不同，然後大步走回屋內，陽光照得他的三頭肌閃閃發光。

我很慶幸終於沒人管我，可以專心面對令人不快的子彈移除工作。我先解決腹部那一顆；那顆造成最嚴重的傷。這些都是包覆彈，主要是由鉛和銅所組成，我不會因爲鐵而難以羈絆。

而既然它們在我體內呈蘑菇狀，如果我不動點手腳就直接羈絆的話，它們還會造成更嚴重的傷害，所以我先花點時間把子彈重塑成比原先更細的光滑圓柱體。那並不表示我把子彈羈絆到手掌上時不會有感覺，但至少沒有在體內弄出新的洞。子彈離體後，我羈絆皮膚，開始治療肌肉組織。

我重複同樣的過程取出另兩顆子彈。我花了一個小時才弄出它們，汗流浹背，身體虛弱，但搞定後我立刻就覺得好多了。而且渴得不像話。我對著屋裡大喊，等德克出來後請他幫我弄點果汁或隨便什麼可以喝的。他十五分鐘後帶著一整瓶橘子汁回來。

「妳結束後要做什麼？」他邊問邊在我旁邊蹲下。

「你是說等我治療完畢？」

「這個，對。等這裡的事結束後。」

「我要去背維斯瓦華・辛波絲卡的作品。你呢？」

「看Netflix吧。不過是看紀錄片！動物之類的。妳想不想……？」

「你眞的在用Netflix哄我上床嗎？」

他似乎也不覺得被抓包有什麼難爲情的；他聳聳肩，笑了笑，就當作是道歉過了。「不幸的是，我這個人就是這麼直接。」

嗯。如果不管雪茄的話，他看起來還滿帥的，而我想油亮亮的美國浩克（Glisterning American Hulk）的縮寫——嘎！（GAH）——或許能夠形容我們一起享受的樂趣。又不是我說和阿提克斯說好了要從一而終；多重伴侶的慾望深植在我們的基因密碼中，一夫一妻制說穿了也不過是父系社會的產物，所以我傾向於置之不理。但那並不表示我們沒有一定的標準。

「我給你個機會，德克。現在就背首詩來聽聽。我不是說淫詩或在廁所牆壁上看到的那種。我是說眞的詩人寫的詩。背。」

「什麼？」

「啊，抱歉。那可不是詩。」

「這個，等等，我可以學——」

「我敢說你可以，但那並不是重點。我不是把詩當成脫我褲子的墊腳石。我想知道你的心靈是否和你的二頭肌一樣圓融。結果並不是。」

他氣道：「那和性有什麼關係？」

「關係大了。詩在我生命中占有極大的地位，德克。詩和教訓人。你知道，你可以兩者兼顧。暴力也隱含著詩意，你不覺得嗎？」

他聳肩同意，期望這樣做有所幫助。「我猜是。」

我虜獲他的目光。「性也隱含著暴力。戳刺。尖叫。你知道。」

他舔嘴唇，心裡明白他有很多東西不懂。「老天，至少給我妳的電話號碼。我研究看看，日後再來找妳。」

我不禁失笑。「有志氣。但你該知道我有男朋友。他也是德魯伊。他頭部中槍過，但現在沒事了，還能背出所有莎士比亞的作品。他週末的消遣是殺神。」

「我的媽。真的假的？」

「真的。」我模仿他聳肩微笑。「不幸的是，你和我的進展大概就到這了。謝謝果汁，德克。」

「對，沒問題。」他搖了搖頭，站起身來，喃喃說道：「靠。」

李夫在天黑後趕來，身穿訂做西裝，而我還坐在地上，精神困倦，不過覺得又可以動了。

「晚安，關妮兒。相信一切順利？」

「死了兩個完全可以犧牲的傭兵，不過巢穴毀了。」

「非常好。」他拿出平板電腦，給我看一張名單。卡茲伯・果瓦在最上面。「去看看有哪些？」

「先從這傢伙開始。」我說著，拿出手機給他看我照的照片。「我讓他照太陽，他開槍打我。」

「嗯。不幸的是，他不是卡茲伯。那是阿卡迪斯・可希爾。六百歲，很強大，在名單上。」他拍拍螢幕，死吸血鬼的名字旁出現勾選標記。「但不是膽敢獨自挑戰我的傢伙。我們看看裡面有誰。」

他朝我伸手，我牽起他的手，於中槍後第一次起身時皺起眉頭。體內有點痛，但腳運作正常。

奴僕排隊站在牆邊。醫護兵幫他們做了急救處理，但他們還是需要治療。李夫不會治療他們。他走到他們面前，一個一個魅惑他們，強迫他們說出還有誰在巢穴裡，所有他們知道的密碼、機密情報或其他巢穴的位置。他畫掉姓名，但我可以聽見他聽到的答案：卡茲伯・果瓦不在那裡，雖然他大部分奴僕都在。

「我會確認死者，看看有沒有錯過誰，或他們不知道的傢伙。」李夫說，「但看來卡茲伯派他的奴僕過來幫忙防禦這座巢穴，不過沒有親自出手。」

「他們知道我們可以占卜他奴僕的下落，但是找不到他。」

「我本來就想他不會這麼好對付。但我們不該今晚去對付他，妳該回家休息。我們根據協議剷除了十二個吸血鬼，這是不錯的進展，應該代表了很清楚的信息，就是我們會強制執行協議內容。等我搜過他們的檔案後，或許就能找出其他巢穴的位置。我有消息會通知妳。」

我沒有力氣和他爭，一心只想沖個澡，然後大睡一覺。酒吧那裡還有一天假，正好用來恢復元氣。

在前往克拉科夫羈絆樹的半路上，我對自己哼了一聲。我想這下我知道在擔任六區釀造場酒保期間我的大冒險是什麼了：我會是吸血鬼獵人，還是專研辛波絲卡的學生。

老實說，這種身分很適合我：我未來的道路肯定充滿同等的美麗與恐懼。前方的路途是以詩篇和鮮血鋪成，而今天過後，我知道我已準備好要踏上那條路了。

《血布丁》完

作祟的魔鬼

這個從歐文角度講述的故事發生在《穿刺》和《歐伯隆的肉肉神祕事件簿：被綁架的貴賓犬》之後。

在我的時代——我有權以這句話作爲開頭，因爲我的時代是兩千年前——元素從不會請德魯伊幫忙處理環境問題。當時的人類沒有足夠的技巧和數量對地球造成工業等級破壞。所以當科羅拉多元素代表另一個元素直接要求我幫忙，信息透過我的骨頭撼動而來時，我驚訝到會讓蜘蛛低語嚇得摔在地上——我指的是安安靜靜趴在你家牆壁上，等你發現牠們然後尿濕褲子的那種大渾球。

元素要我拯救一種瀕臨絕種的動物，而這請求更奇怪。動物隨時都在絕種，元素從來不會爲此打擾德魯伊。但有些動物在本身所處的生態環境扮演關鍵角色，有時候，德魯伊可以在小地方提供協助。我聽說關妮兒當學徒時曾幫亞歷桑納某條河驅逐外來入侵的小龍蝦，避免當地鱒魚的卵被吃光。這種做法有點道理：入侵物種在本身的棲息地還是十分活躍，而牠們造成麻煩的地方則將恢復生態平衡。不過這次的工作聽起來不太一樣。

我從沒聽過提出要求的元素——塔斯馬尼亞。

／／魔鬼死於疾病／變種癌／有傳染性／必須治療／／

影像湧入我的腦袋，讓我知道塔斯馬尼亞魔鬼【註一】長什麼樣子——體型類似小狗，臉部看起來像老鼠，黑色毛皮，鎖骨上有白色條紋，背上接近尾巴的部分也有，不過尾巴像狗一樣有毛，而不是像老鼠那樣光禿禿的。塔斯馬尼亞強調，魔鬼對生態平衡非常重要——葛雷塔告訴我，現代人稱之為「關鍵種」【註二】。

我隱約知道這件事情絕不會是一個美好下午就能解決的；此事要花時間，因為我得個別治療所有魔鬼，直到疾病消失為止。我不能丟下學徒這麼久——而這讓我考慮要不要帶他們一起去。

//提問：學徒能幫忙嗎？//

//可以/和諧//

//和諧//然後我就去找葛雷塔。我們不能轉移過去：基於某種原因，那座島上沒有羈絆樹，我也不敢說我和我的學徒有那麼熟，這表示我們得搭飛機。而那要錢。當然如果父母跟去是最好的，這表示要有更多錢。但至少滿月已經過去，狼人旅行不會有問題。

葛雷塔很高興要去拯救動物，也很樂意跑去地球另一端。特別是我們下次滿月時很可能還在那裡，部族可以一起在島上的樹林中奔跑。她說她會幫我們包私人飛機——我不知道是用部族的資金還是她自己的。趁她處理此事時，我還有事要忙，弄個東西來放學徒賴以與大地交談的元素石。我認為他們幫忙時要用到雙手，把元素石握在手裡會很沒效率。

樹林中有片葛雷塔的土地，我在上面種植大麻——愚蠢的美國人宣稱這種植物違法，但它整棵植物所有部位都有用處，用途十分廣泛。我一開始種植大麻是為了教導學生植物生態環境的初始過程，及植物如何在我們幫助它們時幫助我們。圖雅對植物相關的知識特別感興趣，而自從她父親過世後，我也特別把心思花在讓她專心學習上。

此刻我需要大麻纖維。我收割了一株大麻，這樣就夠用了。我用手指和羈絆術把大麻弄成我要的形狀，然後用三曲枝圖繩結編成圓球狀的籠子，分成兩個半圓，一邊有鉸鍊，一邊有釦環。我用科羅拉多好心提供的黃金覆蓋其上，完成後就是個用來放元素球的墜飾。我們可以在釦環上加穿鏈條或皮繩，讓學徒把元素球當成項鍊戴，與元素保持聯繫，同時又降低弄丟元素球的機會。當然，他們到塔斯馬尼亞時會有新的元素，但此刻他們可以練習透過科羅拉多的幫助與動物溝通。

我又做了五個黃金大麻墜飾，然後跑去旗杆市買了些鏈子，因爲那比皮繩堅固。然後召集我的學生、家長和幾個翻譯，宣布我們的計畫。

「我們得治療所有受影響的塔斯馬尼亞魔鬼，一個接著一個，徹底剷除那種疾病。」我告訴他們。「要一些時間，不過會很值得。」

奧斯卡的母親拉菲拉是醫學院學生，想知道關於這種疾病的細節。

「那是魔鬼臉部腫瘤病，出現——或第一次被回報——是在一九九六年。我調查過，你們的科學家認爲一開始只有一隻魔鬼生病，然後傳染給其他魔鬼，大多透過咬噬。魔鬼很喜歡互咬或互抓，特別是交配季節，這種病就會在咬破腫瘤時從被咬的魔鬼身上傳染給咬魔鬼的魔鬼。腫瘤會在臉上成長，導致魔鬼無法進食，最後餓死。不然就是癌細胞擴散到全身，死於器官衰竭。」

奧斯卡擔憂地看著母親。他知道她不會喜歡這種情況。我注意到他經常在看其他人的臉，猜測表情，在認爲需要時想點正面的話說。「我們會治好他們的，媽媽。」他說。她伸手輕撫他的頭，感謝他

編註一：塔斯馬尼亞魔鬼（Tasmanian devil）即袋獾，是肉食有袋動物，也是現存唯一的袋獾屬成員。

編註二：關鍵種（keystone species）是對生物群聚結構有重大影響的物種，數量可能不多，但通常在食物鏈上擁有重要地位，牠們若消失，會對該生態系統造成重大影響。

出言安慰，但目光始終保持在我臉上。

「所以就是自發性出現在單一源頭上？」她問。

「對。基因測試證實過了。但之後又進化或突變成四種不同的分型。」

拉菲拉要上課，不能和我們去，但奧斯卡的父親——迪亞哥可以去，其他孩子的父母也行。他們搬來美國後都還沒開始工作。

「葛雷塔說我們要過兩天才能搭飛機過去。我們趁這時間練習和這裡的動物羈絆。你們都有帶著科羅拉多的元素球嗎？」

他們全都對我點頭，我請他們拿出來。當沙石出現在他們的小手指間，當作職責的證明般捧在手上時，我把墜飾交給他們。他們興奮不已，把科羅拉多元素球放入墜飾，然後掛在頸上時甚至有人不由自主跳起舞來。他們很小聲地向我道謝，可愛到我都快受不了了。

「不客氣，」我說。「好了。我們今天要學兩樣不同的羈絆術。一般來說，我會等你們長大才教，但我們得去世界另一端拯救一些動物，所以不能等。」

「我們要給他們吃藥嗎？」奧斯卡問，顯然想到他母親在醫學院裡學的東西。

「不，我們要用羈絆術治療他們。來吧，我教你們。」

圖雅、路易斯和阿蜜塔通常要人翻譯，但他們英文基礎已大有進展，我想我們可以在沒有翻譯下勉強溝通。我們不能指望其他動物發現附近有狼人還不逃跑——而所有翻譯都是部族的人。所以就只有我和六個學徒矮身走入房子坡上的松樹林，迎向自從在葛雷塔小屋附近出沒的狼人增加後就一直保持距離的鹿群。我在進入足以驚動松鼠和鳥出聲警告的距離時要求小孩停步，先教基礎。

「我現在會一步一步做給你們看。你們知道，你們的眼睛只能看見一部分世界：眼睛有預設濾鏡，看不見世界的全貌。」我話一說出口，立刻發現孩子們不可能了明白濾鏡和預設的意思。「我是說你們的腦子只能看見一小部分世界。有點像是透過髒窗戶看出去，除非先處理過，不然看不清楚。大多數人無法處理這種情況，但德魯伊可以。比方說，我們晚上看得比一般人清楚。你也可以看見自然界所有東西之間的羈絆。就是這種能力讓我們可以製作新羈絆或解除現有的羈絆。而你們要學的就是這個——看穿世界的眞相。」

他們全都興致勃勃，但我特別注意到梅迪的眼睛，因爲他的眼睛睜大，閃閃發光。他通常是個冷靜的小夥子，和他父親穆罕默德很像，非常客氣，除了覺得一件事是有趣或無聊時，很少顯露情緒。他此刻深感興趣，這讓我更加了解他，他把好奇心保留給神祕難明的事情。

「有些人稱爲魔法視覺，我甚至聽人叫它『妖精眼鏡』過，因爲你可以看見妖精在幹什麼，但我稱之爲眞實視覺。想怎麼叫都可以；我會知道你們在說什麼。但我得先警告：你會看見很多東西。那種感覺和一般視覺差很多。你得學會專注在重要的東西上，忽略其他一切。有人想先試試嗎？」

當然，六個人全部舉手。第一個體驗新羈絆超酷的，而他們很清楚這一點。他們也很清楚要怎麼當第一個。

「機智問答。」我指向一株西黃松。「這些松樹是松鼠和蕈菇的食物。松鼠會吃樹和蕈菇，蕈菇提供松樹成長所需的磷肥和氮。松鼠把蕈菇孢子傳遞到其他樹上，有時候還會散播樹的種子。他們全都從中受益。這是什麼樣的關係？」

「共生！」阿蜜塔搶先說道，雖然其他人也沒慢多少。看來阿蜜塔的英文學得不錯。

「沒錯，阿蜜塔。答得好，我會請科羅拉多先給妳真實視覺。除了脖子，身體其他部位都不要動，好嗎？我是說，妳可以東看西看，但不要走動。第一次透過真實視覺看世界時，我摔倒了。準備好了嗎？」

「好了！」她跳上跳下，然後才想起禮貌，保持不動，雙手交疊在身前。「好了，請，大德魯伊。」這可不是我教她的禮儀，她父親肯定有指導她該如何對我說話。他對於適當的言談舉止要求很嚴格，不過他很明智地先教阿蜜塔良好的言談舉止能確保她擁有正當的權利，可以以自信的態度面對世界，就算世界看起來不認同她也一樣。只要確實知道該怎麼做，她就會放鬆肩膀，心情寧靜。沒見過的狀況有可能讓她感到壓力，但她會立刻找尋解決之道，然後分毫不差地根據指示去做，相信教自己的人都是對的。我認為等她進入青春期後，這種態度會造成困擾，但暫時而言，她是優良學生。

「好吧，要來了。其他人不要急；你們都有機會看。」

我能對其他人施展夜視能力，但不能施展真實視覺。要從感官上揭開那道簾幕，屬於較為困難的羈絆術；要大地的允許才能看見過濾前的自然界。而既然我的學徒還要十二年才能羈絆大地，我得請科羅拉多幫忙——之後我們就可以去幫塔斯馬尼亞。

阿蜜塔在真實視覺生效時吃驚眨眼，羈絆術透過墜飾中的元素球傳入她體內。

「啊！呃，什麼？哇。」她的頭不停轉動，努力把眼前的景象與之前的印象合在一起。接著她嘴裡冒出一大堆她的母語，試圖搞清楚狀況。她看見世間萬物綑綁在一起的模樣，完全忘記我警告過她不要亂動。她難以承受眼前的景象，於是後退一步，而平衡轉移導致她的腦袋無法處理過多資訊，她摔倒了，就和我當年一樣，不過她與其他孩子一起大笑。

「或許你們該先坐下再開始。」等他們全都坐下，也羈絆好後，我自己也切換到眞實視覺，引導他們將注意力移往樹上，看向高處樹幹上的松鼠。

「孩子們，有看到樹的生命，還有松鼠的生命嗎？他們四周的色彩，還有其中的連結，有嗎？你們看出樹有意識到松鼠的存在，松鼠也意識到樹的存在嗎？他們認識。樹不只是樹皮和木頭、針葉和松果。樹有自己的智慧。與松鼠不同，與我們不同，但確實存在。它有意識。」

「我看到了！」圖雅說。「我喜歡這棵樹。」

「有！」梅迪同意。「它們之間有綠色。我是說連結它們。就像籐蔓打結一樣。」

其他人都說有看見。「很好。你們看見的綠色代表許多意義，但全是正面的。樹很高興松鼠住在樹裡和附近，因爲這樣就能創造新的樹。松鼠很高興樹提供食物和安全的地方奔跑，避開像我們這樣的可怕生物。現在我們來嘗試點別的。我要你們非常小心、非常緩慢地站起來，走向那棵樹。觀察當你的手貼上樹幹時色彩、繩結和一切變化。」

他們爬起來，跌跌撞撞地往樹走去，雙手伸在前方，當小手碰到樹幹時，他們立刻看見手指下方出現全新圖案。

「哇，」珊迪說。「怎麼回事？什麼意思？」

「意思是樹知道妳來了。它感覺到妳的手貼在樹皮上，感應出妳肺部吐出的二氧化碳。妳當然也能透過手指感覺到。妳看到的是我們共同存在所產生的魔法，也看見了科學上的現象。妳可以告訴樹妳愛它，妳很高興它長在這裡——請科羅拉多轉達就行了。樹和科羅拉多一樣無法瞭解妳的語言，但情緒會傳達過去。」

他們花了點時間這麼做，接著樹透過他們脖子上的元素球傳來回應——類似哈囉和歡迎的綜合意念——他們全都興奮尖叫。圖雅攤開纖細的雙手擁抱松樹。「我愛你，樹。」她說。

「好。現在我得稍微調弱一點眞實視覺。我不想讓你們頭痛。我們要去找幾隻鹿，看看你們能不能也和他們交談。想要治療動物，你們得先學會與他們溝通。治療需要肢體接觸，要接觸就得先讓動物信任你。」

他們在眞實視覺消失時眨眼、揉眼，不過他們的眼淚中飄蕩著一種全新的感官。他們依稀看見神祕世界，而他們知道眼前所見只是全部現實中的一小部分。

「我們要跑步。安靜下來，我們不要讓鹿聽見我們接近。」

我開始慢跑，速度小孩都跟得上，但我請科羅拉多提供他們體力，讓他們輕鬆上坡三哩，抵達一片位於山楊樹和松樹之間的高山草地。我舉手，他們停步，氣喘吁吁。

「鹿在哪裡？」路易斯低聲道。我低頭看他，發現他嘴巴微微張開，露出門牙之間的牙縫。我的學徒都熱愛動物，但我想路易斯對動物的愛就像圖雅對植物的愛一樣。

「牠們在草地另一側睡覺，躲在高草中。我會請科羅拉多叫一隻站起來，但是先安靜——我們可不想嚇跑牠們。」

片刻過後，一頭大雄鹿自草間起身，小孩紛紛輕聲驚呼。

「好了，我又要給你們眞實視覺了。我要你們觀察並傾聽我是如何與鹿接觸，製造基本的心靈羈絆，讓我告訴牠我不會傷害牠，牠沒必要害怕。你要用古愛爾蘭語製作這個羈絆，不是英文或拉丁文，所以仔細聽好。」

我緩緩唸誦咒語，指定目標、期待效果，吸收力量後執行。羈絆成形時，鹿嚇了一跳，但我立刻安撫他，請他穿越草原過來我們身邊。他這麼做的同時，孩子們觀察我們之間空中形成的新羈絆，我指出那些繩結的特徵，講解意義。我重複咒語，要他們背給我聽，不過沒有請科羅拉多灌注引發效果的魔力——而且除非正確無誤說出咒語，羈絆也不會生效，因爲咒語是施法的一部分、羈絆本身的一部分。

有幾隻鹿自行起身，想知道大雄鹿跑去哪裡了。他在附近，我請他停步，感謝他幫我教育年輕人類如何欣賞所有生物。他沒有什麼特別的情緒，只是傳來還算友善的「好吧」，然後咬了口草。反正都來了，不如順便吃點草吧。

但這下孩子們可以嘗試製作自己的羈絆。珊迪似乎咒語背得最熟，所以我請她第一個嘗試，並告訴其他人，如果她犯錯了，我們就可以從她的錯誤中學習。

她發音時只有犯兩個小錯，但已經足以讓羈絆失效。我又指導她一次難唸的部分，她又試了一次，目標是隻雌鹿。這一次成功了，羈絆順利執行，所有人笑著看繩結在珊迪和雌鹿之間逐漸成形。

「啊！哈囉，鹿。」她用母語說，然後懷疑地看向我，彷彿她犯了錯。她向來都很容易擔心犯錯；她父親尚克威說，這是母親離開後出現的新習慣，他懷疑雖然珊迪根本沒理由自責，但她認爲母親離開都是自己的錯。但他幾乎算是我這輩子見過最有耐心又善良的人，而他教我該如何應付珊迪——持續鼓勵她。她會及時找到自信的。

「妳現在用什麼語言無關緊要，珊迪。妳的思緒和情緒會負責溝通，而不是言語本身。去吧。請那隻鹿過來和我們打招呼，告訴她我們沒有惡意。」

她照做，其他學徒跟隨她的榜樣，一個接著一個，直到共有七隻鹿站在我們面前，有些好奇地看著我，有些則低頭吃草。我們沒有拍他們；我們的氣味可能會打擾其他鹿。

我教他們如何解除連結羈絆。「道謝，祝他們平安，然後道別，最後放他們去做自己的事。」

我們退開，鹿走回鹿群，有些鹿離開前對我們點點頭，之後我就移除學徒眼中的眞實視覺。

奧斯卡瞇起雙眼，捏緊鼻梁。「唉，米卡貝沙！」接著他切換英文。「大德魯伊，我頭痛。」

有些學徒也說頭痛——這次體驗讓他們身心緊繃。但他們的心情還是很好，我在回葛雷塔家的路上說他們都是好學生，學得很快，不過今天剩下的時間要用作語言訓練，讓他們眼睛休息，明天再找其他動物來練習羈絆，直到出發爲止。

我第一次搭飛機。葛雷塔說搭私人飛機能避開很多大部分人得忍受的機場鳥事。沒有眞正的安全檢查，不必等行李，也不太會遇上羞辱尊嚴的狗屎。不過到塔斯馬尼亞下飛機後，我就在海關忍受了一堆鳥事，出示護照，解釋此行目的，保證我們很快就會離開。我注意到梅迪和穆罕默德被盤問得最仔細。

「他們爲什麼要懷疑穆罕默德？」我在其他人都通關，回頭等待時問葛雷塔。

「因爲你此刻目睹的就是種族和宗教特徵剖析。」

「我還是不懂那是什麼意思。」

「好吧，你在時間島上跳過了很多歷史事件，包括九一一，所以我得晚點再幫你惡補。他們的做法是錯的，毫無理性可言，但如果想做好我們來此要做的事，就得忍受這種行爲。」

我很想踩扁在場所有神色不善的政府官員。

「蓋亞是顆星球。」我壓低音量對葛雷塔吼道，因爲她說每當我對現代生活心生沮喪時，我就該去向她抱怨，比較不會惹麻煩。「我們全都待在其中，全都應該能夠隨心所欲地居住、工作和玩樂，你們這群沒腦子的廢物大便猿！」

有人轉頭看我，我發現我講到最後音量或許有點太大了。

「抱歉，他不是在對你說話，」葛雷塔對海關人員笑著撒謊。「小聲點，歐文。」她對我低聲說道，孩子們則問父母什麼是大便猿【註】，父母只是聳肩，假裝聽不懂我說什麼比較方便。有時候我還是會大發雷霆，但我認爲只要不把氣出在小孩身上就沒關係。我眞的不想搞砸我和他們的關係。

我們沒辦法照我的意思盡快離開機場。但終於通關後，我們租了兩輛廂型車，往索雷爾及沙嘴河森林保留區前進，那裡是魔鬼癌首度出現之地的大概方向。葛雷塔找了個地方停車，當我下車，雙腳接觸土地時，我覺得自己從來沒有如此心懷感激過。

塔斯馬尼亞有些巨樹。大多是桉樹屬——其中人稱沼澤桉或花楸樹的，是龐然巨木，只比加州海岸的大紅杉矮一點而已。但沿著沙嘴河岸還有藍桉，大樹下有蕨類植物和灌木，看起來蒼翠繁茂、引人入勝，直到你想起那種地方是毒蜘蛛、蛇，以及比蜘蛛或蛇更常殺死人的傑克跳蟻的家園。

這些全都是在我終於取得聯繫，詢問當地風險之後，來自塔斯馬尼亞元素的知識。接著我叫學徒在我面前列隊，脫掉鞋子讓塔斯馬尼亞感應。

／／學徒會幫忙／／我說。／／需要石頭交談／透過你／／

／／和諧／／塔斯馬尼亞回應。／／一次一個／／

「圖雅，請上前三步。」我要求她，她照做。「跪下。塔斯馬尼亞會給妳石頭，我要妳把石頭放進

譯註：大便猿（shitgibbon）有白痴、笨蛋的意味，一般專指唐納・川普。

墜飾，把科羅拉多石交給妳母親。石頭出現後，撿起來，打招呼，在其他人取得石頭時，學習當地動物的知識。」

她照我說的做，幾秒鐘後，一顆淡綠色圓石冒出地面——是大水退去後水藻在石頭上乾枯時呈現的亮黃綠色。圓石上還有小水珠和紫色紋路。那是我見過最迷人的石頭，後來我才知道它是塔斯馬尼亞特產的綠蛇紋石和菱水鋁鎂石交融的天然石頭，叫作塔斯馬油頁岩。

圖雅撿起石頭，開始開開心心地認識新元素和所有它所深愛的動植物後，其他學徒一個接著一個上前，取得他們的圓石。奧斯卡的笑容充滿喜悅；梅迪嚴肅而虔誠；阿蜜塔散發出寧靜的氣息，彷彿這裡就是她一直以來想去的地方，她已別無所求；路易斯展示他的缺牙笑容；一直憂心忡忡的珊迪終於鬆了口氣，任由嘴角微微上揚。

我讓他們和塔斯馬尼亞相處一段時間——反過來說也行，我讓塔斯馬尼亞和孩子相處一段時間。然後我問它要上哪裡去找附近要幫助的魔鬼。答案是半哩外——巢穴裡有幾隻要照顧。

//我們這就趕去//我告訴塔斯馬尼亞，但它的回答令我卻步。

//德魯伊也在路上//

好吧，就算你拿除草機推我屁股也不會讓我更加驚訝。「德魯伊」是全世界元素對敘亞漢的稱呼。他獨自一人守護世界太久，這個基本稱號已經變成他的了。他們稱他的學徒關妮兒為「激動德魯伊」，但我還不確定我的頭銜為何。古時候他們稱我為「復仇德魯伊」，起因是我在沼澤裡和某個狡猾男人發生的一些事，但如今的我早就不是當時的我了。打從我跳躍時間歸來後，我就沒有復過任何仇。或許等我遇上敘亞漢後，我該問問元素是怎麼叫我的。

／／提問：他是來看我還是幫你的？／／

／／幫我／／塔斯馬尼亞說，我覺得我問了個蠢問題。只不過他來的話會造成一些麻煩。或至少當他出現在葛雷塔視線範圍內時。無論對錯，她都把霍爾・浩克和剛納・麥格努生的死怪罪於他，而多年前就是這兩個狼人解救她的性命，帶她進入部族的。我所有學徒的父母，好吧，他們現在都是旗杆市部族的成員了，理所當然地將葛雷塔，而不是我，視爲領袖。他們會聽她號令。這表示如果我不盡快處理，這場和平任務就會像火堆上的糞罐般一發不可收拾。

我想誠實才是上策。

「葛雷塔，我的愛？」我在慢跑前往巢穴時對她說。

「什麼事？」

「元素剛剛告訴我敘亞漢也要來這裡治療魔鬼。」

她停止慢跑，轉頭瞪我——所有人也停下來看，期待看到類似車禍的情況。

「你說『這裡』是什麼意思？」她問，雙手扠腰。

「我是指塔斯馬尼亞。正在往同一個巢穴趕去。」

她雙手垂在身側，緊握成拳。「好吧，他可以——」

「等等，我的愛，」我對她說，伸手作哀求貌。「他來的目的和我一樣。塔斯馬尼亞請所有德魯伊幫忙，他是應召而來，沒有違反妳的驅逐令，也沒有對這裡的部族造成麻煩。塔斯馬尼亞有狼人部族嗎？」

「沒。」她承認。「但我不想見他。」

「沒問題。我們可以安排。這裡離巢穴只有四分之一哩了。妳何不與其他部族成員在這裡等，或去附近晃晃，我帶孩子去處理這第一批魔鬼，讓敘亞漢知道他接下來該離我們遠點？」

她閉上雙眼，深吸口氣，然後吐氣，睜眼回應：「好吧。盡量快點。」

我帶著學徒快步前往塔斯馬尼亞要我們去的巢穴。那裡只有四隻魔鬼，而其中之一尚未罹癌。我想這很適合當作參考，讓孩子知道魔鬼本來的模樣。

我叫孩子透過塔斯馬尼亞開啓眞實視覺，請其中四人喚出巢穴裡的魔鬼。魔鬼出來後，生病的那幾隻看起來讓人想哭。他們臉上的腫瘤腫到眼睛都睜不開，他們肯定感受到無止盡的壓力和痛楚。

「好，做得好。路易斯、珊迪、阿蜜塔，請你們的魔鬼等著；奧斯卡，我要先治療你的魔鬼。我要你們全都看仔細了，然後你們要在那兩隻身上練習治療。」

我指導他們要訣在於讓魔鬼的免疫系統將癌細胞歸類於疾病，而非身體可以接受的部分，完成後，再把免疫系統強化到像是喝了十二杯咖啡的人一樣。

「首先透過放大視線專注在單一細胞上，」我一步一步指導他們如何做到這一點，然後是如何改變細胞壁上的蛋白質，進而產生抗原。「這個過程只要做一次，因爲之後你們就可以創造巨集，用在該生物所有細胞上。只要有時間，這樣基本上就足以治好他們，因爲免疫系統會開始攻擊癌細胞。問題在於，可憐的魔鬼已經很虛弱了，或許沒有時間或力氣撐到最後。所以你可以灌注他們一些能量，就可以加速治療過程。你們只要隨時留意病患，確保一切順利。」

一切順利執行了約莫十分鐘。魔鬼在體內交戰時微微顫抖、輕聲尖叫，但是腫瘤已經開始消退，而敘亞漢就選在這時候帶著他那隻自以爲是又愛流口水的獵狼犬出現。我可以從路易斯的表情看出他想盡快擁有自己的獵狼犬。

「哈囉，歐文。」我的老學徒說著朝我點頭，我也點頭示意。

「你沒遇上葛雷塔，是吧？」

「沒。」他轉頭，目光掃視樹林。「她在？」

「約莫四分之一哩外，和他們父母在一起。」我邊回答邊比向小孩。

「他們就是你的學徒？」

「對。」我向他們介紹敘亞漢，而我不確定他們對他，還是獵狼犬的印象比較深刻。我想或許是獵狼犬，因爲他在敘亞漢說他們可以與獵狼犬交流後立刻和他們說話，然後才幾秒鐘學徒就開始問我有沒有點心可以給他。趁小孩和歐伯隆混時，敘亞漢在我身邊蹲下，查看我的進度；從他雙眼聚焦的情況來看，我敢說他在使用眞實視覺。

「效果不錯。」

「對。但要花時間。一隻魔鬼要十五到二十分鐘。如果你弄完就走，沒有加速療程，他們還有可能會感染其他魔鬼，或被再度感染。」

「對。所以我才來找你。或許我們可以合作。我想我們可以從亞瑟港的病原點開始，治好半島上的魔鬼，然後你往西走，我往北走，逐漸繞進來。」

「我可以帶學徒過去，你直接往北走。」

敘亞漢搖頭。「我不認爲你該帶學徒過去。」

「爲什麼不？我們有很強的部族保護他們。」

「我來之後一直在和塔斯馬尼亞討論病原點。我不確定這是自然疾病。」

「那是怎樣？癌症就算是很混蛋的疾病，但仍是自然疾病。」

「那沒什麼好爭的，但具有感染性的單一病源癌症就很少見。這件事有點奇怪。」

「現在，等等，老兄。你給我端了碗蝙蝠屎來，卻說是豆子，我可不打算吃。你以為二十年前有人一早醒來就說：『我知道如何引誘德魯伊邁向末日。我在塔斯馬尼亞魔鬼之間散布有傳染性的癌症，然後發出大壞蛋的笑聲，就這麼等著我們上鉤？』」

「不，不。我不認為有特殊動機或是陷阱之類的。我認為癌症是其他現象的副作用。」

「比方說？」

敘亞漢看向孩子，其中至少有幾人沒在拍獵狼犬，而是在聽我們說話。「我也不想朝那個方向猜測。不過為了安全起見，還是配合我一下？」

我聳肩說道：「當然，小夥子。我得和葛雷塔談談，但無論如何，我們都得先訓練學徒。幫忙吧。第一隻魔鬼已經好了。我讓他回巢穴。路易斯，把健康的那隻也送回去。還有兩隻有病的，我們可以分兩隊學徒教學。一步一步講解，確保他們聽懂？」

敘亞漢點頭，我把奧斯卡、珊迪和圖雅指派給他，我則與路易斯、梅迪及阿蜜塔一組。我們又花了半小時治療那兩隻魔鬼，學徒學習如何正確施法製作羈絆。

我聽見敘亞漢稱讚學徒：「你們知道，你們現在學的是非常進階的技巧。我自己的學徒都是到第八年才學這個，而你們才入門幾個月就學到了。你們的成就令我佩服。那都是因為你們有最棒的大德魯伊。」

「真的？」珊迪問。「你怎麼知道他是最棒的？」

「因爲他也是我的大德魯伊。他教我的東西救我的次數多到數不清。你們有高手在罩。」

他講這種話實在太狡猾了。這下當葛雷塔想要教訓他時，我就非插手不可了。

「如今那些魔鬼也有高手在罩。」他繼續。「你們三人剛剛救了這隻一命。感覺很棒吧？」

他們同意，我也稱讚我這邊三個學徒的成果，然後我們讓魔鬼回巢穴去，大家心情都很好。

「很高興你們喜歡，因爲我們還要做很多次。我們去和你們父母會合，計畫一下該如何進行。」

我們回去時，敘亞漢很明智地待在遠方，葛雷塔過了一陣子才透過氣味發現他在附近——學徒的興奮之情也提供了不少掩護。不過一看到她鼻孔開合、雙眼圓睜，我立刻上前。

「對，他在這。如果可以的話，他希望要和我們討論怎麼在島上分工合作。我能請他過來嗎？」

這種警告和禮貌的舉止阻止了她對他動手。她頸部還是青筋暴露，也對他張牙舞爪，不過皮膚並未抖動，沒有顯露變形的跡象。

她很清楚剛納或霍爾都不是敘亞漢殺的，但由於他們會死都是因爲認識他的緣故，她不想讓任何部族成員繼續與他扯上關係。而那顯然也包括我。

「不行，」她聽說我們打算一起前往亞瑟港後立刻說道。「我絕不會讓你和他去做危險的事。和他一起出門的人常常回不了家。」

「所以我們才要留下孩子。」我說。「但如果亞瑟港有東西引發傳染，進而造成塔斯馬尼亞生態失衡，我們就得排除它。這是身爲德魯伊的職責，我的愛。」

她咬牙切齒，下巴收縮厲害得讓我擔心她要變形，但她深吸口氣，低吼：「那我也跟你們去。」

我看敘亞漢，他先是聳肩，然後點頭，他不介意。

我們駕車前往位於半島最高處的達納利，找間旅館下榻。塔斯馬尼亞說附近有幾隻魔鬼，而孩子的父母願意護送孩子去治療他們。等他們都安頓好了，大家用過晚餐後——敘亞漢和他的獵狼犬在外面自己吃，我覺得很過意不去——太陽即將下山，我們爬近廂型車，投射出長長的影子。

葛雷塔自帶無聲力場，搞得車上有夠無聊的，所以我透過心靈連結敘亞漢的狗歐伯隆，發現雖然我聽不懂，但至少他們兩個有在交談——而且我也只能聽見他的想法。我聽不見敘亞漢在說什麼。

「所以我不能把Netflix和chill（放鬆）放在一起當動詞用。但如果你可以直接叫別人放輕鬆，爲什麼不能一起用？喔……所以我絕對不能用命令語氣說？」

天殺的現代俚語。我和葛雷塔有過超多類似對話。

我們拉下車窗——獵狼犬和狼人在車內就表示我們有必要開窗——但就連我也注意到這裡的空氣很不一樣。首先，這裡沒有松樹，但風中有很多枯葉和桉樹的味道，還有一絲海洋的鹽味。性慾大發的昆蟲發出響亮蟲鳴，偶爾還有哺乳類及鳥類的叫聲掠過耳際。

敘亞漢開車，而他把車停在一座空蕩蕩的停車場裡，黯淡的光線讓我們隱約看見附近的景象。我看見一些磚造建築，塗白漆或陰沉的乳白色，看起來肯定很古老，或曾遭遇過什麼災難，因爲它們的外觀宛如廢墟，屋頂和牆壁都有缺口。房屋之間的草坪狀況還比較好。

「這是什麼地方？」我問。

「亞瑟港。」

「算不上什麼港。還是我不懂什麼叫港？船呢？」

「亞瑟港是英國的流放殖民地。最糟糕的那種。」

我知道自己肯定聽錯了；我還在增加英語詞彙。「陰莖殖民地【註】，男人露鳥閒晃的地方？」

「不，是流放，類似監獄的概念，就和坐牢一樣。」

「啊。所以這裡是囚犯的殖民地？」

「當年英國人很喜歡這樣搞。他們會把不想要的人從英格蘭送去澳洲大陸，強迫他們勞動，幫拓荒者建造基礎建設。其中最糟的囚犯就會被送來亞瑟港。他們在這裡用更『進階』的手法讓囚犯改過自新。」

葛雷塔側過頭去，首度好聲好氣和他說話。「你的意思就像是美國採用『進階』審問法？」

「對，非常相近。當時人的想法是，如果囚犯被迫反省他們的罪，就能讓他們眞心悔改。所以他們每天都被迫禁言，頭戴黑袋，不准說話，只能反省。可想而知，只有少數人能在這種情況下保持沉默，所以他們會發出一些聲音，懲罰就是被丟進黑牢獨自監禁。這種做法逼瘋了很多囚犯，所以他們在隔壁建造瘋人院。」

「地下諸神呀，他們何不直接拿木棍打死他們，一了百了？天殺的殘酷。」

「我們來這裡幹嘛？」葛雷塔問。

「對，小夥子，我知道你之前不想過度推測，但現在是時候了。」

「我們先到草地上。」敘亞漢說，「和塔斯馬尼亞取得聯繫，看看附近有沒有魔鬼。」

譯註：流放（penal）音近陰莖（penile）。

「好，但給我天殺的推測推測。」

「這裡曾有很多人受虐致死，歐文。有囚犯，沒錯，不過更早還有塔斯馬尼亞原住民——英國人基本上把他們殺光了，所以如今已經沒有純種原住民，也沒人提起此事。總之，我認為死在這裡的人心裡都不快活，你知道？就連守衛也一樣。那個年代這裡不是寧靜度日的地方。那邊那座島上埋了一千五百具屍體。」他說著指向東南方，「名叫死亡之島。但他們都是死在這附近。」

「你的意思是這裡鬧鬼，」我在踏上草地時說。「有什麼大不了的。或許那些緊張兮兮又不洗澡的船員可以來這裡拍攝尋鬼實境秀，然後聽到一點風吹草動就亂跳。」

我眞的不該講這種話，因為就在這時候，刺耳、陰森的嘶啞尖叫聲劃破夜空自四面八方傳來，聽起來很像哭喊女妖的恐怖叫聲，不像出自凡人口中，要不是我們本來就精神緊繃，我敢說我們已經嚇得屁滾尿流，這可不是在瞎說。我從未聽過這麼可怕的聲音，彷彿爪子抓鋼鐵，刮走我的理性，讓我渾身肌肉繃得如同豎琴琴弦，期待莫利根會在黑暗抓走我前最後一次來訪。

不是只有我有這種感覺。敘亞漢的眼珠差點突出眼眶，葛雷塔彷彿被人逼到角落般伏低嘶吼，獵犬則大叫。

「阿提克斯，是袋熊在叫嗎？」

「是塔斯馬尼亞魔鬼。」敘亞漢回答了大家心裡的問題。

「我們治療他們時可沒聽見這種叫聲。」我說。

「他們受到刺激。」

「或許是那些鬼魂。這裡的鬼多於兩個，少於所有魔鬼，但少不到哪裡去。」

「你是認眞的嗎，歐伯隆？」

「認眞到會問你：『要打電話給誰？【註】』現在正是拿霍茲曼的靈質槍出來用的時候。」

「你看得見鬼？」

「可以，你不行嗎？」

「還不行。他們在哪個方向？」

「呃。」獵狼犬轉了一圈。「四面八方。有魔鬼的地方就有。飄在地面上方——我想，是在騷擾他們。」

在可怕的叫聲前，我幾乎無法思考，所以我請塔斯馬尼亞讓附近的魔鬼冷靜下來，別再尖叫。當夜晚安靜下來後，獵狼犬的耳朵貼平在頭上。

「阿提克斯，你幹了什麼？」

「什麼都沒幹，歐伯隆。」

「可能是我幹的。」我說。

「鬼魂來襲！」

「什麼？」

我們在它們撲到面前時終於看見它們，無聲蒼白的惡靈張開血盆大口自四面八方掠過草地而來。我們身處天殺的惡靈風暴中央，不過直撲而來的並非鬼哭神嚎，而是寂靜無聲的詭異威脅。葛雷塔脫掉褲

譯註：出自電影《魔鬼剋星》主題曲歌詞：Who you gonna call?而霍夫曼的靈質槍（ecto-blaster）也出自該系列。

子，咒罵一聲，她知道等惡靈展開攻擊後，她就會變形，而它們確實展開攻擊了。你以爲它們辦不到，實體上不能，但它們從以太——它們完全存在，而我們只有部分存在的空間——中攻擊我們。

「快，敘亞漢，召喚霧！」

「什麼？爲什麼？」

「因爲那些鬼，你這個長膿胞的奶頭！我沒教過你嗎？」

「沒，你沒教過。」

它們撞上、貫穿我們，一個接著一個，然後繞回來繼續撞。每當通過我們身體，它們所占據的空洞帶來的寒意就會滲入體內與以太之間的狹小空間，讓我們打從心裡冷起來，而且還很痛，冷到灼燙，以致於敘亞漢和葛雷塔都流淚慘叫，我則開始唸咒召喚霧氣——不過葛雷塔的叫聲可能出自變形，因爲她的皮膚波動，骨頭開始啪啪作響、重新排列。

或許我眞的沒教過他：靈體都是以太，處於世界之間的虛無空間的產物，所以它們可以一半在這裡，一半又在其他地方。水會對它們造成困擾，這就是爲什麼不會有鬼在海上作祟。我看過一些描寫海上鬼魂的現代電影——比方說那些住在魔多外圍沼澤的精靈；都是鬼扯。事實上，在我的年代，如果不想被人類的鬼魂騷擾，我們就會把屍體埋在沼澤裡。水能把鬼囚禁在屍體中，如果鬼已經跑出去了，也能防止它在黎明前回歸屍體或避風港。

我施展完羈絆術後，空中的水氣開始聚集，在周圍形成大霧，接著我就開始被惡靈的攻擊打得東倒西歪，和敘亞漢一起慘叫。這就是魔鬼在叫的原因；這群天殺的鬼魂在攻擊他們，而根據我的看法，鬼魂這麼做就是爲了尖叫聲，讓活著的生物幫它們漫長的痛苦發聲。那些遭受禁言療法的囚犯如今一心只想要有自己的聲音，而它們想通了該如何逼生物賦予它們聲音：只要在以太裡用力捏他們，他們就會在物質界中感到痛苦。

問題在於爲什麼是現在？

獵狼犬對攻擊免疫，而當葛雷塔變爲狼形後，她也免疫了。他們攻擊鬼魂，鬼魂的形體瓦解，讓獵狼犬影響靈體的天生能力解除羈絆。看見這種現象後，敘亞漢還劍入鞘，脫衣變形爲獵狼犬，只剩我還是人形，承受鬼魂的攻擊。歐伯隆玩得很開心，我在冷到動彈不得時在腦中聽見他的聲音。

「嘿，阿提克斯，你知道有人把一群幽靈稱爲朗普斯嗎？如果這些是幽靈，那現在就是朗普斯在製造騷動。」

鬼魂的攻擊在霧氣生成和獵狼犬及葛雷塔的攻擊下逐漸趨緩，感謝地下諸神，但還是不夠；這裡的鬼魂太多了。我知道他們在盡快解決鬼魂，但我覺得好像埋在死亡之島上的一千五百個亡靈都在對我出手。我無法停止發抖，感到許多小冰椎穿透我的內臟，還有很多無聲慘叫的面孔宛如髒洗碗水般滲透我的身體。我很快就抖到無法站立，而且沒辦法治療身上的傷。我跪倒在地，三隻犬類動物圍在我身旁，這樣有幫助，但有些鬼還是能穿透防禦，繼續攻擊。

我唯一能想到的做法就是羈絆水氣，讓水覆蓋在我皮膚上，宛如汗水般結珠——不這樣做就只能直接跑向大海跳進去。問題是我不認爲跑得到。神經宛如火燒，肌肉無預警收縮。我把痛楚塞到一個思考模式裡，利用另一個思考模式進行羈絆。霧氣變濃，聚集在我身旁，我聽見獵狼犬對敘亞漢抱怨大霧——在這種湯裡很難挑選目標，或之類的。但霧氣很快就把我圍起，滲入衣服，讓我覺得自己像是被使用過太多次的手巾，丟在地上，沒人想要。

反正那群詭異的狗屎也不想要我，這才是重點。冰寒刺痛消失了，獵狼犬和葛雷塔在低吼聲中走開——我猜是去追逐落單的鬼魂——就剩我獨自在私人雲霧中發抖，努力恢復體溫。

一開始我以為此刻治療會徒勞無功，因為我最大問題在於冷，但等我檢查過自己的身體狀況後，發現自己確實要治療。眾多鬼魂持續貫穿我的身體有造成一些副作用，胰臟、肝臟、肺臟和脾臟中有細胞突變——癌細胞。

我現在瞭解敘亞漢的意思了，魔鬼體內的癌細胞源自於想辦法在黑夜中發聲的惡靈。我在敘亞漢回來變回人形後把這件事告訴他。

他點頭說：「我想也是這麼回事。」

「葛雷塔呢？」

「她在吃袋鼠，不打算分享。」

「啊，是囉。她變成狼形很容易餓。敘亞漢，你不是說這個魔鬼癌症出現於九〇年代？」

「對。」

「那之後為什麼會沒人發現這裡有這麼多鬼魂？」

「顯而易見的答案是，當時沒有那麼多鬼魂在作祟。只要有一、兩隻鬼就可以開啓這一切，而在亞瑟港這種地方鬧鬼很正常。不過這種大規模作祟，有這麼多鬼魂樂於攻擊接近監獄的人，必定是最近才開始的事。」

「你要怎麼弄出這種朗普斯，又為什麼要幹這種事？」

「我猜是因為洛基到處興風作浪的緣故——他或他的手下。他準備發起諸神黃昏。他會盡可能製造混亂，不讓敵人發現他眞正的意圖。我想我們會遇上很多這類情況。我敢說世界各地已發生了各式各樣超自然現象，但這是第一件干擾到蓋亞的意願，所以才會被我們發現。」

「你認爲你們解決它們了嗎？我是說那些鬼魂。」

敘亞漢聳肩：「我們會持續留意。在此同時，如果你還有力氣，我們可以開始治療這座半島上的魔鬼。」

「喔，我還有力氣。」我對他說，雖然我比較想抱著威士忌酒瓶躺在毯子上。

我們開始工作，朝反方向走，治療最近的魔鬼。我朝他們說葛雷塔在吃袋鼠的方向走去，當我找到她後，她就守護了我一整夜，避免任何鬼魂打擾我工作，雖然我們再也沒看見鬼了。

我們動作飛快在病患間奔走，天亮前就治好了大部分魔鬼，葛雷塔於黎明時變回人形、穿回衣物。

我們與敘亞漢和歐伯隆在達納利的旅館會合，他們在吃香腸蛋早餐時告訴我們，他們後來又遇上了兩個鬼，不過解決它們了。

我們離開期間，學徒每人都治好了一個巢穴的魔鬼，並打算吃完早餐後就去更遠的地方治病，讓我們補充極需的睡眠。

當天下午，敘亞漢和我治好了半島上剩下的魔鬼，然後等到晚上，看看歐伯隆所謂的「騷動朗普斯」會不會現身。有幾個鬼出現了，歐伯隆把它們送往冰冷的虛無。如果我們離開後半島上又出現魔鬼臉癌，我們就會知道還有漏網之魚，然後回來解決它們。

這是好的開始——不光是對我的小學徒而言，對我也是很好的開始；趁機了解這顆星球究竟有多他媽大，有多少各式各樣的生物居住其上，亞歷桑納和塔斯馬尼亞的距離就像牛睪丸與受歡迎的早餐一樣遙遠。

對葛雷塔而言也是好的開始，我想，因爲她發現敘亞漢或許不是無可救藥的大壞蛋。又或許一切善意都是我幻想出來的，實際上根本連在黑暗中搖屁股的螢火蟲光都沒有。她或許只是換上禮貌的面具，因爲她知道他很快就會和我們分道揚鑣。

他經常這麼幹——我是指分道揚鑣。有時候我覺得要不是有歐伯隆在，敘亞漢或許是全世界最孤獨的人。

但我在想能不能把他當成一座堅固的橋梁，無論好壞讓人們相連在一起，永遠存在，不會受到暴雨或洪水的動搖，持續發揮作用。

這個想法一出現，就在我腦中揮之不去，而當我們互相道別，分頭去處理島上的魔鬼後，我看著我這些已開始服侍蓋亞的學徒，發現他也是新舊德魯伊間的橋梁。要不是因爲他，我們都不會出現在這裡。

葛雷塔或許只看見他摧毀的東西，但我還能看見他創造的東西，而我得承認——他令我驕傲。

《作祟的魔鬼》完

田園夢的盡頭

這個故事由阿提克斯講述，發生在「鋼鐵德魯伊」第九集《天譴》之前。

我從未想過風聲聽起來這麼像在嗚咽。我的想像力賦予它們原因：風兒嗚咽是因爲對於無止無盡環繞世界的旅程厭倦，難以擺脫它們所見所聞——物種滅絕、珊瑚礁死亡、延綿數哩的垃圾漂在海面上，還有一群怪人始終在說地球沒有問題，儘管證據明白表示不是這麼回事。

近年來的氣候也越來越惡劣，那是蓋亞在強迫人類思考或許那些漫不經心行爲有可能會導致的後果。嗚咽是從午後塔斯馬尼亞桉樹葉間的呼嘯聲中開始的。天上有雷暴雲頂宛如公羊互撞般交會，雷鳴聲遠遠傳開。閃電大作，如同藍白色乾草叉般擊中地面。不久就會開始下雨，而且絕不會是小雨，不是從老頭的脹大前列腺滴出幾滴尿那樣，會是宛如尿急的犀牛對著石板地清空膀胱般的傾盆大雨。

歐伯隆和我身處塔斯馬尼亞東海岸附近，不過遠離任何可以遮風避雨的地方。我們前一天就與歐文和他的學徒分道揚鑣；他們往西，在元素的要求下治療塔斯馬尼亞惡魔的傳染性癌症，而我則往北走。我們攜手合作拯救一個物種，但整件事情要耗時數週，甚至數個月。在可以轉移回奧勒岡的家裡避雨幾小時的情況下，我們沒必要把自己淋濕。再說，我要去見幾個朋友。而塔斯馬尼亞早就該和提爾・納・諾格進行羈絆了。我要來這裡得先轉移到澳洲，然後搭船過來。

「我們回家一下，歐伯隆，」我對我的獵狼犬說。「想要跟上進度，我們就得弄點露營裝備，而且得去看看星巴克和歐拉的情況。」

「我正好想起他們呢！他們或許會想追追沙袋鼠。你想我們可以帶他們一起回來嗎？」

「我不確定，老兄。歐拉快生了，不適合轉移世界。我們就是爲了這個才把星巴克和她一起留下的，讓他們可以陪伴彼此。」

「喔，我想起來了。但或許多轉移一次也不會太糟？如果我們要在這裡待上一百五十年或六十年或之類的——」

「比較可能是兩個月，歐伯隆。」

「那就是六十年，我剛剛就說了——」

「不是，是六十天。」

「天呀，年呀，隨便啦！我的意思是我們都可以來追沙袋鼠和袋熊玩，沒狗狗得遠離提供肉醬、炸雞、烤牛排、做香腸之類服務的人類。」

「地下諸神呀，歐伯隆。」我搖頭說道，「你縱欲過度了。我們有機會的話就打獵，然後生火煮食。非常基本的食物。不算美食。沒有肉醬。」

「這個，聽著，我明白不能吃美食，但沒有肉醬？沒必要恢復原始生活吧，阿提克斯。」

「正好相反，我們就是要恢復原始生活。我們得去魔鬼在的地方，而魔鬼通常不住在廚房附近。」

「等等。所以那表示……那表示魔鬼連肉醬都沒吃過？一次都沒有？」

「沒。他們日子沒你這麼好過。」

「你講得我好傷心呀，阿提克斯！那麼多可憐的魔鬼！」他對著雷暴雲頂哀嚎一首悲歌，確保我知道他有多傷心。

「你這是演哪一齣？沒聽說過你最愛的東西並不表示他們痛恨自己的一生，或要你的同情或期待你跑去告訴他們該怎麼補救。事實上，你這種想法有點傲慢。甚至算是帝國主義。」

「等等，什麼？你是說像銀河帝國那種？我在這個比喻裡就變成了莫夫什麼的，像是大莫夫歐伯隆，身穿硬挺的軍服，隨時怒氣沖沖，對反抗軍垃圾不屑一顧【註】？」

「如果你喜歡的話。你可以好好想想。我得把這棵樹和提爾・納・諾格羈絆起來，不能被你打擾。我們回家再聊。」

羈絆那棵樹花了十五分鐘，我還沒弄完就開始下雨了。歐伯隆散發濕狗的臭味，或許需要好好洗個澡。當我說可以出發，叫他把爪子放在樹上後，他請我等他一下。

「阿提克斯，我利用剛剛十五世紀的時間思考你的話，我很抱歉，我不想當壓迫行星的帝國軍。我想和芮一樣拯救行星。」

「我認爲你做了很好的選擇，歐伯隆。我也打算這麼做。」

「謝謝你。所以我想知道，你願意當我的BB-8嗎？」

「哇，呃……很吸引人的提議。讓我想個十五世紀，好嗎？來吧，我們走。」

編註：在《星際大戰》系列中，莫夫（Moff）是主角們反抗之銀河帝國的高級官員，統治某特定區域；而大莫夫（Grand Moff）則是跨區統治的總督稱號，例如塔金提督就是大莫夫。

我們轉移回威廉米特國家公園麥肯錫河附近的小屋時，理所當然經歷了幾分鐘狗狗歡迎回家的慶祝活動。跳跳跑跑甩舌頭，咬咬耳朵和後腳，加上很多歡樂叫叫。

波士頓㹴犬星巴克跳得很高，讓他可以與比他高很多的獵狼犬爭奪關注。他才剛從獵狼犬和我這邊學會幾個單字，而他在我與歐伯隆出現時把所有認識的字都拿出來用。

「對不和袋鼠玩開心肉醬食物！」他幾乎是在我腦中大叫。他的心靈嗓音比獵狼犬高一點——算不上尖聲怪調，比較類似長年用酒精和香菸摧毀自己音色的男高音。

「嗨，星巴克。很高興見到你。打招呼是這樣才對。你可以對我複誦一遍嗎？說：『嗨，阿提克斯？』」

「好嗨阿提克斯開心玩！不要松鼠！」

「這樣好多了。你學得很快。嗨，歐拉。」

「哈囉，阿提克斯！我滿肚子都是小狗狗！他們很餓。我當然也很餓。」

「他們要不了多久就會在這裡亂跑了。」我說著搔搔她耳後。「我們該去樹林裡跑跑，增加點食慾，然後或許來點香腸嗎？」

獵狼犬都同意，我進屋去脫掉衣服和劍等東西，然後變形為獵狼犬，領頭跑進樹林。我們嚇到了一隻鹿和兩隻野火雞，還騷擾了幾隻松鼠，眾獵狼犬自動把這次旅途當作光榮的勝利。

但我注意到歐拉已經快要臨盆，不適合轉移世界。我得回塔斯馬尼亞，關妮兒得在波蘭處理我們和李夫・海加森簽署的協議——此刻所有吸血鬼都該離開波蘭，但有些還是堅持留下，挑戰李夫的領導和我們的權威。我們在國外辦事期間真的得有人留在小屋裡照顧歐拉，之後還得照顧她的小狗。我們在附近沒認識什麼朋友，但我心裡倒是有個人選：厄尼斯．高金斯—史密斯，歐伯隆和我在收養星巴克事件中找到的被綁貴賓犬傑克的主人。他是英國移民，住在尤金鎮，沒有遠到會有不便的地步。

我回到小屋後，穿上衣服，放幾片漢堡肉去烤，然後打電話給他。

「嘿，厄尼斯。我是康納．莫洛伊。」我報出化名。「傑克好嗎？」

「喔，他很好！」我差點大笑，因爲我忘了厄尼斯有多刻意強調他的英國腔。「歐伯隆如何？」

這個問題完美顯示厄尼斯爲什麼是絕佳選擇，他完全不在乎我，但迫不及待想知道我的獵狼犬過得如何。

「他很好，我想請你幫個忙。酬勞豐沃的那種。」

「訓練歐伯隆參加比賽？」

「喔，不。我沒興趣讓他上台。但我有另一隻獵狼犬和波士頓犬要人看顧一段時間。我在想你是否願意來我們小屋照顧他們一陣子？我們也很歡迎傑克，當然，還有你的拳師狗奧吉。這裡有很多空間讓他們跑，你可以在這裡工作，就像在家裡一樣。」

「可以嗎？」

「這個嘛，我們的Wi-Fi訊號很強。」厄尼斯寫程式，只會在購買雜貨和溜狗時出門。

「很誘人，理論上可行。」他說。「但我需要些細節。」我們討論細節，而既然我最近從亞歷桑納取回了一批黃金，有能力提供他難以拒絕的酬勞。他一早帶著他的狗抵達，他們在強制性的禮貌聞屁股活動結束後，很快就與歐拉和星巴克混熟。我把鑰匙交給他，帶他認識環境，然後他就願意無限期待在這裡了。我希望我可以在歐拉生產前回來，如果沒辦法，他可以照顧她和小狗，直到關妮兒或我有機會回來爲止。

歐拉和星巴克心思都放在新來的兩隻狗和準備餵他們吃東西的善心人身上，完全沒發現我與歐伯隆轉移回塔斯馬尼亞。

治療計畫進行九天，治好了超過兩百隻魔鬼的臉癌後，莫利根造訪我的夢境。她把我從一場企圖在坐滿神創論者【註二】的教室中教高中科學的惡夢解救出來，所以我很高興能看到死亡挑選者。

「你的田園夢即將走到盡頭，敘亞漢。」她說，血紅色的嘴唇揚起一絲微笑。如果她覺得有趣，就表示我有苦頭吃了。

「呃？什麼田園夢？我在對學生解釋等到有抗菌抗性的超級微生物感染他們脾臟後，就會開始相信進化論了，但是情況不太樂觀。」我打量此刻所處的環境。莫利根和我相對坐在馬．梅爾的治療池兩側。鳥兒在樹籬中啾啾叫，寧芙在附近輕笑嬉戲。我們倆都赤身裸體。「我覺得這裡比較有田園風味。」我下結論。

「這個田園夢也將走到盡頭。我是來和你打招呼，讓你知道洛基即將結束策畫，就要行動了。」

「行動？展開諸神黃昏？」

「對。他剛和路西法談完，離開基督教地獄。既然我知道你有很多事要忙，我想你或許會想先把事情處理好。我不能像從前那樣保護你了。晚點見，敘亞漢。」

「等等，莫利根——」

她沒理我。我在一片沼澤桉樹底下大叫驚醒，歐伯隆立刻跳起身來，準備開打。

「怎麼了，阿提克斯？賽博人？博格人？天殺的賽隆人【註二】？」

「不，是莫利根。」

「看來我沒猜對。」

「差得遠了。你是在作什麼夢——駭客任務？」

「賽博坦公司【註三】的T-1000機器人，他變成了液態金屬吉娃娃。我告訴你，阿提克斯，機器遲早都會毀滅我們。一整個世代的反烏托邦電影不可能會弄錯的。」

「好吧，搞不好我們等不到那個時候。莫利根說我們都會死在冰與火還有世界蛇的手上。」

歐伯隆左顧右盼，彷彿那些東西隨時都會現身，接著，在確認沒事發生、除了一堆昆蟲沒有敵人要打後，他坐下。

「繼續睡，阿提克斯。我站哨。」

「不，我想現在已睡不著了。不如生堆火，來說點我已經想說一段日子的話吧。」

「喔，痛苦的貓呀。聽起來不太妙。」

「我是爲你好。」

編註一：神創論者（creationist）相信人類、生物、地球及宇宙是由神或造物主之類的超自然力量所創。

編註二：賽博人（Cybermen）出自「超時空博士」（*Dr. Who*）系列，博格人（Borgs）則是出自「星際爭霸戰」（*Star Trek*）系列，塞隆人（Cylons，但此處歐伯隆用了另一個暱稱Toasters）出自「星際大爭霸」（*Battlestar Galactica*）系列，三者都是具有侵略性的半機械生物體。

編註三：賽博坦（Cyberdyne System）是「魔鬼終結者」（*The Terminator*）系列中開發天網、引發機械世界末日的公司。生化人T系列也是該公司開發的。

「我才不信。你不會是想讓我多吃點纖維吧？」

我哼了一聲。「不是，比纖維嚴肅的話題。」我說著起身，丟了幾根乾樹枝到之前弄小的火堆餘燼裡。「耐心等我生火。這是要在火堆旁說的那種談話。」

「好。」歐伯隆走近火堆，再度坐下，接著覺得這樣不好，又在我撥弄火堆時站起來伸展四肢。吞吞吐吐是沒意義的，所以我切入主題。

「我要你與歐拉和星巴克一起待在小屋裡，等候進一步通知。」

「等候進——那表示我留職停薪之類的嗎？我幹了什麼？睡覺打鼾？」

「你沒做錯事。這是安全問題。我要去處理事情，你要安安穩穩地和厄尼斯一起待在小屋裡。」

「處理什麼事？」

「大概是世界末日。我剛剛說的冰與火的問題。還有一條超級大的巨蛇，搞不好還加上路西法，我不知道。莫利根沒提太多細節。」

「好吧，你不該獨自去做那些事。我能幫你！」

「很抱歉，歐伯隆，你眞的幫不上忙。你還記得我剛收關妮兒爲徒時，和你提過一隻狼獾夥伴的故事。他名叫福威郎。」

「福威郎……嗯……喔，有！他和你一起去那座沼澤，遇見了最後一隻大腳或什麼，對吧？」

「沒錯。」

「我問過你他後來怎麼了，你說找機會告訴我。」

「機會來了。你準備好了嗎？」

「和三趾樹懶一樣準備好了！」

「和三趾……隨便啦。」

□

在我把新世界與提爾・納・諾格羈絆期間，福威郎幾乎都是我的夥伴。他脾氣暴躁，很容易動怒，而我很喜歡逗他。基於某種原因，雖然他宣稱我快把他逼瘋，但一直和我在一起——好吧，我該更正一下。有天晚上在墨西哥灣岸區躲避風暴時，他告訴我爲什麼他不離開我，回歸氣候涼爽又沒幾隻鱷魚的北地——因爲太無聊了。

「毫無疑問，和隨你東奔西跑比起來，那種生活寧靜又慵懶。」他說，「但我只要過一週就會很想與人爭論蘑菇或是任何東西，但根本沒人可以說話！我遇上的狼獾會直接爲了入侵地盤而攻擊我，而不會先和我談。所以儘管我討厭濕熱、泥巴、你的味道，還有這場宛如神的惡意大屁一樣企圖吹跑我們的風暴，我還是非留下來不可。」

「很貼心，福威郎。」我說，因爲對他而言，這種說法眞的很貼心。他沒有要我揉肚子或是讚美我——狼獾不喜歡那些——但我可以從我們之間的羈絆中感應到他對我忠心耿耿。

第九世紀，我們身處隸屬現代墨西哥的猶卡坦半島，他在一次事件中展現了他的忠誠。當時馬雅人在那個地區建立了強盛的文明，擁有人口超過五萬的城市，仰賴先進農業生存。他們有著驚人的建築技術，至今屹立不搖，還有複雜的數學系統，遠比當年歐洲更爲精確的天文學概念。我很敬佩馬雅人，也是少數見識過該文明全盛期模樣的歐洲人。我可以在他們身上學到太多東西，所以我在那個地區待的時間比預期要久，也學會他們的語言。而在學習語言的過程中，我也吸收了一些他們的宗教信仰，很豐富，很複雜，很多神。而當我聽說他們死後世界——西瓦巴——的細節後，我就很想去見識見識。

根據傳說，亡者要抵達西瓦巴需要通過三條河。很多文化中的死後世界都有河。提爾・納・諾格有一條，北歐赫瓦格米爾之泉下有十三條河，希臘人有冥河，還有很多很多。這些河基本上就象徵著活人和死人間的界線，死人得渡河，然後永遠無法回歸活人世界。

西瓦巴有三條河——蠍河、血河、膿河。

□

「暫停，阿提克斯，膿河？」

「嘿！我以為你會問蠍河。」

「我可以想像很多蠍子，因為我們住在亞歷桑納。但我沒辦法想像一整條河裡都是膿。」

「這你就明白吸引我的點了。」

「這個，是呀。我是說，如果要有一條都是膿的河，不就得要很多很多化膿的傷口或痘痘嗎？」

「又或許只有一道傳奇性的巨大傷口，像泉水般把膿汁注入黑暗中……」

「或許？你是說你不知道膿是哪裡來的？」

「有些事情還是保持神祕比較好，歐伯隆。無論如何，我都想見識見識那些河，因爲當你活到像我這麼久時，任何新體驗都是値得珍惜的東西。而這是屬於另一層次的驚奇，透過人類想像而來的世界，而非地質力量。」

□

我坐在雨林林頂之下，聯絡猶卡坦元素：／／提問：德魯伊可否造訪西瓦巴？／／

先問這種問題是好主意。死亡國度往往會針對活人制定規矩。

／／可以／／元素回應。／／要有保護／／

我請它保護我過去走走，猶卡坦同意，指引我前往現代貝里斯境內的一座山洞，那裡是通往死亡世界的門戶。抵達該地後，我把一棵樹羈絆到提爾・納・諾格，然後告訴福威郎有兩個選擇：我可以把他轉移回北方，我們一百多年前第一次見面的地方，然後道別；不然他也可以在洞外等我，但可能會等很久。他絕不可以和我前往西瓦巴。

他立刻質疑我。「爲什麼不能？」

「因爲那裡是亡者國度。沒有保護的生物不能進去，而蓋亞只會保護我。」

「因爲我很臭嗎？」

「不，因爲這種事情蓋亞只會幫德魯伊做。你就是不能去，踏入亡者國度表示你死了。所以你打算怎麼做？在這裡等，應付美洲豹和昆蟲，而且我還有可能回不來，你就會被困在這裡——」

「你有可能回不來？」

「就算有保護，對我而言也可能有危險。我是想對你實話實說，我可能會遇上很可怕的東西。我希望不會去太久，但聽我把話說完：你可以等我，或是回歸你常說想回去的北方，不用繼續忍受我的好奇心所造成的困擾。」

「然後幹嘛？和其他狼獾打架嗎？讓熊打扁？不了，謝謝，我待在這，你快點回來。」他說。

□

「哇！我有點遺憾沒機會認識福威郎。」歐伯隆說。「我想我們會處得來。至少他對熊的看法很合理。」

「他也不喜歡松鼠。」

「哇。我敢說我們會是好朋友！」

□

洞口上方苔蘚垂下，看起來像是綠色獠牙。我穿越洞口，赤腳踏在冰冷的石地上，施展夜視能力，讓我在黑暗中視物。

對活人而言，西瓦巴的山洞就是普通的山洞，但對亡者而言，山洞會繼續延伸，出現變化。猶卡坦在適當的位置幫我開啓那扇門，而和叢林相比已有點冷的氣溫又進一步降低。地上都是骷髏，完全鈣化，在長眠之中散布警告的意味。

接下來一百碼左右，都是往下走向寒冷潮濕環境，時刻擔心落腳的地方。

然後我聽見喀答一聲，有個單調刺耳的聲音警告我前面有東西；通道轉彎，空間寬敞，我來到一條充滿黑蠍子的河旁，下方傳來奇特光芒。沒有橋，沒有渡船，就是一塊滿是劇毒生物的空間——如今想想，根據我對社交媒體的些微理解，這是一種很貼切的隱喻。

蠍河朝兩方深入黑暗，蠍子似乎都很滿足地待在河岸內。

猶卡坦幫我搭橋，建造出一座窄石道渡河。那座橋就和聽起來一樣讚，而我甚至在橋中央滿臉傻笑地大聲說道：「我走在一條都是蠍子的河上。」

我還沒看見血河就先聞到那股味道——有點刺鼻的金屬味，你知道，來自血裡的銅和鐵，像髒銅板。河面微微冒泡，有些部分顏色鮮艷、充滿氧氣，類似動脈噴濺，有些漩渦顏色較深，彷彿來自靜脈。這裡的血遠比馬克白夫人處理的血多。猶卡坦又造了一座橋來讓我過河，我步伐輕盈地過去。

接著我看見了膿河。

與之前的河一樣，河裡有東西提供照明，所以我見的是發光的膿汁，淡黃色的河水，雜著顏色較深的漩渦。潮濕的腐臭味，是能養肥綠頭蒼蠅的那種，河面上有蠕動不休的蛆，還有嗡嗡作響的蒼蠅雲飄在上方。

我一點也不想渡過這條河，不光只是因爲那些蒼蠅可能把我騷擾到墜河，還因爲惡夢般的景象等在對岸：美味可口的蝙蝠在黑暗中尖叫，天知道還有些什麼鬼東西。毫無疑問，會有西瓦巴的貴族，從各方面來看，他們都不是好客的類型，而我可不想讓他們發現我進來觀光。

但那景象十分壯觀——三條出自人類想像，並靠信仰維持的奇幻河流。那種畫面能讓我重新對世界產生驚奇感，而我的驚奇感常常會隨著時間委靡不振。

在感覺恢復活力又受到祝福後，我渡過之前的河流，穿越人骨通道，往上回歸地表。但就在西瓦巴和地球之間的門戶前，我可以依稀看見貝里斯地底洞穴微顯不同的石壁時，我發現了西瓦巴這一側的地面上躺了一具屍體。

福威郎的屍體。他不顧我明確的指示，顯然認定他是在保護我，或純粹出於忠誠，甚至可能只是想趕過來告訴我他改變心意了，他跟著我進入了死亡國度。而在沒有保護的情況下這麼做，他死了。

他看起來像在睡覺，而他有可能還活著的希望在我確認他死亡時帶來更大的痛苦。

我小心翼翼地抱起福威郎的屍體，帶他離開西瓦巴，內心的喜悅轉為悔恨，在羈絆樹下，蟲鳴鳥叫，生命圍繞，我為他哭泣一段時間，回想起他最愛的髒話、喜歡和我爭論最多三十秒就開始對我又抓又打的可愛習慣。老實說，他已經進步很多了。我們剛認識時，他最多撐五秒就會動手。

他不會想待在叢林裡，所以我轉移回我們初次相遇的地方——安大略的瑟勒湖畔，把他埋在那裡，告訴他我為我個人眾多缺點、追逐刺激的愚行及粗心大意地讓他受到傷害道歉。

□

「那之後，我與動物羈絆都不會超過一年，直到遇見你，歐伯隆。我只會教他們基本的字彙，從不讓他們喝不朽茶，和他們分道揚鑣，讓他們過完自然的壽命。我無法承受害死他們的責任。」

「但又不是你的責任，阿提克斯！你叫他不要跟，也告訴他後果，但他還是跟去了。」

我搖頭。「我不該讓他選的。是我讓他有機會犯那個錯。要不是我，他根本不會出現在那裡。所以我不會讓你有機會選擇跟我去參加諸神黃昏。我想，霜巨人、火巨人和我們上次遭遇的卓格只是一切威脅的開端，那比我在貝里斯爲了刺激探勘洞穴危險多了。這次是整個亡者世界——天知道，搞不好不只一個——進入人間興風作浪。如果他們傷了你，我絕對不會原諒自己。」

「好吧，那些我都瞭解，阿提克斯。」他湊上前來，直視我的雙眼，強調他的重點。「我眞的瞭解。但我還是想跟你去任何地方，特別是你可能回不來的地方。」

「我計畫要回來，歐伯隆。我還計畫在洛基的野心之前拯救一大堆無辜者。我現在只是想確保你不是其中之一而已。再說，你並不孤獨。你會與歐拉和星巴克在一起，傑克和奧吉，說不定你還會趕上你的小狗狗出生。」

歐伯隆把頭頂在前爪上，發出悶悶不樂的嗚咽聲，神色哀求。

「你讓我別無選擇，只能施展狗狗眼這一招，阿提克斯。這種眼神可以增加十點魅力，而且二十面骰要擲出一才會失敗。你無法承受這種可愛攻擊，得依照古老預言帶我上戰場。」

「喔，不。不要狗狗眼！你都不記得這些年來你靠這招弄到多少香腸嗎？」

「好吧，我很想記得，但你知道我不擅長算數。嘿——豆腐先等等！你想把話題轉到香腸上！」

「通常都有效，不是嗎？」

歐伯隆神色沮喪，深深嘆息。「你這次不會讓我贏了，是吧？」

「很抱歉，老兄。但你知道我是因爲愛你，對吧？」

我的獵狼犬哼了一聲。「這個，唉，當然！愛就是我們這場爭執的原因呀！」

「你，過來。」我說著攤開雙手。歐伯隆站起，迎上前、頭靠在我肩膀上，我摟著他的脖子，和他磨蹭臉頰。「你是我最好的朋友。」

「喔，我知道，我是說——嘿！聽起來像道別。你說你會回來的！」

「我說我計畫要回來。但我很肯定其他人有不同的計畫。所以，你知道，爲防我的計畫沒有奏效，我可不想沒道別就離開。打從我們認識以來，你就一直幫我保持理智，腳踏實地，你還讓我重新開始欣賞生命中微不足道的小事，比方說食物、午覺和聞東西。」

「我認爲那些都是生命中的大事，阿提克斯。」

「我知道，老兄。」

「還有激怒松鼠。那很重要。」

「超級同意。來吧。我敢說在我得出發前還有時間享受最後一頓大餐。你覺得我們回奧勒岡去幫大家弄吃的如何？」

「我敢說你沒辦法用肉吧取代沙拉吧，用肉醬取代沙拉醬，你還會拿超大盤子、夾子、湯杓端出所有我們想吃的東西，吃完後再幫我們揉肚子。」

他的想像力讓我哈哈大笑。「你或許想出了超棒的新用餐概念。好吧，我接受挑戰。開動。」

《田園夢的盡頭》完

致謝

我超級感謝珍娜・尼蘇魯文提供《金塵德魯伊》中的愛爾蘭髒話，同時也想讓大家知道她是在愛爾蘭努力爭取女權的大好人。「Má ithis, nar chacair」的發音類似「馬伊斯，納卡海爾」，卡的發音有點像「cat」不過t不發音。想說或許你會想要知道怎麼罵這句話，以免遇上該罵的人（雖然我希望你不會遇上這種人）。

我深深感謝席夢・亞歷山德指導我在性調教方面的慣例和道德觀，讓我撰寫《抱抱地牢》。性調教的關鍵基礎就在於取得同意，但很多故事都會強調變態玩法，而不是如何安全地玩。這個故事的說法如果有誤，當然都是我的錯，不是她的。我同時也想感謝作家潔・威爾斯幾年前在鳳凰城的駝背道上說出「抱抱地牢」這個詞。顯然它觸發了我的靈感。我經過她的允許決定這個標題。

感謝波蘭波茲南的亞德里安・湯席克幫忙波蘭文的部芬，還有我在派肯遇上的美妙讀者送我維斯瓦華・辛波絲卡詩作的譯本。

當然，還要謝謝各位美妙的讀者。

歐伯隆的肉肉神祕事件簿

OBERON'S MEATY MYSTERIES

被綁架的貴賓犬

第一章 拳師狗

人類總是會忽略哈巴狗多有禮貌。他們會看到那張好像被打爛的臉、隨時處於驚慌狀態的眼睛，還有在剪指甲時被嚇壞的模樣，但他們不會瞭解哈巴狗爲什麼能與其他狗狗處得那麼好。因爲他們會捲起尾巴、遠離屁股，讓第一次遇上的狗狗能夠輕鬆聞他們的屁股。那是很棒的第一印象。方便進出的後門是最友善的表現。

事實上，眞正要留意的是那些不肯讓你聞屁股的狗。那通常表示他們想要隱瞞什麼。而我會這麼說，是因爲只要聞屁股就會告訴你關於這隻獵犬一切該知道的事。我對阿提克斯說過五億次或百萬次或幾百次了，我不知道到底多少次，反正就是很多次。但即使當他施展德魯伊變形術，變成獵狼犬形態，他還是拒絕吸收任何狗屁股傳出的大量資訊。他的獵狼犬鼻子裡有和我一樣防止臭味讓你生病的過濾功能。那些過濾功能也讓我們得知氣味中的其他資訊，是消防栓、樹木或是法國貴賓犬的鬈毛翹臀。我想他永遠不能克服人類對屁股的偏見。

但是我不該批評他。他給我香腸和點心吃，還幫我揉肚子，而且我也不是沒有偏見。我是說，舉例，貓。又好比我認爲吉娃娃就是地球上有外星人的明顯證據。還有所有面對我又不肯讓我聞他屁股的狗？對，我認爲那比在墓園散步還令人起疑。

我在奧勒岡尤金鎮的奧頓·貝克狗狗公園裡遇上一個可疑的傢伙。我們現在住在威廉米特國家公園的麥肯錫河附近，但阿提克斯常常帶我入城，讓我和歐拉以外的狗混，順便買點爛咖啡和更糟的甜甜圈——他說那叫糖炸彈。他總是會買充滿豪華汽車廣告的報紙，還說是爲了看報導才買的。

每當我走進公園，其他狗就像哈比人一樣會問：「這也有用品脫算的？」因爲他們從未見過像我這麼大的獵狼犬。他們有些會很興奮，有些會很害怕。或非常歡樂，就像有些小型犬以爲我這種狗根本不該存在。約克夏㹴犬不在乎，他們每次都會對著我叫。

拳師狗非常好玩，所以我在公園看到他們會很興奮。我們通常都相處愉快。我爲了去找拳師狗，甚至會無視朝我倒退過來自我介紹的哈巴狗。但這小子——我知道他是公的，因爲我大老遠就看出來他還沒被閹——認爲我走太近時居然對著我叫。我搖尾巴、垂舌頭，讓他知道我很友善。他還是對我露出牙齒，又叫了兩聲，要我後退。

這時我才發現這隻拳師狗沒有和任何狗玩。他基於某種理由獨自站在一棵雲杉樹旁。我左顧右盼，尋找他的人類，但似乎沒人特別注意他。阿提克斯坐在長椅上閱讀寫滿災難的報紙。附近還有其他人類，有些單獨一人，還有一對情侶，但除了那對情侶，沒人在管其他人。那對情侶在交談，男的在講話，女的神色有點擔憂。其他人都雙手抱胸，看著他們的狗，確保他們沒有和其他狗打架。但是沒人在看我和那隻拳師狗。

我不想打架。我想玩。我壓低上半身，挺起尾巴，搖來搖去，明白表示我很友善，只想追逐玩耍。我對他汪汪叫，盡可能表達善意。但拳師狗有點像阿提克斯對我提過的貓咪王子鐵豹【註】。一副在找理由與人決鬥的模樣。他寒毛豎起，叫聲越來越暴躁，牙齒都露出來。這可不對，今天本來是好日子。

「嘿，呃，阿提克斯？」我透過心靈連結呼叫我的德魯伊。他的聲音在我腦中響起。

怎麼了，歐伯隆？我在看報紙。

「喔，好吧，我也不想打擾你非常重要的發懶。我只是想讓你知道我可能要打架了。」

拜託不要。走開就好了。

「是呀。我可能別無選擇。」

我確實別無選擇。拳師狗低頭對我衝來。如果我逃跑，他就有機會攻擊我的腳。但我的頭已經很低了——他沒機會咬我喉嚨。不過我能咬他的喉嚨，而且我大概比他重三十磅。所以我不怕。一點也不。我是說，我在打鬥方面可是經過認證的狠角色，我是向忠心耿耿的德魯伊學過很多把戲的老狗。

我撲上去迎接他的攻勢，但沒有抬頭，用頭頂撞他鼻子。他的牙齒真的沒東西可咬，而這一撞又把他撞得動彈不得，衝勢受阻。還讓他中門大開，吻部毫無防備。我一爪下去，打得他清醒過來，想起自己是拳師狗，理應很會打架才對。他確實很會打架；他用爪子抓了我兩下，咬不到我喉嚨就來咬肩膀，但我也全力出擊。事實上，我看出了他的攻擊規律，施展阿提克斯教的招式，某種針對狗打架調整過的武術。規則都一樣：牽引對手力量，防守自己、擊敗對方。所以當他抬起右腳朝我奮力出爪時，我跳到他的攻擊範圍內，抬起左腳卡住他肩膀下方，讓他的右腳放不下來，掠過我的右側，帶著我一起摔在地上——只不過他先著地，喉嚨還被我咬住。他掙扎，我增加力道，讓他知道我很認真。

幾秒過後，阿提克斯進入他的腦海，讓他冷靜下來，不再亂動。我放開他，往後退開，阿提克斯和

譯註：鐵豹（Tybalt）是《羅密歐與茱麗葉》裡的角色。

那對男女跑了過來。其他人類開始叫他們的小狗回家，擔心他們的寵物會惹禍上身。

拳師狗身上有些爪痕，或許幾個小齒印，我也一樣。沒什麼大不了的，但喜歡擔心的人類總是需要時間才能得到同樣的結論。他們要先好好驚慌失措一番。

那個女人的金髮是染的。阿提克斯教過我輕易辨識的辦法，就是看看她們的眉毛和頭髮顏色是否一致，而她的眉毛差遠了。我在想她是不是戴了假髮。我想她的膚色曬得很棕，又或許她是深膚色的人種——因爲獵狼犬看見的顏色和人類不一樣，我很難分辨這兩者的不同。我們能看見黃色和藍色，隱約可以分辨其他顏色，但大多是不同色階的灰色，特別是紅色和綠色之間的色彩。我花了很多時間搞清楚阿提克斯爲什麼堅持紅球——在我眼中是深灰色的——和底下的綠草顏色不一樣，這兩種顏色在我看來幾乎是一樣的。她穿著看起來太乾淨的跑步鞋，小腿上有亮藍色線條的深色緊身褲。我不確定腳上的線條代表什麼意義——最近我常常看到。我知道人類肩膀上的黃線有時候代表軍階，但或許腳上的線條表示她跑起步來超級快。她顯然比和她講話的男人快多了，而且她身上散發檸檬和死花的人工肥皂味，還有一絲阿提克斯稱之爲「時尚狗食」的素食狗點心。噁。

和她講話的男人氣喘吁吁，奮力跟上，叫了聲聽起來像是「水藻」的東西，然後是「停」，但那完全沒有道理可言，因爲我們早就停下來了。那不可能是拳師狗的名字，對吧？誰會拿浮在池塘和游泳池水面上的東西稱呼獵犬？

他膚色有點慘白，黑髮，臉頰上有斑點，可能出於興奮、憤怒，或某種奇怪的人類疾病，我不知道。但我已經開始喜歡他了，因爲他身上的T恤上印著「記得坎特」，出自科幻影集《太空無垠》【譯註二】，而且他聞起來像是眞正的香腸和無可救藥的腳臭味。他和那個女人瞪著我看——他們顯然認定我是壞狗狗——在阿提克斯過來查看我時圍住拳師狗。

啊。你不會有事的。

「我知道。」

所以怎麼回事？

「我只想來場友善的追逐，阿提克斯，眞的！但他的挑釁值飆到二十，直接跑來攻擊我。這隻狗眞的很有事。我不是說他有狂犬病或什麼的，就是隨時都有可能失控，就像傑克・尼克遜在所有電影裡的表現。」阿提克斯神色遲疑，所以我得繼續說：「不信的話就施展你那種詭異的德魯伊法術確認看看！

我知道你讓他冷靜下來，但那並不表示你解決了他的問題，對吧？」

阿提克斯一邊拍我一邊看向拳師狗，幾小時或幾分鐘或天知道多久之後，他說：你說得對。他情緒激動。

我的人類轉頭面對那對情侶，說：「我想他們不會有事的。洗個澡就好了。」

「對，我敢說不會有事。」男人說。「你有看到是怎麼回事嗎？」

「我的獵狼犬想玩耍，我猜你的獵犬沒心情。」

「啊。不意外。奧吉最近脾氣不好。」

「阿提克斯，他叫他的拳師狗『水藻』【譯註二】嗎？」

譯註一：〈記得坎特〉（*Remember the Cant*）是影集《太空無垠》（*The Expanse*）第一季第三集的標題，坎特是劇中一艘太空船坎特伯里號的簡稱，該船船員全部離奇死亡。

對，但是和你想的不一樣。那是英國名字奧澤郎的簡稱。

「我很遺憾，」阿提克斯說。「你知道他在煩什麼嗎？」

「這個，就像我對她說的——喔，抱歉。這位是崔西·雀希爾，我是厄尼斯·高金斯—史密斯。」

「很榮幸認識兩位。我叫康納·莫洛伊。」阿提克斯說，那是他當時的化名。他換名字就和我換咀嚼玩具一樣快。「雀希爾？瑞士姓嗎？」

「十八世紀法國胡格諾姓氏。」女人說，語氣顯示她覺得被冒犯了。或許她不喜歡被誤認為瑞士人，又或許她純粹不喜歡阿提克斯。這種事常有。我是說，我見過有人二話不說就動手要殺他，而我很肯定這對人類而言是很不禮貌的事，甚至有點粗魯。他就是會對某些人產生那種影響。

「對，正如我剛剛和她說的，」厄尼斯說，「傑克被綁架那天晚上，奧吉中了麻醉鏢，之後他就一直很暴躁。」

「等等——誰被綁架了？」

「我的標準貴賓冠軍狗——傑克。他不是這附近第一隻被綁架——被狗綁架——的冠軍狗，隨你怎麼說。」

崔西搖頭，雙手抱胸。「我不相信會發生這種事。他們最好別來綁我的英國賽特犬。」我轉頭尋找她的獵犬。我來的時候沒看見任何英國賽特犬——啊，在那裡。毛茸茸的藍斑獵犬，在公園對面角落和一隻黑拉布拉多玩，有個緊張兮兮的人類在看他們。「如果你的獵狼犬是冠軍犬，我就會看好他。」

「喔，不，他不是。」阿提克斯說。

「嘿！我誰都打得過！」

我知道，歐伯隆。我晚點解釋。

「不過你的狗好漂亮，」崔西說，我決定原諒她聞起來像檸檬。但想要彌補餵獵犬吃素食點心的話，她可不能說我幾句好話就算了。那種酷刑已經觸及我的底線。但更殘酷的事情就是和自己的貴賓犬分開，我想多問問厄尼斯的慘劇。

「阿提克斯，你可以問問貴賓犬失蹤的事嗎？」

「說說你的貴賓犬怎麼了，厄尼斯。」阿提克斯說。「你說他叫傑克？」

「對。他的全名是傑克．弗萊德瑞克．奧斯卡．沃辛．雀蘇伯．王爾德。」

「喔！」阿提克斯輕笑，每當他企圖展現魅力時就會這樣。「看來你是奧斯卡．王爾德粉絲。」

「很多叫厄尼斯的人都討厭他，但我喜歡他。」

「所以你的拳師狗——奧澤郎，名叫……？」

「奧澤郎．奧斯卡．邦貝利．蒙克里夫．王爾德。」

可惡，難怪他簡稱奧吉。「阿提克斯，這是怎麼回事？」

他們的名字都混雜了王爾德的劇作《不可兒戲》中角色的名字。你得要取非常長的名字才能去AKC【編註】註冊。

「我不知道AKC是什麼，但那是否表示我也可以取一長串名字？不要只是歐伯隆．夠格吃點心爵

譯註二：水藻（algae）與奧吉（Algy）同音。
編註：美國養犬俱樂部（American Kennel Club）的簡寫。

士？」

你爽就好。

「歐伯隆・夠格吃點心・戴爾・香腸・肉醬・凡・培根・厚片—歐畢夫爵士！」

你是說厚片—歐牛肉【譯註】？

「不，我是說畢夫。有點像那位崔西女士的名字。出自十八世紀法國胡格諾。」

但你是愛爾蘭犬。

「所以我說歐畢夫，不只是畢夫。這是華麗的愛爾蘭名字，阿提克斯。」

歐伯隆，你究竟知不知道什麼是胡格諾？

我聽音辨字：「類似太空人，但是，呃……很大？」

我聽見他透過心靈嗤之以鼻，所以我肯定猜錯了。接著我得跟上他和厄尼斯的交談。阿提克斯有能力透過不同的思考模式分心二用，我其實不太明白那是怎麼回事，只知道他可以一邊和我心靈交流，一邊與別人進行對談。

「奧吉也是冠軍犬嗎？」阿提克斯說。

「喔，不，他只是我心愛的寵物。」厄尼斯親切地對著獵犬笑，還摸他的頭。「身心受創，不過莫名其妙地心滿意足。」

他看起來確實心滿意足地坐在地上，舌頭吐在外面，渾身放鬆。那是因爲他腦子裡有個德魯伊的關係，那會讓狗非常放鬆。

「所以犯案者針對奧吉有備而來。他們要你的貴賓犬——但是因爲他是貴賓犬，還是因爲他是冠軍犬？」

「我認為是冠軍犬的關係，因為最近附近有冠軍犬失竊潮。」

「發生很多起？」

「整個太平洋西北地區，」崔西說，然後皺眉看向厄尼斯。「最早的是塔科馬的茱莉雅・加西亞的義大利灰獵犬，對吧？」

「不，她是第二起。」厄尼斯糾正她。「第一起是班德的泰德・朗伯的布列塔尼長毛犬。」

「喔，對，我忘了。」

「之後就是柏令罕的法國牛頭犬和西爾斯波洛的亞爾粗㹴犬。再來是傑克。」

「難以置信。」阿提克斯說。「警方有在調查嗎？」

厄尼斯聳肩。「我們想找警方調查，但他們顯然根本不在乎，甚至不認為是同一個人幹的。他們認為狗只是逃家，因為狗會逃家。問題是失蹤的不是隨便一隻雜種狗，都是冠軍犬，全世界最訓練有素、嬌生慣養的獵犬。而奧吉中了麻醉鏢顯然表示除了我還有其他人和傑克失蹤有關。搞不好他們一直都是這麼辦事的——用麻醉鏢射狗，弄昏他，沒有叫聲或只有一點叫聲，沒有主人驚醒，全都無聲無息地在黑暗中行動。」

「哇。為什麼？」

「我唯一想的到的理由就是配種。對方不是在除掉競爭對手，那樣只會針對同樣品種的狗。有人想

譯註：牛肉（beef）音近畢夫（Boeuf）。

要從中獲利。」
「不好意思，我不懂。獲什麼利？」
「冠軍犬可以收取很高的配種金，只要你有幾隻冠軍犬，就可以過得十分富裕，我想。」
「什麼是配種金，阿提克斯？」
如果某人想要他的母狗產下最棒的小狗，他們就會付錢給有最棒公狗的人帶狗去讓母狗懷孕。這就叫配種金。
「哇。哇。等等。你是說我，身為從古至今最棒的獵犬，可以收錢上母狗？」
不，收錢的是我。但那不重要，因為我們不會這麼做。
「不會嗎？」
絕對不會。我在道德上不認同此事。
「喔。此事還牽扯到道德？有一整門學問都是奠基在研究交配的道德上？」
對。再說，你還得考慮歐拉。
「那倒是眞的！」我話一說出口，立刻發現此事只有部分為眞。狗不像大部分人類那樣奉行一夫一妻制。我們不會結婚，甚至不會考慮投入感情，這導致我認為很多人類的戲劇都很可笑。但歐拉是世界上唯一能和我交談的獵犬，這讓她十分特別，而我認為在她懷孕期間去上別的獵鹿犬或大丹狗會很失禮。「我接下來十年或百年或幾秒鐘得謹記這一點！我只是很驚訝世界上竟然會有這種事。」
「你怎麼聽說其他綁架案的？」阿提克斯問。
「喔，我們有布告欄。」崔西說。「或線上討論區，隨便你怎麼叫。這附近所有參加比賽的狗主人或訓練師都會上那個討論區。」

「啊，懂了。或許那就是你們被盯上的原因？」

崔西和厄尼斯對看一眼，眼睛微微睜大，在人類而言就表示他們感到驚訝，或是褲子底下發生了什麼事。

「有可能。」厄尼斯承認。

「但對方怎麼知道誰有冠軍犬？」阿提克斯問。

厄尼斯閉上雙眼——不，他用力瞇起雙眼，微微張嘴露出牙齒。阿提克斯說那叫作吃痛。如今回想起來，那也可以表示厄尼斯的褲子裡發生了些事，但那也可能表示他腦中正在發表「喔天呀我真是個白痴」的演說。

「我們名字旁有星星。還在自我介紹標明這一點，全都有標。那是自豪的表現。我們很自傲。」

「狗屎。」崔西說。「他們很可能就是這樣找上我們的。我該拿掉我的星星，重寫自介。」

「但果真如此，崔西，妳知道那代表什麼意思？」厄尼斯說。「犯案的是我們的一員。我是指訓練師。獵犬的專家。」

「狗屎，狗屎，狗屎，」她說。「我現在就去更改資料。抱歉。」她迅速看了阿提克斯一眼。「很高興認識你，康納。或許改天再見。」接著她去找她的獵犬，叫道：「莉西！達西先生！」阿提克斯發出饒富興味的聲音。

「什麼這麼好笑？」

那些名字出自珍・奧斯汀的《傲慢與偏見》。

「喔！你是說那部有愛爾蘭獵狼犬和班奈特家住在一起的電影？」

對，綺拉・奈特利版。但書是先出來的。我喜歡用文學名著角色幫狗取名的人。

「就像我，對吧？你用莎士比亞劇作裡的角色幫我取名。」

沒錯。他轉向那個男人和拳師犬。

「你看那個布告欄有多少人，厄尼斯？」

「或許兩百個？我得去查查。我是說我一定會去查。我可以和警方分享這條線索。謝謝。」

「沒問題。你介意我問問——那兩百人裡，多少人擁有冠軍犬？」

「喔，最多五十個左右。」

「目標人數很多。綁架案可能還會繼續一陣子。」

「天呀，我想是。」

「聽著，」阿提克斯說，「我在尤金警局有個朋友，是警探。」

哈！他唬爛。阿提克斯和警方處不來。但厄尼斯不知道。

「眞的？」他問。「不會是卡拉漢警探吧？」

「對！」阿提克斯表情浮誇。「你怎麼……？」

「他負責傑克的案子。如果你能說他在幹的事情叫查案的話。他似乎一點也不感興趣。」

「好吧，或許我可以處理一下。你介意告訴我這個布告欄的網址嗎？再給我其他受害者的姓名？我現在只知道茱莉雅・加西亞和泰德・朗伯。」

那個網址我完全聽不懂，但我聽到柏令罕那隻法國牛頭犬的人類名叫黛萊拉・皮爾斯，而西爾斯波洛那隻亞爾粗㹴犬的人類名叫高登・派區。

「謝謝，」阿提克斯說。「假設我是剛剛偷走一隻，或五隻配種冠軍犬的混蛋。我要怎麼開始營利？我會在網路上還是報紙上刊登廣告？」

「喔，我一直在留心附近的配種廣告，相信我，」厄尼斯說。「目前什麼都沒有。」

「只有這附近？不是全國？」

「好吧，你要怎麼弄清楚哪隻是我的傑克？外面的配種貴賓犬數量很多。我得一隻一隻檢查才能確認哪隻是眞正的傑克，而那樣有點不切實際。」

「懂了。所以犯人很可能會把獵犬運送到其他地區，在別的地方把狗變成印鈔機。」

厄尼斯神色沮喪。「很有可能。他現在有可能在任何地方了。」

「好吧，我們知道該從哪裡查起。我們有五個特定品種，這讓我們有跡可尋。這年頭有太多資訊上線供人搜尋，我們或許能縮小範圍。而且你們的布告欄裡還有一堆可能的嫌犯。」

「我猜是有，呃？」

「抱持希望。我去找警探聊聊，看看能怎麼辦。」

「是喔？嘿，謝了，康納。」

「沒問題。」

他們交換電話號碼，握手，然後阿提克斯就道再見。我希望下次見面時，奧澤郎心情會好一點。但我瞭解他爲什麼不開心——我知道如果有人綁走歐拉，我也會很沮喪。最近她常常和關妮兒待在波蘭或其他地方，懷著我們的小狗，儘管她總是會回家來，她不在時我還是會很想她。可以和另一隻獵犬聊天玩耍實在太有趣了。我知道阿提克斯經常帶我來狗狗公園就是爲了要讓我不要一直想歐拉，享受與其他獵犬玩耍，但他並不會每天帶我來，大概一個禮拜只有一次。

「來吧，歐伯隆，」他說，走向我們轉移進來的羈絆樹。

「嘿，我們不會在他們面前轉移離開，是吧？」我問，跟在他後面走。

當然不會。我們要確定沒人在看。

「我們要去找傑克嗎？因爲我認爲我們該去。奧吉少了朋友很難過，我想厄尼斯也一樣。」

我本來想問你的意見。嚴格說來，那不關我們的事。

「胡說！只要發生不公不義的事就是我們的事！」

那會把世界上大部分事情都變成我們的事，歐伯隆。

「別拿『大部分』這種語意不清的數學詞彙來唬弄我！我們就知道這件不公不義的事：一隻冠軍貴賓犬被偷了——可以生更多貴賓犬的貴賓犬——除了他的人類沒人在乎！警方不採取行動，就變成我們的工作了！」

其實也不算我們的工作。

「好吧，歐拉和聰明女孩在波蘭，我們還能怎樣打發時間？我們不能當廢物，阿提克斯！我們有責任表現出像是剛剛看過自助標語的傢伙！我們得當我們想在世界上看見的那種改變！」

你引述的是聖雄甘地的話，不是哪個自助大師。

「隨便啦！你老是專注在細節上，都看不清楚大局，重點在於我們能幫的就要幫！」

好啦，我贊成。我只是要你知道或許得花點工夫。這種事不像電視演的那樣。你可能會無聊。

「才不會！我一直都想當偵探！」

是呀，我不只一次聽你這麼說過。但那向來都是看完電視的反應，而現實和電視不同，電視會把所有細節濃縮成一個小時。實驗室的結果不會幾分鐘內就送回來——雖然我們根本沒有實驗室。我們不能調閱警方報告，沒有裝備或任何法律上的權力。我們有可能什麼都查不出來。

「你是想要讓我沮喪嗎？我接收到很多負面情緒。」

不，我不是那個意思。我是想幫你調適期望。因爲不喜歡有人虐待獵犬，我很想查這件案子。

「什麼?!誰會去虐待貴賓犬？」

阿提克斯聳肩。有可能。人類有能力做出很多可怕的事。

「像是在食物上放芥末？」

對，還有比那個更可怕的事。不管現在是什麼情況，我敢說傑克和那些狗不像之前與主人在一起時那麼快樂。

「好了，這下我們非找出他們不可。非找不可！遊戲開始了，阿提克斯！」

第二章　有大薩拉米香腸的男人

我第一次在《新世紀福爾摩斯》裡聽見「遊戲開始了」這句話時，阿提克斯對我和他的大德魯伊歐文解釋這話並不表示遊戲就是一隻腳，我們兩個都認爲腳看起來不像遊戲【註】。

「你要怎麼拿天殺的腳去做遊戲？」大德魯伊抱怨道。「腳不就是站在原地長指甲而已嗎？還是說要在腳踢你的時候閃躲？」

阿提克斯說那是隱喻。如果遊戲的目的是要抓壞人，而遊戲又長腳了，那就表示開始移動，犯人要逃走了，我們如果想要抓到犯人就也得要展開行動。

「我們首先要做的就是去拜訪其他獵犬失主，對吧？」

對。所以我們得先回家。我得去查查他們的住址，然後展開行動。

我們抵達轉移用的羈絆樹前，阿提克斯環顧四周，確定沒人在看。當他雙手貼上羈絆樹的樹幹上，我用後腿站立，一爪放上樹幹，一爪放上他肩膀。他把我們轉移到提爾．納．諾格，與世界各地連在一起的妖精世界，然後轉回我們在威廉米特國家公園裡的新家，他在麥肯錫河畔羈絆了一棵樹。我們爬上通往後院露台的台階，然後進門。阿提克斯直接走向筆電，我直接跑去喝水。基於某種理由，他一直要求我喝碗裡的水，不要去喝河裡的水。他擔心河裡的細菌會讓我生病，但我會趁他沒在看時偷喝。河水超級清涼解渴，我也沒生病，所以不懂到底有什麼問題，但這回我依照程序辦事。當偵探時就是要依照程序辦事。除非你是電視上那種一意孤行的警察，但那通常表示你有藥物濫用問題和財務危機，還經常被停職處分。

補充完水分後，阿提克斯也快要查完地址了。他螢幕上顯示某種地圖，我其實看不太懂，但他很能吸收那類資訊，不必列印或寫下來，就像我也沒必要把想回憶的味道寫下來一樣。

「好了，」他大聲說道，只有我們兩個的時候他就喜歡這樣。「我知道要上哪兒去了。我們一如往常得跑一段路，但沒有眞的很遠。我們依照綁架順序拜訪。要記住他們都是狗主人，可能家裡還有狗。

他們對獵犬的要求很高，所以你要表現出最禮貌的模樣。不准上人家腳，或在別人家裡尿尿。」

「偉大的熊呀，阿提克斯，那些我早就知道了！」

「提醒一下不會怎樣。」

「但是聽起來很煩！讓我趁這個機會提醒你不要上受害者的腳或尿尿在他們身上。」

「收到。」

我們轉移到奧勒岡班德附近的長青樹林，阿提克斯說那在我們家東南方，氣溫只有稍微涼快一點。有隻松鼠對我們指指點點，通常我會停下來，背誦《以西結書》第二十五章第十七節，就像《黑色追緝令》裡的朱爾斯對布萊特所做的一樣。但我們在出任務，我沒時間演出完整朱爾斯的橋段。班德聞起來像是麵包和爛蔬菜，所以感謝所有香味之神讓某人在這邊做麵包。我路過很多消防栓和燈柱，完全沒有停下腳步，因爲那不在我們的任務範圍。我打定主意要當有效率的獵犬偵探，因爲那隻貴賓犬需要我們幫忙。

泰德．朗伯的家位於城鎮外圍，有很多土地，屋後還有座池塘。阿提克斯說這表示朗伯先生不是靠訓練布列塔尼長毛犬賺錢的。不過他肯定還有很多布列塔尼長毛犬——他們在我們抵達前門前就開始對我們叫。

朗伯先生前來應門，看起來像一團縐紋，皮膚和衣服都很縐。他打從上個世紀就不在乎洗衣服的事了。他看見阿提克斯後皺起眉頭，不過一看到我坐在旁邊，整個表情就變了，完全把我的德魯伊抛到腦

譯註：遊戲開始了（The game is afoot.）句子中的afoot（開始、進行中）字面上就是「一隻腳」（a foot）。

後。這種事常有，因爲我超帥。他露出明亮整齊的白牙微笑，阿提克斯教過我辨識假牙。

「這個，哈囉，」他的聲音沙啞、緊綳、蒼老。「請問你是？」

「他是歐伯隆。」阿提克斯說，然後補充自己的名字，但朗伯先生完全不理他。

「哈囉，歐伯隆！你是隻了不起的獵狼犬。我沒印象在附近任何比賽中見過你。」

「他不參加比賽，只是受過良好的訓練。」阿提克斯說，我搖尾巴，身體其他部分都沒動。

「去。太浪費了。」朗伯先生回道，目光始終保持在我身上。「這種獵犬可以贏得很多比賽。我想你不是來找訓狗師的？我已經半退休了，但我願意爲了歐伯隆這樣的獵犬復出。」

「我們是爲了你被綁架的那條冠軍犬來的。」

「呃？」他終於移開目光。「你怎麼知道的？」

「我們在尤金遇上厄尼斯．高金斯—史密斯。他的貴賓犬——傑克——本週稍早也被綁架了。」

「有這種事？我沒聽說。太遺憾了。」他努力回想阿提克斯的名字，臉上的縐紋扭曲變形。「你說你叫什麼？」

「康納．莫洛伊。業餘調查員。警方不太管這件事，所以我盡力而爲。介意我問問你的布列塔尼長毛犬出了什麼事嗎？」

泰德．朗伯聳肩：「當然，我可以告訴你。花不了多久時間。歐伯隆和其他狗相處得好嗎？」

「沒問題。」

他揮手請我們進屋。「那就進來，到後院去。」

他的房子昏暗，有皮革、蒙塵書和乾薩拉米香腸的味道。不是傳統熱那亞口味那種，是來自義大利馬凱區的蕭什科洛薩拉米香腸。如果他和他的狗分享那種香腸，我就會把他歸類爲最棒的人類之一。

他帶我們走過幾間房間和廚房，來到一扇玻璃滑門前，我看見並聽見好幾隻興奮的獵犬。他們全都在叫和搖尾巴，朗伯先生透過玻璃門下達幾個命令，他們就安靜下來。他們受過很好的訓練。

去和他們玩，歐伯隆。阿提克斯在我們隨朗伯先生走出平台時私下說道。我們談完我再和你說。

一共有四隻布列塔尼長毛犬在搖尾巴，全都有著棕色斑點的白毛皮和垂耳朵，看起來超可愛又心急，我一出門就衝向右邊通往下方大草坪的樓梯，身後傳來他們指甲刮過木板跟來的聲響。我一抵達草坪，立刻和他們展開追逐。我們先跑過一片舒服的狗牙根草，然後是池塘邊的雜亂灌木草，當時再也沒有比圍著池塘追逐聽起來更棒的事了。我好好伸展四肢——我的腳比任何長毛犬都長——挑釁朗伯先生的獵狼犬來追我。他們沒有勝算，因爲愛爾蘭獵狼犬是專門配種來獵鹿和狼的。我們速度快，體力也很瘋狂。

「哈哈！看他們跑得多快！」朗伯先生在他的獵狼犬邊叫邊追我時叫道。我心想他們的環境不錯。很多奔跑空間，很多東西可以聞，偶爾還有小鳥可以嚇。因爲池塘後面還有樹林，附近說不定還會有鹿或駝鹿路過，再過去就看不見了。朗伯先生的土地要嘛就是很大，不然就是直通森林。我懷疑他的獵犬怎麼會在有這麼多夥伴的情況下失竊。這些狗全都中鏢了嗎？還是吃了圍欄外丟進來的肉，全被迷昏了？人類有時候喜歡利用我們的食慾。阿提克斯曾阻止我吃過一塊毒牛排。

當我抵達池塘對面時，我停下來，轉身，友善地叫了兩聲，等長毛犬跟上。我們和彼此的屁股介紹我們的鼻子，確認我們都是有好肉吃的親切狗狗，感謝我們的人類。我希望我能像阿提克斯問朗伯先生一樣問他們問題，但除了幾個訓練用的命令外，他們認識的字不多，而且如果中了麻醉鏢，那他們知道的就不會比奧吉多。我們玩耍輕咬了一段時間，然後阿提克斯就叫我回去。

「歐伯隆！我們走！」他喊道。我開跑，長毛犬緊跟在後。

「查出什麼線索了嗎？」我在接近露台時問道，他透過我們的心靈連結回應。

獵犬名叫尤里西斯。他的項圈和其他狗不同，所以很容易認。他們吃了些下藥的點心，泰德說動手的人肯定很懂狗，搞不好還懂獸醫的知識。小偷是布告欄社群的人的推測說不定沒錯。

「所以他們沒中麻醉鏢？」

沒。厄尼斯可能不知道此事，也可能忘記告訴我們。

「朗伯先生有懷疑是誰幹的嗎？」

可惜沒有。他沒有很常在論壇發言，也不知道誰會盯上他。

當朗伯先生問我要不要來片蕭什科洛香腸時，我就打定主意要盡力找回尤里西斯。想想看如果找回他的話，他會給我多大根的薩拉米香腸！

我們全都衝入廚房，朗伯先生拿出了根可愛的薩拉米香腸和砧板。布列塔尼長毛犬都知道要幹嘛，他們在他身邊坐成一圈搖尾巴。蕭什科洛不是乾硬的薩拉米香腸，比較軟，拿掉腸衣後可以撒在餅乾或麵包上。而且是會在嘴裡融化的美味——倒不是說有肉可以在我嘴裡待到有時間融化！他切了五大片香腸，幫我們除掉腸衣，輪流丟給每隻狗吃。喔，苦難的貓呀，我真的很愛當偵探！

第三章　重大（不是充滿軟骨的）發現【註】

我們接著前往塔科瑪拜訪養義大利灰獵犬的茱莉雅・加西亞。我忽略沿路許多有趣的樹和消防栓，結果卻發現她不在家。

「噢，討厭！」

說了不會那麼容易的。

「好吧，下一個是誰？我們該繼續追查。即使他們還不知情，但尤里西斯和傑克都靠我們了。」

黛萊拉・皮爾斯，住在一個叫作柏令罕的地方。她的冠軍犬是法國牛頭犬。

結果柏令罕是加拿大邊界南方的一座小鎮。阿提克斯把我們轉移到帕頓湖外圍空氣清新的森林裡。我們到時雨剛停，地面潮濕鬆軟。黛萊拉住在附近布洛街的大古屋裡，屋子側面爬滿藤蔓。

她的孩子——一個男孩、一個女孩——在阿提克斯保證我很友善後立刻就把我圍住。他們聞起來像是棉花糖和臭乳酪，不過黛萊拉不想讓我進屋——不光因爲我身上髒，還因爲她屋裡有兩隻法國牛頭犬在叫，於是決定我們最好在前廊談。她請男孩進屋拿點飲料，然後我們全都坐下，我負責讓女孩摸，阿提克斯則與黛萊拉交談。他不停微笑，釋放魅力，告訴她泰德和厄尼斯的情況，還有他努力調查失蹤獵犬的事。

「你是警方人員嗎？」

編註：重大（grisly）音近軟骨（gristly）。

「我是私家偵探。」阿提克斯說了個比大理石地板還狡猾的謊言。「厄尼斯雇用我的。」

阿提克斯查出她所有法國牛頭犬都和班德泰德・朗伯的狗一樣遭人下藥而昏睡，而我認爲這很有趣。爲什麼厄尼斯的拳師狗是用麻醉鏢呢？會不會有兩個犯人，還是同一個犯人，只是開始升級犯罪手法了？不過那或許是個錯誤。鏢槍肯定可以追查，不是嗎，還有能夠那樣注射的鎮定劑？我很肯定你不能跑去超級市場購買液態動物鎮定劑。你得去找獸醫。但我得問問阿提克斯才能確認這些事。我認爲追查下藥的點心難度高多了，因爲證據名符其實地變成了屎。

之後我就沒聽清楚他們在說什麼，因爲男孩回來了，幫大人拿了罐裝蘇打，問阿提克斯能不能餵我吃東西，然後拿了一包點心過來。那是花生醬炸彈，兩個小孩在我舔那個黏黏的東西時笑得人仰馬翻。花生醬是種讓人不爽的食物。沒辦法拒絕，但又超級不容易吃。

阿提克斯把問題轉向狗狗訓練師的論壇上，問她有沒有經常貼文，我跳過了幾個問題，不過聽見他問：「有沒有人突然停止貼文？」而這個問題聽起來很有趣。黛萊拉的答案肯定有趣。

「這個，有啊。」她說，「事實上，我有點擔心。我有個住在波特蘭的朋友，她養波士頓㹴犬——那種狗和法國牛頭犬很像，所以我們常常會在比賽上碰面。她幾乎每天都會貼文，但最近兩天沒有，我幾小時前有傳訊給她，她還沒回。我知道有很多合理的解釋——她在遊艇上、手機掉了，或很多其他可能——但她年紀有點大，你知道，而且獨居，所以我會擔心。」

「她叫什麼名字？」

「薇樂蒂・布恩—蘇克利夫。很有魅力的英國女士，還會在下午喝茶。」

「她有波士頓㹴犬冠軍犬？」

「對。很凶猛的小傢伙。」

「她有養其他狗嗎？」

「沒，就一隻狗。」

「和妳——還有泰德、茱莉雅和厄尼斯——一樣，她在論壇公開狗狗的資訊？」

「對，她有。」她伸手摀住嘴巴。「喔，你這下讓我非常擔心了。」

「好了，我會經過那裡，因為我們下一站是西爾斯波洛——高登．派區的亞爾粗㹴犬，妳知道。或許我可以去敲敲她家的門，確保她沒事？」

「如果你這麼做，可以通知我嗎？」

「當然。妳有她的地址嗎？」

我們沒多久就離開了，我在往帕頓湖跑回去時還在努力擺脫嘴裡的花生醬味。阿提克斯左顧右盼，確認附近沒人，然後大聲和我說話。

「歐伯隆，我覺得事情發生的時間對不太上，所以我們來討論一下。」

「好。我們在講線性時間軸，還是立體混沌亂七八糟的大球【註】？」

「線性時間。從第一起綁架案開始，每起綁架案都相隔四到六天。傑克是在約莫一週前被綁走的，對吧？」

「如果你這麼說的話。我以為是一個月，也就是七天前。」

譯註：立體混沌亂七八糟的大球（a big ball of Wibbly-wobbly timey-wimey stuff），第十任神祕博士曾如此解釋時間。

「不對，那是一週。」

「好啦！好啦。我只是在試探你。」

「黛萊拉說，已經兩天沒薇樂蒂的消息了。薇樂蒂有波士頓㹴犬冠軍犬。而兩天前是傑克被綁架後的五天。」

「喔！所以你認爲她可能是下一個受害者？」

「有可能。我想我們該先去找她，就像我剛剛說的，而不是先去找西爾斯波洛的亞爾粗㹴犬。」

「我沒問題。波特蘭在哪裡？」

「西爾斯波洛附近，事實上，在奧勒岡。喜歡的話，那裡有家店有賣楓糖培根甜甜圈。」

「聽起來比花生醬好。但，呃，或許不要那麼甜的東西。我想要有肉醬的東西。」

我們轉移離開柏令罕，來到波特蘭的半島公園，那裡有個特色就是玫瑰特別多。我們出現在一棵根部有著樹瘤、長滿青苔的老椴樹旁，附近有座露天音樂台，前方一側是大片草地和玫瑰花園，另一側則是噴泉。噴泉位於淺池中央，裡面有小孩子開心戲水。看起來很有趣，我很想過去玩一玩，或許看看樹叢裡有沒有兔子，但阿提克斯說就算我不會嚇壞小孩，也會嚇壞那些父母，因爲我應該要繫牽繩才對。

「但我是友善的獵狼犬，阿提克斯。而且還很帥。」

他們不會一眼就看出來。

「至少讓我聞點東西。你在趕什麼？」

你到底想不想找被綁架的獵犬？

「喔，想呀！感謝你提醒我！我們走。」

有時候突然有機會玩耍時，我就會忘記原先要做的事。阿提克斯說那表示我很古怪【註】，這話傷了我的心。我不認爲那個字是他想的意思。我可一點也不像松鼠。

阿提克斯說我們得在城裡走一段路才能抵達黛萊拉．皮爾斯給的薇樂蒂．布恩—蘇克利夫家，而他反正也想買杯咖啡，於是我們沿著阿爾賓納街走了一陣子，然後左轉上艾伯塔街，阿提克斯說這條街通往他的咖啡和我的肉派。

「什麼樣的肉派？」

你會知道的。等我們抵達東北十八街，那裡有家店叫隨機點餐派吧。那裡大部分是甜派，但我猜你會喜歡有肉醬的鹹派。對面有賣好喝的白咖啡。

我嗤之以鼻。我聽說過所謂的白咖啡。「但是沒有你在澳洲或紐西蘭喝的好喝，對吧？」

對。阿提克斯喜歡給自己來點烹飪任務。隨時都在尋找可以和澳洲媲美的白咖啡，或是和日本媲美的拉麵，如果在國外，他就會去找可以在美國吃到的玉米卷或烤肉。

我想到一個很爛的雙關語，不過雙關語往往能幫我多弄些點心，所以對阿提克斯說：「嘿，如果你能從任何哺乳類動物身上擠出奶，而澳洲鴨嘴獸又會餵奶，是不是表示你可以弄到鴨嘴白咖啡？」

他嘟噥一聲，承諾晚點會幫我多弄條香腸。成功！

派吧裡有已經做好的雞肉派，搭配的肉醬十分完美——好吃到足以掩飾派裡的蔬菜！而阿提克斯很喜歡幫他煮白咖啡的「正統野生放養有機優格文青」。該服務生留著油亮的鬍鬚、戴粗框黑眼鏡、穿絨

譯註：古怪（squirrelly）這個字和松鼠（squirrel）很像。

布襯衫、緊身牛仔褲等文青打扮——搞不好還有藝術學位，阿提克斯說。我喜歡他這麼做——趁我們吃飯的時候把他注意到的事情大聲說出口，或在我腦中說。我會在吃好料的同時學習，我知道他是故意這麼做的，讓我能把學習和食物聯想在一起，但我不在乎。這是我們的默契，而且又好玩。吃完後我會留意到不僅限於氣味的細節，這在試圖解決邪惡案件時或許是好事。

經過肉醬和咖啡的加持，加上已經喜歡上這座城市，我們繼續沿著東北十八街往南朝厄文頓前進。這裡的建築很不一樣，和亞歷桑納的房子大不相同，那裡整個社區都是差不多的房子，只有些微不同，而不同處多半在於前院用來尿尿的植物上。這些波特蘭的房子都是一萬九千世紀前建造的，我想，因爲阿提克斯說它們建於一九〇〇年到一〇年。他說那些大多是工匠的家，建成之後又陸續添加有趣的裝飾和附屬建築。這裡有些成熟的樹聳立在房子旁，用大走道圍起來，還有不少用用水泥或石牆圍住的架高草皮，牆上爬滿青苔，有些甚至長到通往房子本身的台階上。這裡十分潮濕，阿提克斯解釋，感覺也確實好像快要下雨了。從他們整齊清潔的草皮來看，這些房子的主人肯定很自豪。他們允許青苔長在圍牆外緣，但卻無法忍受雜亂的草地。或許他們組織十分嚴格的屋主協會，就像有一集《X檔案》演的那樣，只要違反契約條件限制就會被丟去餵怪物。

我們左轉走提拉暮街——我會注意到這個街名是因爲阿提克斯會買這個牌子的乳酪——然後右轉上東北二十四街。「好了，歐伯隆。」阿提克斯說著，停在兩層樓高的淡藍色房子前面，房外有白色木板，代表我說不出名字的建築風格。我猜，那些東西對人類而言具有裝飾功能，能夠吸引目光。其中兩扇窗戶的玻璃看起來很奇怪，我問阿提克斯那是怎麼回事。

「那是鉛玻璃。用你看不見的色彩染色。有點傲慢輕浮、裝腔作勢。好了，植物問答時間。你應該知道所有答案。如果全都答對，獎品是烤臘腸。沒有芥末，就是你喜歡的那種。來。」

阿提克斯最近在教我植物名稱，不讓我直接對著它們尿尿。我不確定原因——我有一次大聲宣稱我尿在夾竹桃上，以爲他會稱讚我，但他說我沒必要分享這個。

「好吧，呃，前面這片樹籬是黃楊。裡面有時候會有刺蝟和蜥蜴。」

「很好。前廊外花床裡的大傢伙呢？」

「呃，那是……羅杜——杜杜——齒列？」

「杜鵑。你說得算近，可以算對。臘腸還是你的。那些莖很長，花大得像爆炸，有點像薰衣草棉花棒的是什麼？」

「水合！」我話一出口，立刻知道說錯了。阿提克斯搖頭，我耳朵低垂。

「第一部分說對了。你要再答，還是晚餐要吃狗食？」

「這個，要，我要再答一次！事關烤肉！好吧。第一部分說對了。九頭蛇。九頭蛇萬歲！但是結尾不同。喔！我想起來了！繡球花【註】！」

阿提克斯搔我耳朵後方，微笑道：「答對了，聰明獵狼犬。今晚吃烤臘腸。好了，現在是鼻子時間。我要你先到門口，盡可能聞味道，如果有不對勁的地方，或許我們之後可以找出符合那些味道的東西。我們可不想直接走進去污染證據。」

譯註：水合（Hydration）的字頭Hydra是希臘神話中的九頭蛇，而九頭蛇也是漫威宇宙裡的邪惡組織名稱，同時也與繡球花（Hydrangea）很像。

「懂了。收集證物、加以分類，等我們像夏洛克・福爾摩斯那樣抽很多菸後，就可以突然頓悟，那有個德國字叫什麼來著？」

「我想你要說的是『完形』。」

「對啦！記得那是德國字可以多吃一塊點心嗎？」

「如果能偵破案子，我們就別管點心，直接吃沙朗牛排吧。花點時間分門別類，或許很重要。」

沙朗牛排，複數，是全世界最強而有力的動機。它能提供我清晰的思緒和決心。我其實算不上是味覺犬，打獵時比較仰賴視覺，但那並不表示我無法辨別牛肉三明治和烤牛肉的差別。於是我把鼻子伸到狹窄的水泥走道上，慢慢走向前廊台階，隨即聽見屋內傳來狗叫——肯定就是那隻波士頓㹴犬。

「喔，這可鬆了口氣。」阿提克斯說。「如果波士頓在家，那他顯然沒被綁架。」

「所以她可能沒事？」

「對，但我們還是上前敲門確定一下，順便告訴她黛萊拉在擔心。」

他路過我身邊，不再擔心污染氣味之類的事，輕輕敲了敲門，裡面的波士頓㹴犬大叫特叫。

「布恩—蘇克利夫太太？」阿提克斯喊道。「我只是來看看妳好不好。妳不用開門。華盛頓的黛萊拉．皮爾斯在擔心妳，請告訴我妳沒事，我就會離開。或許打個電話給她。」

波士頓㹴犬繼續叫，沒人要他閉嘴。沒有沉悶的嗓音說要來應門。阿提克斯又敲門。裡面的狗繼續叫，但是沒有人聲。我努力思索不具傷害性的解釋。

「或許她在沖澡。或出門買東西。或是在樓上的廁所，拿本大書，正看到緊張的部分，你知道，就像你偶爾拿起恐怖小說就消失一個小時，我都不知道你去哪裡了，最後你才從廁所出來，抱怨說腳都麻了什麼的？」

由於對方可能會來應門，阿提克斯切換到心靈溝通。嗯。有可能，老兄。但我只有更擔心，輕鬆不下來。你可以聞到門內有什麼不對勁的味道嗎？

我根本沒想過要去聞。我迎上前去，聞聞門把，然後是門下的防風條。有味道傳出來。狗味，當然，還有茶、培根，加上可能多到違法的肉桂蘋果肉菜雜匯。不過也有腐味。

「喔，偉大的熊呀，阿提克斯，你或許說對了。聞起來像有東西死在裡面。」

你確定？

「這個，我確定有東西死了，未必是那位老太太。可能是貓或薩斯科奇人，什麼都有可能。」

對，但奧卡姆的剃刀【註】說可能是老太太。

「誰的剃刀這麼說？等等，跳回去——剃刀會說話？」

他沒有回答我，而是左顧右盼，確認有沒有人在看。當時街上很寧靜，沒車路過，沒人慢跑，也沒有自行車。

我要在我們身上加持偽裝羈絆，進屋去看看情況。我要你待在房子附近，不要留下太多蹤跡。不要掉毛。這裡可能是犯罪現場。

「我怎麼能不掉毛？我又不能控制身上的毛。」

想點整齊的東西。不然「CSI：波特蘭」可能會查到我們頭上。

譯註：奧卡姆的剃刀（Ocam's Razor），簡約法則。

「我一集《CSI》都沒看過。好看嗎?」

不清楚。但每座城市都有犯罪現場調查組。事實上，現在想一想，我要花點時間把你和我的體毛都羈絆在身上。我們可不想留下任何證據。

阿提克斯施展幾個德魯伊羈絆術，唸誦現在幾乎沒人在用的古愛爾蘭語咒語，用超自然手法把東西羈絆在一起。他讓我的毛平貼在身上，他也一樣。然後他施展偽裝羈絆，大概就是把色素與周遭環境羈絆在一起，欺騙動物的眼睛，看見不同的色彩和輪廓。維持偽裝羈絆要大量能量，所以他不喜歡偽裝太久，再說他在我身上施展時都會有點癢。他打算把門栓羈絆到解鎖位置，金屬對金屬，但他驚訝地哼了一聲，說門鎖已經開了。鑰匙孔附近有刮痕。

好了，要進去了，他說。記住波士頓㹴犬會保護家園，一開始或許會不禮貌，所以有點耐心，撐到我讓他冷靜下來。

「我想我可以忍受波士頓㹴犬攻擊幾年，阿提克斯。」我說。「我肯定比他重三頭牛之類的。」

你是說一百二十磅左右。牛可不是重量單位。

「如果獵犬掌權的話就是。」

小心不要被咬，好嗎?波士頓㹴犬下頷和頸部都很有力，要是被他咬到可不容易脫身。

「好，我會小心。」

阿提克斯開門前先暫停片刻，再度掃視街上，等一輛車開過，以免車上的人看見門自動打開又關上。車開過去之後，他叫我動作快，我們一起溜進門。阿提克斯等門關上立刻撤銷偽裝羈絆，而波士頓㹴犬已經蓄勢待發。他叫了一聲，張嘴撲向我的臉。我轉頭，抬腳，把他推開，結果他一口咬上地板。

他不受阻擾，爬起身，再度撲上，我又抬起另一腳把他甩開兩次。這給了阿提克斯時間製作羈絆，讓他冷靜下來。我無法得知他透過心靈連結說些什麼，但他也大聲說出了口，因爲讓我知道情況還是有點幫助。

「嘿，嘿，沒事。我們是來確定薇樂蒂沒事的。我們不是來傷害你或她的。她還好嗎？薇樂蒂在哪？」他蹲下身去，全神貫注在小狗身上，而他看起來眞的像是那個品種的冠軍犬。明亮的黑毛皮，乳白色的腳掌，胸口是白毛，雙眼之間有白色條紋，在鼻子上分開左右，形成一般會流口水的英國牛頭犬或拳師狗欠缺的白色鬍鬚。

波士頓㹴犬坐下，耳朵往後，渾身顫抖。可憐的小傢伙！他很害怕。阿提克斯默默和他溝通片刻，比與我交談花得時間久，因爲這隻波士頓㹴犬可能只會「坐」、「不」、「誰是好狗狗」之類的單字和片語。阿提克斯得用畫面和情緒與他溝通。

「他說他叫星巴克。」阿提克斯終於說。

「星巴克？他用《星際大爭霸》毒蛇戰機飛行員的名字【註】？」

「不，我敢說他是用皮廓德號大副的名字。星巴克咖啡連鎖店也是以同一個角色命名的。」

「哇、哇、哇。你讓我開了眼界。你是說《白鯨記》的星巴克？」

「就是他。他是亞哈船長的大副，基本上是整船唯一關心動物的人，認爲他們對鯨魚很殘忍。」

「有，我記得你對我提過他。阿提克斯，這絕不是巧合！這就和我的故事一樣，我在希臘對你說的

編註：歐伯隆在說《星際大爭霸》（*Battlestar Galactica*）中的主要角色Starbuck。

那個！」

「哪個故事？」

「我說的故事叫《被綁架的貴賓犬》，裡面有隻叫作伊許梅爾的威瑪獵犬在調查艾比．弗羅曼——芝加哥香腸大王【註】，而他最信賴的幫手就是名叫星巴克的波士頓㹴犬！」

「這個，這眞是……哇。」

「你想起來了？」

「對，想起來了。巧到有點詭異。」

「我是獵狼犬先知！艾比．弗羅曼肯定是幕後主使人！」

「不要妄加斷言。星巴克認爲薇樂蒂不太好。他說他又餓又渴，很久沒吃東西，水碗也乾了。」

「那可不妙。她在哪裡？」

阿提克斯站起身來，看過我們身處的房間，我猜應該是所謂的客廳或起居室，接著他看向隔壁房間，看起來像廚房。老培根的味道就是那裡來的，但腐臭味也是。刺鼻的肉桂蘋果肉菜雜匯，不幸的是，就放在廚房門邊的精美餐桌上。大雜匯放在一個華麗的玻璃碗裡，散發出超弱的人類嗅覺覺得很好聞的氣味。

「我去看看她，」阿提克斯說。「和星巴克待在這裡，拜託。交朋友。幫我向他的屁股問好。」

我搖尾巴，盡可能對星巴克表示友善，雖然他肯定認爲我的體型太大，不該進他家門。他終於被好奇心征服，對我試探性地聞了兩下，然後起身走到我身後。我讓他先聞，接著才輪到我。他聞起來確實有壓力沉重、緊張焦慮的味道，但顯然不是壞狗。而且他的小肚子發出飢腸轆轆的聲音。他需要盡快吃點點心，或許來個半頭牛會比較好。我希望我可以像和歐拉講話一樣與他交談，對他保證很快就有東西吃，但不幸的是，我辦不到。不過我一定會提醒阿提克斯說他很餓的，因爲我的德魯伊絕對不會讓他的獵犬餓成這樣。

可惡，阿提克斯在我腦中罵道。她死了，沒錯。而且不是自然死亡。

「你怎麼知道？」

因爲她左肩上有支麻醉鏢。

「她被麻醉鏢射死？」

不是直接致死。或許是鎮定劑引發心臟病或其他反應。不然就是她摔倒撞破了頭，但沒看到血。

「我可以進去看看嗎？我的毛還是黏在皮膚上。」

好，進廚房來。

我走進去，星巴克跟在後面，阿提克斯跪在地上，旁邊是薇樂蒂・布恩—蘇克利夫的屍體，她臉上散落稀疏的白髮，還戴了副歪歪的厚眼鏡。她身穿白色藍花連身裙，上半身有黑毛衣，沒扣釦子。沒有血，正如阿提克斯所說——我看不見也聞不到血——所以她至少沒有摔到流血。

她臉上有很多縐紋，但看得出來是出自笑容而非皺眉。她有點胖，人類年紀大到不再跑步或生了小孩後就會這樣，但算不上過重太多。就像阿提克斯說的，她左肩上插了支麻醉鏢。

編註：芝加哥香腸大王艾比・弗羅曼（Abe Froman, the Sausage King of Chicago）出自電影《蹺課天才》（*Ferris Bueller's Day Off*, 1986）。

「好了，所以我們這個淘氣的敵人跑來抓星巴克——或許自行開鎖——結果被薇樂蒂嚇到，然後砰！他射中她，而不是波士頓㹴犬。她摔倒，他沒抓狗就逃跑，因爲，呃……好吧，我不知道。既然她不會妨礙他了，他爲什麼不帶狗走？」

阿提克斯聳肩說道：「或許他只有一支麻醉鏢。或許星巴克攻擊他。或許他就這麼跑了，因爲他知道他殺了她。我想他沒料到薇樂蒂醒著，在屋裡走來走去。但我認爲你猜得沒錯，此事是獵犬綁匪幹的。一般小偷不會帶麻醉槍闖入別人家，而房裡看起來沒丟東西，甚至沒人搜過。不，他們是來抓星巴克的，但薇樂蒂中鏢，她的老心臟承受不起。我不認爲他們打算殺她，但她畢竟還是死了。」

「所以我們該怎麼做？」

阿提克斯嘆氣。「這是個問題。我們眞的該打電話報警，讓他們處理此事。但如果這麼做會給我們招惹不少麻煩。」

「你就不能匿名報案嗎？」

「可以，但星巴克要怎麼辦？」

「這個，我們帶他走，餵他吃東西，當然。不然先餵他，這樣比較好，然後再帶他走。」

「我們可以現在就餵他——我去找點東西吃。但如果帶他走，我們就會變成綁匪。」

「但我們又不是要拿他賺上狗金！」

「配種金。」

「管它叫什麼。我們只想要他當個隨時有東西吃的快樂狗狗。」

「警方不會這樣看。我們闖入這裡，如果帶星巴克走，卻不報案，我們就犯了罪。」

「我們沒有闖入。門本來就是開的。」

「喔——嘿，這樣說沒錯。」阿提克斯爬起身來，開始打開廚房的櫃門。他在一個櫃子裡找到一盒狗點心，朝我和星巴克各丟了一塊。櫃子裡還有一小袋高級配方飼料，他幫星巴克倒了一碗，然後也幫他裝滿水碗。波士頓犬先喝水，然後開始吃飼料。我看到飼料就害怕，接著想起阿提克斯說晚點有烤臘腸吃。在暫時滿足星巴克的需求後，阿提克斯再度回到該怎麼做的問題上。

「我認爲我們該報警，然後問他們我們可不可以在薇樂蒂的家人出面前暫時收養星巴克。問題在於時間線。」

「現在還是線性時間？」

「對。聽著，我們今天早上才見過厄尼斯・高金斯—史密斯和奧澤郎。然後又去班德找泰德・朗伯和柏令罕找黛萊拉・皮爾斯，最後抵達波特蘭。」

「所以呢？」

「照理說我們一天之內不可能跑這麼多地方。特別是在北華盛頓和黛萊拉・皮爾斯分開後一小時內就跑來波特蘭發現薇樂蒂・布恩—蘇克利夫的屍體。」

「一小時是多久？」

「六十分鐘？」

「聽起來像很多分鐘。」

「不夠多，相信我。還得考慮該怎麼向警方解釋我的身分、工作、爲什麼要涉入此事等問題。」

「這個，如果你要看起來夠正式，何不給他們一張名片？就說你是私家偵探？」

「當私家偵探需要執照。他們一查就知道我在說謊。」

「那就自稱是顧問。收費提供知識的人不是都自稱是顧問嗎？」

阿提克斯點頭。「這主意不錯。當顧問不必執照。不過他們會問我是什麼顧問，或許我可以自稱動物保護人員或之類的。如果我現在去印名片，在時間上也比較好解釋。我可以編個故事，印一兩張名片，然後回來報警。她多死一個小時也不會有差。」

「非常好，德魯伊。就這麼辦。」

阿提克斯在屋子裡搜索，找出幾樣有用的東西。牆上有張裱框的冠軍犬證書，提供了我們的新波士頓㹴犬朋友的全名：「來自南土克特的星巴克，薇樂蒂的狗。」這顯然證實了阿提克斯說他的名字是取自《白鯨記》角色，而非毒蛇戰機飛行員的看法。而且他還找到掛在走廊上的背帶和牽繩，綁在我和星巴克身上，讓我們可以離開屋子，編個故事準備報警。

我們經常幹這種事，所以我已經習慣了。阿提克斯不能向一般人吐實，說他是個五億歲的老頭或之類的，而且他是德魯伊，能夠透過與蓋亞——所有世界的心臟——羈絆的樹根網路轉移世界。他爲了讓我瞭解說實話會有什麼後果，特別放了《魔鬼終結者二》給我看。

「看到了吧，歐伯隆？」他說。「如果我告訴別人我的眞實身分，就會淪落到莎拉．康納那種下場。被綁在床上，注射各式各樣化學藥物，還被莫名其妙的人舔臉。之後就是一大堆爆炸和財物損毀，因爲非自願被舔臉就是會讓人想要把全世界燒光。所以我非說謊不可。」

我們一起往南跑，抵達百老匯街，滿是車輛和公司的街道，與厄文頓寧靜的感覺完全不搭。阿提克斯先買了支拋棄式手機和些通話時間。接著他找到一間印刷店，把我和星巴克綁在外面，跑進去印了幾張假名片，把新的電話號碼印上去，同時給手機充電。他只進去了十個月左右，我和星巴克在店外享受往來行人的關注。

名片入手後，阿提克斯和我們一起跑回那棟房子，然後用新電話報警——他之前的手機還在，不過拔了電池藏起來。他進屋去幫我們拿了些點心，然後我們一起在前廊等。

他向第一個趕來現場的警察解釋他是受朋友——黛萊拉．皮爾斯所託來看薇樂蒂的，結果發現門沒關，屍體就那樣躺在廚房。他小心沒有觸碰屍體或其他東西，只有餵狗，給他套上牽繩在外面等。

警察讓我們待在前廊，等警探抵達，然後阿提克斯又把事發經過說了一遍。警探對他亮亮警徽，穿著黑皮靴踏上台階，目光飄過我身上，懷疑我會不會造成威脅。她擁有一頭黑色長髮，嘴唇顏色也很深，不過我不知道那算是紅色，還是眞的黑色。大概是紅色的，因爲我認爲黑口紅是愛貓人才會擦的口紅，雖然我有可能記錯。她的膚色和阿提克斯相比有點深，身上沒有熱胡椒醬的味道，這對人類來說並不算糟。我聞過更難聞的味道。

「蓋布瑞拉．伊巴拉警探，波特蘭警局。」她說。「是你報警的嗎？」

「是。」阿提克斯說。「康納．莫洛伊。」

「我可以問你幾個問題嗎，康納？」

「當然。」

她翻開一本小筆記簿，壓開一支筆。「你怎麼認識被害人呢？」

「我不認識。有個她在華盛頓的朋友黛萊拉．皮爾斯請我來看看她。她兩天沒聽說她的消息，覺得有點擔心。」

「你是怎麼進屋的？」

「門沒關。敲門沒人應，只有狗在叫，所以我就探頭進去。狗叫聲聽起來很緊繃。」

「狗叫聲聽起來緊繃？」

「對。我是訓練師兼調查員。」

「什麼樣的調查員？」

「我可以給妳名片嗎？」他拿出剛剛印好的名片，用兩根手指夾起來交給她。她接過名片，閱讀內容。「上面說你是訓狗師兼動物權利代言人。」

「沒錯。我正在調查太平洋西北地區一連串綁架案。」

「狗綁架？」

「對。我擔心這些動物遭受虐待。黛萊拉・皮爾斯、屋裡的薇樂蒂・布恩—蘇克利夫，還有其他同一個區域網路論壇上的專業訓練師，他們的美國養犬俱樂部冠軍犬都在過去幾個月內失竊。上週，尤金有個男人的拳師犬被布恩—蘇克利夫太太身上的那種麻醉鏢射中過。」

「拳師犬被綁架了？」

「沒，他不是冠軍犬。不過他家的標準貴賓犬是，而那隻貴賓犬被帶走了。」

阿提克斯和警探講解情況，而當她開始專注在每件事的發生時間上時，他開始含糊應對。「我不確定確實時間。」他說，然後就說些「稍早」或「一陣子前」之類的說法。她不太喜歡這種情況，但至少她有一堆名字和網路論壇可以調查。還有明確的動機——有些人類利用讓狗狗忙碌賺錢。

「謝謝。」她在他回答完問題後說，又看了看他的名片。「如果要找你，可以打這個電話？」

「可以。走前還有一個問題。星巴克可以先和我待在一起，直到布恩—蘇克利夫太太的家人出面收養他嗎？我希望他不要繼續承受壓力，而他與我的獵狼犬相處愉快。」

伊巴拉警探看看我，又看看坐在我身邊的星巴克，他舌頭開心地垂出來。「當然，我看不出有何不可。」她說，然後也遞出自己的卡片。「我會保持聯絡，如果有想到新線索，歡迎打電話給我。」

「會的。」

警方讓我們離開，阿提克斯再度帶我們往南，前往繁忙的百老匯街。

「我們沒有要回公園，轉移離開這裡嗎？」我問他。

「不行。我和星巴克沒有熟到能夠轉移他。如果他因爲我的疏失而失去某些個性或記憶，我會很難過。認識他應該花不了多少時間，但我還不夠熟悉他，所以我們得慢慢回家。我們得租輛車。」

「我希望你是要租超大休旅車。大部分的車我都擠不太下。」

「或許租輛中型的。」

阿提克斯插回舊手機的電池，找到租車商，我們跑過去。因爲現在不趕時間，他讓我和星巴克在任何想聞或想尿的地方停下來。我們已完成了一天的調查，明天早上再繼續。

坐休旅車上路後，我和我的新朋友星巴克把頭伸出後車窗，舌頭隨風飄動，阿提克斯則用新電話打給厄尼斯．高金斯—史密斯，告訴他薇樂蒂的事。阿提克斯要他等著波特蘭的伊巴拉警探打電話給他，然後確保她知道尤金的加拉漢警探在負責此事。然後阿提克斯問說他和奧吉明天能不能找時間和我們在狗狗公園碰面。「我可能會有問題要問，或許奧吉和歐伯隆經過介紹後可以好好相處。我們可以盯著他們。」

厄尼斯說他會在家，因爲他是軟體工程師，在家裡工作，所以隨時都能和我們碰面。約好大概的碰面時間後，我們在尤金停下來休息，阿提克斯打電話給關妮兒。

「喔，很好，妳在家。」他說。「歐伯隆和我今天出門冒險。有個客人會在家裡住一陣子，他叫星巴克。」

從尤金回家要開六十哩左右，阿提克斯說，但由於道路崎嶇，車速不快，我們要開比較久，天黑後才終於到家。開車比轉移世界慢多了。星巴克和我一路上大多在後座睡覺，我想，所以到家時我們都準備好大玩特玩，我將小狗介紹給歐拉認識。

「聽著，歐拉，我有個小朋友！但是他不叫吉利根。他叫星巴克。」

「喔天呀！眞是個可愛的小傢伙！我就喜歡波士頓犬老是在流鼻水打噴嚏的模樣。哇，他有點興奮，是不是？」星巴克開心地在前廊對著歐拉原地繞圈，跳上跳下。她對他叫了兩聲，然後他們鼻子對屁股，打了個更完整的招呼。「他會說話了嗎？」

「還不會。他的人類訓練師有教過他幾個單字，但直到今天腦裡才出現德魯伊。不過阿提克斯說他很聰明。」

「他要和我們住嗎？」

「住一陣子。他的主人被別的人類殺了，所以我們在他的人類的家人來認領前，先當他的家人。」

「喔，太可憐了！他聞起像是最近心力交瘁的感覺。」

「對，不過沒什麼食物和玩耍不能解決的事，對吧？阿提克斯說過今晚要吃烤臘腸！」

「眞的？關妮兒也這麼說！」

「有時候我覺得他們純粹為了讓我們開心而計畫這些事。」

我們的德魯伊已經進屋，八成是在摟摟抱抱和講人類的事，希望會開始準備晚餐。他們要找我們時就會叫我們。在那之前，我們可以在附近奔跑玩耍。

「來看看他能跑多快！」歐拉說，接著我們就開始圍著房子跑，看星巴克跟不跟得上。短程可以——他是速度很快的小傢伙！但一圈過後，我們就拉開距離，因為星巴克的腳和肺都沒辦法撐多久。我們不希望他覺得被冷落，所以停下來跳來跳去、滾來滾去、打打鬧鬧。最後我們全都躺在河畔清涼柔軟的土地上，一邊喘氣一邊聽河水汩汩流過身邊。

「妳覺得怎麼樣？」我問歐拉。她才剛開始露出懷孕的徵兆。

「非常好！」她說。「但關妮兒說我很快就會變重變慢，可能在小狗出生前都不能和她一起轉移世界，所以我會比較常與你和阿提克斯一起待在這裡。還有星巴克，當然。」

「這個，嘿，我很高興！妳可以幫我們查案！」

「查什麼案？」

我把今天的事說給她聽，阿提克斯肯定也在告訴關妮兒，最後他們終於叫我們去吃烤臘腸。星巴克在我們以最快速度衝向後門時搞不清楚狀況，但他很樂意跟隨我們的腳步，看看我們在興奮什麼。我們穿越加大型狗狗門，然後才擔心星巴克過不過得來，但他沒問題。那扇門比他習慣的門大，但他有足夠的力氣推開，而且一點也不怕門。

「喔！阿提克斯，他好可愛！」聰明女孩看見他時說。「星巴克！過來！」

波士頓㹴犬立刻跑過去聞她的手指，她才拍他幾下，他就被新環境中其他的氣味引開。

「阿提克斯，你最好告訴他不要亂尿尿。」

已經在說了，老兄。

「很好。哇，臘腸可眞香。你該把規矩說給星巴克聽。」

什麼規矩？

「基本上就是絕對不要偷我的那條香腸。」

喔，對。香腸夠大家吃，不用爲了食物爭吵。別擔心。

那是個愉快的夜晚，因爲我們救了隻有麻煩的狗。星巴克吃了很多不是飼料的食物，我們也是，阿提克斯給大家都喝了某種德魯伊藥茶，解決狗狗偶爾會在吃太多高脂肉後遇到的問題。天亮後我們會醒來，繼續調查，或許想辦法找出傑克——被綁架的貴賓犬。當然，那是吃完早餐以後的事了。

第四章　立體混沌的時間是最棒的時間

我們的德魯伊黎明時起床，展開他們奇特的煮咖啡儀式。他們眞的花很多心思去弄那些熱苦水，而我無法想像他們的味覺究竟要多糟才會認爲那玩意兒好喝，但咖啡對我們獵狼犬而言永遠都會是屬於人類的難解之謎。不過如果煮咖啡有任何好處，肯定就是快要有東西吃的明確徵兆。阿提克斯幫我們弄了些豬肉香腸淋香腸醬，然後幫他和聰明女孩弄了兩份蔬菜歐姆蛋。

最近關妮兒面前總是會擺本維斯瓦華・辛波絲卡的波蘭文詩集。那是英文和波蘭文對照版，而她在背波蘭文版，藉以產生新的思考模式，方便轉移世界。但在早餐或天知道她會和我們一起吃哪一餐——她的時間完全亂了，因為她有很多時間待在波蘭，那裡時區與這裡不同——她常常會和我們分享幾句英文版譯文。

「聽聽這個，各位——出自辛波絲卡的《夢》，有點像是在講德魯伊之道，不過不是刻意的。特別是把飛行的部分當成轉移世界來看。我念譯文給你們聽：

我們——不似馬戲團特技員，
召喚師、巫師及催眠師——
羽翼未豐就能飛翔，
我們以雙眼照亮黑暗通道，
以未知的言語滔滔能辯，
不是對普通人說話，而是亡者。」

她說完後對阿提克斯微笑，他回應笑容。「很棒的作品，連譯文都很棒。」

確實很棒。我們兩個的德魯伊最近都很開心。關妮兒超愛學習這個新語言和詩，阿提克斯則很高興不必再給吸血鬼追了。他還有一大筆債要還給紫杉人傭兵，而他如今不是有錢人了，但他說有辦法解決此事。「我知道哪裡有黃金，」他解釋，「或至少我認識知道哪裡有黃金的元素。我只要一些時間布置妥當，就可以安安穩穩地弄出黃金，不給蓋亞增添一大堆新麻煩，但是在吸血鬼事件期間我擠不出那些時間。」他打算在南加州的沙漠裡宣告土地所有權，然後說他的黃金都是從那裡挖來的。等其他人類跑去附近挖礦後，他們不會造成多少傷害，因為那裡本來就是沙漠，再說他們什麼也挖不到，只會被自己的貪婪摧毀。那是他的長程計畫，他還有個與藏寶圖有關的短程計畫，但晚點再說。

關妮兒在波蘭的酒保工作當天休假，所以她打算在河邊慵懶一天，背辛波絲卡的詩，幫歐拉揉肚子。阿提克斯要開車載我和星巴克去尤金打擊犯罪。

我們才剛出門爬上租來的車，阿提克斯的新手機就響了。「喔，早安，伊巴拉警探，」他說。「有什麼我能效勞的？」

阿提克斯開啓擴音，讓我也聽見警探的聲音。「這個案子的時間點對不上，我希望你能幫我弄清楚。」她說。

「我很懷疑，因爲我不太注意時間——我沒戴錶，也不會一直看手機——但我盡力而爲。」

「太好了。朗伯先生、高金斯—史密斯先生和皮爾斯小姐都說是昨天第一次和你見面。」

「呃。眞有趣。」

「你還發現了布恩—蘇克利夫太太的遺體。」

「對。我記得。我們都在場。我們交換名片。」

「你怎麼可能一天之內出現在尤金、班德、伯令罕，最後還跑去波特蘭？」

「我認爲不可能。妳這問題是在拐我嗎？」

「不，我很認眞。你怎麼可能一天之內造訪這麼多人？」

「我想我沒有。」

「所以你是什麼時候造訪他們的？」

「就是一系列有可能辦到的時間，當然。我想他們其中有一、兩人弄錯看到我的時間。很抱歉我幫不上忙。我努力不去留意時間。那樣會有壓力，會往血液中釋放皮質醇，縮短壽命，導致皮膚粗糙和其他不好的效果。最好還是活在當下，不管是什麼時間。」

「現在幾點，莫洛伊先生？」

「妳想給我壓力嗎？現在是早餐和午餐之間。」

「我懂了。你當動物權利代言人多久了？」

「超過兩千年。」

「哼。」警探嘟噥一聲，彷彿阿提克斯在說笑。但我想他或許是在說實話。我向來搞不清楚時間，更常弄混單位——我和神祕博士一樣，寧願把時間當成「亂七八糟」——但我很肯定「千年」是比較長的時間單位。阿提克斯有時候會對人說實話，深信對方不會相信他，甚至會眞的相信他，而當他這麼做時，我們兩個都會覺得很好笑。伊巴拉繼續：「但是你給我的那張名片是昨天才印的。」

「眞的？妳怎麼知道？」

「因爲你這支電話是拋棄式電話，也是昨天才開通的。所以你不可能在昨天之前知道要在名片上印這組電話號碼。」

「哇，妳這警探超厲害的。」

「你還在做什麼，莫洛伊先生？我查不到多少你的資料，這點很令人懷疑。」

「持有拋棄式手機，就算持有好幾支，也不違法。」

「當然不違法。不過那是很多罪犯用來掩飾罪行和行蹤的手法。」

「同時也是守法公民爲了防止政府窺探隱私會採取的手段。」

「你現在在哪裡？」

「尤金鎮六十哩外的家中。」

「你在奧勒岡沒有登記車輛。」

「沒錯。」

「那你昨晚是怎麼跑去波特蘭的？」

「租車。需要車的時候我就會租車。大部分時間我不需要車。」

「啊，所以你肯定是在家工作。這又回到了一開始的問題，就是你沒有在我的轄區發現謀殺嫌犯的時候都在幹些什麼。」

「冥想、三種不同的瑜伽、種花種菜什麼的。很普通。」

「我是問你的生計為何？你怎麼有錢租車和買拋棄式手機。」

「那有什麼重要的？我偶爾接點訓練狗的案子。」

「因為你的說法前後矛盾，背景又很可疑。」

「很多這樣的人都能出任政府高官。我應該去參選總統的。」

電話那頭傳來沮喪的嘆氣聲。警探沒有對阿提克斯吼叫，只是冷靜地改變話題。「布恩—蘇克利夫遇害時，你人在哪裡？」

「我不知道。她何時遇害——等等，妳知道嗎？那不重要，因為不管她何時遇害，我都沒有拿麻醉槍去她家綁架她的狗。」

「我注意到狗在你那裡。」

「而我沒綁架他。我是在妳允許下帶走他的，也會依照承諾交還給任何布恩─蘇克利夫太太的家人。順便一提，他氣色好多了，壓力等級降低很多了。妳的呢？」

「越講越高。」

「那妳想晚點再談嗎？」

「不，我要你別再妨礙調查，對我說實話。」

「妳怎麼能說我妨礙調查？我發現屍體，給妳謀殺動機，還有一大堆妳可以輕易追查的嫌犯。」

「你是指區域訓狗師論壇？一點用處都沒有。要發文得加入會員，但是任何人都能上論壇看誰有冠軍犬。」

「但不是任何人都有能力製作狗迷藥，也不會知道朗伯先生還有四隻布列塔尼長毛犬，或皮爾斯小姐還有隻法國牛頭犬之類的。根據方法學，嫌犯顯然是早就認識飼主的訓狗師。」

「你是訓狗師。」

阿提克斯兩眼一翻。「對，但我之前不認識他們。我認識那些人都是過去幾天的事。或都是昨天的事，如果妳要相信這種不可能的事。」

「沒關係，但你牽扯進此事毫無道理可言。」

「我喜歡狗，不希望狗受傷。這可不是罕見的事。」

「但是爲了別人的狗而勞碌奔波很不實際，特別是如果沒人付錢給你的話，這樣講可不誇張。高金斯─史密斯先生有付錢請你調查嗎？」

「我眞希望有。我還沒寄帳單給他。」

「我和他談時，他說他沒有正式雇用你做任何事，但你告訴皮爾斯小姐說他有。」

「那無所謂，我們會談妥的。」

「你還告訴他說你認識尤金鎮的卡拉漢警探，但我去找過卡拉漢警探，他從未聽說過你。」

「好吧，當時他醉了。」

「卡拉漢警探已經滴酒不沾九年了。」

「大家都很爲他驕傲！啊，好吧，看來我只能再去向他自我介紹一次了。已經很久了，也不是他的錯。」

「你的意思是說你在他有喝酒的年代認識他的？當時你們不是小孩嗎？」

阿提克斯眼睛睜大，但我很肯定他褲子裡沒出事。我想那表示他被她抓到把柄而感到震驚。或至少看來如此。阿提克斯九年前或九天前或九世紀前絕不可能是小孩。我是說，他比鐵路還要老，比吸血鬼還老，甚至比凱斯．李察斯【註】還老！「我想嚴格來說，我是小孩，」他說，「但我很早熟。」

「你油嘴滑舌，莫洛伊先生。」

「或許。但我不是殺人凶手。妳追問我是浪費時間。」

「確認證詞和調查矛盾之處是這工作的一部分。它們通常都指向答案。完全不是浪費時間。」

「說得好。那我就讓妳回去找尋答案，除非妳還有其他問題。」

「如果你不能提供布恩—蘇克利夫女士遇害時的不在場證明，恐怕我就得把你列爲嫌犯。」

「妳還沒告訴我她是什麼時候死的。我很肯定是我發現屍體並打電話報警之前很久的事。」

「兩天前，午夜到凌晨三點之間。」

「我在家睡覺。」

「有人能證明嗎？」

「我睡覺前好好揉了揉我的獵狼犬的肚子。讓他腳亂踢之類的，摸到他最後一根肋骨下方的位置。」嘿，對！我記得！但我不能對警探說。我注意到他沒主動提起關妮兒，大概不想把她扯進來。

「這個不在場證明不夠好，莫洛伊先生。」

「我沒有習慣在離家一百哩外的地方死了個陌生人的時候主動提供不在場證明。妳每天晚上都有數名證人看妳睡覺嗎，伊巴拉警探？以免妳變成某個隨機謀殺案裡的嫌犯？」

「看來你就是不想合作。懂了。」

阿提克斯終於不爽了。他的表情和語氣都變了。「我發現妳想要威脅一個在這個案子上貢獻比妳還多的人。看來我還是得親自調查這件案子。」

「不要干擾我查案。」

「妳一定聽錯了。我說我要調查此案。幫我的客戶。」

「高金斯—史密斯先生不是你的客戶！」

「我做完妳的工作後再打給妳。」阿提克斯把大拇指放在一個按鈕上，掛斷電話——大拇指，很了不起的東西——他嘆氣。「看到了吧，歐伯隆？我說過時間軸會是問題。」

「那你又能怎麼辦？就像你說的，讓我和星巴克去查吧。」

編註：凱斯・李察斯（Keith Richards, 1943-）是英國知名音樂家，滾石樂團創始成員之一。

「我沒這麼說……」

「我知道，但你本來是打算這麼說的。沒關係，阿提克斯。」

「走吧。得去歸還出租車，看看我們能不能找到另兩個獵犬主人。」

「還得幫我弄頂夏洛克帽和菸斗。」

「有這種事？那叫獵鹿帽。」

「更棒！我可以邊獵鹿邊獵罪犯！」

「你想要哪種菸斗？」

「受人景仰的福爾摩斯先生那種。」

阿提克斯開到路上，幫我和星巴克放低後車窗。「這個，在亞瑟・柯南・道爾爵士的原版小說裡是支陶製長菸斗，但在電影和舞台劇裡，演員通常都會用葫蘆菸斗。」

「嗯。甘道夫用的是那兩種裡面的嗎？」

「對，他是用陶製長菸斗和比爾伯・巴金斯一起抽長底菸葉的。」

「那我要那種！巫師和世界知名偵探的菸斗！」

第五章　打扮可疑的男人

我探頭出車窗，讓舌頭在行駛中甩來甩去。空氣中有松樹、野生蘑菇和即將下雨的氣味。天空是灰色，不是藍色的，抵達尤金鎮前，路上幾乎都沒其他車。不過沒有下雨，只是像個沒力的老頭威脅要殺了在他草地上便便的狗一樣虛張聲勢，而我們並不放在心上。

我們歸還出租車，阿提克斯說已經和星巴克混熟，不會弄丟他的記憶，所以現在開始可以用轉移的了。他這隻狗並不複雜。

「但是時間軸的問題呢？」我問他。

「我們只是去西爾斯波洛。那裡開車一早上可以抵達，警探如果要繼續追查我，應該沒理由不信。」

西爾斯波洛聞起來像葡萄和啤酒花。或許不是整個地方都這樣，但至少我們轉移進來的附近，聞起來就是這味道。阿提克斯說這裡是幾家類似英特爾的科技公司總部，不想叫這裡西爾斯波洛的人就會稱之爲矽林，但是我要聲明，我沒聞到矽味。

阿提克斯給我和星巴克綁牽繩，做做樣子，然後我們跑去高登・派區家，但他沒來應門。阿提克斯按了兩次門鈴，正打算放棄時，我聽見屋後傳來大聲下令的聲音。

「嘿，阿提克斯，你有聽見嗎？」

沒。聽見什麼？

「後面有人說『哈！』，聽起來像訓狗師。或許他在後院。」

「值得去看看。」他說，我們繞道側面欄杆，讓阿提克斯大喊。

「派區先生？你在後面嗎？我要和你談談你的亞爾粗㹴犬！」

訓練的聲音停了，兩聲狗叫顯示如果訓練師本人沒來的話，至少有獵犬在接近中。但他來了，不過我被圍欄擋住，看不見他。我只聽見他問阿提克斯：「我能效勞嗎？」有點緊繃低沉的英國口音，彷彿他一生深受嚴重的便祕所苦，從未聽說過纖維素這種東西。阿提克斯告訴他說自己在調查一連串冠軍犬綁架案，想要問幾個與他失竊的亞爾粗獷犬有關的問題。

「好。可以。在前廊等我，麻煩。我過一會兒就出來。」

走回前門的路上，我說：「這傢伙聽起來好像布朗博士發明電流電容器【註一】後就沒有笑過了。他長什麼樣子？」

想像一根香腸，阿提克斯片刻後說。

「怎樣？」

但是所有和樂趣全部被吸乾。就是一管死氣沉沉的物質。

「什麼？那怎麼可能？」

你待會兒就會看到了。

我不是人類時尚穿著的絕佳評論者，但你不用是天才也看得出來高登・派區是個努力正常打扮但是辦不到的人。他一走出前門，我立刻發現他全身上下都不對勁。首先，他穿著一種阿提克斯稱之爲休閒褲的褲子，但是訓練狗時不該穿那種褲子。如果你是爲了表達諷刺意味而穿的話，休閒褲上應該要有狗毛，顯示你容許你的獵犬碰你，或你的獵犬想玩，但高登的褲子一塵不染。他的鞋子是時髦的黑皮鞋，擦得很亮。白長袖襯衫鈕子扣到最上面，手腕的也扣起來。下巴有道稀疏的鬍子線，圍著嘴巴形成房屋狀，小鬍子和其他地方一樣稀疏。我在哪裡見過這種鬍子？我一想起來，立刻知道得警告我的德魯伊。

「阿提克斯，他看起來很像賈方【註二】！小心點！別讓他催眠你！」

喔，天呀，歐伯隆，現在別逗我笑。

「可以請問你從哪裡聽說我的，先生？」高登問。

「當然可以。」阿提克斯回答，拿出一張假名片給他。「我是動物權利代言人，受尤金的厄尼斯・高金斯—史密斯先生所託調查此案。他的貴賓犬與你的亞爾粗㹴犬和其他狗一樣遭人綁架。奧勒岡和華盛頓都有類似案件，如今有人死了。」

高登沒看阿提克斯的名片，也沒有伸手接過。他刻意雙臂交抱胸前。我很肯定這種行爲，依照人類的說法，就是很混蛋的表現。一個聞起來像檸檬和消毒酒精的混蛋。

「對，我聽說薇樂蒂・布恩—蘇克利夫去世的消息了。」他說。

「喔？」

「沒錯。有個波特蘭的警探打電話給我。她問我你有沒有來找我。」

「啊，那我就省事多了。你可以告訴我對方是用食物還是麻醉鏢弄昏你的其他狗嗎？」

「晚上用食物。我早上發現他們時，他們都昏迷不醒。」阿提克斯依然拿著名片，高登目光飄向名片，然後又看回阿提克斯。他鼻孔開合。

「阿提克斯，你爲什麼還想把名片給他？他不會拿的。」

我知道，但把名片拿在他臉前會讓他不自在。

譯註一：出自電影《回到未來》。

譯註二：《阿拉丁》裡的壞蛋。

「聽著，讓我幫我們倆省點時間。」高登說。「我把我和警探說的話再說一次。是茱莉雅・加西亞幹的。她綁架所有狗，回報自己的狗也失竊，然後在殺害薇樂蒂後逃跑。她凶殘成性，我希望她在牢裡受苦。」

「好吧……你怎麼能如此肯定？」

「她毫無道德觀念，會在比賽中誣衊其他訓練師，而不是以最高標準訓練自己客戶的狗。」

「好吧，所以你顯然在工作上和她有過節，但你有任何狗是她綁走的證據嗎——你的狗叫什麼？」

「他名叫『把亞伯特親王塞到罐子裡的維多利亞女王。』」

「什麼？他是在開玩笑嗎，阿提克斯？」

我想是，因為他在等我反應，但我不會給他任何反應。

「沒有，我沒有任何證據。」高登在阿提克斯顯然不會笑後氣呼呼地說。「找證據是警探該做的事。我只是在分享我知道的事實，而事實上茱莉雅・加西亞是邪惡的化身。」

我難以置信地嚓嚓大笑，高登低頭看我，在我對他搖頭時皺起眉頭。這個打扮成迪士尼大壞蛋的傢伙有什麼資格說別人是邪惡的化身？他張嘴要說我壞話，但阿提克斯不給他機會。

「你知道茱莉雅除了那隻冠軍義大利灰獵犬，還有沒有其他狗？」他問，高登目光回到阿提克斯身上，但注意到那張名片還在他們中間。

「之前還有兩隻狗。我不知道現在怎麼樣。」

「你怎麼知道她跑了？她住在塔科瑪。」

「伊巴拉警探告訴我的，還問我知不知道她的下落。答案是不知道，完全沒概念。」

「謝謝你。如果你想起什麼，請打電話給我。」阿提克斯直接把名片塞到高登眼前，然後放手，轉身離開。「走吧，獵犬們。」

我們跟著他走，高登沒再說話，但我看見他任由名片落地，然後像踩蜘蛛般踩下去。

「我不信任那傢伙，阿提克斯。」

我也是。星巴克也一樣。

「你知道我怎麼想嗎？我是說，對，或許茱莉雅．加西亞是邪惡化身，因爲我們還沒見過她，但我們見過高登．派區，而他看來像是有個牆上地上撲滿塑膠布的地下室的那種人，你懂我在說什麼嗎？」

對，我懂。

「那傢伙沒有靈魂——你有看到他嗎？他說不定覺得花椰菜很好吃！所以我認爲他比較有可能是綁匪。你不會那樣隨便指控其他人。還是說會？人類是怎麼看待這種情況的？」

我敢說如果調查他們的過去，你會發現他們曾約會過，或他約過茱莉雅，但茱莉雅拒絕了。總之是那類的事。他表現得像是有私怨，而不是工作上的過節。

「是，好吧，這樣講合理。但你知道哪裡不合理嗎？他剩下的狗。我是說，你在後院叫他時有聽見狗叫聲，但之後就沒有了。你有看到他們是什麼狗嗎？」

沒，我沒看到。

「好了，聽著，我不能肯定，你知道，但其中一隻聽起來像貴賓犬。萬一傑克和其他狗都在他的後院裡呢？」

嗯。機會不大，但最好還是去看看，是不是？

「我是這麼認為的。」

好吧，我施展偽裝羈絆，變形成貓頭鷹，飛過去看看。我們找個地方讓你和星巴克休息。

阿提克斯把我們鬆鬆地綁在一間咖啡廳的室外桌旁。大家都會以為他在咖啡廳裡，很快就會回來。他趁沒人在看的時候偽裝消失，脫光衣服，放在桌上。他解除衣服上的偽裝羈絆，要我看好衣服，接著他變形為貓頭鷹，叫了一聲後飛走。

很多進出咖啡店的人都會順手拍拍我和星巴克，這樣讓時間過得很快。至少感覺沒過多久，我就聽見阿提克斯在我腦裡發出稍微有點悶的動物聲音。

「沒有貴賓犬，歐伯隆。後院有兩隻他在訓練的狗，兩隻都是凱莉藍㹴犬。很漂亮的獵犬。很高興我們有弄清楚此事，排除這個可能。我現在要回來了。」

「呃。追查茱莉雅．加西亞的下落可能是在浪費時間，是不是？我是說既然伊巴拉警探已經去找過她，還說她跑了。」

「你說得有理。」

「這表示我們可能得開始調查線上討論區的人了，是不是？或許，尋找有獸醫經驗的訓練師。」

「聽起來是很好的計畫，但如果你不介意，我想回尤金去與厄尼斯和奧吉碰面。我想問問他薇樂蒂在討論區有哪些朋友，再看看能不能讓他同意雇用我，既然我一直告訴其他人他有。」

「好！我希望奧吉今天有興致玩耍。」

第六章　沒分寸的英國賽特犬那招

我們抵達尤金的狗狗公園時，阿提克斯裝回手機電池，打電話給厄尼斯。在厄尼斯抵達前，阿提克斯說，我們可以輕鬆輕鬆。星巴克和我就這麼辦，與一隻超嗨的黃拉布拉多玩，旁邊還有隻愛叫的博美批評我們玩太瘋。玩具品種的狗總是這樣，因爲腳不夠長，除了跳到人類大腿上什麼都做不到。

奧澤郎很快就來了，心情比上次見面時好多了，他立刻衝過來，我們撞成老派的狗狗堆，雖然體型不到我們一半，但星巴克也參了一腳。如今奧吉不打算扯下我的喉嚨，其實打鬧起來很過癮。博美對我們竟敢肆無忌憚地打鬧嬉戲感到非常憤怒。

不過我因爲不想讓厄尼斯擔心，很快就不再打鬧了，而且我也想聽聽阿提克斯問他什麼。但是另兩隻獵犬還不打算停下來，他們以爲我想給他們追，於是決定完成我的心願。所以當我不再打鬧，走向阿提克斯和厄尼斯時，他們就開始咬我後腳，逼得我得加速。這導致我們圍著兩個人類繞圈，而看在神聖憤怒獾球的分上，我從沒想過博美狗被激怒時可以吵到這種地步。

阿提克斯基本上是在談薇樂蒂和星巴克的事，所以我沒有錯過什麼。跑了幾千圈後，黃拉布拉多和博美被主人叫走，所以就只剩下我、奧吉和星巴克，而我們都在相隔一樣遠的地方停下來休息，呈三角形面對我們的人類，一邊喘氣一邊恢復力氣，等著看誰會再度開始搗蛋。

結果再度搗蛋的狗不是我們。好吧，或許是星巴克。但他其實只是對其他狗的行爲做反應。兩隻英國賽特犬衝過我們身邊，奔向黃拉布拉多，而厄尼斯說：「嘿，那是達西先生和伊莉莎白。」他回過頭去，對從停車場朝我們跑來的女人揮手。是那個腳上有條紋的女人，她今天的褲子上沒有條紋，不過我很肯定她還是胡格諾，不管那是什麼玩意兒，而她的髮色還是和眉毛不一樣。「嗨，崔西。」

「嗨，兩位！」她在一段距離外叫道。

她趕過來途中，厄尼斯輕聲對阿提克斯道：「希望你不介意。我找她過來一起聽現在的狀況。」

阿提克斯聳肩。「一點也不介意。」崔西進入氣味範圍後，星巴克立刻開始像博美犬般大吼大叫，只不過他和《神鬼傳奇》中印何闐的下巴一樣不受管制。他嘴唇後揚，露出最多牙齒，當狗眞的生氣時，你可以從他的叫聲聽出來。那種差異就像是搶地盤的「嘿，這是我的！」和「如果你繼續走近，我就會咬你的手臂、嚼你的臉頰、把你埋在後院！」之間的差別。星巴克看起來、聽起來都像是隨時都要撲到崔西臉上的模樣，而崔西在阿提克斯跑過去安撫他時停下腳步。

「哇，哇，星巴克，」他說，跪下來伸手勾住他的項圈。

「星巴克？」崔西問。

「對，妳認得？」

「不，呃——」星巴克還在激動大叫，她會遲疑也是情有可原。「只是覺得這名字很酷。」

「確定妳不認得他嗎？他的主人是波特蘭的薇樂蒂。」

「那是薇樂蒂的波士頓㹴犬？」

「對。」阿提克斯透過心靈連結和我說話。歐伯隆，星巴克很確定崔西就是射殺薇樂蒂的人，不管是不是故意的。他認得她的氣味。所以他才這麼激動。

「三種貓屎！我要撲倒她嗎？」

不！我相信星巴克的鼻子，但是人類法庭不會相信。我們得找到證據，讓人類警察去逮捕她。

「怎麼找證據？」

這個，她可能得要離開才能讓星巴克冷靜下來。你去跟蹤她，聽她有沒有情急下說些什麼有用的話，我再想想還能怎麼做。如果她綁架了其他獵犬，我們得查出她把狗關在哪裡。

「收到。」

阿提克斯使勁抓住星巴克，爲他的行爲向崔西道歉。「我很抱歉，」他在狗叫聲中喊道。「他和昨天的奧吉一樣有點激動。薇樂蒂死了，妳知道。」

「她死了？」她伸手摀嘴，這是人類想說「喔狗屎」但又覺得時機不對時會做的動作。或許她是眞的吃驚。那晚她有可能在驚慌中射中薇樂蒂，以爲薇樂蒂只是在睡覺，很快就會醒來，無傷大雅。

「對，」阿提克斯說。「死在家裡，身中麻醉鏢，就和厄尼斯在奧吉身上找到的一樣。」

「喔，天呀。如果是麻醉鏢，她怎麼會死？」

我的德魯伊聳肩。「驗屍報告還沒回來。但既然死了人，警方肯定比較積極在找獵犬綁匪了。」

「喔，天啊。太可怕了。我……我得走了，我很抱歉。可憐的薇樂蒂。」她開始落淚，轉過頭去，走回停車場。她叫她的獵犬，他們根本沒玩到，而厄尼斯喊說他晚點會打給她。

好了，老兄，你上場，阿提克斯說。他緊抓星巴克待在原地。

我開始搖尾巴跟上去，她完全沒注意到，因爲她的英國賽特犬也在跑過去，她以爲那些腳步聲都是他們的。她連頭都沒回——她只有拿出電話，敲了幾下螢幕，然後拿到耳邊。她的獵犬很冷靜，他們一邊走路一邊聞我的味道，但我當時對他們不感興趣。有人接起了電話，我聽她講話。

「瑪麗，聽著。妳現在就得處理掉貴賓犬——事實上，全都處理掉。立刻。他們可能會把我牽扯到一件可怕的事情裡。」沉默片刻後，她繼續說。「我不想在電話裡說，但相信我，麻煩大了。所以妳可以處理嗎？」她皺眉聽著對方回應，我向阿提克斯回報情況。

「她打電話給一個叫瑪麗的人，叫她處理掉貴賓犬和其他狗！」

我們得找出這個瑪麗。

崔西再度開口，擦拭臉頰上的淚水。「他在克里夫那裡？好吧，他什麼時候回來？」她等對方回應，然後說：「多晚？」

阿提克斯在我腦中低語：歐伯隆，如果你可以不抓不咬搶走她的手機，拿來給我，我們就能找出她在和誰說話，然後救出獵犬。

「我可以打倒她或直接撞上去嗎？」

可以。製造意外的假象。你假裝玩撿球那樣叼走她的手機。

「沒問題！」

「好了，叫他一回來立刻處理。不要等到明天。」崔西說。

我很慶幸當時英國賽特犬在我屁股後面，因爲我——或阿提克斯——可以把我現在要做的事情怪在他們頭上。我回頭咬了一頭賽特犬的耳朵，叫一聲去激怒他們，然後就是兩隻狗撲到崔西腳上，情況立刻歡樂起來。

說起撲倒人類，他們的反應其實很容易預測。雙爪壓在他們背上，他們就會正面摔倒，然後伸手去撐地。我不想這樣幹，因爲她很可能會壓住手機。但如果你能讓人類往後倒下，而且還剛好揚起一條手臂，就像崔西拿手機貼在耳朵旁那樣，那她的手就會在驚慌中亂揮，抬在空中想要保持平衡，然後轉而向下，在後腦著地前先去撐地。當我掃倒她的腳時，她呼地一聲往後倒下，對話終止，反射動作掌控身體。她雙手揚起，手機脫手呈弧線——不，那個數學名詞是什麼？——拋物線！我得記得向阿提克斯要塊點心。她手指攤開往後，想要承受落地撞擊，而她在手機落地前背部著地。她的手機有裝塑膠保護套，專門用來防摔手機，我立刻轉身跳向手機，她的英國賽特犬則緊追而上。我滾過他們中間，用嘴唇夾起手機，聽見很小的聲音：「崔西？怎麼了？」然後全速逃離現場，衝向阿提克斯。

這下英國賽特犬全心投入了，邊叫邊追我，這樣很好，因爲那會是崔西起身後看見的第一個畫面。如果看起來像是她自己的狗要爲「意外」負責時，她就不能說我是壞狗。

「可惡！達西先生！伊莉莎白！回來！」她叫道。

「要來了，阿提克斯！我會放下手機，然後繼續跑，」我警告他。「貴賓犬傑克現在在一個叫克里夫的人手裡，要到晚上才會回去。崔西叫瑪麗確保克里夫一回家就處理獵犬。」

阿提克斯蹲在地上，右手還抓著超級激動的星巴克。我調整方向，跑過他左邊，路過時放開手機。他在空中接下，英國賽特犬匆忙路過，由於看起來很好玩的樣子，奧澤郎也大叫開跑，看他能不能跟上。阿提克斯在我領頭奔跑時要我見機行事。

嗯，很多口水。但還是解鎖能用的狀態，幹得好。我看看，掛斷，記下電話號碼，進入聯絡人……有了。看到了，瑪麗・亞伯羅，地址在阿肯色州。哇喔。好，帶獵犬們繞回來，我們去救她綁架的那些狗。你快要吃到一塊沙朗牛排了，老兄。

「是是，立刻回來，長官！你之前說的是複數，表示不只一塊。」

我開始迴轉，英國賽特犬跟著我轉彎，看到阿提克斯把手機丟給厄尼斯，讓他還給崔西。她接近已經讓星巴克再度激動起來了。

「不好意思，」阿提克斯對她說。「希望妳沒事。妳的電話沒壞，只是沾了口水。不過對方掛斷了。」

她沒有回應，只是皺眉，從厄尼斯手上搶過手機，然後朝我瞪來。我不再奔跑，英國賽特犬一直叫，想打架，但崔西叫他們過去，而他們回應。畢竟，他們的食物在她手上。等他們走開之後，我又去鬧奧吉，維持我只是愛玩，並不是在調查犯罪的假象，而奧吉很樂意和我玩。她有可能上來理論，但阿提克斯就會一直道歉說好話。再說，她顯然有其他事要忙，有地方要去，有武器要藏匿銷毀。

她和英國賽特犬走開時，我走到我的德魯伊和星巴克身後。「阿提克斯，如果要證明是她幹的，我們可能要那把凶器。要怎麼弄到手？」

我們不會去弄。要讓警方去對付她，而我們則去阿肯色州救獵犬。但我最好想想要怎麼不製造出更多他們無法忽略的時間矛盾。讓我先安撫星巴克，和厄尼斯道別，然後再採取行動。

應付厄尼斯很簡單，阿提克斯說他剛想到了一條可能找回傑克的線索。「但我在想你願不願意花一塊錢雇用我？方便我說你是我的客戶，我在幫你查案？」

厄尼斯眨眼。「當然。我是說，如果你找到傑克，帶他回家，我願意付你一千塊。」

「太好了。我會盡快和你聯絡。先問問，傑克有沒有植入晶片，獸醫可以證實他是誰的狗嗎？」

「當然。那是現在的標準程序了。」

「非常好。」

我與奧吉道別，阿提克斯、星巴克和我跑回出租車。他在我們駕車離開停車場時打電話給波特蘭的伊巴拉警探。

「哈囉，警探！一如承諾，我把事情處理好了。我現在正式幫厄尼斯工作，負責找回他的貴賓犬，而我查出了一些線索。我很肯定殺害薇樂蒂・布恩—蘇克利夫的凶手是住在尤金的崔西・雀希爾。」他說。「但她現在很可能在趕回家藏匿或摧毀凶器。如果妳通知葛拉漢警探，請他立刻趕去，或許能剛好人贓俱獲。」

「你有什麼證據？」

「我在狗狗公園聽到她和一個名叫瑪麗的人講電話。」當然他沒聽到——是我聽到的——這個事實日後可能會在任何法庭引發爭議，但他總得說點她會相信的話。他描述那通電話，包括崔西得知薇樂蒂死亡時震驚的反應，以致於她打了那通電話，然後指出她是地區訓狗師論壇的一員。訓狗師的身分能讓她從很多獸醫那裡取得鎮定劑。他還補充他在努力調查這個瑪麗是誰、身在何處，藉以找回失蹤的獵犬，雖然他已經知道答案。

「如果我找到那些獵犬，我的同事可能會打電話給妳，」他說，「也可能是轄區員警。他會告訴妳我的名字。如果沒辦法證明是她殺了薇樂蒂的話，那妳就可以用相關罪名控告她。」

他得重說一遍，還拼出雀希爾這個姓氏，因爲那是十八世紀法國胡格諾名，而如今知道是她綁架獵犬，我就不想在我的全名中包括任何法國名了。接著我懷疑如果是她綁架傑克，奧澤郎爲什麼沒有像星巴克一樣對著她叫。

她決定使用麻醉鏢肯定是爲了避免這種情況。帶點心去後院圍欄撒會讓狗聞來聞去，就會聞到撒點心的人的味道。從遠方射昏他們就沒這種風險了，而這點在她知道之後會在狗狗公園遇上奧吉、扮演充滿同情的朋友時格外重要。我猜就是因為這種做法很成功——也比等狗狗消化迷藥快多了——所以她決定要用在星巴克身上。可惜事與願違。

阿提克斯掛上電話後，我問：「你說會有同事打電話給她？」

「就是我用另一支電話以另一個身分打給她。因為如果這些獵犬在阿肯色州，而我們轉移過去，伊巴拉警探就又會開始懷疑起時間問題了。所以我們要轉移過去找獵犬，然後用假名打電話給當地警方，讓他們出面處理此事，證明雀希爾與此案有關。」

「如果他們在別的州，要怎麼證明是她幹的？」

「她剛剛打了通電話給手中握有獵犬的人，叫她處理掉他們。」

「嘿！這個我已經知道了，阿提克斯。我只是測試你。」

阿提克斯先帶我們前往一間藥局，又買一支電話，但更重要的是幫我和波士頓犬買了一大袋牛肉乾。他要餵我們那個當午餐，趁機查詢一些東西，然後出發去救傑克、尤里西斯，還有把亞伯特親王塞到罐子裡的維多利亞女王。

第七章　不要嘲笑厄兆

阿提克斯趁給手機充電時做了份花生醬毛毛三明治，然後花點時間查詢之後可能會用到的電話號碼——當地警方、保護動物協會、獸醫，還有牛排館。他仔細移除所有手機的電池，然後轉移到崔西通訊錄中那個地址附近。我立刻發現那裡比奧勒岡熱又潮濕。我敢說我們很快就會開始喘氣，那會增加偷偷摸摸的難度，如果有必要偷偷摸摸的話。

我的德魯伊沒有立刻出發；他蹲在我旁邊，手貼羈絆樹。他抬頭看樹，臉上露出我認得的表情，星巴克則趁機亂聞。阿提克斯有時候會對樹流露情感。他說它們有自己的智慧，而且十分珍貴，因爲它們與蓋亞的羈絆比他更深，是最初又最棒的自然表情。我知道每當他露出這個表情時，最好讓他抒發一下。

「這是什麼樹？」我問他。

「星毛櫟，」他說，聲音輕柔。儘管如此，在寂靜的樹林中還是遠遠傳開。此處地勢很高，我看得出來，位於某處的山脊。頭上是晴朗的藍天，下方有大片延綿不絕的林頂，完全看不見人類建築。我們肯定要跑好一陣子。

「我已經很久沒來了。」阿提克斯說，幾乎是輕聲細語，聲音中充滿遺憾。「這棵樹幾乎已走到生命的盡頭，但我羈絆它時還是棵小樹苗。這附近其他羈絆樹都已經死了，傳送連結失效，妖精守林者都沒有來製作新羈絆。還想造訪此地的話，我就得重新羈絆一棵到提爾・納・諾格。」

「我們究竟在哪裡？」

「阿肯色州的布萊福克山原野，奧克拉荷馬州邊界。我們現在在布萊福克山上。歐伯隆，附近有大型貓科動物，還有黑熊，所以照子放亮點。」

「熊？當眞？」我開始掃視附近的樹林，留意熊的輪廓。

「當眞。離我們要去的地方最近的傳送樹就是這裡了。往山下走六或七哩有座名叫梅納的小鎮。我們要找的房子就在小鎮外圍，基本上算是離群索居。」

「他們爲什麼把獵犬帶來這裡？」

「偏僻，沒人。他們可以在四個州宣傳他們的配種服務。這裡到溫泉鎮或小岩城都只要幾個小時，或往西到土爾沙和奧克拉荷馬市，就算要去達拉斯和什里夫波特也不是難事。你聽他們提到克里夫帶傑克出門，要晚上才回去？他們很可能已經帶他去配種了。」

「呃？所以是『林中小屋』那種情況？我猜我們要去的房子是在鬧鬼谷或血腥死亡路之類的不祥之地？」

「不，不，沒那回事。」

但我從他回答前遲疑的模樣看出基本上就是那麼回事。

「那棟房子在哪條路上？不要說謊，因爲我很可能會看見路牌。」

阿提克斯嘆氣。「就只是個路名，歐伯隆。你得保證不會抓狂。」

「爲什麼？是惡魔吉娃娃街之類的嗎？」

「大熊路。」

「大熊路？阿提克斯，史上最爛的路名！那就像是厄兆的基本定義！」

「只是巧合罷了。他們在那裡買房子的原因肯定不是要嚇跑獵狼犬偵探和德魯伊。」

「好吧，他們不知道誰在操弄他們的命運，但並不表示我看見厄兆時就要裝作沒看到！我清楚收到命運的信息了！這是死亡陷阱，阿提克斯！那些可憐的獵犬可能已淪爲熊的早餐！」

「如果我聯絡本地元素，問他熊在哪裡，你會好過一點嗎？」

「還要問有多少熊、餓不餓、是不是在睡覺、吃掉傑克沒！」

他嗤之以鼻，搖頭晃腦，一副認定我在犯傻的模樣。「我去問問。」我趁他問元素時淺嚐空氣，沒有聞到特別像熊的味道。清風中只有橡木、樹葉，外加點無禮的松鼠那種苦澀味。星巴克四下閒晃，吵醒了那隻松鼠，當松鼠開始破口大罵後，波士頓犬就吼回去。等他學會足夠的字彙後，我就得教他《以西結書》第二十五章十七節，有朝一日一起上演全本朱爾斯的橋段。

星巴克突然不再吠叫，嗚嗚一聲，看向我的德魯伊。阿提克斯肯定有叫他閉嘴。

「附近有頭熊。」他低聲道。「他本來在睡覺，現在沒有了。」

「是松鼠的錯！」

「或許是星巴克的。」

「松鼠逼他叫的！動物世界的第一準則就是永遠都是松鼠的錯，阿提克斯！」

「不會有事的，應該不會。他在我們後面，前面沒熊，我們直接下山。你們兩個都盡可能安靜，不要去惹松鼠。」

我們不是跑下山，但也不是慢慢走。星巴克和我在幾棵樹下匆匆休息，聞到那頭熊的味道。我們尿在那些樹上，因爲那是我們歡樂的職責。

阿提克斯說當時是下午三點左右。我們開車到尤金和其後眾多活動花掉了整個早上，而阿肯色州又比波特蘭早一個時區，所以現在離日落不算太遠。因爲太熱，星巴克和我在半路上就氣喘吁吁，而阿提克斯臉上也冒出汗珠。

當抵達山下後，地表變成些微起伏的山丘，長有許多枝葉茂密的樹木，有人工道路貫穿其中。

阿提克斯讓我們在一片綠草地前停下腳步，待在草地外圍的林蔭中。我看見遠方有棟低矮建築，還有其他人造物品，看起來都不太起眼。老實說，有點破爛。看得出來住在這裡的人大概是靠冷凍玉米卷和便宜義大利麵過活。阿提克斯說因爲沒有吃足夠的蔬果，這種人隨時都有可能罹患壞血病。

在如此翠綠的草原間，你以爲他們會養頭牛或甚至是山羊和綿羊，但我們連一隻雞都沒看到。

「好吧，就在正前方。天黑還要一個小時。你們還好嗎？」

「我很好。至少暫時而言。星巴克呢？」

阿提克斯暫停片刻，然後說：「他看起來也沒問題。好吧，我要你們兩個都待在這裡。」阿提克斯開始脫衣服。「看好我的東西。我先去偵查情況。如果那些獵犬在裡面，而你們跟我去，可能會讓他們開始叫，而我不樂見那種情況。我會透過心靈連結保持聯絡。躺下來休息，我們一會兒決定要怎麼做。」

他摺好衣服，拿出所有手機和電池。他把兩支手機放在衣服底下，但在最新的手機塞入電池，開機。然後變形爲大鵰鴞，由於這回沒先僞裝，他把星巴克嚇了一跳，接著就夾起已開機的手機飛走。這是好計畫，因爲阿提克斯變成大鵰鴞飛行時不會發出聲音，而那些獵犬也不太可能立刻察覺他在附近。就人類而言，他非常聰明。

他繞著房子飛兩圈，然後降落在屋頂，從我們在草原外緣的位置可以看見他。

「我看見獵犬了。」他的聲音在我腦中響起，但由於他處於動物形態，聽起來不太一樣。「有一隻布列塔尼長毛犬、亞爾粗獷犬、法國牛頭犬，還有隻義大利灰獵犬。另外還有兩隻狗。全都是公狗，包括維多利亞女王。」

「沒有貴賓犬？」

「沒。傑克應該和克里夫在一起，天知道他們在哪裡。」

「他們沒事吧？」

「基本上沒事。看起來沒有受虐，但也不開心。他們在水泥牆中用圍欄分隔開來，有點像是狗舍或動物之家。他們不能出門亂跑，看起來很淒涼。」

「有人在家嗎？」

「待會就去確認。我要先打電話報警。告訴他們這些獵犬和波特蘭的謀殺案有關，請他們聯絡蓋布瑞拉・伊巴拉警探。我們得找個獸醫，帶晶片讀取器來確認他們就是我們在找的狗。」

「喔，是呀！你要告訴他們你是誰？」

「我想用史考特・費茲傑羅。我猜他們沒看過《大亨小傳》。」

「是裡面有一大堆有錢人，還有個女人收養了隻狗，後來她被車撞了，就沒交代那隻狗怎麼了的那個故事嗎？」

「對，就是那個。」

「史上最爛的書。」

阿提克斯在屋頂變回人形，在手機滑落前拿起手機。屋頂上的裸男往往會引人評論，不過我們身處偏僻郊區，附近都是樹和高山，所以沒人看見他。他輸入號碼，交談片刻，太陽逐漸落入地平線下，氣溫開始下降。星巴克睡著了，但我心思都放在拯救獵犬上，所以不想睡。事關沙朗牛排。

阿提克斯放下手機，他的人類聲音在我腦中響起：好了。通知警察了，他們正在和伊巴拉警探求證，遲早都會出現的。我趁這段空檔查探屋內。我會僞裝進去。繞近一點，待在道路附近，但是不要洩露行蹤。如果有人開車來，通知我。

「收到。」我說，轉身叫醒星巴克，但他突然哼了一聲，抬起頭來，顯然阿提克斯叫醒了他，正在解釋接下來該怎麼做。

我們沿著樹緣慢慢走向名字超爛的大熊路，盡可能放輕腳步。或許你能說我們像貓，只是不會喵喵叫，也不會用沙埋便便。

阿提克斯自屋頂消失，顯然進入僞裝模式，在我們抵達道路前就幫我更新現狀。

我進屋了。裡面有個女人，八成就是瑪麗。年紀比崔西大，生活很困苦，看起來過得比外面的獵犬還慘。顯然克里夫是個虐待女人的大混蛋。

「所以他有暴力傾向？」

肯定有，對。

「我們不能讓獵犬待在這裡。現在就救他們出來！」

如果這麼做，我們就會變成調查重點。我們得等警方趕到，確認這些獵犬都另有主人，這樣才能證明克里夫、瑪麗和崔西犯罪。

「萬一克里夫回來，瑪麗告訴他得在警方抵達前『處理』掉獵犬怎麼辦？」

那我們就一定要出手了。

「萬一瑪麗已經打電話給他，叫他處理掉傑克怎麼辦？」

那就束手無策了。我們此刻最好的選項就是等。

「我討厭等。我和英尼哥・蒙托亞【註】很像。」

我在屋裡看到一些照片，阿提克斯說。是年輕時的瑪麗和崔西。看來她們至少是表姊妹，但更像是親姊妹。

「喔。所以崔西做這一切都是爲了幫她姊姊。瑪麗和克里夫過得很慘，崔西唯一能想到的辦法就是幫她弄點上狗金——」

配種金，歐伯隆。我們用正式名稱。

「好，抱歉。因爲人類總是爲錢吵架。所以或許崔西心想，嘿，如果我拿這些錢去幫瑪麗，也許克里夫會對她好點？」

當然，她有可能是類似的想法，阿提克斯說。

我們在幾棵橡木底下坐好，監視道路。阿提克斯很快就離開房子，解除僞裝，變形成獵狼犬。這讓我和星巴克非常開心。我們就只是三隻在樹蔭下乘涼的獵犬，等待太陽下山，準備保護不遠處那些被綁架的獵犬。他們在屋簷下，阿提克斯說基本上就是一個大後廊。

太陽終於下山後，月亮幾乎是滿月，在晴朗的星空下顯得格外明亮，看起來像是漂在牛肉濃湯上的鹽晶。這裡比尤金好，老實說，尤金多雲，而且有點冷。

終於，遠方傳來類似車輛行駛的隆隆聲，我希望來的是警方，但結果是輛白色臭貨車，就是你會在

編註：英尼哥・蒙托亞（Inigo Montoya）是電影《公主新娘》（*The Princess Bride*）中的角色。「我討厭等。」（I hate waiting.）是他的著名台詞之一。

看足球賽看到的汽車廣告，有嗓音低沉的男人聊起扭力、動力、可靠度和馬力的那種，雖然那些廣告裡從來沒有馬出場過。車頭燈朝我們閃了幾下，弄得我們偏開頭去眨眼。

「八成是克里夫。」阿提克斯用他的動物聲音說，我有點低吼地說出我的回應。

「傑克最好沒事。」

「對，沒錯。改變計畫。克里夫放出傑克後，他很可能會綁牽繩。我會專注在讓傑克和我們一起跑過草地。你撞倒克里夫，星巴克咬他的手，逼他放開牽繩。」

「聽起來很好，但是其他獵犬怎麼辦？」

「我們要讓克里夫追進草原。傑克不會有事，其他獵犬也一樣。只要拖延到警察趕到就好了。」

「好，我參加。」

貨車開過我們，阿提克斯站起身來跟了上去。我們也跟著，等車停在屋外，馬達熄火後，阿提克斯蹲在車後。其他獵犬聽見停車聲後開始大叫。他們知道家裡有人，或許會去關注他們。

「好了，他可能會從駕駛座讓傑克下車，或是繞到乘客座。我們等著看。」他說。

這決定不錯。克里夫打開駕駛座門，我聽見他說：「待在這裡，可惡！」語氣很傲慢。他高高瘦瘦，身穿錐形褲，頭戴髒兮兮的舊卡車司機帽，外加牛仔靴踩在碎石地面上。他拿出一支菸，點燃，往肺裡灌注毒素，然後吐出一片白霧。接著繞到乘客座，我們一前一後跟著阿提克斯走，待在對方身後看不見的黑暗中，等他轉過角落背對我們，走向乘客座車門時，我們立刻拉近距離。

克里夫拉開車門，用身體擋住出路，伸手去抓傑克的牽繩。抓到之後，他說：「來吧。出來。」然後把門拉得更開。傑克跳下車，完美的貴賓犬，鬈毛、高傲，顯然和克里夫奔波一天累壞了。克里夫一關車門，阿提克斯立刻下達指令。

「動手！」他說。我撲向前，不在乎克里夫有沒有聽見我的聲音，因爲他完全沒辦法防止自己坐跌在地。他連忙轉身，全身重量集中在一條腿上，這樣要撞倒他就更容易了。他喉嚨裡發出窒息般的叫聲，在看見我來襲時香菸脫口而出，而我很肯定星巴克沒有咬到他的手，因爲他手在亂揮，但那無所謂。他爲了應付我而放開傑克的牽繩，但我以前腳抵住他胸口，把他壓倒在地，聞到他身上傳來污濁的菸味和威士忌味，接著我踩過他，和大家一起跑過卡車，左轉奔向草地，他的咒罵聲如同惡臭的風般自我們身後飄來。傑克和我們一起跑，很開心可以伸展四肢，身獲自由，事情就這麼順利發展了十億萬年之類的。但接著阿提克斯叫我們停止奔跑，在草地中央大叫，完全暴露我們的行蹤。

「我們要他追過來，」他說。「弄點聲響。我要在我們身上施展夜視羈絆，確保優勢。」

我們叫叫鬧鬧，直到阿提克斯滿意。也就是他看見克里夫拿著像是棍子的東西追來的時候。

「哇！那是霰彈槍！不妙！」阿提克斯說。「繼續往樹林跑，叫聲不要停！」我們再度開跑，速度比克里夫・亞伯羅快多了，夜視能力也強很多，而他大叫說要殺光我們，拿去餵他鄰居的豬。我很高興星巴克和傑克聽不懂他在說什麼。我聽見更遠處傳來女人的聲音——我猜是瑪麗——大叫克里夫的名字，叫他等等，她有話要說。

由於知道她是要叫他解決掉所有獵犬，我很高興他不聽她說話。阿提克斯的計畫目前都很順利。

我們來到草地外緣，阿提克斯要我們全停下來，轉身去看克里夫，多叫幾聲，鼓勵他繼續追來。他拿著那把霰彈槍奔跑，我很肯定這種做法違反了某條規矩，雖然是重要性遠遠不及不要偷我的香腸和不要在香腸上加芥末的規矩。

「好吧，我們要繞到左邊，拉開一點距離，等離開射程範圍後再開始叫。」阿提克斯說。我認為那是很棒的主意，就與燉牛肉和豬里脊同等級。

我正想這樣對他說，突然被樹林裡傳來的聲響嚇了一跳。「什麼東西？」

他們全都和我一樣清楚聽見那個聲音，所以我們同時轉身，鼻子抽動。就聽到呼嚕一聲、聞到一股麝香味，然後是吼叫聲。一切跡象顯示——

「大熊來了！」我對阿提克斯喊道。

「對！衝向克里夫！」他說，「我試試看讓他冷靜下來。」我們驚慌逃命，一頭黑熊追趕而來，張牙舞爪，渾身肌肉。肯定是星巴克鬧松鼠時吵醒的那隻。由於我們入侵他的地盤，還在上面撒尿，他一路追蹤我們下山。狂奔遠離黑熊，衝向克里夫本來感覺是個好主意，直到我想起克里夫有拿霰彈槍。因為聽見很多麻煩的聲響朝自己逼近，他放慢腳步，槍抵肩窩。

「前有憤怒男！後有憤怒熊！」我感覺背上傳來熊的氣息。「你不是說要讓他冷靜嗎？」

「我在努力！立刻左轉！」阿提克斯說，我們四隻獵犬轉向左方，繼續奔跑，熊與克里夫越來越近。熊會左轉，繼續追我們，再度吼叫，但距離已近到足以讓克里夫在驚慌中開火。彈丸噴射而出，擊中黑熊側身，不過距離遠到沒有造成多少傷害，只有激怒黑熊而已。他把我們拋到腦後，將克里夫視為新目標。他再度開槍，但更進一步激怒了黑熊。克里夫再度摔倒，霰彈槍摔在一旁，尖叫聲蓋過熊吼傳了過來。

「喔天啊，和我的計畫不同，」阿提克斯說。「我得弄走那頭熊才行。」

我不知道阿提克斯本來有什麼計畫，但我立刻同意把熊弄走的想法。「我是怎麼對你說的？這條路是厄兆！」

兩輛車沿著那條路駛來，停在大貨車後。瑪麗的聲音聽起來很慌。「克里夫？克里夫！說話！有人來了！」

「等等。」阿提克斯說，讓我們停在一段距離外。「我先把熊弄回樹林，晚點再去確保他沒事。我本來希望能在他傷人前這麼做，但是已經太遲了。」

我想如果克里夫沒有開槍射熊的話，他應該可以輕易應付那頭熊，但他終究還是勸熊回歸山林，找個地方等他去幫忙治療傷勢，把身受重傷的克里夫．亞伯羅留在他自己的草地上流血。

這時從那兩輛車下來了警察和獸醫。由於聽見很多吵鬧的聲響——特別是那陣熊吼聲，他們不太容易找出那些獵犬。

阿提克斯引導我們接近關狗的地方，讓我們能在黑暗中偷看現場的情況。

警方只有調查那些獵犬的搜索令，確認他們是不是太平洋西北地區失竊的狗，但是霰彈槍聲和慘叫聲讓他們有理由進一步搜查。他們拿出手電筒和手槍，在草地上散開，毫無困難地找出瑪麗，因爲她在大聲求援，之後很快又找到克里夫。接著他們增援了很多警察和救護車，但獸醫花時間檢查晶片，確認那些獵犬都是偷來的——連其他我們不認識的狗也是。他們來自北加州。

「你知道，阿提克斯，如果你讓傑克現在走到獸醫面前，他就會和其他獵犬一起回到厄尼斯身邊，而我就能得到我的沙朗牛排。」我說。

「你說得對。」他承認，然後照做。傑克直接走到獸醫面前，在後廊的燈光下接受掃描。

「我們偵破了被綁架的貴賓犬案！」我說。「星巴克和我是很棒的組合！」

阿提克斯甩過他的獵狼犬臉，豎起耳朵。「你和星巴克，呃？」

「好吧，你有幫點忙，所以可以來顆烤馬鈴薯，但要不是我們，你根本不會知道事情不對勁。」

「這倒是眞的。我眼前的是天才偵探。」

「說得一點也沒錯！」

第八章　新福爾摩斯與華生

阿提克斯拿回衣服，銷毀史考特・費茲傑羅的拋棄式手機，這個人打了通電話給警方後就銷聲匿跡了。我們爬回山上找到那頭熊，這次阿提克斯完全控制住他，請元素幫忙治療。他弄出熊體內所有彈丸，然後請元素把熊帶去偏遠安全的地點，因爲他很肯定人類會爲了克里夫的事來獵殺熊。

處理好黑熊的事後，我們轉移回奧勒岡，阿提克斯再度化身康納・莫洛伊，插回手機電池，打電話給伊巴拉警探。這一次她態度好多了，因爲儘管時間上兜不攏，她還是拿到了結案所需的所有證物，而他指引的調查方向正確無誤——感謝我和星巴克，當然。倒不是說她什麼都沒做——比方說，她查出茱莉雅・加西亞不在家純粹是跑去東岸見家人，還有沒錯，茱莉雅和高登・派區之前在一起過，分手鬧得不愉快到她有他的禁制令。

加拉漢警探在崔西・雀希爾家裡搜出一把麻醉鏢槍——或「投射器」，他們這麼稱呼它。阿提克斯上網查詢照片給我看，我怎麼看都覺得是槍，但購買大多數飛鏢投射器時，不會要求執照或背景調查。

他們還在她家搜出兩隻健康英國賽特犬沒必要使用的獸醫膠狀藥物。在他們告訴她說阿肯色州的獵犬已找到，還有網路上拿失竊獵犬進行配種服務的廣告前，她宣稱一切都很正常合法，警方的指控空穴來風。接著一切都變成克里夫的錯，她迫不及待想要認罪。阿提克斯是在前往尤金警局做筆錄時得知這一切的；如果此案有機會開庭審理的話，但看起來他們會認罪協商。

崔西說她只是想幫她姊——瑪麗。克里夫・亞伯羅失業了一陣子，開始酗酒，脾氣也越來越壞。喝醉時，他會亂打東西，包括他妻子。瑪麗與崔西一起想出透過配種賺錢的點子，而這個點子的重點就在於如果克里夫又開始有錢了，還得載狗到各地進行，呃……他們的浪漫邂逅，他就不會喝那麼多酒，也會對她比較好。計畫只成功了一部分。他確實經常出門，也比較少喝酒，但他已經踏入混蛋之道太遠，所以還是會打老婆。

驗屍報告指出薇樂蒂・布恩—蘇克利夫在處方藥物和麻醉鏢雙管齊下之下導致心臟衰竭。崔西堅稱是意外射中她。她是去綁架星巴克的，在屋子裡要瞄準狗時，薇樂蒂突然出現在廚房，嚇得她在驚慌中開槍。失誤的恐慌加上擔心會被薇樂蒂認出她是網路論壇的人，雖然她有掩飾眞實身分，還是在薇樂蒂倒地前就逃出屋外。轄區檢察官會控告她過失殺人，而不是謀殺，還有一堆從綁架狗衍伸出來的罪名。

瑪麗・亞伯羅證實了所有事實，不過她面對的罪名較輕，像是「持有失竊物品」，可能得以直接緩刑。克里夫一離開醫院就會面對同樣罪名，不過還加上家暴指控和一個很強勢的離婚律師。

我覺得那些都不重要，重要的是我們把冠軍犬都送回主人手裡悉心照料和餵食。我問崔西的英國賽特犬會怎麼樣，所以阿提克斯就問警方。崔西家裡沒人可以照顧他們，班德的朗伯先生願意收留他們，和他的布列塔尼長毛犬一起住。

而既然薇樂蒂・布恩—蘇克利夫沒有親人尚在人世，伊巴拉警探對於到他們弄清楚她的遺囑裡有何安排前，讓星巴克待在我們這裡沒有意見。

爲了慶祝，阿提克斯幫我和星巴克煎了些用培根包起來的沙朗牛排，然後帶我們去波特蘭，那裡有很多男性服飾店在販售各式各樣帽子，包括獵鹿帽。他買了一頂給我，又在另一家店買了支陶製長菸斗，然後帶我們去照相館，照了張打擊犯罪雙狗組的照片。誰是新任福爾摩斯和華生？歐伯隆和星巴克，就是我們。

尾聲

阿提克斯寫書時，總是會放尾聲進去，所以我想我也該來段尾聲。

他對關妮兒說他會外出幾天，喜歡的話，她和歐拉週間可以待在波蘭放鬆。阿提克斯把我們轉移到亞歷桑納的旗杆市，而他不該這麼做，因爲旗杆市部族把他驅逐出境，不過我們只是在那裡租了輛大休旅車就往南開走了。

「在我永遠離開亞歷桑納前，得先去拿點東西。」他解釋，「而我也想趁著有空時去償還之前的債務。」

他載我們前往梅沙附近的鹽河，這裡有很多人會躺在內胎上漂向下游、喝啤酒、讓陽光曬傷皮膚。他停在路旁，往沙漠裡走了一小段路，來到一個由牧豆樹、灌木叢和非常淘氣的多刺仙人掌遮蔽的位置。他蹲下，與當地元素索諾拉交談，接著大地在我們面前分開，露出個看來像鐵棺材的東西。

「我的珍本書都在裡面。」他提醒我。「還有一張藏寶圖。」

「你是指用X標示位置的那種地圖，還有這裡有怪物之類的？」

「是有X標記，我想，但沒有其他東西。而且是用古西班牙語寫的。」

「我們要去找寶藏嗎？」

「對，要去。」

「太棒了！」

畫地圖的人叫作索多瑪亞，很久以前和科羅納多一起遠征，在一趟脫離科羅納多視線範圍的小旅程中，索多瑪亞的隊伍發現了一大堆阿茲特克黃金，在西班牙入侵特諾奇提特蘭城【註】時，刻意北送避難的黃金。他們打算之後再回來拿，不讓科羅納多染指這筆錢，但他們一直沒有回來。而既然阿提克斯還用不到那筆錢，他一直把黃金留在那裡，想看看會不會有人發現。如今他得拿那筆錢去付給幫他對付吸血鬼的紫杉人。

找出寶藏的過程完全沒有我想像中刺激。等他把珍本書都拿上車後，我們就朝北開，然後阿提克斯請元素幫忙找出黃金、浮出地表。

黃金果然夠閃亮。黃金大多直接交給第一妖精布莉德，她會幫他付錢給紫杉人，然後他就償清債務，手頭還留下了點閒錢。他打算解除黃金加工過後的形態羈絆，重新與加州外的岩石和礦物聚形在一

編註：特諾奇提特蘭城（Tenochtitlan）是古阿茲特克城邦，也是帝國首都，遺跡在現代墨西哥城底下。

起，讓它看起來像是從那裡出土的金礦。

於是我們帶著寶貴的書籍和黃金穿越加州回歸奧勒岡，展開漫長又愉快的旅程。星巴克和我把頭探出車窗，計畫繼續打擊犯罪、結束松鼠的種種惡行，並吃更多牛排。在我們看來，未來充滿肉醬。

《被綁架的貴賓犬》完

致謝

我要感謝黛博拉·弗林—漢拉漢帶我見識波特蘭那麼多好地方。如果你想跟隨阿提克斯和歐伯隆的腳步穿越該城前往薇樂蒂家，基本上可以從半島公園出發。隨機點餐派吧是真實存在的店家，而那家店對街，相距幾家店面（至少在本故事寫作期間），有家直接取名為「咖啡廳服務生」的咖啡廳，阿提克斯就是在那裡買白咖啡的。位於厄文頓的建築確實值得一看。

我十分感謝亞瑟·柯南·道爾爵士，因為他創作出全世界最知名的偵探，還要感謝當初為波士頓獚犬命名的人，以及想出鴨嘴獸雙關語的黛萊拉·道森。

火車上的松鼠

第一章　松鼠，打斷

我不太明白人類為什麼怕小丑比怕松鼠多。阿提克斯說可能都是史蒂芬・金的錯，雖然聽起來很沒道理，但我敢說他說得對。不過那還是無法解釋人類為何會忽略堆積如山的證據，證實松鼠意圖不詭，並有能力──那麼敏捷的身手！──執行那些陰謀。他們能爬樹，幾乎什麼東西都爬得上去，還能避開最精密的安全系統。他們偷過我的點心，還在我看得到摸不到的樹枝上吃掉。那就是無法無天的邪惡證據，就在那裡。

你知道有幾個小丑那樣對我過嗎？零。如果小丑想幹壞事，穿那種超大的小丑鞋動作是能有多快？不夠快，不，先生，穿那種鞋肯定無法爬樹。

但是每當我試圖說服阿提克斯說松鼠在陰謀殺光我們，他就會嗤之以鼻，說：「我應該把你取名為穆德【註】的。」因為很顯然，我跨越了一條瘋狂陰謀論者的界線。

但歐拉相信我，星巴克也信。星巴克開始學會一些單字，目前為止他把世界分成「是的食物！」和「不是松鼠！」兩個部分，證明雖然他就和所有波士頓㹴犬一樣，耳朵短得像蝙蝠，整張臉都縮進去，

譯註：《X檔案》主角，堅信妹妹被綁架是外星人所為。

沒有上得了台面的吻部，但肩膀上有顆好腦袋。

我會提起逐步逼近的松鼠危機，是因爲發生在前往波特蘭的火車上的事件。阿提克斯和我在那座城市遇上星巴克，隨即在他主人去世後收養了他，但我們兩個都想帶歐拉回去逛逛。那座城裡到處都有公園，肯定會有兔子藏在裡面，還有一間會做好吃雞肉蔬菜派佐美味肉醬的派吧。

在我們解救貴賓犬傑克，並帶他回尤金鎮，和他的人類重逢後，阿提克斯認爲因爲歐拉在生小狗之前都沒辦法轉移世界，或許該別再租車，直接買輛車來開。他買了輛他說是經典款的老卡車，一九五四年的雪佛蘭。他買得很便宜，因爲車生鏽的地方很多，但他並不在乎。他召喚鐵元素費力斯來除鏽，在必要部位重建鋼鐵。他花了幾天修復那輛車，然後漆上亮藍色，全都弄好後，他問我們想去哪裡。我們說想去波特蘭聞所有東西的味道。

「所有東西？」他問。

「這是一項英勇的任務，阿提克斯。最後當我們累到無法繼續時，星巴克就會說：『我或許不能聞光所有東西，歐伯隆先生，但我可以聞你！』然後就會有大老鷹飛下來，把我們從火山灰燼中載走，直接飛回家【註】，而那只是最初兩千萬種結局的第一個結局，我們等出導演版時會再增加四千萬個結局。」

阿提克斯說以後不會再讓我看《魔戒》了，但補充那輛卡車的油耗很糟糕，他最多只想開到尤金來回，所以我們才會搭火車，遇上全世界最邪惡的松鼠。至少前往尤金鎮的旅途很愉快。歐拉和我探頭到車窗外，享受威廉米特國家公園中各式各樣氣味，星巴克擠在我們兩個中間一直打噴嚏。

「是的食物！」星巴克說，那表示他很開心，或餓了。老實說，對我們獵犬而言，那些東西都雜在一起變成同一種東西。

火車站的味道並不特別好聞。我不認爲世界上有任何地方的火車站味道會超級好聞。如果想讓你的鼻子開心，火車站絕對上不了前五百萬大清單。我是說，這裡有很多尿味，那很有趣，毫無疑問——別對我提消防栓！——但當你想找有趣的東西時，尿並不是你想聞到的味道。如果想要贏得我的好感，就該要聞起來像食物才對，偏偏火車站裡都是樟腦丸、清潔用品，還有阿提克斯宣稱是青少年專用的邪惡香水味。

阿提克斯給自己買了兩張商務車廂的票，打算夾帶我們上車，因爲我們這種體型的狗禁止上火車。火車老闆說只有吉娃娃等級的狗可以窩在椅子底下和人類一起旅行，幸運的是阿提克斯不太在乎那條規則。他對我施展僞裝羈絆，叫我們上車時不要出聲，我們本來都同意的，直到看見火車頂上有隻松鼠，然後我們就把承諾拋到腦後了。我們開始嗚嗚叫，松鼠啾了一聲，四下找尋我們的蹤跡，尾巴搖擺，但是身體文風不動。

阿提克斯的心靈聲音在我腦中大叫：*立刻給我住口！*他肯定也對歐拉和星巴克這麼做，因爲他們也當場住口。

「但是有松鼠，阿提克斯——」我開口。

「不是松鼠！」星巴克補充，歐拉也開口說話，但阿提克斯不讓我們繼續下去。

松鼠沒傷害任何東西，但你們這樣叫會傷害我們安安穩穩上車的機會。他和火車站裡其他人類一樣

譯註：出自《魔戒》場景。

在東張西望，假裝不知道狗叫聲是哪裡來的。別管松鼠了。

當阿提克斯變成這種模樣，以嚴肅語調下達命令時，正確的做法就是退讓一步，先把你的解釋放到一邊。這種做法比堅持己見好，不然他就會越來越生氣，完全不聽我們解釋。

「好啦，好啦。我知道松鼠此刻沒在傷害任何東西，但阿提克斯，我可以合理懷疑他是來暗殺我們的。」

一點也不合理。

「我們有責任破壞他的計畫，保護你和這輛火車。我們得挑戰魔鬼。」

歐伯隆，那隻松鼠不可能讓火車脫軌或對火車造成任何傷害。我們不會有事。但如果松鼠打算待在車上，你知道會出什麼事嗎？

「什麼事？」

他會被風吹走。車頂沒有東西可以抓。如果他蠢到待在車上，物理定律就能解決他。

「喔，死在物理定律手上！聽起來是伸張正義。」歐拉說。

「不是松鼠！」星巴克同意。

「物理定律往往都是人類死在外太空裡的死因，對吧，阿提克斯？除非有外星人吃掉你，或從你胸口爆出來，或有腦蟲在你頭顱中下蛋，或病原體利用爛隔離程序逃出實驗室——」

對。你可以等我們上車後再來幻想各式各樣松鼠的死法。我要你們全程保持安靜。高興的話就透過心靈和我講話，但不要叫或低吼之類的。別管那隻松鼠，把他交給物理定律去處理，好嗎？

我們同意，然後安靜上車，雖然我們看見有人對著松鼠指指點點：「喔，好可愛！」好像那隻松鼠不想殺光他們一樣。如果在車頂瞪他們的是小丑的話，就不會這麼說了，是吧？不會。他們會退入地堡，展開火力壓制，然後再丟手榴彈。

我聽見歐拉跳上阿提克斯身旁的座位，盡可能蜷曲身體。我趴在地上，星巴克繞來繞去，找尋我的所在，然後用人面獅身像的姿勢躺在我身上。坐在走道對面的人完全不知道我們存在。我聽見車頂傳來松鼠奔跑的聲音。

等火車出發，他們不能趕我們下車後，我就會取消偽裝羈絆，阿提克斯說。反正我也不能維持羈絆太久。不過你們得全程保持安靜，特別在其他乘客知道你們在車上時。

「你有聽見松鼠的聲音嗎，阿提克斯？」

「你能感應到他被物理定律摧毀嗎？」歐拉問。

有。他不具威脅，我保證。

可能不行。到時候火車行駛的噪音會蓋過那些聲音。

「嘿，那隻松鼠幹嘛要上火車？」我問。「你想他不會是在通勤，是吧？或許跑去波特蘭享受有藝術氣息的鄉野堅果？」

我肯定他連自己上了火車都不知道，更別說是火車的目的地，阿提克斯回答。

「你不能施展你的德魯伊法術弄清楚嗎？闖入他的小腦袋，看看他想幹什麼？」

不，那種羈絆要看見目標，而且我不能浪費法力。坐好了，我會在旅途中說個故事給你們聽。

阿提克斯拿出了本莉拉．包溫的《禿鷹覺醒》【編註】，透過心靈連結唸給我們聽，以免其他人類以為他在自言自語。但是最酷的地方在於阿提克斯還透過心靈傳送影像過來，讓我們自由想像故事裡的東西聞起來是什麼味道。很有趣的故事，充滿老西部的吸血鬼、鳥身女妖和變形者。

火車一開車，他就解除僞裝羈絆，讓我們現身，但走道對面的人因爲忙著打電腦，一開始根本沒注意到我們。最接近我們的人看起來超級聰明；腦袋剃成盧克．凱奇【譯註】的光頭，不過身穿筆挺西裝，不是連帽T。看見我們時，他眨了眨眼，然後看向阿提克斯，他微笑道：「波特蘭，老兄。」

他隔壁的女士沉浸在自己的世界裡，完全沒有注意到我們，直到服務員過來問阿提克斯要不要點心，然後嚇了一跳。

「喔！眞是……好大的狗。你不該帶狗上火車的。」

阿提克斯要我們保持安靜，不要亂動，然後對她微笑。「通常不能。但我是安翠訂票系統實驗計畫的成員，專門評估帶寵物上火車的可行性。」

「嘿，眞的嗎？」

假的，我瞎掰的。「目前爲止還不錯。」他繼續掰。「還沒有人向妳抱怨我的狗，對吧？」

「這個，沒有，但我也沒聽說過這個實驗計畫。」

「喔，很抱歉。」阿提克斯聽起來眞的很抱歉。「他們應該要告訴妳的，我敢說只是不小心忘了。來，有人要我把這個給妳，打這電話去確認我的身分。」

他伸手到薄夾克裡，拿出一張印著字的名片。

「等等，你瞎掰這套鬼話，但卻有名片可以給她？」

給人類一張名片，他們就會認定你是眞的，至少認定一段時間。就和神祕博士的通靈紙一樣。我弄了張名片，上面有安翠的標誌、化名和假電話號碼。他們多半不會眞的去打。

「如果他們打了呢？」

我們還是會抵達波特蘭，如果他們想在車站逮捕我們，我們消失就好了。別擔心。

服務員看了看名片，然後說：「請問你是？」

「啊，對，那樣會有幫助，是不是？我是康納．莫洛伊。來，我的名片也給妳。」他拿出我之前見過的名片，說他是動物保護員和訓狗師的那張。

服務員看完名片後揚起眉毛。「訓狗師，呃？好吧，他們真的訓練得很好。」

阿提克斯點頭。「他們都是很棒的獵犬。有資格吃點心。」

此言一出，我們全都望向阿提克斯，尾巴甩過座椅。或至少，我和歐拉的尾巴有甩到座椅。可憐的星巴克尾巴超短。

服務員笑道：「他們似乎認得那個字。」

「對，他們很聰明。但他們要安安靜靜抵達目的地才有點心吃。」

「噢。你可以先給我們一塊點心充當預付金。」

如果你們能夠安靜到我們下車，我會幫你弄點有淋肉醬的東西。那可比點心強多了。

「淋肉醬的神祕肉？就這麼說定了！」

編註：莉拉．包溫（Lila Bowen）是作家黛萊拉．道森（Delilah S. Dawson）用在奇幻作品上的筆名，《禿鷹覺醒》（*Wake of Vultures*）是她的The Shadow系列首部曲。道森與凱文．赫恩是朋友。

譯註：盧克．凱奇（Luke Cage）是漫威漫畫中的超級英雄。

服務員轉身問走道對面的乘客有沒有被狗騷擾。西裝男說沒有，他完全沒聽見我們出聲。另一側的女士說她現在才發現我們。服務員滿意了，又看一眼他的名片後說：「旅途愉快，莫洛伊先生。」

「謝謝。」

阿提克斯繼續說故事，我猜既然沒人在乎我們，他們就不會去確認他的說詞，而且你知道嗎？他在講的那個故事好聽到我們完全忘記車上有松鼠！

直到我們抵達波特蘭，下車，看見同一隻松鼠對著我們叫！我們現在沒有偽裝了，他能清楚看見我們。而且既然阿提克斯說我們下車後就不用安靜，我們可以對著他叫了。

「阿提克斯，看！」我邊叫邊說。「那隻松鼠也來了！」

「那隻松鼠違反物理定律！從軌道上發射核彈終結他！」歐拉說，星巴克補充：「不是松鼠！」

「嗯，」阿提克斯大聲道，在車站喧譁的噪音中不再透過心靈溝通。「他八成躲在車廂中間。」

「你剛剛沒說可以這樣！」我說。

「我沒想到他會這麼堅決要來波特蘭。我以為車一開他就會跳下去。」

「我早就說了他有陰謀！我們得摧毀他！」

「什麼？歐伯隆——」

說時遲、那時快，松鼠突然衝向火車前面，沿著車頂邊緣跑，然後追逐就開始了。他前面遲早都會沒有火車，就得下車，然後我們就會等著撲上去。如果人類肯讓路的話——糟了！抱歉，老兄！獵狼犬有要事待辦！

有太多噪音、雜物、亂七八糟的東西要閃，還要留意松鼠行蹤——我想阿提克斯在叫我們停下來，但他不可能是認眞的。事關公共安全！儘管我不用把話說太明白，我要正式聲明不管發生什麼事都是松鼠的錯。

前方，我們看到松鼠從火車頂跳到遮雨棚——就是一些柱子頂著遮蔽物，讓人類等候火車用——之類的東西上，我驚慌了片刻，以爲就此追丟他了。但接著他耍了個蜘蛛人特技，翻下遮雨棚，跳到支柱上，然後把它當作下樹幹般爬下來。喔，他是我們的了！

他穿越兩條軌道，在我們緊追不捨下閃入車站。這裡超不適合跑步的，地板超滑，四面八方都有回音。不過這裡又大又空曠，有類似教堂長凳般的長椅，宛如大理石海中的木頭島。

他閃過幾個轉角，我們的指甲在磁磚上嘎嘎作響，而基於某種理由，人類似乎怕我與歐拉還有星巴克比松鼠多。他們難道分不清誰是敵人嗎？我們是人類最好的朋友呀！但接著松鼠認定他也不喜歡旁邊有這麼多人，於是他右轉迎向行李提領區，衝往一扇標示爲「樓梯」、正好有個警員在打開的門。他是要去找警察嗎？違反自然法律的可是他呀！

警員被繞過他的松鼠嚇了一跳，說道：「天呀，搞什麼——」接著他在我們三隻獵犬擠過他，奔向樓梯間時補了句：「天啊！」

但跑上一半樓梯，路上就都是人，擠在平台上。他們完全擋住路，顯然不樂見我們衝向他們。其中黑髮深色皮膚的女人，迎上前來對我們吼叫。

「停！你們立刻給我停下來！」

我本來要爲了捍衛公共安全忽略她的，但是我聞到她嘴裡傳來早餐的味道——熱醬料、蛋，還有劣質咖啡——隨即認出她是誰，是蓋布瑞拉・伊巴拉警探。公共安全是她在負責的。

「嘿，哇喔！」我對夥伴說，然後緊急煞車。「我們得停下來。我認識這名女士。」

「但松鼠要逃走了！」歐拉說，她說得對。他已經繞過那些人類，上了下一段階梯。但他或許沒辦法通過上面的門。

「沒關係。我想我們至少已經破壞了他的計畫。」

「不是松鼠！」星巴克插嘴。

於是我們在伊巴拉警探面前停步，一邊喘氣一邊凝望她，她則雙手抱胸皺眉看著我們。

「愛爾蘭獵狼犬和波士頓㹴犬？我是在哪裡見過的呀？你們是為了莫洛伊先生而來的嗎？」

這個嘛，不是為了他，或許是因為他？我沒辦法告訴她。我注意到所有擠在樓梯間裡的人都是警察。這可奇了。

「總之，我想我認得你們倆。」她指著我和星巴克說，「但不認識另一隻。天，妳可真漂亮。」

歐拉得意洋洋。「她是好人嗎，歐伯隆？」

「她不信任阿提克斯，因為他對她說了很多謊，但沒錯，我想她算得上好人。至少不是愛貓人。」

警探蹲在樓梯平台邊緣，和我面對面。「你在找你的人類嗎？你知道是什麼把他引來這裡的嗎？」

我側頭看她。她在講什麼？據我所知，是我們把他引來這裡的。至少我們會把他引來。我聽見他在腦中叫我的名字，我告訴他我們在哪裡。我希望能叫伊巴拉警探確保那隻松鼠不會逃走，但她沒有和我們羈絆在一起，所以我只能對她輕吼。

「好吧，我不知道你們會出什麼事，但我會確保你們和好人待在一起。」

這種說法毫無道理可言。現在想一想，警探跑來這裡做什麼？他們不是該待在警局嗎，除非這裡是……犯罪現場？這裡味道不太對。我不是指她嘴裡的劣質咖啡味。

「有東西死掉。」歐拉在我這麼想時說道，星巴克發抖哀鳴。他的人類死了，他不喜歡那味道。

阿提克斯從我們身後的門走出來，說道：「找到你們了！」接著他在我們後面的警官伸手貼上他胸口時停步。「伊巴拉警探？」

警探抬起頭來，露出你突然舔到人類腳趾時他們會露出的表情——眼睛睜得老大，嘴巴大開。

「康納・莫洛伊？你怎麼會在這裡？」

「在追我的狗。如果他們有惹任何麻煩，抱歉。」

警探從驚訝中恢復，沒有任何刺眼陽光卻瞇起眼睛打量他。阿提克斯說人在不信任別人時就會這樣。「讓他過來，巡佐。」警察讓開，阿提克斯往我們身後走出兩步。「你有雙胞胎兄弟嗎？」

「沒。獨生子。」

「哼。有趣了。我不相信你，當然。過來，但是別踩到平台。」

阿提克斯往上走，擠到我們旁邊，眼看警探指向平台上那具紅色鬈髮屍體——偉大的大熊啊！

「阿提克斯，這人看起來好像你！」他嘴上有紅色小鬍子，下巴上也有小鬍鬚，除此之外兩個人看起來一模一樣。

「請原諒我說個雙關語，莫洛伊先生，」警探說，「死者長得與你一模一樣【註】。」

譯註：俗語dead ringer用來形容外貌與某人相似，其中的dead有分毫不差的意思，同時也是死掉的意思。

「我要做個大膽假設，插在他腦袋上的那支弩箭應該就是死因。」我說。弩箭插在他額頭中央，箭旁有點血跡，但水泥地上沒有——樓梯是冰冷的工業樓梯——那表示弩箭沒有射穿腦袋。有趣的部分在於那支弩箭看起來不像是木製的。除非是被漆成白色。阿提克斯發表意見。

「他頭上的東西是塑膠的嗎？」

「對。我們很肯定是3D列印的，但除非拿去實驗室，不然不能確認。」

「但那並非戳刺武器。看起來像是有人射進他頭裡。吹箭筒恐怕沒這麼大的力道穿透骨頭，所以我猜是迷你十字弓，八成也是3D列印的。」

「很有可能。」

「所以他是誰？」

「我還希望你告訴我呢。」

「不，我說過，我沒有兄弟，連表兄弟都沒有。我們只是碰巧長得像。像到有點詭異的地步。」

嘿，獵犬，阿提克斯對我們三個說，請開始到處聞聞。看看能不能在樓梯上聞到發射弩箭的位置，不屬於任何警察的味道。

「這裡味道很多，」歐拉回答。「這是公共場所。」

我知道。但這個樓梯間可能不會有太多人用。看看有沒有不尋常的氣味。

「他身上沒有證件？」他問警探。

「沒，也沒鑰匙、手機、收據或能看出過去幾小時內他到過哪裡的東西。有人把他洗劫一空。」

「你知道他是死在這裡，還是其他地方，然後被拖來這裡嗎？」

「我知道我該問你幾個問題。你這次又是爲了什麼事跑來波特蘭？」

「我的狗喜歡聞味道，波特蘭有很多味道可聞。」

「現在不是開玩笑的時候。」伊巴拉說，她的語調有點不悅，但我不懂原因。阿提克斯說的是實話！「你有沒有想過，從你們的長相來看，搞不好你才是目標，死者只是被人誤殺？」

「是呀，有想過。」我沒想過，但我現在開始擔心了。阿提克斯有很多敵人。當天早上很冷，死者穿了大外套和手套，能遮住有德魯伊刺青的手掌和手臂。很容易認錯他們兩個。

「所以你來波特蘭做什麼？你要做什麼可能會成爲暗殺目標的事嗎？」

「現在沒有；我眞的是帶獵犬來玩的，我們剛剛才搭火車從尤金過來。但我動物保育活動的經歷可能曾激怒某些人。」

「哈！這也算是一種說法。」我對阿提克斯說。

「你可以幫我列份名單嗎？」警探問。

「我可以！北歐諸神、埃及諸神、羅馬狩獵女神、大部分妖精，還有所有吸血鬼……」

「當然，但我現在就能告訴妳，他們不是會想到用3D列印武器的人。他們都在經營牧場，擁有很多傳統武器，加上那些畫了捲蛇的小旗幟，妳知道，就是會抱怨『那個蠢政府』還喜歡引述傑佛遜說要『用暴君的鮮血灌溉自由樹苗』什麼的那種人。」

這下阿提克斯是在瞎扯了，我聽得出來。但我沒聽見警探的回應，因爲歐拉在幾階底下對我和星巴克說話。「嘿，兩位，過來聞聞這個，看看有沒有聞到我聞到的味道。很奇怪。」

歐拉在聞第四級階梯的扶手，我們走下去時趾甲在水泥地上嘎嘎作響。我們聞了聞她的鼻子剛剛所處的位置，聞到了，除了人類各式各樣體味，還有另一種味道。而且還很新鮮。

「我沒弄錯吧？」歐拉問。「你們也有聞到？」

「是的食物！」星巴克回答。

「對，我聞到了。這可不正常。那玩意兒不該出現在這裡。我們得告訴阿提克斯。」我叫他，他要我們等候片刻，先擺脫警探再說。他們交換名片，阿提克斯保證名片上的電話號碼可以用，而他一整天都會在城裡，然後他就走到我們身旁。

什麼事，老兄？他私下問我。

「你知道狼人聞起來基本上是人類，但就是有一點狼味——你上次說『只有一點點』的那個很厲害的字是什麼，和湯有關的？」

湯點【譯註二】。

「對。好了，這個扶手上，我們聞到了人類女性外加一湯點大熊的味道。」

阿提克斯皺眉。你完全肯定？你確定是熊？

「只有一種東西聞起來像熊，就是熊。在火車站的扶手上。」

你確定是女性？

「對。有點血味。她有在做人類會做的那種事。吃藥。」

我想你是指月經【編註二】。

「對，我就是這麼說的。」

阿提克斯轉身看向身後的警察，他們全都背對我們，觀察屍體。他從口袋中拿出牽繩。

好了，你們三個。我想你們眞的找到線索了。我要你們追蹤那個氣味，慢慢來。我們用走路的速度前進到離開車站爲止，以免引人疑竇。如果你們肯定氣味的方向，出去後就可以加速。

「嘿，我們又開始打擊犯罪了嗎？」

對，如果你不介意。我想知道是誰殺了我的分身【譯註二】。

「太好了！我就希望我們能找個時間再來偵辦一件謀殺案！」

「達波甘兒是什麼？」歐拉問。

那是喬漢・保羅・里奇特【編註二】發明的德國字。達波意指「加倍」，甘兒則是「常做某事的人」，一開始這個字是指長得和你一樣但隱形的靈體。現在則可用來表示任何看起來與你一樣的人，像是複製人，有時候也可以是邪惡雙胞胎。

「所以世界上還有個和我一樣的靈體歐拉？她肚子裡有靈體小狗嗎？餓了會吃靈體香腸嗎？」

我們只能猜囉。如果有，她也是隱形的。

譯註一：湯點（Soupçon），就是一點點的意思。

編註一：月經（mentuation）音近吃藥（medication）。

譯註二：分身（doppelgänger），音爲「達波甘兒」。

編註二：喬漢・保羅・里奇特（Johann Paul Richter, 1763-1825）是德國浪漫派作家，以Jean Paul筆名發表作品，在其一七九六年的小說《Siebenkäs》中初次使用分身一字。

「哇，阿提克斯，哇！」我說。「我眞是開了眼界。你是說我們活在充滿隱形香腸的世界裡？」

或許，這麼想很過癮，是不是？

他把牽繩扣上我們的項圈，然後我們經過樓梯底下的巡佐，開始跟蹤氣味，結果發現氣味走了回頭路，然後就分成兩條。「一條前往月台，一條離開車站。」我說。

我們跟蹤離開車站的那條，阿提克斯回應。然後我們就進入充滿氣味的波特蘭市區，跟著「不屬於這裡的大熊」的氣味前進。

之後我們走了很長很長的路，跟著氣味跑去西山丘和華盛頓公園，隨即開始慢跑。事實上，我們在逐漸逼近對方；味道越來越新鮮，也越強烈。

華盛頓公園裡有幾個小公園。這裡有個國際玫瑰考試花園，雖然我不太確定玫瑰要怎麼考試。這裡還有座植物園，我之前沒來過，但聽起來很魔幻，因爲裡面充滿奇特美好的樹木可以尿尿！不過這裡還有座日式花園，五畝半的翠綠植物、石板路、池塘、小橋、瀑布和石燈籠，營造出一股寧靜氣息。熊的氣味把我們引往那裡。事實上，直接前往一張面對平靜水面的石凳。當時氣溫依然偏寒，所以公園裡沒有夏季那麼翠綠，充滿蟲鳴鳥叫，但還是有股冬季之美。

有個高大的人坐在石凳上，身穿看起來很臃腫的黑外套，由於對方低頭的緣故，遠距離看起來很像是顆大橡皮軟糖。我看不出來那傢伙是眞的很高大，還是因爲臃腫外套的關係。阿提克斯在我能看清楚的距離阻止我們前進，大聲喊出一個名字。他已經知道我們在追蹤誰了嗎？

「蘇魯？」他說，對方轉頭。對方臉上沒毛，所以我猜她是女人，特別是當我們是在追蹤女人時。她眨了眨大臉上的黑眼睛。「蘇魯．布萊克？是妳嗎？」

「你是鬼嗎，來找我作祟的？」她問。

「我是妳的老朋友，敘亞漢。火車站那個人不是我。」

她又眨兩下眼睛，然後站起身來，完全轉向我們，臉上流露懷抱希望的笑容。「你還活著？」

「暫時還活著。妳不是來殺我的吧？」

她笑容消失，大力搖頭。「不，不！不是我幹的！」

「我可以接近嗎？」

「可以，當然。你的狗不會攻擊我，是吧？」

「不會。不過給我一點時間講清楚。」然後阿提克斯的聲音在我們腦中響起。聽著，蘇魯・布萊克是科迪亞克・布萊克的女兒。她是熊變形者，你們聞到的是她的味道。這表示，沒錯，她偶爾會變成大熊，不是你們在世界上最喜歡的動物。但她是我的好朋友，也會是你們的好朋友。所以不要朝她低吼，聽見了嗎？要有禮貌。

「好。」我說，歐拉和星巴克也都同意。「蘇魯是她的本名嗎？」

不。是她挑的化名，就像我挑阿提克斯一樣。我不知道她的本名。

我們走過去，只聞了兩下我就確定這就是我們在追的人。

「好久不見。」阿提克斯說。「我不知道妳在這裡。」

「喔對，我在這裡十五年了。夏天參加大農夫市集。」

「是呀，好吧。聽著，科迪亞克的事，我很遺憾。」

「謝謝。不過我聽說凶手已經付出代價了。這個圈子不大。」

「妳好嗎？」

蘇魯嘆氣，然後回答。「我被剛剛目睹的景象嚇到了，但知道不是你後就好多了。」

「妳介意告訴我是怎麼回事嗎？」

「不介意。但我不想告訴警方。」

「我不會對他們說。但妳最好立刻出城，或許當一陣子熊。他們可能會從監視器畫面找出妳。」

「聽起來是好主意。陪我坐坐？」

他們坐在石凳上，凝視池塘，不看彼此，所以我們獵犬全坐在旁邊草地上，凝望同一座池塘。沒有魚跳出水面，甚至沒魚親吻水面，引起陣陣漣漪。但我知道水裡有魚，看不見，就和阿提克斯說的那些香腸一樣。

「想像一下，歐拉，」我說。「我們所到之處都被看不見的美味香腸包圍。既悲劇又充滿希望。可以賣出數百萬套的好故事。我應該寫本叫作《我們看不見的食物》的勵志書！」

「喔，那太棒了！」

「是的食物！」星巴克說。不過我們沒有繼續討論下去，因爲阿提克斯開始問問題，而我們想知道車站裡究竟出了什麼事。

「從頭說起。」他對蘇魯說。她聲音微變，轉爲說書人的語調。

「我是爲了送朋友去尤金才到火車站的——六點瀑布線，和你的一樣，只是反方向。車開走後，我看見對面月台有個紅髮男，讓我聯想到你。接著當我細看時，我認定那個人就是你。但他在遠離我，而我們中間又有太多人，用叫的沒有用。於是我快步追去，努力維持在看得見他的距離內，看到他閃入樓梯間——我連那道樓梯通往哪裡都不知道。但感覺像是可以交談的地方，至少，所以我大聲叫他停步。我在樓梯平台追上他，我發誓當時我認定他就是你。我看著他笑，問他記不記得我，但我們身後的門開了，他目光掠過我臉上，在看見我身後的景象時瞪大雙眼。我轉身去看——轉向右方，背靠牆壁——給了凶手清楚的射界。我沒辦法描述對方長相。和我一樣穿臃腫的冬季外套，戴手套，用巴拉克拉瓦頭套和太陽眼鏡遮住面孔。我連對方是男是女都認不出來。但是對方動作很快，用手裡的迷你十字弓瞄準，在我眼前射殺那個男人。你的雙胞胎一倒地，他們立刻逃離現場。」

「他們什麼話都沒說，射了就跑？」

「對。不是隨機搶劫之類的。是特定目標的暗殺。」

「他們立刻就跑了？沒有搜他口袋什麼的？」

「沒，是我搜的。」

「什麼？」

蘇魯戴手套的手伸進外套，拿出一個皮夾。「我知道你會用化名，但我不知道你現在用的化名是什麼。我想或許我可以做點什麼，你知道？因為會殺德魯伊的人肯定不會站在我這邊。」她交出皮夾，阿提克斯伸手接過，考慮形勢。

「好吧，我得修正我剛剛說的話：警方肯定會找妳。我是說，他們也會找戴巴拉克拉瓦頭套的男人或女人，但也會發現妳跟在他們之後離開樓梯間，知道妳是目擊證人。」

「我戴著兜帽，一直低頭。」

「但妳在火車站期間沒有一直這樣做，對吧？他們會往前找，發現妳在月台上向朋友道別。他們或許有辦法查出妳的姓名，還有妳朋友的——妳該聯絡他們，告知可能會有警方出現。」

她哀怨嘆氣。「肯定是該變成熊了。」

「沒錯。」阿提克斯給她一張名片。「我現在叫作康納．莫洛伊，在麥肯錫河畔有間房子。」

「那你住得很近！那附近環境不錯。」

「歡迎妳隨時來訪。或許我們可以幫妳弄個新身分。」

「我很可能會去找你。不過我會先打電話，我可不想激怒獵犬。」她轉身對我們說話，假設我們聽得懂。「謝謝你們忍受我。你們是很棒的獵犬。」

我們三個全都看著她，豎起耳朵，震驚萬分，最後我才透過心靈對歐拉低聲道：「剛剛……剛剛有人稱讚我們嗎？」

「我們要怎麼做？」歐拉問。「要生氣還是高興還是什麼的？」

「我想我們應該要有禮貌。但我想這種事情從來沒有發生過。我以爲根本不可能！妳知道這代表什麼嗎，歐拉？包圍我們的還有隱形善意，隨時準備給我們驚喜！但是是快樂的驚喜！我或許該在書裡花一整章篇幅描述此事。」

「好，我想看！」

蘇魯還交給阿提克斯一組從分身口袋裡拿走的鑰匙，他問她有沒有電話。她聳肩，說她沒找到，然後他們就擁抱道別。她對我們揮手，我們在她走入公園時發出道別式的叫聲。我以爲我們也要走了，但阿提克斯又坐回石凳。

「現在，」他說著打開皮夾，看著證件。「我們來看看我的分身是什麼人。」

第三章　藏香腸的男人

阿提克斯看著駕照嗤之以鼻。「哈德森．基恩？誰會給愛爾蘭小孩取名哈德森？」

「很常犯錯的人？」我猜。

「我想應該是。嗯。二十二歲。波特蘭地址，離這裡不遠。但我們或許該找伊巴拉警探一起去。如果我沒告知此事就跑去，她絕對會生氣，然後不再和我們分享任何情報。」

「你打算建立起你稱之爲烏賊專家走的那種付出和接受的關係？」

「什麼？你是說等價交換【註】？」

「這個，我不知道。或許？但我希望不是。我本來希望改天能遇上個烏賊專家。」

「烏賊專家是什麼玩意兒？」

「我不知道，所以我才想遇上一個！」

「我想你該把它放到人生清單裡。」他放開牽繩，說我們可以自由行走，只要能看得到他，又不騷擾其他人就好。「我們要回公園入口。」

歐拉和星巴克晃得有點遠，聞來聞去亂尿樹，但我一直待在我的德魯伊身邊，看著他拿出電話和伊巴拉警探的名片。

「你不想到處去聞聞嗎，歐伯隆？我們就是爲此而來的。」

譯註：「烏賊專家走」是Squid Pro Go，而等價交換是quid pro quo，兩者音近。

「是呀，沒錯，但那隻松鼠改變了一切，是不是？我們開始查案了，阿提克斯。還可能有人在追殺你。那表示我在此案結束前都要擔任守衛。」

「好吧，謝謝你，老兄。知道嗎，我喜歡這裡。我想我要找棵樹和提爾・納・諾格羈絆，讓我們可以輕鬆回來。然後我再打電話給警探，開擴音器讓你一起聽。」

我聽見警探接電話時語氣很不耐煩，不過透過話筒傳出的聲音並不洪亮，而是有點緊繃、有點悶。人類的聲音在經過電話時出了什麼事？是不是有怪物住在電話裡的空間，吞噬情緒和語調？住在音色裡的東西？我或許得在書裡增加一章節來討論聽不見的聲音和我們的耳朵錯過的東西。

「對，警探，」阿提克斯說。「我想我可能找到了對妳有用的東西。我的獵狼犬聞到了一股氣味，我們一路跟到華盛頓公園。我相信我找到了被害人的皮夾。」

「你說看起來和你一樣的那個人？」她說。

「對，就是他。妳介意與我在公園入口碰面，然後一起去被害人家嗎？」

「介意，你只要把皮夾給我就好了。」

「我認爲妳該釋出一點善意，伊巴拉警探，因爲我又一次在調查謀殺案方面幫妳做了不少工作。就算妳不當我是同事，是不是至少也可以把我當作顧問？我只是想幫忙。」

「你要幫忙就把你找到的東西交出來，讓我做好我的工作。」

「我很樂意交出皮夾，只要妳帶我一起去他家。我想找出凶手，而很顯然我幫得上忙。還是說妳已知道被害人的姓名和地址了？」

「可惡，莫洛伊，你知道我不知道。他叫什麼名字？」

「來華盛頓公園入口接我和我的獵犬，我就告訴妳。喔，我們還找到他的鑰匙。」

「當眞？手機呢？」

「很抱歉，沒有。只有皮夾和鑰匙。但那些肯定能提供比你們手頭上更多的線索？好啦，警探。我們是一國的。就合作一次嘛。」

伊巴拉警探喃喃說了幾句聽不懂的話，然後和阿提克斯講好碰面的地點。我在寒風中發出勝利笑聲。德魯伊超強。

一段時間過後——幾小時或幾分鐘或幾個月，我不知道——我們擠進伊巴拉警探的車，製造這輛車的人從未料到會有兩隻獵狼犬跳入後座。「耶穌呀，」她一直說，彷彿叫他名字就能讓他突然出現，把她的小車變出更大的空間。「他們常掉毛嗎？」

喔，如果能引用人類鬥劍士的術語，我會說這是很陰險的攻擊。她說得好像沒有獵狼犬，人類就不用拿吸塵器清理車內一樣。妳知道，人類也會掉毛！

阿提克斯用哈德森．基恩的皮夾誘她分心，而我們獵犬很快就被前座底下眾多玉米卷餅的包裝紙分心，或許是盯哨的產物，或許是她永遠沒時間在餐桌上吃飯的結果。油膩膩的薄蠟紙，最終極的誘惑。我可以責怪警探對獵犬抱持的偏見，但我不能責怪她對香菜烤牛肉口味的偏好。即使消失許久，那些玉米卷聞起來依然超香。它們是鬼玉米卷餅，挑釁我們動作太慢。喔，鬼玉米卷餅！我爲什麼戒不掉你？

「叫她帶我們去吃午餐，阿提克斯，」我說，完全沒去聽他們在講什麼，只知道他們在討論樓梯間，「我們就會爬上通往天堂的階梯。」

但他不理我，因爲警探又開始問他皮夾和鑰匙的細節，他們的交談內容終於戳破了我油膩膩的玉米卷餅夢。他是怎麼找到的？在哪裡找到的？附近有其他人嗎？阿提克斯小心繞過蘇魯，假裝是我們帶他找出丟在公園裡的皮夾和鑰匙——我想這也算是事實。是我們帶他前往公園的。

抵達哈德森・基恩的公寓時，阿提克斯在警探堅持下給我們上了牽繩。很顯然，她對狗的印象就是會在犯罪現場亂跑，看到東西就尿尿，但那不是事實。我們只會尿想尿的東西，這差別可大了。

公寓在二樓。警探回報警局或轄區或隨便什麼東西，告訴他們她要用被害人的鑰匙進入他家。只不過我們不必這麼做。門沒有完全關上，鎖被打爛或砍爛了，不在門框上。伊巴拉警探一看這種情況，立刻要求我們後退，從肩式槍套拔出外套下的手槍。接著她又打回基地，要求一隊人馬趕來支援，因爲被害人的家遭人闖入。

「我想我們快要找出殺人動機了，」警探說。「等我說安全後再進來。」

我猜她不打算等候支援。她踢開門，矮身閃入，槍指前方。

片刻過後，阿提克斯探頭到門框後偷看。

裡面被人搜過了。呃。看來哈德森謀殺案不是因爲凶手認錯人。他眞的就是暗殺目標。你覺得他惹上了什麼淘氣的麻煩？

「蜥蜴。」我說。

你說什麼？

「他家裡有陸生動物飼養箱，裡面住了隻冷血動物。我在這裡就能聞到。蛇——蜥蜴——爬蟲類的味道。」

有趣。嘿，進去前，請你們三個聞聞門框和門檻的味道。你們有聞到在車站聞到過的味道嗎？我是說，除了哈德森的。因為如果有吻合的氣味，可能就是凶手留下的。

我們開始用鼻子辦案，聞聞門廊周遭。我沒聞到任何奇怪的氣味，歐拉也沒有，但星巴克對著某樣東西低吼。他認出來自車站的味道，開始扯緊牽繩，往走廊過去。

聞到什麼了，星巴克？去，帶路，但動作慢點。暫時不能脫掉牽繩。

我們跟著星巴克下樓，來到停車場，他突然朝警探車的反方向走。氣味沿著一座公寓附近裝飾用的花床前進，幾乎轉進室內。對方貼牆而行，刻意不走人行道中央。

星巴克帶我們走到馬路旁的停車格，有輛看不出車款的轎車停在上面。我本來以為那輛車後座有足以容納獵狼犬的空間，但是並沒有。星巴克帶我們繞過車子，沮喪地哼了一聲。

「不是松鼠！」他說，坐下來讓耳朵攤平在頭上，很抱歉給我們壞消息。氣味到這裡就消失了。

不要緊，星巴克，你幹得很好！我想這不是凶手的車，但他或她之前停在這裡。阿提克斯走到轎車後方，伸長脖子看向公寓，東張西望尋找某樣東西。啊哈！看到了嗎？他指向辦公室入口，但我不知道他要我看什麼。

「什麼？」

燈柱上，兩倍我的高度。正對停車場的攝影機。我們去請警探調閱影片。喔，見鬼！

「怎麼了？」

我們丟下她，沒說要去哪裡！我甚至不知道公寓安全了沒有。地下諸神呀，我永遠不會成為好警察！來吧，我們回去！

阿提克斯大步前進，但我們輕易跟上。上樓前往基恩公寓時，他大叫：「伊巴拉警探？警探！」

他在聽見她回應時鬆了口氣，雖然她聽起來不太高興。「對，我在這裡。安全了。你上哪去了？」她站在門口，雙手抱胸，神色不善。阿提克斯麻煩大了。

阿提克斯雙手插入口袋，偏開目光，垂頭喪氣，語氣缺乏自信。他說這是「難爲情【註】」的表情，但是綿羊又沒有口袋，所以我不懂那是怎麼回事。

「這個，我的獵狼犬聞到火車站樓梯間裡的味道，我們跟著那股味道跑去停車場。那裡有攝影機，所以妳或許可以看看錄影帶，找出凶手的車牌，甚至他的長相。」

「什麼？」警探揚起一手，對他搖手指。「不、不、不、不、不。你看吧，這就是我們不找顧問的理由。你剛剛做的和說的事有太多不對勁的地方，我都不知道該從何說起了。」

「好吧，那從科學的角度來說怎麼樣？」

「什麼科學？」

「嗅覺的科學。每個人類都有獨特的氣味，就和指紋一樣。狗能偵測出那個氣味，利用它來追蹤人。他們在門外聞到的氣味就是火車站樓梯間裡某人的氣味——而我說的不是哈德森・基恩。」

「你怎麼可能知道這個？他們告訴你的嗎？」

「不，他們受過訓練。」

嘿嘿！我就喜歡聽阿提克斯針對和我們講話的事情撒謊。別人總是會相信他的鬼話。

「但他們又不是尋血獵犬。」

「幾乎所有狗都有能力偵測出這些氣味。尋血獵犬只是非常擅長，但我的獵犬的鼻子完全夠格。找尋氣味和排除氣味都是可以訓練的。妳在電影上看過有人拿衣物給獵犬聞，叫他們去找——那是眞的。

但也能訓練他們去找不符合那個氣味的東西。找出全新氣味，然後跟蹤。我們剛剛就是這麼做的。星巴克——波士頓㹴犬——找到符合的氣味。妳不信我也沒關係。」

「我不信。你知道爲什麼嗎？因爲就算你能訓練狗那麼做——我敢說有可能——你也才養那隻狗多久，最多兩週？」

「他本來就是受過訓練的冠軍犬，而我也非常擅長自己的工作。如果我干涉了妳的工作，我非常抱歉，但我只是想幫忙。至少能走到這個地步都是我的獵犬的功勞。調閱那份錄影帶不會有什麼損失，是不是？說不定妳本來也會那麼做。」

「喔，一點也沒錯，我會。因爲案子就是建立在那種東西上，而不是某個嬉皮自稱他的狗找到了什麼線索。」

阿提克斯笑著看她，一點也不在意。「這個嬉皮的狗可不可以在妳的支援跑進來踐踏現場前先四下聞聞呢？」

「在犯罪現場增加狗毛？呃嗯。」

「哇，她眞的很在乎掉毛的事，阿提克斯。她一定是把別的事怪到這頭上。我敢說她的水管都被毛髮堵住了。」

「好吧，那我呢？我可以四下看看嗎，什麼都不碰？」

警探的目光垂落在我們身上。

譯註：難爲情是sheepish，而sheep也有綿羊的意思。

「喔，別擔心他們。他們會待在這裡。」拜託待在這裡，阿提克斯透過心靈補充，然後在警探想出反駁的理由前擠過她身旁。她一直盯著我們，看看我們有什麼反應，我本來覺得很奇怪，後來才發現她在幹嘛：她在等著我們做出不乖的舉動，然後就可以去搞阿提克斯。抱歉了，警探。

「嘿阿提克斯，你可以先檢查冰箱嗎？」我說，讓歐拉和星巴克都聽見我開的玩笑。

「是的食物！」波士頓犬說。

「沒錯，我記得有人保證只要在火車上保持安靜就有淋肉醬的肉可以吃。」

喔，可惡。我很抱歉。我通常不會忘記這種事。我們下車後就不斷有事發生。

阿提克斯扯下櫥櫃下的捲筒式紙巾，警探被他的聲音吸引。

「嘿，你說你什麼都不會碰！」她說。

「我要檢查冰箱，不想留下指紋。」

「爲什麼？」

「確保裡面沒有屍塊。而且我的狗餓了。」我聽見他開冰箱門時門內傳來玻璃容器撞擊聲響，於是想像裡面都擺了些什麼。可能是一罐罐的美乃滋或醃黃瓜。希望沒有芥末。我一時沒有聽見其他聲音，於是假設他是在仔細檢查，最後他說：「看來基恩先生吃素。」

我模仿《公主新娘》裡的維茲尼先生。「嘎！」

「那表示沒東西吃！」歐拉說。星巴克哀鳴。

我聽見阿提克斯打開抽屜，邊檢查邊嘀咕。「豆腐、大豆乳酪……這些可不行。啊哈！後面是什麼？」警探離開門口，不再阻擋我們的視線，所以我能看見他拿起一個塑膠袋，裡面裝了看起來很美味的東西。「我相信這是夏季香腸，放在看不見的地方，早被遺忘！肯定是幫吃肉的朋友準備的，但是沒吃完。介意我拿這個給狗狗吃嗎？在妳說不前，警探，請記得我們找來這裡都是他們的功勞。」

她嘆氣，看了香腸一眼，然後讓步。「好吧。我想他也不會吃了。但是就這樣了。我得看看能不能找到任何電子產品或他的手機。至今還沒找到那種東西讓我有點不安。」

「謝謝妳。」

警探消失在一道走廊或什麼東西後面，我們也不太在乎她要幹嘛，因爲阿提克斯帶著香腸走向我們，那是最重要的。歐拉和我基本上是用尾巴在掃門廊，而坐在我們中間的星巴克興奮得不住發抖。

阿提克斯彎腰蹲在我們面前，微笑說道：「這些可以撐到我找到有淋肉醬的東西，呃？」他打開袋子，天堂般的美味撲面而來。對，我們都在流口水。但當阿提克斯拿出袋裡的東西，一條切割面布滿大理石油花的圓柱體燻牛肉時，我們全都發現他沒辦法輕鬆幫我們分肉。

「喔，我沒帶刀來。眞是太蠢了。抱歉。等我一下。」

在看到阿提克斯一動不動地凝視香腸末端時，歐拉疑惑問道：「你說一下是多久？」

「基本上是個毫無用處的時間單位，因爲人類會用它去表達任何事。」我說。「而他還不懂我爲什麼搞不懂時間。」

「等等。看起來不對勁。」阿提克斯壓低音量說。「這裡有裂縫。或是什麼的。」他伸手指觸摸香腸中央，輕輕拔出一小塊肉，露出比他拔出的肉深很多的四方形洞。

「啊！他挖空香腸？什麼樣的怪物會做這種事？我說，阿提克斯，一定要阻止這些素食主義者！」

「他挖空香腸是爲了放東西進去。」阿提克斯輕聲說道，把小塊肉丟給星巴克，他在空中接下，說道：「是的食物！」

阿提克斯把香腸倒過來拿，上下搖晃。一塊細長的黑塑膠物體從香腸裡掉到他掌心，他才看了一眼就站起身來，把東西塞入口袋。

「等等，阿提克斯，怎麼回事？那是什麼？」

阿提克斯切換回心靈聲音，確保警探不會聽見。

我現在還不確定那是什麼，不過很可能就是害死哈德森．基恩的東西。屋裡沒有科技產品，也沒電話，但有一支隨身碟藏在香腸裡，而香腸又藏在素食主義者的冰箱裡。還藏得很仔細。我和警探一開始都沒看見那道切痕。所以不管隨身碟裡有些什麼，在哈德森心裡都認爲值得大費周章。

阿提克斯在廚房中搜索，碰東西都用紙巾，避免留下指紋。他找到砧板和菜刀，用紙巾包住刀柄，然後開始切香腸。

「所以你現在除了在切香腸，還在湮滅證據？」

對。

「這大概不會是你所謂的章魚專家走？」

不是。

「要是警探發現，你會惹上大麻煩。」

對。

「那你爲什麼要這麼做？」

因爲你餓了。也因爲此時此刻，我認爲我們的不正統非法手段比傳統警力更有效率。等警探終於調閱停車場監視器影片後，她會看到同樣一個全身包得緊緊、完全看不到臉的人，而對方使用的車牌肯定是偷來的。我敢說那傢伙一下子就會從影片中消失；我肯定他們貼牆走就是爲了這個。他們事先知道監視器在哪裡；製造並使用無法追蹤又能輕易融化掉的武器；在公共場合殺害他，然後逃跑，專業到家了，只是沒考慮到蘇魯在場。但想想看：要不是蘇魯認爲基恩長得像我，所以跟著他，他們就能在樓梯間逮到他落單，完全沒有人證。所以正如蘇魯所說，這並非衝動犯罪，也不是錯誤的時間出現在錯誤的地點。這是計畫縝密的暗殺行動，那表示事情牽扯到很多錢。而你知道那對警方而言代表什麼嗎？

我花了點時間，不過還是想到了。「他們遲早會遇上很多律師。」

一點也沒錯。拖延和阻礙，讓壞蛋有機會脫身。但我們要繞過那一切。我們已經比他們想像中更接近眞相了。

阿提克斯放下菜刀，用紙巾端起砧板。他很快地把香腸塊輪流丟到我們嘴裡，我們全部接下，不到十年或多久就吃得精光。

「好吃。眞是美味的證物。」歐拉說，星巴克和我同意。「但我還餓。能弄點有肉醬的東西嗎？」

當然可以。等我向警探道別，然後像章魚專家一樣離開。

阿提克斯才剛說要走，警探就在公寓裡大叫。「啊！狗娘養——」

我的德魯伊丟下砧板，衝入公寓，喊道：「警探？」

「沒事。」我聽到她回應。「我只是嚇到了。有隻超大的蜥蜴。」

「嗯。喔，沒錯。眞是隻大鬣蜥蜴。跑出他的生態箱了。」阿提克斯暗地裡對我說：你說得對，老兄。屋裡有蜥蜴。

「嗯，鬣蜥蜴！樹上的雞！」我這麼說的同時或許正好在舔砧板，但我天賦異稟，有辦法一邊消化香腸，一邊思考雞的事情。

「對。」伊巴拉警探說。「看看被翻成什麼樣子，滿地都是石頭、沙和大便。他們在生態箱裡找東西。」

阿提克斯很清楚對方在找什麼，因爲那玩意兒已經在他的口袋裡。但他說：「啊，這可奇了。好了，聽著，警探，我餵過狗了，也不打算繼續打擾妳。但如果可以，我還是想繼續幫忙。如果有查出什麼哈德森・基恩的事，可以請妳打電話給我嗎？我預計今晚返回尤金，不過我的時間很有彈性。如果妳有需要，我隨時樂意效勞。」

「是呀，好吧。謝謝，莫洛伊。我們有消息會通知你。」

伊巴拉警探的支援抵達停車場時，我們剛好走到樓梯底部。我們三隻獵犬讓德魯伊牽著走出公寓，但警方並沒有扯我們後腿，不，先生。我們遠遠走在警方前面，迎向正義——當然，還有肉醬。如果仔細想想，會發現這兩樣東西其實是一樣的。

第四章　守密者

阿提克斯帶我們去隨機點餐派吧，讓我們三隻獵犬享受菜肉醬料派，因爲他早先做出了嚴肅的肉醬承諾，而他得信守諾言。他趁我們吃飯時打了通電話，我們在他身旁聽。

「嗨，厄尼斯。康納・莫洛伊。聽著，既然你是某種電腦巫師，我在想你有沒有一台獨立的電腦沒有連上網路，專門用來處理來歷不明的隨身碟，檢查病毒之類的東西。有嗎？太好了。我可以麻煩你幫我檢查一樣東西嗎？我保證會付錢，如果那玩意兒摧毀了你的電腦，我也會出錢換新的。」他停頓，讓厄尼斯回答，然後說：「沒問題。如果你不介意給我地址，我今天傍晚就會過去。你喜歡喝什麼？我也會帶點過去。謝謝。」

「是厄尼斯・高金斯—史密斯，貴賓犬傑克和拳師犬奧吉的人類？」我們最近認識他的，因爲傑克遭人綁架，我們救他回來。

「是他。我們回尤金就去找他。」

他又打了通電話給當地眞正的私家偵探，我們上門去付了點錢。他要以最快的速度調查哈德森・基恩的背景資料和家族史。之後在晚上去找厄尼斯前就再也沒事好做，於是我們終於有機會享受波特蘭的公園，到處聞味道了。

不過那就表示當我們回到火車站，要搭下午的火車回尤金時，我們都累翻了，只有隨便檢查了一下火車上有沒有松鼠，然後就縮起來大睡。我們始終沒弄清楚那隻松鼠有沒有逃出樓梯間。

抵達尤金後，阿提克斯說我們睡覺時他接了兩通電話。他在我們去開貨車前往厄尼斯家途中說了電話的內容。

「哈德森・基恩看起來這麼像我是因爲他是我的後代，雖然隔了很多代。十九世紀末我在紐約躲避安格斯・歐格追殺，因爲當時我和一名女子的關係，他在一世紀後出生了。」

「喔，苦難貓咪，阿提克斯，我很遺憾。」

「是呀，很遺憾。哈德森看起來前途大好，除了長相外，似乎還遺傳了我偏執妄想的個性。」

「什麼意思？」

「警方沒找到電話是因爲他沒有電話，據他們所知沒有。如果有電話，他也只會用拋棄式手機，和我一樣。他的數位足跡少得可憐。他有張銀行卡，但只有在城內不同的咖啡店買咖啡——他故意四下留下蹤跡。其他財務轉移都是以現金存取和提領，完全看不出來那些錢的出處。根據紀錄，他沒有工作，但顯然有檯面下的進帳。我們現在最合理的猜測就是，他在進行某種超級祕密的科學計畫。」

「哪種？不會是詭異科學吧？」

「哈德森去年從麻省理工學院畢業，取得化學工程學位。這表示他高中和大學都提早畢業。換句話說，非常聰明，而雇用他的人不要他留下清楚的雇用紀錄。在現在這個情況下，我只希望不要是毒品生意。」

「他書櫃後面有沒有祕密實驗室，要拉開一本《帕拉塞爾蘇斯》【註一】才能打開？等等！阿提克斯，萬一他是預言中幫三倍脫脂雙倍培根五種乳酪摩卡組織做事的人之一怎麼辦？」

「地下諸神呀，我都把那個忘了。你從沒告訴我你是從哪裡聽來這種東西的，但是無論如何，我想我們能在隨身碟裡找出答案。」

厄尼斯．高金斯—史密斯是個好人，可惜有腳臭，還喜歡穿在動漫展買的T恤。這次他穿的是電影《屠魔特攻二人組》【註二】的T恤。阿提克斯說他是英國流放者，這表示他有可能是也有可能不是前任愛國者；他說這種事情很複雜。

厄尼斯在家工作，正職是資訊科技專家，副業是訓狗師，所以我懷疑他除了這種衣服外，大概就只有一套參加巡迴比賽時要穿的西裝。他基本上無視阿提克斯，全神貫注在我、歐拉，還有星巴克身上，只問能不能給我們吃點心，而阿提克斯說可以。阿提克斯一邊環顧四周，一邊看著他拍我們，發出好幾年的蠢聲音。

我們身處被厄尼斯裝飾爲超大辦公室的客廳。他弄了張圖書館裡那種超長木桌，在兩側放閱讀燈，他的工作站前擺了張超舒服的辦公椅，但是另一端只有兩張木製餐椅。他的工作區有三台螢幕、兩個鍵盤。其中一台螢幕上顯示某種類似《駭客任務》裡的程式碼，另一台螢幕上是暫停的電玩畫面，第三台螢幕在放科幻電影《異星入境》，聲音調得很小聲，不過我認出七足外星人的聲音。

他用那種英國腔調對阿提克斯說：「筆電在最後，隨時可以用。裡面除了防毒軟體沒裝什麼程式。對你的隨身碟執行防毒軟體，然後在我的工作站上看看你弄了什麼來。」

阿提克斯謝過他，我透過心靈連結提出要求。「嘿，趁我沐浴在讚歎中時，告訴我你在幹什麼和看什麼？」

沒問題，老兄。

厄尼斯問他可不可以帶我們去後院與傑克和奧吉玩，阿提克斯說沒問題。我們在還來不及激怒一隻獾的時間內就跑到室外去聞屁股和大玩特玩。

阿提克斯告訴我隨身碟上有什麼時，我已經在和奧吉展開友善的咀嚼戰。

編註一：帕拉塞爾蘇斯（Paracelsus, 1493-1541）是中世紀德國文藝復興時期的醫生、占星術師，也是知名鍊金術師。他在長期流浪生涯中留下大量論文，後來被編成全十二卷的作品集。

編註二：《屠魔特攻二人組》（*Tucker & Dale vs. Evil*, 2010）是一部恐怖喜劇，主角是被誤認爲殺人魔的中年二人組。

隨身碟裡有三個加密檔案。伊巴拉警探提供了三組解密鑰匙。

「她把你偷走的證物的解密鑰匙給你？」

她不知道那些是解密金鑰。就是三組六十四個數字組成的字串，黏在他公寓衣櫥牆面上，而她以爲那是密碼，不是其他東西的金鑰。雖然我得主動向她要，但她以爲給我無傷大雅。

「哈哈！你，無傷大雅？」

我現在在掃描病毒。我敢說不會有事，但還是小心爲上。你在幹嘛？

「歐拉加入戰團，壓倒奧吉。他難以置信，開始躁動。你知道，躁動是屬於說和做一樣有趣的那種字。」

接著我也開始躁動，玩到忘記時間。但最後阿提克斯走出室外，告訴厄尼斯隨身碟已經掃毒完畢，想要在他超棒的自製工作站上看看隨身碟的內容。

厄尼斯要我們在他們進屋時繼續玩，我要阿提克斯一步一步報告給我聽。

好吧。第一個檔案解鎖中……呃。是Word檔，檔名「穩定太陽能」。開啓，速讀一下……見鬼了。

「什麼東西？」

這個，呃，看來我的後代是個解決了世界能源問題的天才。這表示當今世上所有能源產業的人都是他的敵人。難怪他會偏執妄想。

「但是太陽能？我以爲那早就被發明了。」

是早就被發明了，但太陽能目前還沒有剷除天然氣、燃煤和其他能源的原因，就在於它效率很糟，想要讓晚上持續點燈，要有更好的電池儲存裝置才行。根據這份檔案，他已經解決了這兩個問題。他將鈣鈦礦太陽能電池的效率提升到百分之四十九——這算非常高，你可以在高緯度地區製造太陽能——而且他想出能夠穩定鈣鈦礦表面在潮濕環境下迅速降解的解決方案。他還有新型的充電電池，能夠儲存過剩電力提供夜晚使用。好了，現在我們知道他爲什麼遇害了。

「有證據證明這是眞的嗎？」

我假設其他兩個檔案是電池和儲存裝置的設計圖，不過要打開才知道。重點在於，就算只是有可能是眞的，都有可能害他喪命，他也知道這一點。所以盡可能匿名行事。

「所以對方才跑去搜他房子。他們在找這個。這表示他們在找你。」

除了你，沒人知道東西在我手上，而你不會告訴其他人。而且他們可能根本不知道這東西的存在。他們或許拿走他的電腦，以爲那樣就夠了。如果他們在找人，肯定是找這份文件裡提到的伊格納修・梅迪納博士。他是團隊裡的電子工程師。我得打電話給警探。但讓我先確認其他檔案……

「等等，阿提克斯，你要告訴她說你從現場偷走隨身碟嗎？她會把你關起來。」

不，我只是要她去找梅迪納博士。嗯。對，其他檔案就是改變世界技術的設計圖。這就是哈德森遇害的原因。我們只是不知道是誰幹的。

「我要聽你打電話給警探。讓我進去。」

當然。走吧，此行的目的已經達到了。

我友善地咬了咬奧吉和傑克的耳朵，當作道別，然後阿提克斯到後院帶我們進去。他向厄尼斯道謝道別，沒咬耳朵，然後在貨車裡打電話給伊巴拉警探。

「你或許已經知道了，警探，但哈德森・基恩在和一位伊格納修・梅迪納博士工作。你們或許最好去找他。」

「不，我沒聽說此事。你怎麼查出來的？」

「私家偵探。」

「好，誰？」

「我不想透露。」

警探嘆氣。「你眞的不能不透露。聽著，莫洛伊，我一方面感謝你幫忙。眞的。但是另一方面，你幾乎都在用辯方律師會拿來製造合理懷疑的手法。如果我們不能解釋如何取得證物和證詞，他們就會排除你的證詞和證物，你懂吧？所以如果你想要繼續幫忙，就得對警方坦白，不然就要去弄個私家偵探證，或登記成爲警局線民。我還在想辦法解決你找回失蹤皮夾和鑰匙的報告。」

「好吧，我承認。我不是眞的康納．莫洛伊，而是其他使用他的電話打來給妳基恩謀殺案的匿名線報。伊格納修．梅迪納與被害人一起工作。他可能知道內情。」

「可惡——」伊巴拉在阿提克斯用拇指掛斷電話前說。

「你老是激怒她，阿提克斯。這樣好嗎。或許你該買點玉米卷餅之類的東西向她道歉。我很肯定她喜歡香菜烤牛肉。你可以幫我們買幾個試吃，確保警探會喜歡。」

「或許下次吧。我要回家了。我們今天已經惹不少麻煩了。」

第五章　貓頭鷹會預見死亡

我們好好睡了一覺，醒來就聞到阿提克斯在廚房裡做早餐。他喜歡給自己做蔬菜歐姆蛋，不過他總是會幫我們弄點培根或香腸，有時候甚至會淋肉醬。今天早上他幫我們做了櫻桃木燻醃培根佐芹菜鹽，美味多汁，還搭配一盤炒蛋。

我們獵犬出門一段時間，巡邏地盤，確保附近沒有松鼠，當回到室內時，阿提克斯坐在電腦前，讚歎地研究哈德森・基恩和伊格納修・梅迪納的設計圖。

「天才。」他喃喃說道，然後搖頭。「我真的需要回學校上課。科學進展的腳步實在太快了。」他放《百萬金臂》的藍光光碟給我們看，讓我教星巴克關於加拉巴戈群島熔岩蜥蜴的知識，還有為什麼他不該當慢郎中。正當艾比・卡文・拉魯許告訴克拉許・戴維斯說他要「讓他知道誰才是老大」時，波特蘭有位老大就打電話來給阿提克斯了。他暫停電影，把伊巴拉警探的電話開到擴音。

「梅迪納死在尤金火車站，和哈德森・基恩一樣死法，頭上插了硬塑膠弩箭。結果基恩是帶梅迪納去火車站跑路的。」

「他們是在哪裡找到他的？」阿提克斯問。

「男廁。」

「所以不是同一個凶手。不可能是。」

「好吧，理論上而言有可能，但他得極速狂飆才可能比火車先到尤金。但如果他這麼做了，就不可能有時間在我們趕到前回波特蘭去搜基恩家。所以壞蛋肯定不只一人。」

「梅迪納住在哪裡？」

「我現在就是從他位於東波特蘭的家中打給你的。這裡和基恩家一樣被人搜過了，不過沒有找到隱藏數字串。也沒有蠶蜥蜴，這是好事。他的經濟狀況和哈德森很像。用信用卡在很多當地咖啡廳和甜甜圈店消費——這傢伙喜歡巫毒甜甜圈——其他一切都現金交易。」

「所以有人在祕密資助兩個工程師，但我們不知道他們在哪裡工作，除非是在那些咖啡廳？」

「這個，算是。結果他們在火車站二樓租了辦公室。但是除了那間辦公室真的很便宜，我們不知道原因；辦公室裡幾乎空無一物。但我們會看看能不能在咖啡廳監視器裡找到他們，或許運氣好的話，能夠得知爲什麼有人想殺他們。」

我們已經知道原因了，但阿提克斯不打算告訴她。我們得弄清楚是誰在付錢給基恩和梅迪納，還有誰在付錢給殺手。看來唯一能做的就是跟著錢走，這讓我很失望。獵犬並不擅長追查銀行匯款。

「既然他們同一天死亡，死法差不多，經濟狀況也幾乎一樣，我就不必用匿名線報來把兩個案子連在一起。」伊巴拉說。「但如果你——或你的匿名消息來源——還知道別的事，我很樂意接受。」

「我一有線索就告訴妳，警探。」阿提克斯說。「我想妳在車站監視器裡沒有查出什麼？」

「是呀，我調閱了監視畫面，但目前還沒有收到報告。」

「收到時通知我？」

警探同意，掛斷後，我們才看到克拉許在對艾比講那些陳腔濫調的橋段，電話就又響了。是蘇魯．布萊克打來的。

「我本來打算慢慢晃去找你，快到時再打電話。」她說，「但現在我在想，你可不可以來尤金附近接我。我覺得有人在跟蹤我。」

「當然，沒問題。妳可以到威廉米特河東側的公園島嗎？春田附近？我們會盡快在那裡和妳碰面，約莫四十分鐘。我們開藍色老雪佛蘭貨車。」

歐拉和星巴克投票要留下來看完《百萬金臂》，我則與阿提克斯去接蘇魯。如果我們全去，貨車裡就沒位置了。

而且我得承認，儘管我愛歐拉和星巴克，能夠獨占車窗片刻的感覺還是不賴。吹過我鼻子的空氣冰涼清爽，充滿冒險的氣味。我或許說得太浪漫了點，但我就是忍不住。當阿提克斯那樣咬緊下巴，握緊拳頭時，我就知道會有事情發生了。他開得超快，輪胎都快離開地面。

「你為什麼挑釁值破表？」我等自認過了半路後問道。

罪惡雪貂，他回答。我懂他的意思。那些傢伙是混蛋，一旦招惹上就很難擺脫。

「罪惡什麼？」

科迪亞克之死。我不希望蘇魯也因我而死。

「但那些傢伙——他們找上蘇魯不是因為你，對吧？」

不是，我心裡知道，但罪惡雪貂可不在乎那個。他們還是會緊握你的情緒然後大咬。而既然我們現在要去接她，萬一遲了一步，我就會覺得我該買輛更快的車，或轉移到尤金去保護她，而不是說要去接她，或任何不是我現在正在做的事。罪惡雪貂就是這麼回事。

「我們會及時趕到的，阿提克斯。我有好預感。」但隨著我開始擔心或許無法及時趕到，好預感也漸漸消失了。老雪佛蘭貨車的速度比不上卡馬龍或科維特【編註】。我不知道擔心會和什麼動物綁在一起，但那種擔心動物肯定在大口咀嚼我。或許是蝙蝠！他們飛行的模樣有點像在擔心，而他們飛得太近時肯定有讓我擔心，所以就這麼決定了——擔心蝙蝠在吞噬我的信心。

公園島位於威廉米特河彎道中一座狀似臘腸犬的島上。如果沿著通往河岸的步道走，就能看見那座島，但在面西的停車場上，整條河都被樹林擋住了。北邊有個遊樂區，上面有讓小孩嬉戲的塑膠遊樂器具，地上鋪有橡膠瀝青，防止他們跌倒。由於四面八方都有樹木，除了停車場和遊樂場，我們什麼都看不見。蘇魯不在視線範圍內。我們下車，沒有關門，也沒熄火，阿提克斯喊出蘇魯的名字。他得到的回應就是步道方向傳來的嗡嗡聲。

「什麼聲音？攻擊直升機？」

不，力道不足。我認為是——對了，是無人機。看到蘇魯了！

「三種貓屎，阿提克斯！他們用無人機追蹤她？那些東西上面不是有裝飛彈嗎？」蘇魯從北方奔向我們，和步道平行，但不在步道上。她奔跑的速度比我想像中快很多，比較像是職業運動員，而不是超級老女人，如果她和阿提克斯認識很久的話。

這種沒有。這是間諜無人機，但既然大部分是用塑膠做的，我看不到不是塑膠的部位，就沒辦法羈絆它。這種現代科技很棘手。

「那我們該怎麼辦？」

策略撤退。回貨車上，待在中間，讓蘇魯有位置上車。

他已經在往駕駛座移動，我則跳上乘客座，努力想像自己是小型獵犬，像是約克夏或博美，非常不耗能量的狗，每天只要兩條維也納香腸就能過活。

阿提克斯跳上車、關上門，眼看他在旁邊，蘇魯又迅速逼近，我不認為我靠想像力能成就什麼——除非我被壓成維也納香腸那種體型。

蘇魯跳上車，宛如帝國垃圾壓縮機【譯註】般把我們推向左邊，以致我們全都悶哼一聲。

「走！」她還沒關車門就說，阿提克斯催動油門，衝向道路。蘇魯「噢」了一聲，關上車門，然後連吸兩口氣，從前車窗指向在我們駛離停車場的同時駛入停車場的黑車。「就是他們！我在公園另一邊擺脫他們，但他們一直用無人機追蹤我！」

阿提克斯注意到他們車窗是黑的，看不見車內，但對方能看見蘇魯在我們車上——或早就知道她在了。他們緊跟在後，疾追而上，我想我們不太可能領先太久。

「那輛車看來馬力十足。」我說。

那是輛搭載半球引擎的道奇戰馬。我們沒希望跑贏它。

「車上有多少人？」阿提克斯問蘇魯。

「兩個。他們有拿那種小十字弓。」

「沒槍？」

「我還沒看到。」

阿提克斯開回大道上，往小屋駛去。這條路最後會轉向麥肯錫高速公路，不過在市區時會路過商業

編註：卡馬龍（Camaro）和科維特（Corvettes）都是雪佛蘭的跑車款。

譯註：出自《星際大戰》。

區和基於某種理由聞起來像鬆餅的區域。

「他們是在車上控制無人機，還是另有人提供情報？」阿提克斯問。

「我不知道，」蘇魯回答。

「妳想怎麼處理此事？」阿提克斯在穿梭於車流中、不斷按喇叭時問。

「這個，從十字弓來看，他們顯然是火車站那一夥人，而如今他們打算為了目擊犯罪殺我滅口。我不要報警，而且我也不認為他們會聽警方的話不來煩我。」

「妳仍是可以選擇逃跑。」

她嗤之以鼻。「坐這輛老爺車？」

「不，我是說徒步。出城後，右手邊有一片樹林。我們停車，跑進去，然後消失。」

「折衷一下如何？」蘇魯問，回頭看那輛戰馬。她瞇起眼睛，做出人類打算傷害其他人時會做的表情。「我們跑進樹林，讓他們消失。」

我轉向阿提克斯，看他如何反應，發現他眉毛揚到要上天了。「妳確定妳想這麼幹？」

「對，我確定。這些人和我沒有私人恩怨。他們收錢殺害陌生人，而他們顯然不在乎。他們此刻對自己的人生最好的貢獻就是變成肥料。」

「好吧。」阿提克斯要我低頭，讓他看照後鏡。「他們退開一點了。或許我們不用這麼做。」

「他們後退是因為有無人機，不可能跟丟我們。等我們出城，道路變寬後，就會再度拉近。」

阿提克斯只是點頭，嘴巴抿成一條線。

「你能解決無人機嗎？」

「等我們下車進入樹林，可以。」他說。

「之後我就和你一起去解決那兩個殺手。」

「好。」

「那我呢？」我問。阿提克斯大聲回答我，因爲他知道蘇魯不會覺得和獵狼犬說話的是瘋子。

「歐伯隆，我們要你直接跑入樹林，然後一直叫。他們會跟蹤叫聲，不會留意埋伏。我停車後，我們全都從乘客座下車，讓貨車擋在我們和他們之間。盡快跳過圍欄，找尋掩護。」

阿提克斯在路上數度違規，我們好幾次撞到東西，或被車撞到，但始終沒有引來警方追逐。本地警方八成有其他事情要忙。

大家一聲不吭，直到通過最後的號誌燈，阿提克斯才打破沉默。

「他們怎麼找到妳的？」他問。

「我不知道。那是之後才要問的問題之一。」蘇魯轉身看向後車窗。「他們來了。」

我不太會看後照鏡，但我想我有看見黑戰馬逐漸逼近。

「沒問題。我看到我們要下車的地方了。」阿提克斯指向右方一片茂密的樹林。我希望我知道那些是什麼樹，但除了它們是闊葉不是針葉樹，我不知道能怎麼描述——只有嫩芽，因爲當時是早春，這些樹才剛從冬眠中甦醒。阿提克斯轉向路肩，車子震得厲害，他警告我要小心點，因爲他要緊急煞車。

我們一停下來，蘇魯立刻開門衝向鐵絲圍欄。她再度令我吃驚，因爲她不光只是以身材高大的人而言速度算快——她幾乎比所有人都快——像是阿提克斯透過大地加持時的情況。

戰馬停在我們車後，兩個男人下車時，我們都已經越過圍欄。我們停下來回頭看他們，兩個都是戴墨鏡的白人。

「無人機呢？」蘇魯問。

「我敢說很快就會出現。」阿提克斯說。「我們離城時，它大概跟不上。這裡他們會派無人機來找我們。」

「嘿，阿提克斯？我覺得那些不是塑膠十字弓。」其中一人拿著小盒子，八成就是無人機的遙控器和螢幕，但另一人跑進後座片刻，拿了兩把手槍出來。

「喔，狗屎。進樹林，照我說的叫！」他說，我們在追著我們的兩顆子彈擊中樹幹時拔腿就跑。我開始叫，阿提克斯和蘇魯則邊跑邊脫衣，接著我就知道他們想幹嘛了。那兩個傢伙不會追殺兩個人類和一隻獵狼犬太久。等無人機趕到，他們八成已經變形成其他生物——這表示我附近很快就會有頭大熊。

阿提克斯只要脫掉外套和上衣就好了——他觸發一枚項鍊上的符咒，將形體羈絆成大鵰鴞，就這麼飛出他的褲子和鞋子。他奮力拍擊翅膀，筆直飛上一棵樹的樹枝，看著我們追逐。

繼續跑，歐伯隆，繼續叫，他在我心裡說。

大熊不能飛出褲子或什麼的，所以蘇魯得繼續邊跑邊脫衣服，把衣服丟在林地上。我邊跑邊叫，三不五時回頭去看，沒有真的跑得很快。我們不想擺脫他們，或讓他們放棄。事實上，由於沒看見在追我們的人，我停下來轉身，躲在一棵樹幹後，從樹旁偷看，嘴裡繼續叫。蘇魯跑過我身邊，努力踢掉褲子，幾秒過後，我聽見一陣啪啦聲響，接著是悶哼聲，還有一股不再屬於人類的氣味。我在本能驅使下耳朵後貼，尾巴夾在後腿中間，轉身去看；蘇魯變成一頭科迪亞克棕熊，那可不是普通的棕熊，是所有大熊之中最大的一種熊，就像愛爾蘭獵狼犬是所有獵犬中最高的一種。她朝我側一側頭，隨即跑向一旁，朝道路繞回去。我停在原地，又叫了幾聲，然後再度轉頭面對樹林外緣。

無人機自林頂下進入樹林，兩個白人跟在後面，其中一人拿著遙控器，另一人雙手持槍。拿遙控器的人控制無人機往我的方向前進，我像普通獵犬一樣對著它叫，直到一隻貓頭鷹俯衝而來，用爪子扯爛它。拿遙控器的人破口大罵，拿槍的人幾秒後也跟著罵，我嚓嚓笑了幾聲，看著阿提克斯飛向林頂，他們則目瞪口呆地看著他飛走。我這時想起我應該要繼續叫的，於是我又開始叫。

但如今他們抓狂了，我讓自己變成目標。

「天呀，你就不能閉嘴嗎，這隻蠢狗！」拿槍的人喊道，朝我開了兩槍。這兩槍沒有瞄準，但至少有一顆子彈擊中我左後方的樹幹。我很確定我的工作——干擾他們，吸引注意——所以我把頭移動到樹幹的另一側，然後繼續叫。

不過開槍打我的人真的不該那麼做的。阿提克斯有時候會對我抱持強烈的保護心，而我認爲現在就是那種時候。他趁我在叫、對方邊罵邊開槍時就著樹木掩護繞到他們後面，我看見他無聲無息地對著拿槍的人俯衝而下，伸長利爪。他在空中變回人類，雙腳踢中對方肩胛骨，對方驚叫一聲，摔倒在地，手裡只剩下一把槍，另一把脫手而出。阿提克斯毫不浪費時間。在那傢伙有機會起身或他夥伴弄清楚出了什麼事前，阿提克斯抓住他的頭用力一扭，扭斷脖子，乾淨俐落，沒有見血。接著他迅速在另一人面前起身，赤身裸體、老二甩來甩去，面露微笑、友善揮手，彷彿他剛剛沒有殺人。

「嗨，」他說。

「你是什麼人？」無人機駕駛吼道，甩開遙控器，捏緊拳頭。

「你們不該對我的狗開槍。說起這個，也不該對伊格納修．梅迪納開槍，或哈德森．基恩。在波特蘭射殺哈德森・基恩的是你嗎？」

「什麼？不。我們只有接尤金的工作——嘿。去你的，老兄。」

阿提克斯笑得更開心。「你的夥伴比你幸運。他不知道被什麼打，死得也不痛苦。但是你會被你身後那頭大熊撕成碎片。」

「隨便你怎麼說，老兄，我才不會上當——」但蘇魯・布萊克選在這時候大吼衝刺，而貨眞價實的科迪亞克熊吼可不是阿提克斯能用腹語術模仿出來的。無人機駕駛轉身，看見她，放聲尖叫，只有足夠時間了解那些熊爪將會結束他的人生。

兩週前，我們在阿肯色州某個壞蛋手中解救貴賓犬傑克時，那傢伙在阿提克斯有機會阻止前被一頭體型小多了的熊打得很慘，因爲那頭熊被霰彈槍打到後大發雷霆。好吧，蘇魯比那頭熊還要生氣，阿提克斯就算有心也沒辦法阻止她。

我會怕大熊是有原因的，而蘇魯完美示範了那個原因。她每對無人機駕駛揮出一爪，他身上就有東西飛開——我可不是指血。我是說一塊一塊身體部位，像是四肢或類似燉肉的肉塊，沒過多久內臟也開始亂飛。但她沒碰他的脖子和腦袋，讓他知道出了什麼事，還能感覺到痛。她直到他停止慘叫才住手，就著後腿坐下，完全冷靜下來，不過胸口起伏、大口呼吸。

「歐伯隆，如果你想回來，現在沒事了。」阿提克斯叫道。我走出樹後，走到半路，然後停步。

「這裡看起來是很適合放鬆等候的地方，」我說。我眞的不想太接近那頭熊。「你們得穿衣服之類的，對吧？」

「之類的，對。」阿提克斯同意。他回頭看看道路的方向，聽著一輛十八輪大貨車呼嘯而過。不過他看不見那輛車，那就表示貨車駕駛也看不見樹林裡的慘狀。

阿提克斯翻過拿槍男的屍體，搜尋車鑰匙。拿到鑰匙後，他深吸口氣，閉上雙眼，沒多久殺手底下的土地開始移動。蘇魯驚呼一聲，連忙退開。我的德魯伊在請威廉米特元素吞噬屍體和屍塊，湮滅所有證據。我注意到他把無人機和槍都一併埋了。

他這麼做的時候，蘇魯晃到我們視線範圍外，接著我又聽到啪啦啪啦的聲響。我猜她不想讓我們看見她的變形過程，這有點奇怪，因爲她毫不在意在阿提克斯面前裸體走動。她走回來看看進展如何，雙手有血跡，等地面不再移動，阿提克斯睜開雙眼時，她對他點了點頭。

「謝謝，」她說，他把鑰匙丟給她，她一把接了下來。「呃。新車。多謝。」

「現在已經是之後了，」阿提克斯說，「我們再回到剛剛的問題上。這些傢伙是怎麼找到妳的？他們是什麼人？」

蘇魯聳肩。「不知道。」

「樓梯間裡的殺手沒有看清楚妳的長相，對吧？」

「他或許有看到我，但只看到一下下，而他肯定沒有拍照。」

「喔。拍照！肯定是這個。不過不太妙。」

「我不懂。」

「我還在拼湊謎團，所以會大聲自言自語。妳說這些傢伙有塑膠十字弓，對吧？在車裡找得到？」

「對。」

「所以他們與波特蘭命案有關。而他們唯一追殺妳的理由就是妳目擊了命案，是吧？」

「是。」

「從這些傢伙的武器和無人機來看，他們顯然擁有很高的科技。不難了解他們找到妳之後是如何追蹤妳的。但如果妳只是個普通路人，他們是怎麼找到妳的？答案就是監視器影像。」

「火車站的？」

「一開始，是。這個年代，人只要進了城，幾乎隨時都會處於監視器的範圍內。妳每天會遇上監視器四、五十次，至少，光是在城裡走動就會。於是他們在火車站裡截了妳的圖，在臉部辨識系統裡查詢，然後搜尋符合長相的人。他們就是這樣在尤金找到妳的。」

「狗屎。但那表示對方花了很多時間追蹤我。還有很多資源。」

「沒錯。但他們要有辦法取得火車站的監視畫面。誰有這種權限？」

蘇魯又罵一聲。「警方。」

「一點也沒錯。波特蘭警局有人在幫他們。」

「好吧，我要在他們的乳酪洞裡塞鯨魚。」

我沒聽過那種洞。我得問阿提克斯能塞鯨魚的洞是怎麼藏的。

「妳最好離開。開他們的車離開這裡。在樹林中消失幾個月。只要遠離監視器，沒有人類的臉孔供其辨識，妳就不會有事。」

蘇魯點頭。「好吧。我去馬魯爾國家公園的草莓山荒野，待在草莓湖附近。」

「好。」

「但我要先穿衣服。」

第六章　玉米卷餅的規矩

蘇魯駕駛戰馬往東揚長而去後，阿提克斯打電話給伊巴拉警探，問說可不可以請她吃玉米卷餅當午餐。她給了他地址，他說一小時後見。我們開車回小屋，幫星巴克和歐拉準備點心，然後轉移到阿提克斯在華盛頓公園日式花園裡羈絆的樹旁。我們從那裡慢跑前往珍珠區的十六街和西北諾斯拉街口，那裡有個警探宣稱是全波特蘭最好吃的玉米卷餅推車。

那個攤子叫「青蛙鎮玉米卷餅」，而他們會在你眼前用烤架現烤餅皮。阿提克斯買了好幾份香菜烤牛肉玉米卷餅，其中有四份是給我的，還要求我的不要加洋蔥。我們把玉米卷餅拿回警探的小車旁，兩個人類坐在車前蓋上慢慢吃餅，我則在阿提克斯打開包裝後就開始狼吞虎嚥。那些餅太好吃了，我得確保她知道我很愛吃。

「阿提克斯，你得告訴伊巴拉警探她對吃的品味超讚。我覺得她人不錯，或許可以開始叫她蓋布瑞拉了。」

呃，不，老兄，我想她不喜歡我用名字稱呼她。我們的關係不是那樣。

我覺得困惑。「人類可以在一起分享好吃的玉米卷餅，還掉汁下來弄髒彼此衣服後依然保持正式關係？我以爲分享玉米卷餅就會讓你們自動變朋友。」

我希望世界是那樣運作的，但並不是。

「好吧，至少告訴她很懂美食！」

「妳說得對，警探，」阿提克斯滿嘴食物說。「眞是波特蘭最棒的玉米卷餅。」

「是吧？」她說，一樣滿嘴食物。她津津有味地嚼了幾口，然後揮手比向路口。「我是說，座位很糟糕，但品質沒話說。」

「好吧，我在細節方面很糟糕，但消息的準確度可沒話說。」

「喔是嗎？有什麼消息？」

「付錢買凶殺害基恩和梅迪納的人也有付錢給某個在調查此案的人。妳們警隊裡有壞警察。」

伊巴拉警探不再咀嚼，瞪著阿提克斯幾十年。他看起來並不擔心——事實上，我很驕傲他拿半個玉米卷餅往嘴裡塞，一副不打算針對這個話題多提細節的模樣，不管她的臉色有多難看。當她對他揚起一邊眉毛，企圖逼他說話時，他只是揚眉回應，像花栗鼠般臉頰鼓起。她搖頭，吃完嘴裡的食物，然後用紙巾擦嘴，這才開始講話。

「你這指控有什麼證據？」

阿提克斯花了點時間吃完嘴裡的食物，然後說：「我不能說。抱歉。」

「好吧，你總得說點什麼。我不能毫無來由調查同事。」

「妳知道這幾樁謀殺案的動機是什麼嗎？」

「我也這麼想。講明確點，能源產業的錢。」

她聳肩：「我猜是錢。」

「你怎麼知道？你弄清楚那些數字串的意義了嗎？」

「沒，」阿提克斯說謊。「只是演繹推理。伊格納修・梅迪納是電機工程師，哈德森・基恩是化學工程師。把這些事實混在一起，加上神祕資金等因素，他們八成是在研究有突破性的太陽能科技，而那會引來很多敵人。仰賴石油的獨裁國家，還有很多跨國企業會遭受威脅。」

「有可能，當然。但你有事情沒告訴我。」

「我有很多事沒告訴妳，打從我們認識第一天妳就知道了。我有老實承認我偶爾會幹點不是訓狗師會幹的事。但我希望妳知道我只是想幫妳。聽著，我不在乎妳要不要控告妳的同事。只要他招認，妳要壓下此事也行。他不是重點。跟著錢走才是，因爲賄賂警察的人可以引出謀殺哈德森・基恩和伊格納修・梅迪納的幕後主使人。」

「好吧，我想我們至少有錄到其中一個凶手。想看嗎？」

「當然。」她上車片刻，拿了平板電腦出來，又坐回阿提克斯旁邊。我走過去跟著看，阿提克斯故意拍我的頭，讓我這個反應看起來比較自然。

影片是黑白監視器畫面，角落有數字在跑，阿提克斯說那叫時間碼，而那表示我肯定看不懂。

影片裡是波特蘭火車站月台的景象，火車正在離站，有很多人擠來擠去。警探指向其中兩人。「那裡，」她說。「那是你的分身哈德森・基恩。那個女人，看到沒？」她停止播放，凍結在一個影格。「她顯然認得他。他們笑著交談。她和他走進火車站，進樓梯間，幾分鐘後，她戴上兜帽出來。看起來像美洲原住民，或許。」

「或許。」阿提克斯說，但他說得心不在焉。對方是科迪亞克列島的阿魯提克人【註】，他知道，因爲影片裡的人就是蘇魯・布萊克。

編註：阿魯提克人（Alutiiq people）是一支居住在阿拉斯加南海岸的原住民。

「嘿！她爲什麼和他有説有笑？我以爲她説她會去追哈德森都是因爲以爲他是你？」

她是這麼説的，歐伯隆。她騙我們。她本來就認識他，也知道我沒死。他對警探說：「她是唯一和他進入樓梯間又出來的人嗎？」

「不是。還有個人進去出來，但我們無法確認身分。你看。」她再度播放影片，指向在蘇魯和哈德森之後進入樓梯間，戴巴拉克拉瓦頭套和太陽眼鏡的人。至少此人符合蘇魯口中的凶手描述。

「那傢伙看起來很可疑。」阿提克斯說。

「對，問題在於，我們沒辦法追蹤那個傢伙，而這兩個人都沒有攜帶明顯的武器。我們得找出與基恩講話的人，因爲她要不是凶手，就是目擊證人。」

「這段影片在妳手上多久了？」

「我手上？約莫兩小時。剛剛才有空看。」

「但是貴部門早就調出影片了，對吧？」

「對。怎樣？」

「如我所說，你們部門裡有壞警察。妳得查查有誰在妳之前看過這段影片，然後跟著錢走。」

「康納，等等，」她說，別以爲我沒發現她用他的名字叫他。她知道玉米卷餅和友情之間的規矩，雖然阿提克斯不知道。「你知道這個女人是誰嗎？」

阿提克斯聳肩。「我或許知道有人認識。我和妳打個商量，警探。我幫妳把她找出來，妳幫我調查貴部門的人。過去兩天裡肯定有人存入一大筆錢。」他朝她伸手，她考慮片刻，然後握手。

「我懷疑我是不在與魔鬼打交道。」她說。

「不是，不必擔心那個，警探。魔鬼絕對不會對動物權利感興趣。」

「呃。你說得或許有道理。你的獵狼犬叫什麼？歐伯隆？」我當場抬起頭來。

「對，沒錯。」

「你想他會讓我拍他嗎？」

我不等阿提克斯說會。我只是搖搖尾巴走過去讓她拍。

「哈，我想妳知道答案了，警探。」

她搔搔我耳朵後方，說我是隻乖狗狗，然後抬頭看阿提克斯。「你知道，康納，只有我們兩個獨處時，你可以叫我蓋比。」

「啊哈！看到沒，阿提克斯？我說對了！吃完玉米卷餅就可以用名字稱呼了。規矩就是這樣！」

第七章　一年草莓田

阿提克斯並不完美，但他喜歡自認完美。他不喜歡被人當傻子耍，而當他被耍時，就會一直碎碎唸。在和新朋友蓋比道別後，他用難以置信的口吻重複：「蘇魯騙我。見鬼了。」然後開始用不同的詞語反覆表示同樣的意思。

我們跑回華盛頓公園的羈絆樹，停下來，拿出手機打給蘇魯。

「時間正好，」她說。「我就快要離開基地台收訊範圍了。」

「妳在哪裡？」

「伯恩斯。我正要棄車進入國家公園。」

「我們得談談。一個小時內在湖邊見？」

「當然。」

我們轉移回家，看看星巴克和歐拉的情況。關妮兒在波蘭的酒保工作下班了，所以她在家——她爲了建立波蘭思考模式，每天繞過大半個世界通勤。不過她超級累，正要睡覺，所以我們沒有多說。但歐拉很開心，一直搖尾巴。

「我們要一起打盹嗎？」她問她的德魯伊。「我現在就可以和妳黏在一起睡個好覺。」

「沒問題。」關妮兒說。我們兩個的德魯伊都瞭解打盹是項團隊運動。

但星巴克想和我們一起去湖邊，所以我們三個轉移到阿提克斯很久以前羈絆的一棵老海灘松旁。附近的松鼠都很識相，二話不說就跑掉，也沒有亂丟堅果，不像那些城市松鼠。湖本身很美，位於草莓山下的河谷中，而草莓山看起來一點也不像草莓。附近沒有其他人，天氣還很冷，很少有登山客願意在這種天氣冒險。

不過蘇魯一點也不在意。她在我和星巴克探索附近區域後走了過來。我們在阿提克斯說她會出現的那一邊——小徑起頭的方向等她。

她面帶微笑揮手招呼，直到看見阿提克斯的表情。「怎麼了？」

「妳本來就認識哈德森・基恩。妳騙我。」

她肩膀低垂，自責地抿著嘴。「對，我騙你。我很抱歉。我當時很害怕。」

「妳也認識伊格納修・梅迪納。」

「對，我認識。我資助他們的研究。」

「妳就是付那些錢的金主？」

她點頭，嘴巴綳成一條悔恨的線。「我從來不想跟隨父親的腳步，幫你這種人處理帳目。你知道，他變成熊遊盪時，是我要處理這些事。」

「對，我知道。」

「對，那就表示我們永遠不能一起遊盪，你知道嗎？我小時候——我是說十七世紀，俄羅斯毛皮商來摧毀我們文化前——我們每年都會跑去追逐鮭魚，在卡魯克河或其他地方開開心心吃鮮魚。但隨著時間過去，他的顧客越來越多，必須全職工作才能處理一切。我們兩個總要有一人保持人形。所以兩年前我向他提出這個計畫，讓我們能夠拋下長年的會計生意並持續獲利。搭上能源革命的列車能讓錢滾滾而來，不用每天辛苦工作。我爸同意了，我們就與伊吉和哈德森搭上線。父親死後，我就繼續這計畫。我拋下了所有會計客戶。這就是我的機會，但我沒有他們的研究紀錄，所以這計畫泡湯了。」

「或許沒泡湯。」阿提克斯說。「告訴我伊吉爲什麼要去尤金。你們兩個都是去送行的，對吧？」

「對。他南下是爲了檢查安裝的原型機，看看效能有無下降，記錄能源輸出和效率之類的。」

「哈德森死後，妳沒打電話警告他？」

蘇魯點頭。「我有打！我有打。我一離開火車站就打了。」她擦掉眼角的淚光，抽咽一聲。「但是一點用處都沒有。他們在尤金車站等他。他本來應該在安全後打電話給我，但他沒有打。我再打去問情況時，就聽到他的手機停止服務的信息。他們摧毀了他的手機。」

「是誰幹的?『他們』是誰?」

「要嘛就是要阻止他們技術上市的人,不然就是想要偷走技術的人。你自己挑。你怎麼發現的?是警方找到實驗室了嗎?」

「沒。至少據我所知沒有。警方給我看了火車站的監視畫面。他們拍到妳的臉,看到妳和哈德森一起進樓梯間。他們想找妳談。」

「我真的很不想出面。他們會追查我的生意,然後發現我已經四百歲了。」

「四百歲?哇。」

「別管那個。他們會凍結我的資產,化驗我的DNA,然後發現我不完全是人。我不能讓他們那麼做。」

「為什麼不行?妳又沒有犯下任何他們可以定罪的謀殺案,是吧?」

蘇魯看著阿提克斯,沒有說話,但她也沒必要說話。不難想像樹林裡那些屍體並不是蘇魯第一次殺人,也不會是最後一次。「喔。那好吧。不能交出DNA。」我的德魯伊說,然後走向湖畔。他撿起一塊扁平石頭,在水面上彈了六下,炫耀他的大拇指。蘇魯跟著打水飄,她的石頭彈了七下。

「說起DNA,哈德森是我曾曾孫。」

「不是開玩笑?難怪他長得那麼像你。你本來知道嗎?」

「不,完全沒概念。如果要與所有後代保持關係,我會發瘋的。」

「我瞭解。我自己也有幾條血脈。你會寂寞,而寂寞很痛苦,所以三不五時會讓自己墜入愛河,但那就和喝醉酒一樣。會非常開心一陣子,不過宿醉就在對岸等著。我是指小孩,他們不是吞兩片阿司匹靈就能解決的問題。我不知道我大部分後代後來怎麼了。我只和有變成熊的那個保持聯絡。他住在英屬哥倫比亞省，現在正在建立自己的家庭。」

「那很棒。」

「一點也不錯。」蘇魯又撿起一塊石頭，丟向湖面，但她八成失去了魔力或什麼的，因為那塊石頭直接墜入湖面。「你說我的計畫或許還沒泡湯是什麼意思？」

「哈德森的研究紀錄都存在一張加密的隨身碟裡。我在他家找到，解開密碼了。我把它夾帶出來，沒讓警方發現。」

我本來以為蘇魯會雀躍不已，或是高舉拳頭，但她僵在原地，連頭都沒轉。她看著湖面，死寂蔓延。我躺在他們中間的草地上，星巴克趴在我身上，整隻狗癱平，發出濺出口水的嘆息聲。

「你想怎樣？」蘇魯終於問。

「我要妳告訴我為什麼妳手中沒有一份檔案。然後我要參一腳。」

蘇魯悶哼一聲。「我們達成非正式協議。他們要我的錢，我要他們的腦袋。他們想要保密研究成果，因為科學家大多會被雇用他們的企業剝削。我說我可以同意，只要他們針對資金和前往實驗室的路程遵守一套嚴格的安全規定，不讓任何人知道我們在做什麼。研究工作很順利，我們正要成立公司、申請專利，把一切從非正式變成正式。火車站樓上的辦公室本來要當門面的。我們打算把專利分成四份。」

「四份？」

「老爸是第四份。」

「喔。好吧，還是可以繼續。把我變成第四份，把哈德森和伊吉的家人變成其他受益人。或不要。妳決定。在此同時，我去負責打發警方。」

蘇魯朝他微微側頭。「怎麼打發？」

「讓我錄一段妳的證詞，當作口供。給我一個可以調查的嫌犯。」

「我不知道是誰幹的。我甚至不知道怎麼會有人知道這計畫。不知道是伊吉，還是哈德森搞砸了，走漏風聲。」

「我們得證明凶手另有其人，不然妳永遠都不能公開露面。監視畫面會讓妳永遠是嫌疑犯。」

「我知道。但我眞的不知道是誰在追殺我們。」

阿提克斯嘆氣。「那我們只好期待伊巴拉警探能夠想出辦法了。」

第八章　貨到謀殺

我得承認人類侷促不安時表現得非常有趣。用照相機對準他們，他們立刻就會開始擔心外表。他們通常會整理頭髮，但最大的恐懼是有沒有小鼻屎垂在鼻孔外。蘇魯．布萊克並不例外，就算她是大熊，能把取笑她鼻屎的人撕成碎片也一樣。阿提克斯用相機對準她後，她立刻開始侷促不安，直到阿提克斯提醒她已經四百歲了，應該擁有大量自信和尊嚴——我都不知道這兩樣東西可以用大量形容。

阿提克斯轉移回城裡，買了台有記憶卡的相機，然後回草莓湖拍蘇魯的影片。她不願意說她的名字，甚至連化名都不給，而是編造新的化名。她是「土撥鼠」，一個贊助科學研究的神祕金融家，支付現金給科學家，爲了避免商業間諜騷擾而隱居幕後。她承認資助哈德森．基恩和伊格納修．梅迪納的太陽能研究，說明在樓梯間發生的事情，但拒絕前往警局接受偵訊。她以強烈希望警方能將殺害兩位年輕天才科學家的凶手繩之以法作結。

「很好。」阿提克斯關掉相機時說。「他們不會放棄追捕妳，但至少會考慮其他可能。不過他們會浪費時間尋找土撥鼠，我想到就覺得好笑。」

蘇魯在草莓山荒野有座山洞，而她打算當一陣子熊，但每天都會回到湖邊確認阿提克斯有沒有跑來找她。他們同意等謀殺案了結後一起經營太陽能生意——或至少，等洗清哈德森謀殺案嫌疑後。我們很肯定伊格納修．梅迪納的凶手已經埋葬在尤金鎮外了，但蘇魯並非那件謀殺案的嫌犯。除非……

「嘿，阿提克斯。等我們離開後，我要和你討論一件事，確保我們不是在追逐自己的尾巴。」

好，老兄。我們向蘇魯道別，轉移回小屋。「什麼事這麼重要？」

「我只是想弄清楚：萬一是蘇魯付錢找傭兵殺害哈德森和伊吉，好讓她獨占太陽能技術怎麼辦？她有金錢上的動機，哈德森死時她在場也能澄清她的嫌疑。」

「謀殺手法不符合蘇魯的風格。如果她要殺人，不會有人找到屍體。他們會直接失蹤。沒有屍體就沒有謀殺調查，沒有調查就不會接觸警方。那是她最關注的問題。」

「喔，是呀，我現在懂了。」

「很高興你想得這麼周到。」

「下一步呢？」

「爆米花、蘋果和電影。我們明天早上把影片交給伊巴拉警探，看看她有沒有任何進展。我們要看什麼電影？」

可以看《地獄怪客》嗎？我對歐拉講過孤寂魔薩麥爾——復活獵犬【註一】，還有那部電影完全無視物理定律的橋段，就與火車上那隻松鼠一樣，所以她很想看。

歐拉十分欣慰地發現地獄來的生物經常無視物理定律，所以松鼠肯定是地獄來的，這種想法證實了我們長久以來的懷疑。世界又變得合理起來。

第二天早上，關妮兒回波蘭了，歐拉也想和我們去，於是我們開車前往波特蘭——太晚起床，錯過了火車。我們快中午才到，而伊巴拉警探同意在比佛頓一家叫「佛金姑」【註二】的越南餐廳碰面，阿提克斯覺得店名取得很有趣。佛金姑確實很好吃：他買了幾碗牛肉河粉給我們獵犬吃，還請他們不要放綠洋蔥。他和警探坐在路邊，在我們身旁吃他們的，同時進行所謂的等價交換。

阿提克斯把相機的記憶卡給她，假裝是從別人那裡弄來的。「我的人找到監視器裡的女人，錄下一段聲明。不確定能幫上多少。」

「如果幫助不大，我就得請你親自聯絡她。」

「那希望這樣就夠了，因爲我懷疑我找得到她，除非她想被找到。土撥鼠會盡可能保持低調。火車站的監視器會拍到她其實很難得。」

「土撥鼠？」

「幕後人物，有點類似凱瑟・索斯【譯註】，只不過她的專長是地下科學，而非毒品。」

「你在開我玩笑，對吧？」

「不，是眞的。」

「可惡，我還以爲我見多識廣。好吧，你說得沒錯，警隊有人收錢。記得我昨天給你看的這個土撥鼠在火車站的影片嗎？他在我看到影片前就夾帶了一張她的照片出去。」

「所以蘇魯才會這麼快就被人盯上。」我說。

對。但他們還是得辨識她的身分，追蹤她的下落。那表示對方擁有龐大的資源。

「所以妳會找上他是因爲他有大筆入帳。」

「對。雖然他努力掩飾，小額存款，警察存超過兩百元現金就會引人懷疑。他對我說他賣掉了錢幣收藏，但是提不出證明，也不喜歡和謀殺案綁在一起。他決定坦白。」

「妳打算起訴他嗎？」阿提克斯問。

「我還沒決定。他肯定有收錢，但是打另一個警察小報告是會有後果的。」

「他怎麼夾帶照片出去？」

伊巴拉警探拿起阿提克斯給她的記憶卡。「事實上，就是這樣。他停下影片，用數位相機拍照，拿出記憶卡，然後交貨。」

「現場交貨？」

編註一：孤寂魔薩麥爾（Sammael the Desolate One）是在《地獄怪客》（*Hellboy*, 2004）中的惡魔犬魔獸，名字來自惡魔薩麥爾。

編註二：佛金菇（Pho King Good）音近fucking good（超好吃），Pho是越南河粉。

譯註：凱瑟・索斯（Keyser Soze）是電影《刺激驚爆點》（*The Usual Suspects*, 1995）裡的神祕人物。

「就在警局前。很帶種，呃？」

「所以我敢說妳有錄到。」

「對，有錄到。但我們不能證明什麼。監視畫面沒有用。」

「為什麼？」

「對方指示他在某個時間點去拿披薩和雞翅。送貨員騎摩托車，全身都裹在冬季服裝下，車牌也『不小心』遮住了。我的壞警察把記憶卡包在兩張二十元鈔票裡交給送貨員，所以根本看不出來任何違法交貨的行為。不過雞翅袋裡倒是放了兩疊鈔票。」

「但是真的有披薩和雞翅？」

「對。」

「那就是說披薩店會有送貨紀錄！蓋比，我們可以逮捕那個司機，然後——」阿提克斯沒有說完，因為警探搖頭。

「已經試過了。那地方叫披沙披薩，所有分店過去一週內都沒有外送到警局的紀錄。有人付現買披薩，然後再送往警局。我們正在透過披薩店的監視畫面和訂單內容篩選嫌犯。但那只是在盡人事，不會有結果的。就算我們能對上無名顧客也沒用，因為沒辦法和送貨的人比對長相。在你問之前，我們也問過他們有沒有司機騎摩托車。沒有。」

「可惡。」

「嘿，等等，阿提克斯。事情不對勁。」

什麼意思，歐伯隆？他透過心靈問道。

「穿冬季服裝的傢伙也到過火車站，也有出現在公寓裡，對吧？然後還騎摩托車去送披薩？」

對，所以呢？

「所以記得你說過公寓那邊有監視器指向停車場嗎？凶手當時開的是什麼？摩托車，還是其他交通工具？」

哇喔，想得好，歐伯隆。我問問。他突然轉頭，一副靈光一現的模樣，問道：「蓋比，妳有調閱停車場監視器嗎？」

「基恩家？有。嫌犯駕駛古早型號的白色科羅拉，掛堪薩斯州的失竊車牌。」

「所以不是摩托車？」

「不。好想法！嫌犯或許不只一個人。」

「也可能是同一個人，但謹慎到每次出動都換交通工具，心知交通工具有多容易追蹤。」

「我們檢查服裝和體態，確認是不是同一個人。」

「阿提克斯，我們應該去披薩店聞一聞。」

你剛吃過，歐伯隆。

「我不是說聞食物啦！這或許是頭一回，我承認，但是聽著：如果監視畫面裡的都是同一人，而又到過披薩店，星巴克或許有辦法聞到味道。因爲他就把樓梯間和公寓裡的味道連在一起了。」

值得一試，他暗地裡對我說，然後轉向蓋比。「送到警局的披薩店在哪裡？妳有地址嗎？」

「有。怎麼樣？」

阿提克斯拇指指向我們。「嗅覺科學或許還是能發揮作用。如果送披薩的與搜基恩家的是同一個人，狗狗或許能聞出他的味道。也能證明搜公寓的人和在車站扣扳機的是同一人。」

警探轉頭看我們。「這種證據很薄弱。我不能證明他們聞到的是同一個人。或在不揭發同事收賄的情況下解釋如何找上披沙披薩的。」

「我敢說如果有必要，我們會想出說法的。先看看他們聞不聞得出來再說。或許聞不到。」

「也可能什麼都聞到了。」

「不試試看不會知道。」

兩個人類吃完食物，丟掉垃圾，然後警探查地址。她說會在那裡和我們碰頭，便獨自開車走。我們花了二十年才駛入購物中心的停車場，這裡除了披沙披薩，還有美甲店、自助洗衣店，還有稅務事務所。整體聞起來像是乙酸乙酯、有香味的洗衣精、義大利肉腸，還有存在主義的絕望。阿提克斯給我們繫上牽繩，然後私下要求我們讓星巴克主導，並忽略他爲了讓警探以爲我們是訓練有素的味覺獵犬，無法瞭解他在說什麼而大聲說出口的蠢話。

往披薩店走去時，我不確定星巴克或任何獵狼犬能夠在那麼多乳酪和肉味中辨識出人類的氣味，而當小傢伙說：「是的食物！」我認定這趟旅程是白費工夫。但阿提克斯要求波士頓犬把話說清楚。你是說你聞到食物，還是聞到我們要找的人？顯然兩個都是；他或許學過的單字不多，但還是可以透過非口語的提示和感覺與阿提克斯溝通。星巴克說味道很強烈。不光在地上，門把上也有。阿提克斯看向警探。

「他來過。毫無疑問。」他透過玻璃門看店內，我也跟著看。裡面有個櫃檯，櫃檯上有收銀機和菜單，上面有很多用油脂做成的美味派餅。櫃檯左邊有個走道讓員工進出廚房。「我想進去確認一下，」

他說。「說他們是警犬？」

「好，當然，但等等——」

阿提克斯沒有等。他拉開門，請星巴克跟隨氣味。他才剛踏入門檻，經理就開始大聲抗議。我想她是中年人，頭髮綁馬尾，戴棒球帽，看起來或聽起來都很疲憊。

「先生，狗不能進來。違反健康法規。」

星巴克不理會她，往左側拉去，小吻部在地板上聞啊聞，鼻子裡滿是壞蛋的氣味。他直接走向員工走道，而不是顧客會去的收銀機。經理在我們接近廚房時提高音量，走過來攔截我們。阿提克斯在情況變複雜前叫我們停止前進——每次說到情況複雜這個字都能讓我贏得布朗尼點數，有時候可以直接獲得布朗尼。

他轉向伊巴拉警探，說道：「他在這裡工作。我們去外面等。」

我們往門口走，警探對經理亮警徽。「波特蘭重案組。我們有理由相信妳的員工裡，有人涉嫌謀殺。」

「妳一定是在開玩笑，」經理說。「我就需要這個。」

我沒聽見警探的回應，因爲店門就在此時關上，阿提克斯說我們表現得很棒。

「現在只是時間問題了，」他說。「我們又要偵破凶殺案了，而這全都是世界上最棒的獵犬們的功勞。現在可以開始討論吃大餐啦。」

「肉醬炸雞牛排！」歐拉提議。

「碎牛肉布丁！」我這麼說，因爲不管選哪個都是我們贏。

「是的食物！」星巴克補充。他還不挑。

警探帶了一群悶悶不樂的青少年出來，一個一個比對氣味。星巴克聞聞所有油膩膩的掌心，但是都不對。正要輪到經理時，一輛車頂有披沙披薩招牌的車開過來。阿提克斯正把心思放在門前的警探和經理身上，沒看見那輛車和下車的人。

對外送員而言，他又高又壯，看起來像是可以去當保鏢或貼身護衛，然後賺很多錢的那種人。他是白人，髮型看起來很像白人至上主義分子——兩側很短，中間像軟草皮。我幾乎是出於反射動作開始叫，因爲自從第二次世界大戰之後，阿提克斯就一直活在一條道德信念之下：「看到納粹就開扁。」而這傢伙觸發了我的納粹警報。他的車也是白的。

「哇，阿提克斯，請星巴克聞這傢伙。」

阿提克斯連問都不用問，因爲星巴克察覺到對方走近，立刻轉身調查。他的小鼻子吸氣抖動，警探則剛好推開店門，而對方說：「借過。」我們擋住門口了。阿提克斯自動讓路，警探按著門，星巴克則擋在路上開始大叫，好像有五隻貓偷光他的魚串燒一樣。「不是松鼠！」他叫，但阿提克斯聽出弦外之音。

「是他。」他對警探說，然後情況就一發不可收拾。

「伊巴拉警探，」她說著拿出警徽。「波特——呃！」對方出手如電，在她說完前擊中她鼻子，然後踢中阿提克斯肚子，把他踢倒，扯動我們的牽繩。然後他拔腿就跑——但不是跑向他的車，這讓我很驚訝。他衝向購物中心另一端，我猜他想在轉角轉彎。那裡肯定有條巷子或可以藏身的地方。

撲倒他，阿提克斯在我們腦中說，然後放開牽繩。「但是不要弄傷他。」

那傢伙以人類標準而言跑得很快，但和三條獵犬相比就像打了巴比妥酸鹽的箱龜一樣慢。我們在指甲美容院前追上他。星巴克和我咬他腳跟，絆倒他。他整個人摔在水泥地上，歐拉則直接踩過他，確保一腳壓到他後腦，讓他下巴撞擊地面。但是她一跑過去，他立刻踢我和星巴克，命中我們兩個，不過並不太痛——他只是推開我們，讓他有空間起身。阿提克斯不打算給他機會；那傢伙站起來後八成可以踢得更準。我聽見阿提克斯唸了句古愛爾蘭咒語——正在製作某種羈絆，而伊巴拉警探在叫他別動。

你們可以退開了，我已經制住他，阿提克斯說。我看出來他的意思。那傢伙才走一步，牛仔褲的內縫就融合在一起，以致於他繼續跨步時當場跌倒，沮喪大叫。他像職業足球員般掙扎，接著伊巴拉警探用膝蓋頂著他的背，加以壓制。幾秒過後，她給他銬上手銬，阿提克斯解除他牛仔褲上的羈絆。

幹得好，三位，阿提克斯在我們腦中說。他以爲他能上哪去？

我走到轉角，看到購物中心對面。那裡有條貨車卸貨的巷道，再過去有道能夠跳過去的矮牆，然後就是一棟公寓。那裡有很多地方可躲，能夠輕易甩開我們。

「要是讓他翻過那面牆，他有可能擺脱我們。」我說。「被警探認出身分後，他開車絕對無法逃脱。這樣或許是他最好的選擇。但他可不是威廉米特獵犬和他們的寵物德魯伊的對手！」

……寵物德魯伊？當眞？

「別抱怨了，你知道我們有好好照顧你。」

警探一手把嫌犯的臉壓在地上，因爲他罵她很不好聽的髒話，然後用另一手從他屁股口袋裡拿出皮夾。她翻開皮夾，確認駕照上的姓名。由於在流鼻血的關係，她先吸了口氣，然後開口說話。

「布拉克·史萊特，我以襲警的罪名逮捕你。」她說。「之後再看看還能補充什麼。」

披沙披薩的經理走過來，雙手扠腰。「今晚所有外送我都得包辦。你被開除了，布拉克。你這混蛋。」

我覺得這點懲罰不夠。這傢伙踢了我、星巴克、阿提克斯，還打了我們的玉米卷餅朋友蓋比，可不能用手銬銬起來外加開除就算了。我想起阿提克斯對付納粹的規矩，隨即發現現在不能那樣做；蓋比不會讓他那樣做的。但我可以調整阿提克斯的規矩，然後輕易脫身。我走到他身邊，抬起腳來對準他的頭。我瞄得很準。蓋比即時退開，沒有被尿濺到。

歐伯隆，你在幹嘛？阿提克斯聽起來很驚恐。

「看到納粹就開尿。」我說。「我針對我的特殊技能調整你的規矩。」

布拉克．史萊特嘟噥幾聲，破口大罵，要求蓋比處理此事，因爲我準備尿半公升或加崙在他身上，而那可不是一下就能尿乾淨的。

「我很想幫忙，但我得用我所有力氣壓制你。不過我會說他是壞狗狗。」她看著我笑，史萊特沒看見。「壞狗狗，歐伯隆。」

我看得出來，她晚點肯定會買玉米卷餅給我吃。

第九章　松鼠消失

長久以來，我一直以爲炸雞牛排是訓練有素的雞去炸的牛排，所以是世界上少見的美食。你可以想像當我得知料理餐點和雞一點關係都沒有時有多失望——就連充當食材都沒有！人類只是用炸炸雞的方式去炸牛排而已，混入一大堆神祕藥草和香料。我很肯定其中一種神祕藥草是雞肉末，不然他們怎麼敢說那是炸雞，但是不，阿提克斯說，那只是另一個英文有時候很蠢的範例，而且無論如何雞肉末都算不上是藥草。我問他那些標明為「家禽佐料」的香料是怎麼回事，他解釋說那是用來配家禽吃的，而不是用家禽做的香料。那天真是充滿幻想破滅和對語言失望的日子，我告訴你，而歐拉得到打擊犯罪的獎賞時幾乎和我一樣心碎，因為她以為炸雞牛排的意思是說牛排會被包在雞裡炸。在上面淋肉醬有比較好吃，當然，但我也用聽起來好笑又奇怪的英文笑話去安慰她。

「你知道人類有時候會吃一種叫作浪花草皮的東西？」

「聽起來不太好吃。」她說。

「我知道！但那是胡說八道，因為他們根本不吃浪花或草皮！那是牛排加龍蝦的暗號。他們說那是因為牛住在草地上，龍蝦在浪花中游泳的關係，但他們是在騙誰？他們只是喜歡押韻而已。」

我們覺得得意洋洋，阿提克斯說沒關係，因為那是我們應得的。「布拉克・史萊特什麼都考慮到了，就是沒料到有獵犬。要不是你們鼻子靈通，我們根本不可能找到他。還有火車上的松鼠。」

「什麼？我們要和松鼠分享功勞？」我說，歐拉也一起抗議。

「那可不對；松鼠根本沒幫忙！」難得一次，當星巴克說：「不是松鼠！」他剛好就是那個意思。

阿提克斯只是笑我們。

「我的意思是說要不是那隻松鼠的話，我們根本不會跑上那個樓梯間，扯進這件事。我不是說松鼠有幫忙。我知道一切都是你們的功勞。」

這話讓我們冷靜下來，而我承認警探也做了不少事，特別是在逮捕史萊特後。取得搜查他家的搜查令後，他們找到了3D列印機、兩把塑膠十字弓，還有很多弩箭。他們還在廚房找到一袋現金和哈德森・基恩的檔案，外加符合凶手穿著的衣物。他的車輛型號符合基恩公寓外的監視畫面，不過車牌不符。阿提克斯說那些都是間接證據，但是最有利的間接證據。有力到讓布拉克・史萊特願意認罪，用付錢給他的人的情報進行認罪協商。他不是寧死不肯招供的那種職業退伍軍人殺手；他是「比較類似虛無主義分子的龐克混蛋」，阿提克斯說，自以為只要不被監視器拍到就不會被抓，完全沒有榮譽感，也不效忠雇主。我不確定龐克混蛋與普通混蛋有什麼差別，也不知道虛無主義分子是什麼玩意兒。我承認我沒問阿提克斯是因為他的解釋有時候很簡短，有時候和大學演講一樣。或許虛無主義分子是自認「末日將至」的那種人，所以為錢殺人無所謂。事後把雇主抖出來也沒關係；史萊特還說出了在尤金殺害伊格納修・梅迪納並追殺蘇魯・布萊克那兩人的姓名。我猜他們也是虛無主義分子。

伊巴拉警探告訴我們史萊特說：「他們應該要找出看到我殺基恩的女人，但之後一直沒有回報。」他們永遠不會回報了，而我們不能幫警方找出那兩人的屍體，不然會惹麻煩。

那份口供讓警探非常開心，因為她不必擔心像是土撥鼠是誰，也不用揭發貪污警察涉入調查的事。她打算逼他把錢捐給慈善機構，叫他保持鼻孔乾淨【註】——這又讓我更加深信人類對於保持鼻孔乾淨有股病態的執著。

而既然我們又幫她解決了一件殺人案，伊巴拉警探對我們好感十足，終於認為阿提克斯是值得信任的人。她告訴阿提克斯下次玉米卷餅她請，然後我就知道我們有口福了。之後有玉米卷餅吃，讓我興奮到差點忘記還有事沒辦完。

史萊特不知道客戶姓名，但他把所有聯絡和交錢的方式都說了出來。他還招供了很多他幹過的壞事，因爲披薩外送員的身分讓他可以不受懷疑地前往任何地方。他偶爾會趁送披薩的機會幫可疑人士運送毒品或錢。那個可以交給警探去追查，因爲我們眞的幫不上多少忙，而阿提克斯說解決謀殺案就夠了。他和蘇魯現在可以開設穩定太陽能和電池公司了，而他對我們的表現滿意到決定要再帶我們去波特蘭聞東聞西，因爲我們第一次沒有好好聞到。他還承諾會帶我們去菜單上有牛尾起司燒肉薯條的店，而我們迫不及待想要展開那段旅程。要不是因爲松鼠在事件一開始就給跑了，我會認爲知名小餅乾再度落在正義和肉醬的一方。而我很肯定有朝一日，那隻松鼠也會面對他應得的下場。

尾聲

幾天過後，我們來到尤金火車站，展開波特蘭聞東聞西探險隊，結果發現車頂又有松鼠！搞不好還是之前那一隻！萬一他眞是通勤松鼠呢？

「好了，阿提克斯，這回你得承認這事有夠奇怪了！這絕非正常行爲！」

「不是松鼠！」星巴克說。

好啦、好啦。我承認事情很不尋常。如果你們想弄清楚是怎麼回事，我願意幫忙。但想要成功的

譯註：保持鼻孔乾淨（keep sb's nose clean）是不要再犯的意思。

話，你們也得做點奇怪的行爲。

「什麼意思？」

如果到了波特蘭，他還沒被物理定律摧毀，我們就跟蹤他。但你們不能對他叫，或是讓他知道他被跟蹤了。我們得要保持低調。你們做得到嗎？

「你要我們不要對松鼠叫？」歐拉說。「那不叫奇怪。那就叫超自然。」

我同意歐拉的說法，說道：「我們可能得跨越底線，阿提克斯。」

越線的是那隻松鼠，他爭論。如果你們想調查此事，你們就得跨越底線。我會滲透他的腦袋，追蹤他的位置，就算他繞過轉角，我們也不會跟丟，好嗎？

歐拉和我不太贊成這個計畫，但最後還是決定試試。叫當然感覺很好——感覺很對——但上次用處不大，所以或許該換個策略。

你們會是匿蹤狗，阿提克斯說。這樣講讓我們感覺好過一點。這是匿蹤科技。

我們和上次一樣僞裝上火車，也和之前一樣安靜，沒有火車人員打擾阿提克斯。但抵達波特蘭，走下月台後，我們抬頭看車頂，看見那隻松鼠，彷彿買到一桶廉價啤酒的小鬼一樣得意洋洋。

「看到他了吧，阿提克斯？我看到他了，我沒有叫。」

「我也沒叫，但眞的很難。」歐拉說。星巴克喉嚨低吼，但是沒叫。我們提醒他要匿蹤，所以他停止低吼。

我看到他了，正在羈絆，阿提克斯說。就算看不見他，我還是不會跟丟他。我們在安全的距離外跟蹤他。

那隻小鼠輩沿著火車頂跑，跳到月台頂上，和之前一樣滑下欄杆。但之後他換了條路，帶領我們離開火車站，跟著一個沒發現他的人出門。

呃。我開始認爲事情不對勁了，阿提克斯說。

「你到現在才開始覺得不對勁？好吧，遲到總比不到好，我猜。」

他不是在隨機尋找食物。松鼠是有目的地的。他知道要去哪裡。

歐拉說：「我們一直在對你和關妮兒解釋他們隨時都有邪惡的目的，但你們從來不相信我們。」

這個，目的和邪惡的目的是兩回事。我們等著看。

「你能查出他有什麼目的嗎？」我問。

那樣會讓他發現我在附近。他會知道腦子裡有點不對勁。我能從他表面的情緒感應出他急著要去他的目的地。

我們努力保持冷靜。松鼠在街上時一有機會就會爬上樹幹或屋頂——等等。

「阿提克斯，那隻松鼠是公的嗎？」

對。

「他叫什麼名字？」

松鼠的名字不好翻譯成英文。我是說，他不可能叫作包伯、雅各或撒迦利亞。他們的名字最前面是性別代名詞，後面接著他的成就或是難爲情的事，有時候會改。眼前這傢伙叫作「他懂得搭乘人類吵雜明亮管狀物體旅行」。換句話說，火車。

「這樣我就放心了。那表示不是所有松鼠都會搭火車。」

我們繼續跟蹤他，慢慢發現我們來到熟悉的領域：他在帶我們前往華盛頓公園。

「嘿，我們要去日本花園嗎？」歐拉問。

我們在往那個方向走。但華盛頓公園很大。

「是陷阱！」我模仿阿克巴上將的語氣說【註】。

他說不定全然無辜，歐伯隆。那裡面有植物園，記得嗎？那表示有奧勒岡松鼠在其他地方找不到的堅果和種子。說不定他對美味的堅果感興趣，願意大老遠跑來吃。

「我不知道，阿提克斯。我沒聽說過有什麼堅果值得這樣大費周章。但就像你說的，等著瞧。」

儘管阿提克斯十分堅持，那隻松鼠還是沒有那麼無辜。他甚至一點都不無辜。松鼠沒帶我們前往日本花園或植物園，卻把我們帶往我只能用「可怕的集會」來稱呼的地方。我可以數到二十沒問題，而公園裡那片樹林有超過二十棵樹，每棵樹上都有超過二十隻松鼠！「他懂得搭乘人類吵雜明亮管狀物體旅行」爬上其中一棵樹，阿提克斯說那裡就是他想去的地方，所以我們可以盡情叫了。問題在於，我們太震驚了，最多發出幾下低吠聲。我們從未見過這麼多松鼠出現在同一個地方，不知道該怎麼辦。他們在吱吱亂叫，不過沒有爭奪任何東西。他們顯然是聚集在一起要合作什麼事，在我們鼻子下——或鼻子上——計畫陰謀，既然他們都待在我們碰不到的樹枝上。我決定要數數他們。

「阿提克斯，二十乘二十是多少？」

四百。

「四百比一百萬多，對吧？」

不，少多了。

「好吧，無所謂！這裡松鼠的數目顯然很不安全！」

我並不覺得有危險。

星巴克八成受到這句話的鼓勵，因為他開始放聲大叫，跳起來嚇那些松鼠。他們對他吱吱叫，大概是在取笑他，但沒有移動，看起來也不太擔心。

歐拉說：「但你承認這很詭異，對吧？」

喔，當然，我從未見過這種景象。好酷。

我氣急敗壞：「酷？你怎麼能這麼說，阿提克斯？」

我喜歡見識新鮮的東西。蓋亞總有辦法讓我驚訝，而我認為這樣很棒。

「不、不、不，少來那套！查出他們來這裡的原因，我們再看看是有多棒。去呀，去問火車上那隻。」

好吧，我問。阿提克斯停頓片刻，臉上微微帶著笑容，彷彿一切都很有趣，沒什麼好擔心的。但我一直盯著他的臉看，當笑容消失，開始皺眉時，我問他怎麼回事。呃，這個。有點令人不安。

「我能承受真相！」

他們是來討論怎麼對付你的。好吧，不是專門對付你，而是對付所有狗。他們認為你們很煩。

「哈！好大膽，竟然說我們很煩！」歐拉說。

「是呀！」

譯註：阿克巴上將（Admiral Ackbar）在《星際大戰六部曲：絕地大反攻》中的知名台詞。

還沒完。他們認爲擺脫狗最好的辦法就是擺脫人類，基於某種理由，他們認爲擺脫人類比較容易。

「喔，好吧，他們可以繼續作夢！如果熊都辦不到，他們有多少機會？」

他們就是來討論這個的。但是，呃，星巴克有點在證實他們的論點。星巴克？

我的小波士頓朋友還在對著可怕的集會叫，除了一隻以外，所有松鼠都不再吱吱叫。他在星巴克頭上的樹枝上，而他伸出小爪子直指阿提克斯。四百隻松鼠不約而同地轉頭看向我的德魯伊，我知道他們在想什麼：解決掉一個人類，就能解決掉他所有狗。

星巴克，住口。我認爲我們該走了。眞的，歐伯隆、歐拉。我們去吃起司燒肉薯條吧。阿提克斯開始後退，我正要據理力爭時，一隻松鼠突然高叫，接著所有松鼠開始爬下樹。那場面超詭異的，聽著所有爪子抓過樹皮，看見那些毛茸茸的尾巴抽動，所有死黑眼睛朝你逼近。

「嘎！眞的是陷阱！我們沒辦法應付那麼多松鼠！」

我們立刻去吃頓策略性午餐，阿提克斯說。快。來，快跑！

我之前有一次和阿提克斯一起在開羅，被城裡所有的貓追到尼羅河裡，我還記得當時感覺有多羞辱，希望沒被人拍下來放到Youtube上。這次感覺更糟，但是也不太一樣。當我們跑出公園後，松鼠就不再追我們；另一個不一樣的地方在於阿提克斯哈哈大笑，捧腹笑到幾乎喘不過氣。

「你是怎樣？又不好笑！」我說。

你在開玩笑嗎？我好久沒有這麼開心了！哇！眞爽！被四百隻松鼠追殺！你知道兩千年來我遇上過幾次這種事嗎？就這一次。眞是難得呀。

「阿提克斯，我們剛剛發現了大陰謀，而你竟然不放在心上！」

不，我了解，歐伯隆。我現在懂了。松鼠很危險。

「終於喔！」歐拉說。

「你嘴裡這麼說，但還是在笑。」

我還要笑好幾天，你就只能自己調適了。但我也知道我們得時刻警覺——而我們會警覺！但是那些松鼠只是說說而已。他們今天不會採取任何行動。我們可以安安穩穩地去吃午餐，遊覽波特蘭。有誰餓了？

我不相信阿提克斯臉上的表情。他想把話題引到食物上，我和他一起混得夠久，知道每當他想要隱瞞什麼事時就會這麼幹。他可能沒把「他懂得搭乘人類吵雜明亮管狀物體旅行」小腦袋裡全部想法都說出來。但是歐拉和星巴克不知道他會這麼做。

「是的食物！」波士頓犬說。

「我可以吃了。」歐拉同意。「如果要在松鼠陰謀前守護全人類，我們就該先來點肉醬。」

好吧，她這個論點實在無可挑剔。她是超級聰明的獵狼犬，而我是超級幸運的獵狼犬。

《火車上的松鼠》完

嗡嗡殺人案

第一章 蜜蜂警報

與德魯伊在塔斯馬尼亞走來走去，最危險的地方就在於我可以對著很多有趣的動物叫。老實說，這樣很難保持專注，因爲在追逐袋熊的過程中，比方說，可能會嚇到袋鼬或袋貍，也可能遇上一群沙袋鼠，他們可有趣了。然而，這座島上的動物都不知道該如何應付我和星巴克，阿提克斯說這樣有失公平，所以我們不能把他們傷得太重。對我和我的波士頓㹴犬夥伴而言，就只是運動而已。

阿提克斯跑來治療塔斯馬尼亞魔鬼大概已經五兆天了，我不知道，反正感覺很久，雖然此事超級重要，但卻不是很有趣，所以星巴克和我得想辦法找點樂子，因爲在野外沒有無線電視，沒辦法繼續看我們的美食節目。阿提克斯說我們趁他治療魔鬼時可以自己去玩，只要遵守以下規矩：

一、待在心靈吶喊範圍內；

二、不要殺生；

三、不要在別人家草坪上便便，不過可以在高爾夫球場便，因爲嚴格來說，球場不是草坪，而且有錢人可能會踩到；

四、遠離人類和車輛。

有時候距離城市太近時，最後那條規則很難遵守。現在我們就在一座名叫朗瑟斯頓的城市附近，你永遠不會知道什麼時候會遇到一上來就為了我們身上沒有牽繩而破口大罵阿提克斯的登山客。他們根本不認識他。他們只會說些像是「有個白痴的狗跑了」，或「我希望人會好好照顧寵物」，或「我的媽呀，好大一隻狗」！

那種評論有時候會讓我大發雷霆，想要對他們大叫，說他們的襪子很蠢或其他真的能夠創傷人類心靈的話，但阿提克斯說他們或許有防狼噴霧或白花椰菜或其他能傷害我們的可怕武器，所以不管他們說什麼，我們都該避開他們——尤其是有人餵我們吃東西的話。「絕對是陷阱。」他警告我們。

哈！他沒必要提醒我。我可不是第一次遇上貓咪的小狗！再說，他們通常會拿乾狗餅乾之類的食物餵我，而我對那種東西不感興趣。阿提克斯讓我們吃得很好，外人得有能力弄出某種嬉皮肉醬才能讓我考慮過去瞧瞧。然後聞一聞。

嗯。迷迭香香腸肉醬。好東西。呃……我在講什麼？

喔對了！在塔斯馬尼亞追逐獵物的危險。當阿提克斯在朗瑟斯頓外找到魔鬼巢穴後，他就讓我們四下探險，而我們很快就找到一隻塔斯馬尼亞毛紋蝶，我們之前見過的黃棕相間蝴蝶，我們跟著蝴蝶跑了一陣子，故意咬他下方的空氣。追蝴蝶有點類似追氣球，只不過你永遠猜不透他們會停在哪裡。但他們迷戀花朵，就像我們迷戀屁股一樣。他們能夠聞到其他生物聞不到的氣味。

「嘿！會飛又吵的東西！」星巴克說，把我的注意力從毛紋蝶上引開。

「吵什麼？哪裡？」希望不是可惡的老胡蜂。但我才剛問出口，耳邊立刻傳來一陣翅膀拍擊的嗡嗡聲，也看見了聲音來源，是隻蜜蜂，在革木樹的白花之間飛舞。

「是蜜蜂。」我告訴星巴克，他現在英文好多了，但還是要幫助。「他發出的聲音叫嗡嗡聲。」

「蜜蜂是食物？」

「不，但他們會製造食物。他們的嘔吐物叫作蜂蜜，很甜。人類超愛把蜂蜜放在茶裡、塗麵包，還有各式各樣用途。」

「嘔吐物是食物？」

「其實算不上。蜜蜂嘔吐物算是例外。毫無疑問那是世界上最暢銷的嘔吐物。鯨魚嘔吐物也有市場，叫作龍涎香，不過沒有蜂蜜那麼暢銷。」

「哪裡有蜂蜜？」

「幾乎到處都有。幾乎所有商店都有在賣。」

「不。這隻蜜蜂。蜜蜂的蜂蜜在哪裡？」

「喔！這個，所有蜂蜜都在她住的蜂窩裡。他們從那些花裡採集花蜜，回蜂巢當作蜂巢的材料。」

「我想看蜂巢。」星巴克說。「我們能跟蜜蜂回去嗎？」

「當然。」

閒晃有個目標也不錯。我從一部自然紀錄片裡學會所有關於蜜蜂的知識，阿提克斯也有補充些東西，而我很樂意趁蜜蜂採集花蜜時把一切通通告訴星巴克。

終於，她的腳上採滿嘔吐催化劑，我們穿越矮樹叢，跟著她走了半哩左右。我不確定，老實講，但我有透過心靈連結聯絡我的德魯伊，確定我沒有違背第一條規則。

「嘿，阿提克斯，你還聽得到我嗎？」

當然可以，老兄。他的聲音在我腦中響起，而我還在習慣他在聲音中增加的愛爾蘭口音。我們剛來這裡時，他沮喪了好一陣子，接著在發現他不必繼續假裝任何人，可以好好做自己，從今而後只要當個服侍蓋亞的愛爾蘭人後就好多了。諸神黃昏結束，已經沒有神在追殺他，他也不再欠任何人情。他在那場大戰中失去了右手，而他認爲只失去右手已經很走運了，那場大戰的好處，就是億萬年來或無數時代或類似的時間以來，第一次，他自由了。你們想幹嘛？他問。

「我們在跟蹤一隻蜜蜂，因爲星巴克想看蜂巢。」

好，但不要亂動蜂巢。有可能是商業蜂巢。朗瑟斯頓是塔斯馬尼亞蜂蜜業的中心之一。

「喔是啊。好吧，無所謂。反正是蜂巢，我會警告他不要走太近。」

我們跟著蜜蜂，突然不再前進，看著她飛上一棵樹，樹幹和樹枝中間卡了野生蜂巢。然而，我只注意到蜂巢一下子，因爲有別的東西吸引我們注意。

「壞味道。」星巴克說。

「壞消息。」我補充。蜜蜂樹底下有個死白人，身體蜷縮、臉朝上。他臉部紅腫，滿是蜜蜂刺傷，還沒死亡太久。我不是犯罪片裡那些跑來討論罹病機率、屍體溫度、ＤＮＡ證據的花俏法醫，但我是會聞血腥味的獵犬。那男人流了很多血。他身體下方有一灘血泊。

他的手掌和手臂膚色如蠟般慘白，頭髮很濃密、很黑、澎澎鬈鬈的。看來他喜歡美髮產品。他身穿英式橄欖球衫、藍牛仔褲、笨重的褐色登山鞋，這一切都導致很難判斷他有沒有受傷，不過據我推測，傷口在背後，他摔倒時擋住了。

所以，他被子彈或匕首攻擊，然後又被蜜蜂螫。又或許是先被蜜蜂螫，然後又有人爲了他激怒蜜蜂而動手殺他。不管是什麼情況，他都是在差不多的時間被蜜蜂螫又大量失血。看不出來死因是哪一項，但蜜蜂的部分無關緊要。大量失血表示有人殺害了這傢伙，而蜜蜂螫傷不會讓人失血致死。

「嘿，阿提克斯，我們好一陣子沒有打擊犯罪了。想要抓些壞蛋嗎？」

這個，呃，這是假設性問題，你打算提議去找犯罪現場，然後幫助警方嗎？

「不用找犯罪現場。我們已經找到了。」

喔，見鬼。我就怕你這樣說。什麼情況？

「熱騰騰的謀殺案！我能聞到這傢伙血裡的礦物質。還有他拉在內褲上的東西。」

等等，所以犯人可能還在附近？歐伯隆，小心點！

我們聽見左邊樹叢裡有動靜。星巴克轉頭，豎起蝙蝠般的耳朵，出聲低吼。

「有東西來了。」他說。

我出聲警告，但沙沙聲越來越響。出聲的傢伙不是隨便就能嚇跑的。

「你可能會想過來一趟，阿提克斯。」

現在就開始叫，在我趕到前不要停。他說。

第二章　這下我是丟下蜜蜂不管的狗了

結果發出聲響的是個女人。她聽起來是樂觀的人，或許確實是，直到她走出樹叢看見我們為止。她聽見我們吠叫，問道：「是小狗嗎？」

我不是小狗，星巴克也不是。她發現自己弄錯了，於是離開樹叢，看見我們。她是中年白人，黃髮，頭上戴著一頂有花和羽毛的帽子。她身穿卡其褲，褲管塞進及膝皮靴，看起來和聞起來都是新的。她身上其他地方聞起來像是出門前噴掉了一整瓶香水。她右手拿著手機，左手拿著水瓶，背上揹著塞滿的背包。

她愉快的笑容消失，雙眼睜大，訝異地看著我。「嘎！你眞天殺的大！」接著她的目光飄向革木下的屍體，下巴立刻掉下來，呻吟一聲，努力弄清楚她究竟看見了什麼。然後她深吸口氣，發出令人讚歎的尖叫聲，宛如訓練有素的歌手般透過橫膈膜發聲。她叫了三年左右，隨即轉身衝回樹叢。

我們還是依照阿提克斯吩咐在叫，不過他也聽見尖叫聲了。

歐伯隆，什麼人？

「一個女人，阿提克斯！她沒說名字。她看見我們站在屍體和蜜蜂旁邊，尖叫完就跑了。沒叫我們解釋情況，甚至沒說我們是好狗狗，這可是極大的疏忽。她肯定很激動。」

好吧，好消息是她可能會報警。壞消息是她可能會報警。

「對，她有手機。但怎麼會是壞消息？我們不是需要警察伸張正義嗎？還有牛肉？」

警察偶爾會伸張正義，沒錯。但有時候他們會踐踏正義。

「不給牛肉就做任何事都是踐踏正義。」

如果你是想要暗示我餵你吃東西，你失敗了。

「如果你有餵我吃東西，那不就成功了？」

暗示失敗了。

「愛爾蘭獵狼犬天生不擅長暗示，阿提克斯。你想要會暗示的獵犬，去找哈巴狗得了。他們根本不像獵犬，比較像是會走路和打鼾的麵包，覆蓋軟毛皮。」

我們在阿提克斯抵達現場前幾週就聽見他的腳步聲。

好了，不用叫了。他在我們腦中說。然後他看見屍體，大聲說道：「喔，狗屎。」

「是吧？看看那些血。我們需要警察。」

「對，一定要報警。我不想牽涉其中，但這下我別無選擇了。」

「爲什麼？」

「因爲那個女人看見你了。她會對警方說有愛爾蘭獵狼犬和波士頓㹴犬站在屍體旁邊。警方會透過你們追查到我，然後我就會變成嫌犯——或至少會問我爲什麼不報警。所以，現在我得報警了。」

他拿出手機撥打「000」，那比90210或其他美國境內的緊急電話好記。「他們會問我問題，而我此刻拿的是美國護照，所以得恢復美國口音。」他皺起眉，聽見電話裡的聲音問他有什麼緊急事故。

「是，哈囉？我要回報謀殺案。」

「喔，太棒了，阿提克斯！下標題和主題音樂！新一集《歐伯隆的肉肉神祕事件簿》開播了！」

他一邊對著手機說話，一邊切換到心靈連結對我說話。

先不要吵我，歐伯隆。他自報姓名是康納．莫洛伊，他推測此地的位置，另外不，他沒碰過屍體，還有好，他會在附近等候，直到警方抵達。掛下電話，放好手機後，他又看向屍體。

「你們有走到屍體附近嗎？聞他的味道，踏入血泊裡？」

「沒有。」

「星巴克？你呢？」

「不是松鼠！」星巴克回答。

「很好。我要你們兩個都離他遠點。不過，在警方抵達前，我想我們最好先弄清楚他是怎麼來的。那個女人是從哪個方向來的？」

我揚起爪子，指向對面。「那個方向。她也是往那裡離開的。」

「她一個人？」

「對。她有拿水壺和手機。」

「她身上有血嗎？」

「沒。她聞起來像化學花朵。打噴嚏香水。」

「好。在不接近屍體，也不要擾亂地面的情況下，你們兩個可以用鼻子找出他來時的路嗎？如果有找到，我要你們小心翼翼往回走，低頭看，確保你們不會踩到能夠幫助警方的血或腳印。」

「我們可以！」

「是的食物！」星巴克補充。我們鼻子湊到地上，開始不碰到地面聞味道。星巴克比我快找出死者來時的蹤跡。

「這裡有血！」他說。「往這邊走。」

「小心別踩到。」我提醒他。我很快就聞到那個氣味，我們小心跟著味道走了約莫三千呎碼，或公尺，或隨便什麼單位，然後就沒了。「血跡結束在這裡。或開始於這裡。」我說。

阿提克斯走過來，低頭看地面，草地中間有些死者路過而被踏平的痕跡。還有一些小血滴。

「怪了。看起來他是中槍，不是刀刺傷。」

「你怎麼知道？」

「如果是刀刺的，應該會有在拔出匕首時自刀刃上滴落的線形血跡。但是這些血滴比較密集，是從穿刺傷中滴出來的。」

「但是美國每天都有人中槍。你說奇怪是因爲塔斯馬尼亞人不會開槍打人嗎？」

「不，我說奇怪是因爲事發不久，我們應該會聽見槍聲才對。問題在於我們沒聽見。」阿提克斯彎腰蹲下，仔細觀察血跡，而當他這麼做時，有東西自他頭上呼嘯而過，插入樹幹。一支箭，就插在他剛剛站立的位置。

退回來時的方向！阿提克斯在我們腦中大叫，順勢翻身而起，伏低身形。星巴克和我朝屍體的方向退開五百公浪左右。

「警方就要來了！」阿提克斯在我們身後叫道。「我已經報警了！」

「罵他髒話，阿提克斯，」我說。「我們要把他痛罵一頓。」

你怎麼知道是男的，歐伯隆？你聞到什麼嗎？

「不，只是比較可能是男的。因爲那種數學理論。精靈木棍。」

你是說統計學【註】？

「對，我就是說統計學。來吧，罵他！」

編註：精靈木棍（pixie sticks）和統計學（stastics）音近。

「你這個殺人凶手大混蛋！」阿提克斯叫道。

「喔，罵得好！有點心。」星巴克靈機一動，插嘴說道。

「愛貓人！」他叫道，氣得發抖。「超級壞的愛貓人！」他回頭看我，垂舌頭笑。「罵得好嗎？我也有點心嗎？」

「喔，沒錯，肯定該有點心。我也是。我們都是好狗狗。」

「是的食物！」

安靜。看看你們能不能聽見他在哪裡或他離開的聲音。在你們和那個方向之間保持幾根樹幹。

星巴克耳朵豎起，指向我們來時的路。他的聽力比我好一點；他的品種照理說能夠聽見老鼠、田鼠和小型家畜的聲音。

「樹葉擠壓聲，」他說。「人類的腳。赤腳？靴子。」

往哪個方向走？你分得出來嗎？阿提克斯問。

「很快的靴子聲。遠離我們。」

你確定？

「對。沒了。」

阿提克斯鬆了口氣。很好。我想你們兩個都沒聞到那個傢伙的味道？

「我只有聞到死者的氣味，」我說，回頭望向屍體。「但嘿，阿提克斯，如果那傢伙背後中箭，爲什麼會壓在箭上？那樣不會刺穿他的胸口之類的嗎？」

或許。也可能箭柄折斷，壓在他身體底下。又或許……有人把箭拔走。那就能解釋他身體底下那灘血。箭頭離體時會撕裂傷口，如果是這種情況的話。我敢說對方拔箭時很粗暴。

如果有人拔走箭，肯定是在那棵樹附近拔的。所以，我們應該能在樹附近聞到死者以外的人味。

「阿提克斯，我知道不能太接近，但如果我們保持距離，繞過死者，聞其他人的氣味呢？」

那樣可以。星巴克順時鐘繞，這表示他會繞向右邊，我反時鐘，繞向左邊，因爲我們得反制這種時鐘很聰明【註】的說法。人類都說時鐘會報時，但它們從來不告訴我時間。

我在約莫六隻伸長身體的袋熊距離外聞到另一人的味道。

「嘿，阿提克斯。我想我聞到味道了。星巴克，過來這裡——但是繞過來，我們不能接近屍體。看看你能不能聞到我聞到的味道。體味、汗水加皮革、菸味，或許有點難吃的蔬菜。」

波士頓㹴犬繞過來，聞我指的草地。

「是的食物。男人味。」

你聞得出來是往屍體過去，還是遠離屍體，我猜？

我跟著味道朝屍體走出幾步。「遠離屍體。」

很好，你能跟蹤氣味嗎？

我和星巴克一起轉身，跟著氣味離開，發現氣味與我們走的路交錯。我們之前沒發現是因爲我們在追蜜蜂，沒有四下亂聞。

譯註：英文順時鐘（clockwise）是時鐘（clock）和聰明（wise）兩個字拼在一起。逆時鐘是（counterclockwise），也可拆解爲反制（counter）與時鐘聰明（clockwise）。

「有，聞到了。」我說。星巴克身體一僵，轉頭看我們後面，耳朵豎起。

「聲音。有人來。」

大概是警察。好了，我們晚點再去追蹤氣味。警察在這裡的時候，我要你們完全遵照我的口頭命令行事。過來坐在我旁邊，沒我的命令不要亂動。

「莫洛伊先生？」一個女人的聲音喊道。

「在這裡。」阿提克斯回應。他們來回叫了幾次，最後兩個警察從剛剛那個香水女人出現的樹叢間出現。他們拔槍出鞘，不過槍口指地，阿提克斯揚起一手。

「哈囉，我沒有惡意，沒有武器，」他說。「我的狗也一樣。」

兩個警察看起來和美國警察不太一樣。他們戴黑色球帽，帽緣有棋盤圖案。球隊標誌該在的地方是個警徽——明亮的圓圈之中有隻金獅子，獅子頭上有頂紅王冠。

他們在襯衫外穿了很大的黃色背心，上面有很多鼓鼓的口袋，裝滿各式道具，但我知道那些口袋裡都沒有放肉，所以沒有多加留意。

其中之一是個瘦但健美的女人，有著冷棕色皮膚，嘴唇顏色稍深一點。她帽子底下戴著一種遮住耳朵、頭髮和脖子，消失在上衣底下的東西。我想阿提克斯之前提過這樣穿的人是基於某種宗教信仰，而那是虔誠的表現。總之，她官階比較高。她的背心上三個山形條紋中間有一條槓，我從電影中得知那代表什麼，她是巡佐。

「很高興聽你這麼說，」她說。「如果你不介意，佛斯警官會確認這一點。請別動，讓他搜身。」

「當然。我的東西都在左邊口袋裡，因爲我只有一條手臂。」阿提克斯說。

「先生，我接近時你的狗會待在原地嗎？」佛斯警官說，他收起手槍，看我一眼，不確定他打不打得過我。可能打不過，除非我在睡覺。他是個體型高大的白人，遠比巡佐高，而儘管我的眼睛不太能辨識紅色，我認爲他的皮膚肯定有點粉嫩或漲紅或什麼的，因爲在我眼中就是類似紅色的灰色。他有很多肌肉，或許稱得上是常上健身房的人口中的大肌肉男。

「他們會待在原地。」阿提克斯保證道。

「你應該繫牽繩的。」

「啊。我們還在城市範圍內？」

「對。勉強算。法條適用。」

「好吧。儘管沒有牽繩，警官，他們還是不會煩你。他們很乖。」阿提克斯透過心靈連結對我們補充：請不要動。

「我們不會動的。我們很乖。我們做這些公眾服務應該能夠得到一頭水牛當獎勵。」

佛斯警官走過來，巡佐待在原地看。我知道現在是什麼情況，他們得先確認阿提克斯不會造成威脅，然後再開始做事。這是標準程序。警官搜他的身，發現他左邊口袋裡有三樣東西。

「你口袋裡有什麼，先生？」

「我的手機、護照，還有一袋狗點心。」阿提克斯其他東西都留在塔斯馬尼亞魔鬼巢穴裡。

「你介意拿出來嗎，慢慢拿？」

「沒問題。」

阿提克斯拿出口袋裡的東西，交給警官，但他要阿提克斯先拿著，繼續搜身。等他確認阿提克斯沒有攜帶任何武器後，他朝巡佐點頭，她收起槍，接著大步走過來。

「謝謝你的配合。我是納西爾巡佐。可以看看你的護照嗎？」

阿提克斯把護照給她，她翻到有照片的那頁，比對長相。「美國人，呃？你住在這個地址嗎？」

「對。」雖然已經開始出售了，但嚴格來說，奧勒岡的小屋還是阿提克斯的。

「你來塔斯馬尼亞多久了？」

「約莫六週。」我不知道這是不是實話，因爲我很不會分辨時間，但她比對護照上的海關印章確認入關日期。我不擔心，因爲我知道關妮兒有幫他處理好護照的事。她隱形混入墨爾本機場海關人員所在處，蓋上入關印章，製造他搭飛機入關的假象，然後還給阿提克斯，讓他應付這種情況。警方絕對不會發現他是非法入境，除非他們在飛機乘客名單上搜查他的名字但又找不到。

「你來塔斯馬尼亞做什麼？」

「我是來搶救塔斯馬尼亞魔鬼的生物學家。」我深感佩服。他說的是實話，只是沒說他是德魯伊。他比向我們身後，狗點心發出美味的聲響。「我在那邊的一座巢穴工作，聽見有個女人尖叫。我跟著聲音跑來查看，結果就發現屍體。」

佛斯警官朝屍體移動，終於開始注意它，但巡佐的目光還在阿提克斯身上。

「你沒看到那個女人？」

「沒。我停在這裡，打電話報警。」

「所以這裡還可能有個女人遇上麻煩？」

「有可能。那聲尖叫後我就沒有聽見其他聲響，而那是我打電話報警前的事。我本來以爲她也會報警的。」

「你有碰過屍體嗎？你的狗有嗎？」

「沒。但狗剛剛往那邊走，聞到某種氣味——我猜是這老兄來時的氣味——結果有人射擊我們。」

「射擊？用什麼射？」

「箭。我們沒確認，但那支箭八成還插在樹上。我們往回跑，大叫警方要來了。沒人追上來。」

「好。佛斯警官，請聯絡督察和鑑識人員。」她交還阿提克斯的護照。他把護照和手機塞回口袋，然後用牙齒扯開點心袋，給我和星巴克拿了兩塊點心。他把點心拋到空中，我們輕鬆接下，然後他封起袋子，放回口袋。「你可以帶我去看那支箭嗎，莫洛伊先生？」

「當然。」他轉向我和星巴克說：「跟來，兩位。」我們跟著他走，他帶我們回到箭插在樹上的地方。

「這兩隻狗真的很乖。」她評論，我對她搖尾巴。

「超乖的。我們到了。我本來在查看那邊的血滴——我想應該是被害人中箭的位置——結果我一蹲下，箭就射中樹幹。有人躲在附近。搞不好現在還在。」

「好。」納西爾巡佐拇指抵住對講機，要求更多警員到場搜查「凶手及可能的第二名被害人」。

我沒想過第二名被害人的可能。對我們放箭的人很可能也射殺了那個尖叫的女人。她跑走後，我們就再也沒有聽見她叫了。她有可能死在樹林裡，帽子爛掉，臉部凝結在永不消失的恐懼之情中。但我們當時不能親自去找他們。我們得等督察趕到，調查情況，問阿提克斯一大堆問題。

「我們回現場，不要在這裡當靶子。」巡佐說，阿提克斯沒告訴她說星巴克聽見有人離開的事。我們待在這裡應該很安全，但他還是朝屍體方向走回去。

「你們大概會要我待在這裡多久？」

「要看督察怎麼說了。她三十分鐘內就會趕到，我敢說她有很多問題要問你。」

我不確定是不是三十分鐘，不過一段時間過後，這裡又出現了很多穿同樣制服和獅子警徽棋盤圖案球帽的人。其中之一是個膚色比巡佐稍深一點的女人，而她的背心上有一條直槓，直槓上有三個獅子警徽。我心想三隻獅子肯定比三個山形臂章重要，而我猜對了。她和巡佐交談片刻，隨即來到阿提克斯面前自我介紹。她帽子下有一頭黑鬈髮，大鼻子、大眼睛、小耳朵。

「莫洛伊先生？是你發現屍體的？」她講話很流利，不過我認為她的塔斯馬尼亞口音比巡佐重一些。

「對。」阿提克斯說。

「我是貝吉利督察。」

「她說《G型神探》【註】嗎？」

不，她說貝吉利督察。你不要給我唱——

「嘟嘟嘟嘟，G型神探！嘟嘟嘟嘟嘟，齁齁！」

可惡，歐伯隆，這下我被洗腦了。罰你不能吃點心。

「什麼？噢！」

第三章　蜜獾貝吉利不在乎

我在擔心不能吃點心的懲罰有多嚴重，並看著一排警官走進樹林尋找凶手時錯過了一些交談內容，不過我在督察試圖戳破阿提克斯的謊言時又把注意力放回這裡。

「請幫我描述一下你看到的那個女人，」她說，阿提克斯眨幾下眼睛後回答。

「我沒看到女人。我聽見尖叫。我到時對方已經不見了。」

「喔，請見諒。」我知道她想幹嘛。她想藉由問錯問題看看他給的答案會不會與之前不同。不過阿提克斯不會上這種當。「尖叫聲比較類似女人發出的，還是更尖一點，像小女孩？」

「我聽起來像成年女人。」阿提克斯回答。

他又把發現屍體的事情說了一遍，帶她去看血跡和樹幹上的箭，鑑識人員照了很多凶案現場的照片。貝吉利督察問阿提克斯很多關於他在朗瑟斯頓郊外樹林中幹什麼、幫塔斯馬尼亞魔鬼治療什麼病，還有他住在哪裡之類的事。她很驚訝聽說他住在野外。

「你不怕吃臉蜘蛛嗎？大部分美國人都怕。」

「我的狗會吃牠們。」

「什麼？才不會！」

「不吃蜘蛛！」星巴克也插嘴。

譯註：貝吉利督察（Inspector Badgely）音近動畫影集《G型神探》（*Inspector Gadget*）。後面歐伯隆唱的是主題曲。

那是鬼扯的問題，所以我給她鬼扯的答案。阿提克斯私下告訴我們。

督察嬉皮笑臉，我猜她知道他不是認眞的。那是好事，因爲我不想讓她認爲我嘴裡有蜘蛛味。我聽過傳說。那種味道很難聞。

「所以你在附近有營地？」她問。

「沒，我今天還沒紮營。想要的話，我可以帶妳去我在工作的那個巢穴。」

「當然。不過我想晚點兒再去。我要先研究一下被害人。你不認識他？」

「不認識，從未見過。」

「你在城裡有認識的人嗎？」

「沒。但如果妳不介意我提一下，我以前幫忙警方查案過。妳可以向奧勒岡波特蘭的蓋布瑞拉・伊巴拉警探詢問我的事。我幫她處理過兩件案子。」

貝吉利督察揚起一邊眉毛，這是人類的把戲，因爲他們沒辦法把耳朵轉到前面。「你怎麼幫？」

「我的狗很擅長追蹤。」

督察回應前，佛斯警官走過來告訴她說鑑識人員準備要把屍體翻身了。

「好吧。」她目光飄向阿提克斯，說道：「待在這裡。我很快回來。」她走開，阿提克斯等了大概三個月，然後默不吭聲地跟過去，找個好地方觀察。

仔細聽他們說話，他對我們說。你們可能會聽見我錯過的東西。

「收到。」我說。

「大耳朵。聽覺獵犬！」星巴克說。

督察停下，抬頭看大家頭上嗡嗡作響的蜂巢。「野生蜂蜜。我敢說一定很美味。眞想嚐一嚐。」其他人類以笑聲認同這句話，但督察一直盯著蜂巢看。那股渴望很眞實。我以爲她打算爬上樹去弄點蜂蜜吃，就像什麼都不在乎的蜜獾一樣，但她在聽見納西爾巡佐在手腕上彈手套的聲音後立刻眨眼低頭，自己也戴上一雙。巡佐非常小心不碰樹幹，以免打擾蜂巢。她慢慢翻過屍體，因爲被害人又高又重而發出吃力的聲音。一看到他的背，死因就很明顯了，脊椎左側有根斷箭柄，另一半箭柄插在地上。

「呃，」巡佐說。「箭頭肯定卡在肋骨上，不然就會刺穿了。結果是箭柄斷掉。」

貝吉利督察點頭。「所以他是在一段距離外背部中箭，但並沒有當場致命。他跌跌撞撞進入樹林，打擾到上方的蜂巢。蜜蜂飛下來攻擊他，他迅速轉身，向後摔倒，那大概就是致死的原因。倒地的撞擊力道撕裂內臟，或許劃破了動脈，所以屍體下方才會有這麼多血，但是中箭地點卻沒有多少噴濺血跡。」

某個醫療人員說他們把屍體搬回實驗室就會確認她的猜測，不過聽起來很合理。

督察伸手到死者身後的口袋。「來看看你是誰，先生，」她說，打開她拿出來的皮夾，檢查身分證件。「威廉・羅勃・豪伊，二十七歲，家住墨爾本。」她繼續翻找皮夾。「信用卡、十英鎊，還有些店家獎勵卡。這裡顯然沒有值得殺人的動機。不過沒有手機。如果對方拿走的是手機而不是皮夾，那手機可能就是關鍵。巡佐，可以請妳向墨爾本問問此人有沒有什麼紀錄？我至少要知道他什麼時候跑來這裡，爲何而來，不過我不介意聽到有人想拿弓箭背後偷襲他的好理由。」

「我猜大壞比爾現在變成死威廉了【註】。」我說。「哈哈！我該有點心獎品。這是歌詞雙關語。」

可惜你被罰沒點心吃。

「但是我剛剛給了你另一首歌來蓋過《G型神探》的歌！」

問題不在於歌，而是我叫你別唱你偏要唱。

「噢！對不起，阿提克斯。我要怎麼才能解除點心禁令？」

道歉是不錯的開始。你也可以幫我偵破這案子。

「這個，好啊，反正我本來就想這麼幹！這是我的主意！但我這下要用更快的速度破案。墨爾本遠嗎？」我在巡佐拿著皮夾離開時問。

不遠。在北方，過巴斯海峽，大概四、五百公里。

「但是一百公里不是很遠嗎？比一百萬遠？」

不對，你又把數字搞混了。總之比你一天能走的距離遠，但是坐飛機很快。

「那地方長什麼樣子？」

很美的大城市，有很多貴賓犬。你會喜歡的。

「這是什麼箭，有人知道嗎？」督察在我有機會回答前問。「弓箭還是十字弓？」

「我相信是弓箭。」佛斯警官說。「可以從長度和箭羽分辨。那是正常弓箭，不是十字弓矢。」

「用弓箭射別人背後並不常見，對吧，阿提克斯？我是說正常人，不是你會一起混的那些傢伙。因為大多數人用槍？」我注意到督察這時抬頭看阿提克斯，確認他的右手臂真沒了，而他對她點頭。

對，不常見。督察現在才發現既然我只有一條手臂，人就不可能是我射的。十字弓還有可能單手使用，正常弓不行。

「她以為是你幹的？」

有這個可能。她得排除我是嫌犯。那並不表示我不是共犯，但確實表示我可能不是凶手。

「可惡，阿提克斯，我們什麼時候才會眞的開始找壞蛋？」

等督察相信我不是壞蛋。現在，我是身處犯罪現場的人，而且是個住在野外的怪人，所以我有兩個疑點。加上她認爲我是美國人，那又是第三個疑點。

「隨便啦。至少凶器很怪。只要找到凶器就能帶我們找到凶手。」

我比較期待你和星巴克聞到的氣味能帶我們找到凶手。

「喔對！」在督察把可憐人交給鑑識人員，接著問阿提克斯更多問題前，我們都不能去幹那件事。她想知道美國人爲什麼會這麼關心拯救塔斯馬尼亞魔鬼，居然會繞過半個地球跑來這裡住在荒郊野外。不過阿提克斯早就準備好面對這些問題的回應，因爲他要掩飾德魯伊的身分。我們抵達此地不久，他就發現歐文和關妮兒也需要同樣的掩護，而歐文那些小學徒有朝一日也會成爲德魯伊，他們可能也需要工作，所以阿提克斯請他的律師創立了一個叫「蓋亞管理」的慈善機構，完全合法經營。他印了幾張名片，有人問起就說他幫這機構做事。蓋亞管理的任務聲明包括各式各樣「全球自然緊急事件」，而那個任務聲明發表在很華麗的網站上，還列出他的化名——康納・莫洛伊，職稱是外勤人員。他把這一切都告訴督察，帶她和佛斯警官前往他在治療魔鬼的巢穴。不過他沒說他在治療他們；他假裝是觀察，標註他們的位置和狀況之類的，幫助塔斯馬尼亞生物學家做好拯救他們的重要工作。

「你怎麼找牠們？」她問。

編註：歐伯隆改了范海倫合唱團的《大壞蛋比爾（現在變成甜蜜威廉）》*Big Bad Bill (Is Sweet William Now)*。

「我的狗。」他說，雖然當然是靠元素幫忙找巢穴的。

「所以，你在這裡就聽見女人的叫聲？」貝吉利督察問。

「對。」

她拿出對講機。「納西爾巡佐。」

她的對講機發出雜訊，然後巡佐很小聲的回應：「在，督察？」

「先警告大家，然後我要妳用最大的音量尖叫，看看我現在的位置能不能聽見。不好意思讓妳丟臉；我得確認莫洛伊先生的說詞。」

停頓片刻，然後：「當然，督察。請稍候。」

趁著等待的空檔，我問阿提克斯萬一聽不見叫聲的話要怎麼辦。

我就說那個女人叫得比巡佐大聲。他們不能用這名義逮捕我。她只是在確認我的說詞。

片刻過後，我和星巴克一起豎起耳朵，聽見巡佐的叫聲。我們聽得很清楚，但我不確定人類聽起來如何，直到督察點頭。

「好了。你的說詞目前爲止都沒問題。我會和你的慈善機構聯繫，確認你與美國伊巴拉警探的關係。我想我可以透過手機聯絡你？」

「可以，隨時歡迎，只要有充電。」她撥打他的號碼，確認電話有響，隨即掛斷電話，感謝他報警，有需要會聯繫他。

「喔，還有件事，你會在塔斯馬尼亞待多久？」

「至少還要兩個月。」

貝吉利督察問完那個問題後終於放過我們，和佛斯警官一起離開。阿提克斯看著他們走，臉上露出笑容，但我不確定原因。

「你在嘲笑她？」

不，佩服她。她非常聰明、不放過任何細節。很擅長她的工作。

「呃喔？你神魂顛倒了？」

什麼？不。我才剛認識她。

「你被她的能力震懾。聰明人會轉動你的曲柄【註】。」

歐伯隆。

「我說錯了嗎？是轉你的旋轉翼？啓動你的馬達？還是某個和雞有關的說法，丟雞、掐雞，還是之類的？」

不是，歐伯隆，絕對不是。我們別管貝吉利督察了，好嗎？

「好吧。我們現在可以去追查那個氣味了嗎？」我問。

可以，很快。不過我們最好先僞裝再去追蹤。

「你現在還能僞裝？」

可以。我現在不能變形或轉移世界，但我還能施展僞裝羈絆和大部分之前能做的事。

我們偷偷溜回犯罪現場，阿提克斯唸誦古愛爾蘭羈絆咒語僞裝我們，讓我們身上的色素看起來像附

編註：轉動某人的曲柄（turn sb's crank）有引起某人興趣的意思。

近環境。這樣並不是完美隱形，但只要不細看，效果還不錯，而警察全都盯著屍體看，擔心惹惱蜜蜂。星巴克和我再度找到那股氣味，開始跟著氣味遠離。阿提克斯手一直放在我背上，避免走丟，我們慢慢走，遠離警方視線範圍。接著阿提克斯解除偽裝羈絆，我們開始加速。

氣味沿順時鐘方向繞了半個橢圓弧，在一處特別強烈。我們告訴阿提克斯，他說：「等等。」他看看身後。「對了。看那個方向？這裡就是他等待觀察的位置。你可以從這裡看見插在樹上的箭，所以他偷襲我的時候就是站在這位置。或許也是他射殺威廉・豪伊的地方。」

「他聞起來有點洋蔥味，如果這樣能讓你好過點的話。」

「沒有好過點。他往哪裡走？」

「這邊！」星巴克說，已經在前面聞東聞西。我快步跟上確認，阿提克斯步伐沉重地跟在後面。我們在桉樹和各種基本上等於在大叫「走尿運！」的樹叢間穿梭，有太多動物在上面尿尿了，但我們的鼻子始終鎖定那男人的氣味。當他們沒在考慮掩飾行蹤時，追蹤人類很有趣，也很容易。

氣味消失在一條泥濘道路上。有人曾把車停在路肩；我們可以看出污泥中的輪胎痕。我不擅長分辨胎痕，但看起來像是吉普車或某種卡車。輪胎痕很寬。

「氣味消失了，阿提克斯。他上車離開了。但嘿……等等。」

「什麼事？」

「星巴克，你有聞到另外那人味嗎？」

「有！花！臭！」

「臭花？」阿提克斯問。

「對，人工香味，我們聞過。那個女人的香水。尖叫逃跑的那個女人！阿提克斯，她在這裡。她和凶手在一起！」

阿提克斯哼了一聲。「好吧，我想這倒解釋了她爲什麼沒報警。」

第四章　困惑

有件事毫無道理可言——我是說除了貓之外。「但如果香水女士與此事有關……爲什麼看見屍體時要尖叫？」

「很棒的問題，歐伯隆。我們來推理。」

「女人很餓！」星巴克說。「她想說話，但餓到只能尖叫！」

「好吧，那是一種可能。」阿提克斯不和他爭辯。

「可憐的饑餓女士。」星巴克說，聲音很感傷。

「或許她認識被害人。」我說。「或許他不該死，而她知道是誰殺了他！這是三角關係！大死比爾與香水女士搞外遇，而她嫉妒的愛人殺了情敵！」

「哇。你看太多肥皂劇了，歐伯隆。」

「所以呢？」

「我想我們首先得建立的關鍵事實在於她是不是自願上凶手的車。這又得仰賴分辨氣味了。你們能夠分離出他們的氣味，看看他們有沒有在哪裡會合，然後一起走過來？如果你們能把她的氣味和香水分開就更好了。她或許不是隨時都有擦香水。」

費了我們不少力氣，特別是分隔香水氣味這部分。但我們終究還是隨味道進入樹林，和殺手的路線稍微有點不同；他們的路線沒有交會。阿提克斯要我和星巴克站在氣味消失的位置，最後我們站在彼此對面，中間隔著卡車輪胎痕。我跟蹤的是那位女士的氣味，而我離路較近。

「好了，歐伯隆，既然你在那裡，表示那位女士是乘客，因為澳洲車駕駛座在右邊。我可以從胎痕看出車頭朝哪邊。好了，現在，從那邊開始，我希望你跟著氣味遠離。只想看看能否看出什麼。」

我往前走了幾步，然後轉入樹林。阿提克斯叫我停。

「歐伯隆，你看星巴克在幹嘛。」

我的波士頓小朋友也在樹林外緣，不過從我這邊看去是在阿提克斯身後。「幹嘛？我剛剛沒看他。」

「星巴克，可以請你後退嗎，然後再做一次？」

他回到出發位置，然後到我剛剛所在位置，繞過後方，往道路走了幾步。

「就是那裡，星巴克，氣味比較強烈嗎？」阿提克斯問。

「是的食物！」

「很好。所以懂了嗎，歐伯隆？司機——凶手——走到車子後面站了一會兒。為什麼？」

「去行李廂拿他的弓！回來後放回原位。」

「沒錯。所以他們在這裡停車，進入樹林，男的殺了威廉・豪伊——或大死比爾——接著事情就變詭異了。」

「因爲我們還是不知道她爲什麼要叫。」

「對。要嘛她就是被死人嚇得大叫，不然就是另有目的——她先看到你們，還是屍體？」

「我們！」星巴克說。

「或許當她看到你和星巴克時，她知道你必定有主人，所以大叫引我過去？」

「爲什麼？」

「或許她要有人發現屍體。想一想，歐伯隆，如果我們不在附近，現在會有人知道威廉・豪伊死了嗎？我們基本上在市區邊界，就像警員指出的一樣，但說眞的，這裡是保護區。人跡罕至。」

「我是說，如果她和凶手一夥，爲什麼要人發現屍體？」

「我不知道。除了他們的眞實身分，殺人動機也是謎。和凶手在一起並不表示他們是一夥的；她顯然有一段時間不在他的控制範圍內。」

「那是眞的。但她有手機，阿提克斯。如果她要凶手被捕，她可以直接報警，告訴警方凶手在哪裡。或許要求他們追蹤她的手機。」

「說得好，歐伯隆。我不確定要怎麼看這個女人。你說她是中年人？」

「我是這麼想？她臉上有些皺紋，但動作很靈活。洩露年紀的是她的帽子。我覺得只有年紀大的人才會戴那種帽子。好像人類會跨越某道門檻後才會勇於嘗試頭飾。」

「嗯。而她和殺害二十七歲的墨爾本人有關。眞奇怪。」

「現在怎麼辦？」星巴克問，然後打噴嚏。

阿提克斯看看太陽的位置。「看來快到午餐時間了。現在魔鬼都在睡覺，你們覺得我們跑去城裡吃點有淋肉醬的東西如何？」

「是的食物！」星巴克說。

「我絕對不會對肉醬說不的，阿提克斯，但我們不該先決定大死比爾案的下一步該怎麼做嗎？」

「喔，我已經知道該怎麼做了。」

「怎麼做？」

「去找射箭俱樂部，把他們的會員當成嫌犯名單。凶手這種距離還能射這麼準，可要常練習。」

第五章　不叫玫瑰的玫瑰

讓我告訴你一個不算祕密的祕密：袋鼠很好吃。他們自己也知道，所以才這麼愛打架。他們假設只要你出現就是要去吃他們，因爲他們超級好吃，而他們不想被吃也很合理。他們的味道像牛肉，但是更美味。更瘦、更香、肉呈暗紅色。阿提克斯如果碰到有賣袋鼠肉的餐廳就會餵我們吃一些。

我們吃了袋鼠排和辣肉醬薯條，不加芥末，然後我就想睡午覺了。

「你可以等我晚上治療魔鬼的時候睡。」阿提克斯說。「如果你想取消點心禁令的話，我們就得去找射箭俱樂部，找出這傢伙的行蹤。」

我同意阿提克斯把優先順序看得很透徹，而他四下打探哪裡有射箭俱樂部。他現在沒有智慧型手機可以查資料了；他只有支廉價基本手機打電話和傳訊。

侍者很好心，幫他查詢了附近唯一的射箭俱樂部，寫下地址給他；荷巴特還有一間，就這樣了。

「看看，歐伯隆，」他說著把字跡潦草的紙拿給我看。「如果凶手是本地人，那裡應該就能找到實質的證據。」

「嘿，阿提克斯，爲什麼會有兩組電話號碼？」

「呃？」他仔細看了看紙條，訝異地揚起眉毛。「喔。第二組號碼是……她的電話。」

「她神魂顚倒了！」

「看來是。該走了。」

「什麼？你不想先調情一下嗎？沒關係的，阿提克斯，星巴克和我可以等你，是吧？」

「是的，等！」星巴克說，然後打呵欠。他也想睡覺了。

「不，不，我們該走了。」他起身離開，我們跟著他走。

「喔，我懂了！你在想貝吉利督察。」

「才沒有。」

「那那個侍者有什麼不好？她不漂亮還是怎樣？我不會看人類的長相。」

「不，她很漂亮。那不是問題。」

「那就又是能力問題了，對吧？她不擅長她的工作嗎？」

「不，歐伯隆，問題很簡單，我現在不能談戀愛。要治療塔斯馬尼亞魔鬼的癌症，我們就會東奔西跑，我不能隨便展開一段戀情，然後沉溺其中。工作第一。」

「好吧，對，工作第一，我懂很多人類都認爲這是好主意，但那並不表示只能工作，對吧？你也要有時間玩樂。傑克．尼克遜在《鬼店》裡不就證明了這一點嗎？我是說，如果問我的話，他強烈訴求人要三不五時休息娛樂，大概打了一千頁稿紙表示他有多需要休息，因爲工作會讓他變成很無聊的男孩，順便還變成殺人犯。或許那就是本案凶手的問題。太勤奮工作了。」

「我每天都花時間與你和星巴克玩，歐伯隆。」我們開始一起慢跑前往射箭俱樂部。我們現在都這樣旅行。「我還要指出，花在幫你偵辦此案的時間都是我沒在工作的時間。」

「你說這叫玩樂？」

「我說這叫沒在工作。聽著，我知道你想讓我出去約會。我很感謝你在乎我。」

「我也在乎！」星巴克說。

「我知道，老兄。我很感激兩位。你們是最好的朋友。但不必幫我擔心。我有你們，也有工作。此時此刻，這樣對我來說非常完美。」

從一爪來看，我基本上相信阿提克斯。從另一爪來看，他不會用我的眼光看待他自己。他在諸神黃昏裡受的傷一直都沒痊癒。一開始傷勢很嚴重，但他已經比之前好了。從第三爪來看，我能幫他的就只有這麼多。第四爪，我非嘗試不可。

我們大概在七世紀後抵達佩林佳射箭俱樂部。阿提克斯打算施展僞裝羈絆，然後偷走他想要的資訊，但因爲警方在場，他說得「放棄那個計畫」。

「我們最好不要施展任何能力，單靠敏銳的心智和淘氣的笑容處理這件事。」

「那是用來形容你的臉的字眼嗎？淘氣？」

阿提克斯聳肩。「我可以接受。但如果佛斯警官在這裡，我可不想收到傳票。雖然我很不想這麼做，我想我得給你們綁牽繩，直到這裡的事情結束爲止。不然他們會刁難我。」

這讓我們浪費了點時間，不過他買了兩條便宜牽繩，拿著那個愚蠢的玩意兒，和我們一起走進射箭俱樂部大廳。警方還在那裡，不過已經要離開了。我們差點撞上貝吉利督察和佛斯警官。

「喔！不好意思，莫洛伊先生。你來這裡做什麼？」

「午安，督察。我想來向附近的弓箭手打聽點消息，因爲他們之中有人發箭射我和豪伊先生。」

她又揚起一邊眉毛了。「你自己在調查此案？」

「這個，有支箭以終端速度通過我的腦袋片刻之前所在的位置，這讓我覺得是私人恩怨。妳有查出什麼嗎？」

她持續揚眉，不過嘴角同時上揚。她覺得阿提克斯很有趣。嘿，或許她也喜歡他！我很肯定他喜歡她。不過直到兩個人類真的把臉貼在一起氣喘吁吁爲止，我向來無法確認這種事。等你氣喘吁吁還把臉貼在一起，那就搞定了，但在那之前，我始終認爲人類交配行爲很愚蠢。

「我不能評論調查中的案件。」

「拜託，督察，我又不是記者。我只是想幫忙。」

「我很清楚這一點。我聯絡上了波特蘭的伊巴拉警探。她說你很愛幫忙，也很擅長運用狗。」

「喔，這個，厲害的不是我，是狗。這兩隻狗眞的非常乖。」

「我注意到了。你繫了牽繩，這表示你會聽從其他人的警告。他們叫什麼名字？」

阿提克斯介紹我們，我們對督察搖尾巴，她伸手給我們聞。人類這麼做是因爲他們覺得這樣比較禮貌，我想這也無可厚非，但如果他們讓我們聞屁股的話，我們就能更快搞懂他們。

貝吉利督察今天吃過肉桂和串烤魚貝，還隱約帶有一股壓力和興奮的氣味。或許她在興奮調查有線索了。或許她是爲了再度見到阿提克斯而興奮。更有可能是因爲看到我們才興奮的，因爲她顯然是愛狗人士。她搔了搔我們耳朵後方，我看得出來她還想湊上來摸我們，可惜她此刻在工作，不能爲所欲爲。

「歐伯隆和星巴克有找到什麼有趣的線索嗎？」

「我想是有。妳呢，督察，有在這裡查到什麼嗎？」

「這裡的經理十分合作，給了我們一份有能力射那兩箭的人的名單。你的獵犬發現了什麼？」

「有股不是警方人員的體味從威廉．豪伊陳屍處離開，通往可能是他射豪伊先生和我的地點，然後回到他停車的路肩，駕車離開。」

督察饒富興味的表情一沉，整個人嚴肅了起來。「你是說他們知道凶手的味道？」

「對。法庭大概不會承認，所以妳得另找證據，或讓人認罪，但他們可以指出凶手是誰，這點伊巴拉警探可以根據上次辦案的經驗作證。如果名單上的弓箭手到過樹林，我的獵犬就能認出他。」

「車停在哪裡？」

「我可以帶妳去。」

「你可以帶佛斯警官去嗎？我得去調查這份名單。」

「當然。妳能讓歐伯隆和星巴克聞聞那些人嗎？」

「我會的。謝謝你，莫洛伊先生。我之前應該留張名片給你。我疏忽了。這是我的名片。」

她從背心裡拿出一張有印字的四方形卡片，遞給阿提克斯。情況有點尷尬，因爲他只有一隻手，而手裡已經握著牽繩，但他還是伸手用指尖接下。

「上面寫什麼，阿提克斯？」他透過心靈連結回答。

蘿絲．貝吉利督察。她名叫蘿絲。

「我就知道！你喜歡她！我可以從你的聲音裡聽出渴望！」

喔，夠了。

「等你不再否認了，我就不再指出這一點。」

「非常感謝，督察，」阿提克斯大聲說。

「我們晚點再談。」她微笑說道，然後禮貌地向我和星巴克道別，把我們留給膚色粉紅的壯漢佛斯警官。

第六章　禮貌不周

阿提克斯收起督察的名片，期待地看向警官。

「你的車載得下我們嗎，警官？」他問。

「我想你們可以擠在後座。」他說。我們擠得下，但我不喜歡那趟旅程。佛斯警官喜歡健康食物和蔬菜，他車裡有股甜醋和可憐沙拉的味道。

「死樹葉，」星巴克邊說邊打噴嚏，想要趕走那股味道。接著不屑地輕聲道：「不是松鼠。」

阿提克斯說明要怎麼走，然後試著從警官嘴裡套出大死比爾案的調查進度，但警官宣稱因爲查案的是納西爾巡佐，他什麼都不知道。

星巴克和我在阿提克斯說服警官搖下車窗後把頭探出窗外，終於可以不用去聞甜醋的味道了。沒過多久，我們回到凶手停車的位置，警官在阿提克斯帶他沿著氣味走過一遍，抵達壞蛋射殺威廉・豪伊時最可能站立的位置時，回報要求鑑識人員趕來。我們走回車子時，貝吉利督察打電話給他。

「你可以問問莫洛伊先生願不願意前往某人家中，讓他的獵狼犬聞聞看主人是不是犯人嗎？」

雖然佛斯警官把手機貼著耳朵講電話，我還是聽得見對方聲音。他轉達督察的要求後，阿提克斯大聲提問爲什麼屋主不在警局裡。

「他拒絕前往警局，除非我們有逮捕令，不然他有權拒絕。他或許有正當理由拒絕，但拒絕前往警局有點可疑。我們得排除他涉案的可能。」

阿提克斯同意，我們很快又上路了，困在警官那輛可憐的沙拉車裡。我們開到朗瑟斯頓以東郊區一個名叫瑞文斯伍德的地方，阿提克斯和警官聊起他的健身菜單。警官開開心心、鉅細靡遺地講了整段路程，阿提克斯只要每隔一段時間出聲表達認同就好了。

我們抵達附近房屋都差不多的一間普通房子前。前院有棵不錯的樹，樹上有開心的鳥在唱歌，但阿提克斯說我們不能對著樹撒尿。警官在車裡等，阿提克斯帶我們走到門口。他按門鈴，我們坐在他身邊靜靜等候。

門打開一條縫，有個皺眉的白人男子露臉出來，先看阿提克斯，然後看向我們。「有事嗎？」

「嗨，你是朱德・佛瑟吉爾嗎？」

「我是，你是誰？」

「我們沒見過。我是康納，你射箭俱樂部的朋友的朋友。」

「我沒朋友。」

「你確定嗎？」阿提克斯說，趁他拖延時間，星巴克和我偷偷向前，聞了一大口屋裡的氣味。裡面有英式鬆餅，剛烤好，或許朱德只是不爽我們打斷了他的下午茶時間。又或許他就是脾氣乖戾的那種人。無論如何，我們已經達到此行的目的了。

「不是我們要找的人，阿提克斯。」

「不是松鼠。」星巴克同意，語氣失望。

「對，我很肯定。」朱德說。

「喔！好吧，那就算了。」阿提克斯說。「抱歉打擾你。我們立刻離開。」我們轉身要走，門突然開大了些。

「嘿！等等。你們是來幹嘛的？怎麼會知道我的名字？」

「弄錯了！我很抱歉。」阿提克斯轉頭說道，並沒有理會朱德不斷叫他停步解釋的要求。

「不快樂的人。」星巴克說。「一個人待在屋裡，沒有肉。只有麵包。」

「好吧，他或許吃素。」阿提克斯猜。

「不快樂的人。」星巴克又說。

「我認同。但那和他吃什麼或許沒有關係。我認爲他只是希望離群索居，不信任外面的世界，這就可以解釋他爲什麼拒絕前往警局。」

佛斯警官告訴我們督察找了幾個人在警局裡等，包括名單上三個射箭專家。我們要去警局聞味道。接著阿提克斯又問起了警官的營養觀念，所以我們不但要聞他的老鬼沙拉，還得聽他討論沙拉。那趟車程感覺十分漫長。

我們抵達警局，蘿絲・貝吉利督察看到我們進門時面露微笑。我看向阿提克斯，發現他笑得有點蠢。沒錯，他很興奮或激動或什麼的。但他可能永遠不會和貝吉利督察貼臉，只因爲他覺得他得工作，當然我和貝吉利督察也沒有熟到確定她喜不喜歡阿提克斯的地步。就算喜歡，她也可能覺得她得拘泥形式，保持專業。

「感謝你過來，莫洛伊先生。」她說，顯然打算繼續拘泥形式……暫時而言。

「樂意效勞。」

「請你跟我來？我們在房裡找了四個人，我要你帶著你的狗進去。其中兩個是同意來警局的俱樂部名單上的射箭大師，另兩個是隨機找來的。如果有人是凶手的話，我希望能觀察到什麼反應。你的狗不會咬人，是吧？」

「不，他們不咬人。」阿提克斯說，然後暗自補充：請不要咬任何人，連叫都不要叫，如果凶手在裡面的話，只要輕聲低吼就夠了。好嗎？

「好。」我說。

「是的食物。」星巴克收到。

「我們會在外面看。據我所知，凶手射你的時候，你的狗也在附近，對吧？」

「沒錯。」

「所以你一進去，他就該認出你。我們看著辦。」

他請我們等在一扇門外，她走進另一扇門。「她進去的是那種有單向鏡子的房間嗎？」

可能吧，阿提克斯說。

「那種東西是怎麼做的？」

科學。

「喔，科學家比爾・奈【註】有拍單向玻璃的紀錄片嗎？」

我得查看看。

佛斯警官說我們可以進去了，然後他打開門。我們繫著牽繩進房去聞四個男人。他們全都神色驚訝，所以我不知道督察要怎麼分辨誰有反應。

其中兩人膚色較深，另兩個是白人。最接近我們的人問：「現在是什麼情況？」佛斯警官說不用擔心，我們不會傷人，只是要聞他們的味道。

「聽著，老兄，我不喜歡狗，」第一個男人說。「我說眞的。小時候被狗咬過，現在還有傷痕。」

「搖尾巴，星巴克！讓他知道我們是友善的狗！」因爲有時候，很少見的情況，有些壞狗會咬人，以致那些人永遠怕狗。我明白。我永遠都會有點害怕大熊，不是因爲他們咬過我，而是因爲他們又大又是熊，而且有能力咬我。所以我懂。

「非常友善！」星巴克說，他尾巴很短，但盡可能表現出友善的模樣。

譯註：比爾・奈（Bill Nye）是知名科學節目主持人。

「他們不會傷害你，」阿提克斯對他說。「我保證。」

「好吧，至少抓緊他們。」

阿提克斯故做認眞，不過沒有眞的拉扯我們的牽繩。我們只聞了幾下就排除他。

「不是他。」我說，星巴克同意。我們走向下一個人。他一聲不吭地讓我們聞他鞋子，排除。

「不是松鼠。」星巴克說。我們走向隔壁的男人。對方是白人。我一聞他的褲管立刻聞到尖叫女士的香水味。接著我聞到凶手的氣味、女士的氣味，甚至還有大死比爾的味道。就是這傢伙。我低吼。星巴克也一樣。

第一個不喜歡狗的男人說：「喔，慘了！」雖然我們不是對著他低吼。

想殺阿提克斯的男人哼了一聲，說道：「幹嘛？你最好管好你的爛狗，老兄。」他說，我的低吼聲轉大，因爲我們不是爛狗。

「換下一個，兩位。」阿提克斯說，然後暗地裡說：我們得排除四號。然後你們可以在我們出去前繼續對三號低吼。「哈！」他嘟噥道，這是訓狗師的標準做法，阿提克斯這麼說是爲了讓其他人以爲我們只是訓練精良，不是眞的能和他交談。

我們聞完最後那個男人，確認他不是我們要找的人。他聞起來像肥皀和牙膏。我們從他面前退開，然後又對白人低吼。

「你之前想要殺我，」阿提克斯低聲道。「但是沒射中。你會被逮捕的，我保證。」

對方什麼話都沒說，但是臉色一沉，在我看來像浮現暗斑，這表示他臉紅了。我也可以聞到他的怒意。他身穿服飾型錄中的高級旅行裝，整齊乾淨的卡其褲、奶油色的皮革健走靴，一塵不染，一條寬皮帶，上面有某種藤蔓圖案，還有深灰色——有可能是暗紅色——的領巾。他看起來是中年人，下頷有點寬，金髮，嘴角有修剪整齊的小鬍子。他看起來很壯，但沒有壯到佛斯警官的地步。下唇下留有鬍子，呈V字形，但下巴刮得很乾淨。他的臉看起來經常皺眉。阿提克斯帶我們出去，警官幫我們開門，大聲向我們道謝，說沒事了。

回到走廊上，警官請我們稍候。沒多久督察也走了出來。

「所以他們很肯定是第三個人？那個白人？」

「百分百肯定。他們不會無緣無故那樣吼的。他是誰？」

貝吉利督察眨眼，遲疑片刻，不確定該不該告訴我們，但我猜幫忙解決奧勒岡的案件讓她決定信任我們。「他叫洛伊斯頓．薩斯比。」

「當眞？他父母眞的那樣對他【註】？」督察努力忍笑，但失敗了，不過她只是點頭。阿提克斯搖頭。「難怪他有殺人傾向。」

「我要讓你知道除非讓他坦承犯案，我們不能拘留他。我們沒有目擊犯罪的證人。但會確認他有什麼不在場證明，或許能夠查出一兩條線索。如果想要等我們問案的話，你可以在那個房間裡看。」她用大拇指比向她剛剛走出的那扇門。

「謝謝。」

「你對他說什麼？太小聲了，我聽不見。」

譯註：他的姓（Saxby）和名（Royston）都是英國地名。

「就說我知道是他幹的。」

「好吧，那句話激怒他了。那讓他看來有罪，但並不足以定罪。我們完全不瞭解殺人動機。」

「墨爾本的威廉・豪伊有查出什麼來嗎？」

督察聳肩。「他在墨爾本一間小咖啡廳當服務生。沒有資產、沒有犯罪紀錄、沒有親近家人。沒有出現在這的明顯理由，或有人想殺他的理由。我們在找可能知道他爲什麼要來塔斯馬尼亞的人。」

「這下可有趣了。」阿提克斯說。

我們進入那個房間，裡面有面可以看見隔壁房間的大窗戶。那就是用科學做的單向鏡子。洛伊斯頓・薩斯比怒氣沖沖，另三人都離他遠遠的，努力裝出很無聊的模樣，其實眞的很想離開。他們在督察開門感謝他們、請他們離開時得償所望。

「是洛伊斯頓。妳要稱呼我爲薩斯比先生。」「除了你，洛伊。」她對凶手說，他對她露出牙齒。

阿提克斯輕笑幾聲，透過心靈和我們說話，因爲房間裡還有個警官。她是故意叫他洛伊的，想看看他會不會生氣，他生氣了。

「她想要他生氣嗎？」

並非必要。她只想知道什麼會引發他的情緒反應。從剛剛的情況來看，他習慣管事，想要掌權。他可不只是普通的洛伊，你看。他是洛伊斯頓。獨一無二！特別！警方沒資格打擾他這麼重要的人！

「他很重要嗎？」

他自認重要。主要是因爲我們把他關起來了。

「謝謝你自願前來。我是貝吉利督察，我有幾個問題想要問你。」

薩斯比雙手抱胸。「好。快問。」

我覺得他語氣很沒禮貌，但貝吉利督察沒有反應。「你今天早上天亮到八點之間人在哪裡？」

「一開始在家，然後我和表妹去吃早餐及晨跑。」

「你表妹叫什麼名字？」

「艾芙琳‧畢福—希克斯。」

督察記下她的電話號碼，然後問：「你們在哪裡吃早餐？」

「約克鎮廣場上的山謬‧佩皮咖啡廳。」

他們有時間排演這個。等警方去問她時，她也會說同樣的說詞，阿提克斯說。

「收據？」督察問。

「沒，但我敢說他們的監視器有錄到我們。」

「吃完早餐後，你們又去晨跑？」

「對。我們去譚瑪河保護區。看水鳥進食，妳知道，景色超美。」

「你們沒去卡塔瑞谷保護區？」

薩斯比眨幾下眼。「沒。我很肯定我們去的是哪裡。」

「你晨跑有帶弓嗎？」

「我的弓？爲什麼？」

「你有帶弓嗎？」

「沒。」

「弓現在在哪裡？」

「我猜是在我的戰利品室，上次狩獵季就放在那裡了。」

「你今天早上開的是什麼車？」

「我的攬勝【註】。」

「你和威廉．豪伊是什麼關係？」

「這個，他是——我是說，我不知道。我不認識什麼威廉．豪伊。」

督察瞪他。

哈！他差點承認他認識被害人了。她問話的速度很快，讓他不假思索就回答。

「到底是怎麼回事？」洛伊斯頓問。

「再問幾個問題就好。你說你的弓在戰利品室，那表示你會狩獵大型動物嗎？」

「沒錯。不過我也會參加比賽，所以也有一些獎杯。」

「有射過在動的獵物嗎？」

「當然？」

「從背後？」

「妳說什麼？」

「你打獵會用什麼樣的箭？可以幫我描述一下嗎？」

「不太行。就是很普通的箭，沒什麼特別的。」

鬼扯，阿提克斯說。這種瞭解品牌名稱，而且在乎外表和獎杯的人，絕對不會買任何他不覺得特別的東西。

「你把箭也放在戰利品室嗎？」

「沒，放在倉庫。」

「我可以看看你的箭嗎？」

「不，我想不行。除非我知道這是在幹什麼。」

「你是說你不知道這是在幹什麼？」

「不，我——對，我就是這麼說的！」

「威廉・豪伊在卡塔瑞谷保護區遭人謀殺。他被人用打獵用箭射中背後。」

「妳怎麼知道是謀殺？」

貝吉利督察瞪他。「他中箭。背後。打獵用箭。」

「可能是意外。」

督察側頭：「有人在非狩獵季節意外帶著弓箭去保護區，不是盜獵，而是不小心從背後射中人？」

好了，阿提克斯承認，我真的喜歡她。

「好吧，聽妳這麼一說——聽著，我不知道你們在調查謀殺案，如果要審問，我要律師到場。」

「你的律師是誰？」

「科黛莉雅・葛里菲斯。」

編註：攬勝（Range Rover）是Land Rover公司一款大型運動型多用途車。

貝吉利督察點頭。「我認識她。好。你最近有計畫出城嗎？」

「這個，事實上——」

「取消計畫。」

「什麼？夠了喔，妳不能要求我——」

「你是這件案子的嫌犯，我要隨時能找到你。我會告訴科黛莉雅。你暫時可以走了。」督察沒有等他離開，她只是搶先離開那個房間，把他氣急敗壞地留在裡面。她隨即進入我們房間，阿提克斯對她比大拇指。

「幹得好。他差點承認認識被害人了。」

貝吉利督察嘆氣。「我知道；差一點。可惡。但現在沒有動機，也沒他出現在命案現場的證據。」

「或許那些胎痕會吻合？」

「我肯定會吻合，但就算吻合也還是間接證據。」

「他會丟掉所有打獵用箭，如果還沒丟掉的話，而我敢說他表妹會支持他的說詞。」

「對。我們得證明他認識死者，或找出死者的電話——當前證據辦不了他。」

「嘿，阿提克斯，這個洛伊斯頓是幹什麼維生的？」

阿提克斯問督察，她聳肩。「某種投資銀行員。」

「他表妹艾芙琳呢？」

「我還不知道。我會帶她來，但我們肯定要應付律師。」

「這倒提醒了我——他沒帶律師怎麼肯來？」

「他知道如果帶律師來肯定會很可疑。而且他準備好了不在場證明。現在他知道我們知道了什麼，但卻沒有透露任何線索。」

「嗯。介意我也旁聽妳審問表妹嗎？」

督察聳肩。「我不介意，但……你難道沒別的事好做嗎？」

「如果有人在我工作的樹林裡殺人，我會想確保凶手被逮。在野外可能被跟蹤的話，很難專心工作。」

「那倒是。」她說。「但是要等一會兒。特別是要找律師來的話。如果你喜歡，可以先出去弄點吃的，她來了我會打電話給你。」

「謝謝，督察。」

她目光飄到我和星巴克身上。「我可以，呃……」她越說越小聲，目光不確定地轉回阿提克斯。

「怎麼樣？」他問。

她指向我們。「你介意我摸摸他們嗎？我很喜歡狗，但我不常在家，沒辦法養，你知道？對他們會不公平，但可惡，我希望我能更常摸狗。摸狗會讓我心情好。」

「當然。」

督察自認得解釋自己的行爲，而且急著解釋，這是人類在以爲其他人不會瞭解自己摸狗需求時會有的表現，這樣其實很蠢，因爲這種事當然不用解釋。「只是因爲之前有佛斯警官在，我不能在他面前做這種事，一定要保持專業之類的，而……」

她繼續說下去，但是我沒聽清楚，因爲阿提克斯開始在我們心裡說話。

兩位，對她超級友善，超級禮貌，好嗎？不要舔她臉，除非她要親親，在任何情況下都不要上她身體任何部位，好嗎？

「天呀，阿提克斯，我才沒有要——」

星巴克？我這才明白阿提克斯主要是在和他說話。星巴克有時候遇到友善的人類會很興奮，偶爾會上別人的腳，不過動作很溫柔。

「不亂上！」波士頓犬說。「會乖。超乖的狗狗！」

謝謝你。接著他開口說話。「請摸，督察，隨便妳摸。沒什麼丟人的，我不會對別人說。」

「謝謝！」她立刻湊到我身前，發出人類模仿狗狗開心的喉音，然後問出他們最愛問的反詰句：「誰是好狗狗？」

「我！」我說，我搖尾巴，她開始搔我下巴兩側。

「我也是！」星巴克說，他有點往前跳，爪子刮在地板上，讓她知道他已準備好要被摸了。她一隻手離開我的身體，往下去摸我朋友。

「喔，你們兩個都是好狗狗，對，你們是，對，你們是！」她的嗓音越來越高，說道：「我眞想吃了你們！」老實說，我從不明白人類爲什麼以爲這是恭維話，但顯然他們覺得一邊摸你一邊威脅說要吃你是很可愛的行爲。或許我們應該對於他們是在摸我們而不是吃我們心懷感激——而我們當然很感激——但我希望他們也能想點新說詞來表達喜好。或許他們可以說：「我要給你一頭牛！」或「我絕對不會讓貓進屋！」讓我們知道他們有多愛我們。

接著她就發出很多開心叫聲，然後把我們全身拍過一遍，還抱脖子好幾次。她起身時目光含淚，但是在笑。她哽咽一聲，伸手彈開眼角的淚水。

「好了，」她說，聲音回歸正常。「我顯然很需要這個。你知道，我的工作壓力很大。不求回報的愛是種祝福。」

「一點也沒錯。」阿提克斯說。

「謝謝你，莫洛伊先生。很美的禮物。我不該繼續占用你的時間。」

「一點也不會。我的榮幸。」

「你不會對別人說？」

「當然不會。」

「很好。我們晚點談。」她打開門，步入走廊，但在關門前回頭看，一手拉著門。她對阿提克斯微笑：「我眞的很喜歡你的狗。還有你。拜託你不要是殺人犯，好嗎？」

「我保證。」阿提克斯說，督察對他搖搖手指，然後關門。

「阿提克斯，你搞什麼？」我問。

什麼？

「你爲什麼不說你也喜歡她？機會太完美了！」

我想她知道，歐伯隆。

「怎麼知道？」

肢體語言。

「但眞正的語言比較不會被錯誤解讀！」

有誰餓了嗎？

「是的食物！」星巴克叫。

我知道阿提克斯每次想改變話題就會這麼說。我是說，對，我每次都讓他得逞，因爲這話題表示我有好東西吃，但那並不表示我不知道他在幹嘛。

他帶我們去離警局一、兩個街口的碼頭，找到一家眞的叫「炸魚薯片」的店，點了招牌餐點，狼吞虎嚥吃光。接著，他帶我們去市立公園，讓我對樹撒尿，還聞其他狗的尿。星巴克和我正要在草地上開始午睡時，阿提克斯的電話響了。督察說如果阿提克斯還想旁聽的話，艾芙琳・畢福—希克斯很快就會和她的律師來警局回答問題。

「好，我們立刻就到。」他說。「謝謝妳。」

我們撐著肚子跑回警局，很快又回到剛剛那間旁聽室。這一次，裡面擺了桌椅。艾芙琳・畢福—希克斯肯定就是我們早上見過的女人。她沒戴之前那頂奇怪的帽子，所以看起來比較年輕。但她眼睛腫腫的，皮膚有斑點，還拿紙巾擦鼻子。她哭慘了。或許我們在看同樣的肥皀劇。

第七章　自相矛盾

貝吉利督察對在哭的女士自我介紹，然後朝坐在她身邊的女人點頭，那是她的律師科黛莉雅・葛里菲斯。科黛莉雅黑髮，大波浪，垂著藍耳環，圍藍圍巾，看起來很漂亮、很得宜。她的自信可能一部分建立在藍圍巾，一部分建立在法律學位上。我聽說，法律學位就是有那種效果。阿提克斯說那玩意可以加兩點魅力值或之類的。圍巾加一點，所以她有爲這次偵訊下足功夫。

「我要把話說清楚，我們是自願前來，畢福—希克斯女士可以拒絕回答任何問題。」她說。

「我瞭解。」督察說，然後坐下。「妳也代表薩斯比先生嗎？」

「之前代表過他。」科黛莉雅回答，「但他目前還沒通知我有需要。」

「我懂了。畢福—希克斯小姐，妳似乎很激動。妳認識死者威廉・羅勃・豪伊嗎？」

她突然哭出聲來，還發出聽起來像是「對」的尖叫聲，但我不肯定。督察也不能肯定。

「不好意思，我沒聽清楚。妳認識他？」

艾芙琳點頭。

「你們是什麼關係？」

「他是我的生意夥伴。之前是。」

她幾乎泣不成聲，讓我覺得不像只是生意夥伴。艾芙琳把頭抵在桌上交疊的雙掌上，整個上半身都在發抖。

「我很遺憾。妳上次見到他是什麼時候？」

艾芙琳喘口氣，再吸口氣，對著桌面說：「今天早上。」

「喔。什麼時候，在哪裡？」

「在保護區。」

「譚瑪河？」

「不，卡塔瑞谷。我們約了要碰面，我發現了他。」

「妳說我們，是指……」

「我要去見威廉。他找到一個野生蜂巢，會採集混種花蜜，包括革木花，我們約了要去嘗嘗那種蜂蜜，看看與純革木的蜂蜜差多少。我們也打算看看能不能遷移蜂巢，當成我們的第一個商用蜂巢。養蜂工具在我這裡，但是他等不及，我不知道原因，蜜蜂把他螫死了。」

督察讓她哭一陣子，趁機抄寫筆記。「再一次，我很遺憾，畢福－希克斯小姐，但或許我可以請妳倒退一點。妳是獨自發現威廉的嗎？」

「是。」

「發現他後，妳做了什麼？」

「我尖叫跑走。我就這麼一直跑。我知道我該報警，我知道應該這麼做，但我太激動了，思緒不清楚。」

「妳跑去哪裡？」

「跑回攬勝。」

「妳的攬勝？」

「不是，我表哥洛伊斯頓的。他開車載我去。」

「妳發現威廉屍體時，他和你在一起嗎？」

「沒、沒有。他沒有下車。他只是在等我回去。」

見鬼了，阿提克斯說。是他幹的，而她不知道。

「當然是他幹的！就像那次我——」

那次你怎樣？

「沒事。我是自願來此，沒必要回答任何問題。」

督察繼續。「我們之前和妳表哥談過，他說你們今天早上是去譚瑪河保護區。」

「我知道，我知道。不是他的錯。他編出譚瑪河的說詞是爲了保護我，因爲我問他該怎麼做。因爲聽說有無辜者被關進監牢好幾年，我太害怕了。但我除了驚慌失措什麼都沒做。我是說，他被蜜蜂螫死了，而那些蜜蜂本來是我們發財的門票，我是說——」她又泣不成聲了。

「不好意思？」

科黛莉雅・葛里菲斯只是眨眼傾聽。顯然，她很滿足於任由艾芙琳哭泣，默默戴著魅力加一的圍巾坐在那裡賺她每小時四百塊的鐘點費。

「我們本來要當養蜂人的。採集蜂蜜。開啓能夠持久的事業，你知道？對我們和環境都有好處的生意。很抱歉我沒報警。」

「所以威廉・豪伊跑來塔斯馬尼亞是爲了與妳一起採蜜和野蜂巢？」

「對。」

「妳表哥洛伊斯頓・薩斯比，今天早上載妳前往保留區某地，停下攬勝車，然後妳自己下車？」

「對，他待在車上。」

「妳回來時他也在車上？」

「對。」

「他認識威廉・豪伊嗎？」

「他當然認識。他知道我們是一起做生意的。」

「洛伊斯頓的褲子八成著火了。」我說，「因爲他肯定是個騙子。」

「妳知道妳表哥有任何理由不喜歡威廉嗎？」

艾芙琳迅速眨眼，擦擦鼻子，目光在督察和律師之間游移。

「很奇怪的問題，」她終於說。「妳爲什麼問？」

「艾芙琳——抱歉，我能叫妳艾芙琳嗎？」

「可以。」

「艾芙琳，威廉・豪伊不是蜜蜂殺的。」

「他是！我看到了！那是意外！」

「他有被蜜蜂螫，但那並非死因。他慘遭謀殺。」督察攤開檔案夾，拿出一張凶案現場的照片，放在艾芙琳面前的桌上。「他被打獵用箭射中背部。他摔在箭上，所以妳沒看見。箭柄斷了，壓在他身體底下。」

「有人用弓箭射他？」

「對。而妳表哥是高明的弓箭手，艾芙琳。妳離開攬勝的時間有長到足以讓他殺害威廉・豪伊嗎？」

「不要回答。」科黛莉雅・葛里菲斯說，突然開始認眞賺起她的鐘點費了。

「不……不！他不會！他喜歡威廉！」

「他和妳有嫌隙嗎?任何私怨?」

「沒!我是說……」她越說越小聲，突然想起什麼。「或許?但不，等等!我發現他時，現場有兩隻狗!兩隻狗，沒牽繩，一隻很大，另一隻是小狗!很可愛的波士頓㹴犬!我不知道另外那隻是什麼品種，但是很大。」

「我是愛爾蘭獵狼犬，艾芙琳!」

「哈哈，你只是一隻大狗。」星巴克數落我。「但她知道波士頓犬。我們很可愛!」

「我也很可愛!告訴他，阿提克斯。」

你們都可愛。聽著，我不要錯過任何問答。

「一定是那兩隻狗的主人幹的!」艾芙琳宣稱，聲音中湧現勝利之情。

「那兩隻狗的事我已經知道了。」貝吉利督察說，「我們和主人談過。是他報的警，而他不可能發射弓箭，因爲他獨臂。所以我再問一次，妳離開攬勝的時間有沒有長到夠妳表哥在不被妳發現的情況下行凶殺人?」

「不要回答。」科黛莉雅說。「這次問話結束了。」

「沒有結束。」督察說。「她發現屍體，沒有報警。她可能涉案。」

「她以爲是蜜蜂殺的。」

「喔，是呀，我有聽她說。但她有很多理由想要殺了威廉。就算弓弦不是她自己拉的，也可能是她指使表哥幹的。」

「什麼?不，我——我絕不會!」

「那洛伊斯頓為什麼會想殺他？」

「我不知道！」

督察伸出一根手指。「但妳想到一個疑點。」

「那只是——」

「艾芙琳，」科黛莉雅插嘴。「我建議妳不要再說了。」

「好吧，我感謝妳的建議。但洛伊斯頓可以自己去辯護，現在是我在警局。」

科黛莉雅點頭，艾芙琳繼續，聲音比較堅定，不哭了，甚至有點嚴厲。

「我不知道洛伊斯頓和威廉有沒有恩怨。胡亂猜測很不負責任。但我自己是沒有殺害他的動機。我之前——現在還是——一心一意想要開張蜜蜂生意。威廉和我沒有問題。」

「好吧，姑且不論動機。我們就先考慮基本的事實：洛伊斯頓有沒有時間在妳離開後下車，趕在妳見到威廉前發箭射他，然後在妳回來前回到車上？」

她眨眼思索，然後回答：「有。我不是說他有可能這麼做，但理論上是辦得到的。因為我並不急著要去會面地點，我在四下打量附近的花種，看看這裡的蜜蜂還會採什麼花蜜。而且威廉有傳訊給我。事實上，我還有他的上一則信息——」她的聲音再度顫抖，伸手去拿手機，「信息很簡單：『快到了。』妳可以看到我的回答：『在路上！待會見。』但我到的時候，他已經死了。」

貝吉利督察標註信息時間，說要把艾芙琳的手機登記為證物。「之後呢？妳直接回車上嗎？」

「沒。發現他後，我心煩意亂。事實上，我糟透了，比現在還要慌，所以有點迷路。我跌跌撞撞，沒辦法正常行走，而且走一段路就會停下來哭。當我回到車上時，我告訴洛伊斯頓出了什麼事，問他該怎麼辦，說我不想坐牢，於是他編出了譚瑪河的說詞，說我們打匿名電話報警，確保警方找到威廉的屍體，然後就沒事了。」

「妳有報警嗎？」

「沒。」

「你們有一起先去吃早餐嗎？」

「有。廣場的山謬・佩皮咖啡廳。我有腹瀉疾病，我喜歡他們的無麩質菜單。」

「好吧。請待在這裡，我稍後回來。」

貝吉利督察離開偵訊室，我們也離開房間，和她在走廊碰面。她對我們笑了笑，隨即神色嚴肅地轉向納西爾巡佐，請她以謀殺威廉・豪伊的罪名逮捕洛伊斯頓・薩斯比。「他偵訊期間都在說謊。除了早餐的部分，顯然，他吃了點東西。」

「伸張正義，阿提克斯！他玩完了！我的點心禁令解除了嗎？」

我們還沒找到動機。事情還沒結束，他說。阿提克斯說得對。

第八章　蜂巢夠孤立

我們累得像狗一樣，當天完全沒力氣做其他事，於是與督察道別，而她則忙著處理這個案件。阿提克斯帶我們去餐廳，給我們最後一擊——世界上最過癮的，莫過於在累得像狗一樣時飽餐一頓了——然後我們在保護區的塔斯馬尼亞魔鬼甦醒時回到他們的巢穴。他趁我們打盹時治好剩下的魔鬼，接著我們在伊斯克河畔找了個小洞穴窩了一晚上。

如果附近有城市，阿提克斯每隔一個禮拜會找間旅館住一晚，讓他洗個澡、刮刮臉上的毛什麼的，但只要天氣允許，我們仍喜歡待在野外。他請元素在我們睡覺時看顧我們，不讓昆蟲在我們耳朵裡下蛋之類的。

等我們醒來，伸懶腰，對著樹尿尿後——阿提克斯也有尿——我問他是打算待在附近，還是要去別的地方找魔鬼。我的德魯伊對著我笑。

「我們可以在附近多待一陣子。一、兩天，或許。我們應得的。」

「應得嗎？」

「對呀。你記得我和歐文打的賭嗎？看誰在塔斯馬尼亞治療的惡魔比較多？」

「記得。」

「好了，我們去打諸神黃昏後，他一直沒有回來。他在忙著教學徒。我剛剛與元素確認過了，我們已治好這個國家裡超過半數染病的魔鬼。這表示就算現在回來，他也不可能贏了。」

「喔，恭喜！所以你的獎品是什麼？」

「他永遠不會再對人提起我和山羊，還有羅馬裙的故事。」

「眞的嗎？我沒聽過那個故事。怎麼回事？」

「我也永遠不會告訴任何人。抱歉。」

「噢！所以那表示我們處理此事已經很久了？」

「幾個月了，如果你認爲這叫很久的話。問這個幹嘛？」

「我只是好奇那個叫歐格瑪的傢伙是不是該回來了。照理說他要去學幫你把手長回來的方法，然後把你的手長回來，是不是？」

阿提克斯嗤之以鼻，輕蔑揮手。「我想他永遠不會回來了。他消失了。莫利根不知道他在哪裡，布莉德也一樣。我們上次碰面後，他就再也沒去過任何愛爾蘭神域。老實說，無所謂。想想其他人類爲了傲慢所付出的代價，我的懲罰已經很輕了。所以我眞的不在意。現在這就是我的生活了，而這種生活很棒。我喜歡我們在做的事，也喜歡這裡的元素。或許我們之後可以在澳洲找點其他事做，因爲我很喜歡這國家的白咖啡。要去吃早餐了嗎？」

星巴克垂直躍起三呎。「是的食物！」他說。

我們跑到城裡一家阿提克斯說白咖啡很好喝的店，然後我開始想他的話。我們現在的生活和從前大不相同了——比方說，我們沒有家或穩定的肉醬來源。歐拉的小狗已經和歐文的學徒在一起，關妮兒搬出去了，所以阿提克斯開始出售小屋。我們浪跡天涯。他說得對：這種生活很棒。我們每天都能聞到新的味道、認識新的動物，偶爾還能打擊犯罪。這對大部分獵犬而言都是夢寐以求的生活。

我有時候會想念和歐拉聊天，但只要有機會見面，我們就能接著聊。我們永遠都會是好朋友，而既然她已經生過小狗，我們已爲我們的種族盡了一份心力。獵犬並非從一而終的動物，不會只與一個異性交配，我很肯定她會找到新的獵犬玩，開開心心過活，我也會找到新的母狗。或許阿提克斯會帶我去墨爾本，他說那裡是充滿貴賓犬的奇幻城市。

我們坐在室外露台區，阿提克斯幫我們都點了水煮蛋和火腿牛排。我們在陽光下瞇眼微笑，接著電話響了。貝吉利督察打來的，阿提克斯開擴音，讓我們一起聽。

「我知道你有工作要做，」她說，「但既然你的狗已經記下了洛伊斯頓・薩斯比的味道，而你顯然又熟悉野外環境，我在想你願不願意來趟小旅行？」

「要去找他？你們還沒逮捕他嗎？」

「沒，結果他早有準備。他昨天跑了，我們剛剛得知他的攬勝停在薩維奇河國家公園。他躲在野外，在毫無蹤跡的情況下要找他很難。」你們願意去找他嗎？阿提克斯問。

「這個，好呀，我得解除點心禁令。」我說。「還要伸張正義。」

「我們可以試試看，督察，但那附近有很多河道。有點經驗的獵人都能利用溪床擺脫追蹤。」

「感謝你們願意嘗試。開車要兩、三個小時。我讓你們和納西爾巡佐及佛斯警官同去。」

「他擺脫不了我們！」我說。

「不是松鼠！」星巴克補充。

承諾少一點，成果多一點。阿提克斯私下告訴我們。

「妳不去？」

「我會晚點到；我這裡有太多事要忙，一時走不開——是讓我們這趟旅程能在轄區外辦案的文書工作——但我不希望薩斯比有時間先跑太久。」

「好，我們很快就會到警局。」看來此事令他十分開心，這讓我產生了些想法。星巴克和我當流浪漢當得很快樂，但阿提克斯顯然不能只有我們陪伴。

掛斷後，他買單，我說：「阿提克斯，我們幹這種事有錢拿嗎？」

因爲露台上還有其他人，他聳肩，透過心靈連結說話。或許他們會發獎章給我。

「不，我不是說你。我是說我和星巴克。」

喔，我懂了。你是要談判弄點異國餐點嗎？

「不，」我說的同時，星巴克說：「是的食物！」他在發現我要的不是食物時側頭看我。

你要什麼，歐伯隆？

「我要你和貝吉利督察進行人類交配儀式。」

喔，地下諸神呀，歐伯隆，不要那樣形容。永遠不要。呃。

「你知道我的意思。約她出門。」

星巴克嗚咽一聲：「沒有食物？」

你爲什麼這麼想要我約她？

「你喜歡她，她喜歡你。我們都聽你們兩個說過了。所以你該採取行動。因爲那樣能讓你開心。你這幾個月來除了我們，沒有和任何人接觸。」

「這個，是呀，有時候不與人交際也是有好處的。」

「與人交際好處更多。」

阿提克斯透過鼻孔長長吐了口氣，在桌上敲手指。我不……確定有人會對獨臂的我感興趣，你知道。這對我來說是全新的生活，顯而易見，而我還沒有習慣。我想我是想要避免被人拒絕。我有意識到這個問題。我還不想面對它。光工作比較輕鬆。

「我覺得她不在乎你獨臂，阿提克斯。她連你的手是怎麼斷的都沒問。」

不，她太有禮貌了。但她遲早會問的。

「所以這就是問題？你不希望她問？」

對。因爲我不知道該怎麼回答。

「我會盡量回答隱晦一點，阿提克斯。但純粹是因爲『手被一心復仇的女神拿去當戰利品了』可能會引發不太好的反應。」

你的建議不錯。

帳單來了，阿提克斯付帳，然後我們跑去警局，擠進納西爾巡佐和佛斯警官的車裡。巡佐好心搖下車窗，讓我和星巴克探頭出去吹風。我不是開玩笑的，空氣中充滿袋熊和冒險的氣味。

我們開到伯尼鎮，然後往南沿著A10公路開。我會知道是因爲阿提克斯有問。他還沒來過塔斯馬尼亞這一部分，而他考慮趁在這裡期間治療一些魔鬼，或至少記下他們的位置。

攬勝停在路旁，車上沒人，但對我和星巴克而言氣味很濃。我們沒繫牽繩，因爲阿提克斯問佛斯警官我們可不可以自己走，既然大家身處野外，不在朗瑟斯頓市區範圍，他說好。這裡還有其他塔斯馬尼亞警官，他們會加入我們。

「找出氣味，」阿提克斯說，一副每次都會這樣對我們說的模樣。那只是做樣子給警察看的。私底下，他問我們：他有繞到車後面嗎？

我們繞到車後去聞，媽呀，洛伊斯頓的味道好重！「他肯定有。」我說。

阿提克斯指向我們，看著巡佐。「他在車後停留很久。他可能有大背包和武器。如果他是獵人，或許有各式各樣裝備——紅外線夜視鏡。我們最好小心點。」

「他們聞到味道了?」納西爾巡佐問。

「對。」

「太棒了。我們先整頓裝備，我還得先進行午間禱告。」

「沒問題。」阿提克斯說。

「我們還不能去追他?」我問。

等等。巡佐有事要做。我先給你塊點心。他拿出他的袋子。

「點心禁令解除了?」

對，你今天對我很好，處處爲我著想，我很感激。

我得說，這種點心不好吃，而他已經餵我們一陣子了。那玩意兒很乾，嘗起來像是人工雞肉和蔬菜內餡。邪惡的蔬菜內餡!但他是懷抱愛意餵我吃的。這樣就很美味了。

兩千萬秒後，納西爾巡佐和其他警察都準備好出發了。他們身上有背包、防彈背心和武器。所有人都花了很大的心力著裝，我向阿提克斯指出這一點。

「你不覺得我們在不知道動機的情況下完全肯定是薩斯比殺害豪伊，有點奇怪嗎?」

不太尋常。我想等我們找到他後可以問他。

「萬一艾芙琳也有涉案呢?我是說，對，薩斯比殺了他，但或許是艾芙琳指使的，因爲她已經不想與豪伊合作養蜂了。」

我覺得不是那樣，但我同意我們還沒看清全貌。該假裝我們不能心靈交流了。

「好了，歐伯隆和星巴克，」阿提克斯大聲說。「我們去抓殺人凶手吧。跟蹤氣味。找出他。找出他。」

我們叫了一聲，表示收到，然後衝入薩維奇河原野。

第九章　準備螯人

這片原野有很多和我們之前在塔斯馬尼亞見過截然不同的植物。樹葉很寬，大大攤開，彷彿在為昆蟲和青蛙提供舒適的床鋪。

「阿提克斯，這算什麼樹林？我知道樹林有很多種。」

「這裡是溫帶雨林。」

「大衛・艾登堡有在《地球脈動》影集【註】裡介紹這種雨林嗎？」

可能沒有介紹一整集，但我敢說有收錄在講森林的那幾集裡。

「這裡有魔鬼要治療嗎？」

肯定有。但我們得先找出洛伊斯頓・薩斯比。

「搜尋！並！摧毀！」星巴克說，他鼻子在地面上抽動，耳朵豎起。波士頓犬最初配種的目的就是要在成衣工廠裡獵殺老鼠，所以他肯定認為搜尋並摧毀就是他的天命。我有點擔心，因為我不認為他有辦法對付拿武器的人類。

不過我有辦法。只要我能接近到攻擊距離內。

我們才走了幾分鐘就遇上第一條溪流，但薩斯比沒有在那裡甩開我們。我們在對岸找到他的氣味，而那令阿提克斯擔心。

嘿，你們兩個。這樣有點太輕鬆了，而這傢伙喜歡從背後偷襲對手。我要你們走慢點。我敢說他在前面有設陷阱。留意線繩或可能有坑洞的地面，看起來不像是自然墜落的樹葉，用來掩飾陷阱……

「危險的人類陷阱。瞭解。」星巴克說。

「放慢腳步。」阿提克斯大聲說給警察聽。

「爲什麼？」佛斯警官問。「我們要趕上他。」

「我懷疑有陷阱。觸發陷阱，弄傷我的獵犬，會比謹慎前進更拖慢我們的速度。」

「陷阱？什麼樣的陷——」

星巴克驚叫一聲，右爪沉入一堆樹葉裡，前半身陷入樹林地面下，他神色驚慌，連忙後退。

「陷阱！不是地面！」他說，我停步，不再前進，坐在他身邊。

他剛剛爪子沉下去的地方有個洞，阿提克斯上前蹲在我們身旁。

「嗯。是了。有個洞。」他伸手掃開樹葉，露出細樹枝架的網架。其下有個小洞，洞底有尖頭木樁，剛好足以刺傷爪子或腳掌。星巴克體型小，腳長不足以被木樁刺中。如果是我先踏上去，肯定就會受傷了。我想那個陷阱是針對我的。

編註：大衛・艾登堡（David Attenborough, 1926-）是英國生物學家、節目主持人與製作人。《地球脈動》（*Planet Earth*）是他在ＢＢＣ擔任旁白的生態紀錄片影集。

「看到了嗎？警官。」阿提克斯說。「我們得小心點。」

「他怎麼有時間搞這個？」佛斯警官問。

「他可能昨天一離開警局就來了，整個晚上加上今天早上都在架設陷阱。」納西爾巡佐回答，指向那個坑。「這個坑很淺，他用鏟子幾分鐘就能挖好。砍木樁來削說不定還要比較久。或許半小時，最多。我猜其他陷阱也是匆忙趕出來的，差不多的陷阱。」

阿提克斯小心清出陷阱邊緣，讓我們繞過去。我看見他脫掉鞋子，這表示他大概在和塔斯馬尼亞交談。

「你在聯絡元素？」我問他。

對。薩斯比顯然穿了鞋，所以元素沒辦法直接感受到他，但他在騷擾動物和植物，有被看到和聞到之類的。我們或許可以不用追蹤他的氣味就找出他大概的位置。我通常不會這麼做，但他很可能是除了我們，附近唯一的人類。

「我們不想跟蹤他的氣味嗎？」

如果會把我們引入陷阱就不要。我們或許可以從其他方向接近他，避開陷阱。動作快點。啊，好了。塔斯馬尼亞說他在西南方，但他的氣味往西走。他在前方某處轉彎了。我們可以跳過陷阱，直接迎向他。在附近聞一聞，然後轉向左邊，好嗎？

「好。」

我們朝他指的方向前進，阿提克斯對警官說：「這裡走。」然後他們就跟我們走，只不過我們已經沒有聞到薩斯比的味道了。這裡有很多其他味道，我們聞得很高興——植物，還有很多動物氣味之類的。阿提克斯透過元素的指示引導我們調整方向，他說起碼要走兩個小時才能跟上薩斯比。兩就是二，這個我知道，而一小時等於六十個月，我想，那等於十週或五世紀。所以，兩個小時就等於，呃……反正要走很久。我們爬了幾座山丘，渡過兩條溪流，在第二條溪停留片刻，喝點水，吃點東西。警官都有點喘，還稱讚阿提克斯好體力。

「謝謝，」他說。「不過我經常都在野外跑。」

「你覺得我們接近了嗎？」

「無從判斷。」阿提克斯聳肩說道。但他私下告訴我和星巴克，他距離約莫十五分鐘，就在下座山丘頂。

「好。」她拿起電話，和我之前見過的比起來有點笨重。「我一直在用衛星電話向貝吉利督察回報。她要跟來，我在告訴她我們的座標。你介意我們在這裡等她嗎？」

「一點也不。」阿提克斯回答。「我們可以小睡一下。或至少獵犬可以。」

「眞的？」

眞的，歐伯隆。我希望他至少開始下山。此刻他占據高地優勢，那可不妙。

「他知道我們接近了？」

如果有聽見我們移動的聲音，或許。我懷疑他有看到或聞到我們。只要沒人大喊，你們也沒叫，他大概就不會發現。去吧，休息一下。

「是的午覺！」星巴克說，他原地轉了三圈，然後跳到溪邊草堆裡。

「去吧，歐伯隆，」阿提克斯大聲說。「去躺一躺。」

我縮在星巴克身邊，很快就受到流水聲催眠，夢見墨爾本的香腸和馬鈴薯泥，還有一隻名叫貝拉多娜的貴賓犬。

第十章　哈克！報信獵狼犬唱道

貝拉多娜太快跳開了；蓬鬆的尾巴咻地一聲滑過！我隨即在愉快的人類嗓音中醒來。貝吉利督察和另一個警官抵達。他們兩個都揹著背包，在溪邊脫下背包，和其他警官招呼。督察對阿提克斯展顏歡笑，問他好不好。

「很高興能來這裡。野外很棒。」

「很棒，是嗎？好吧，沒錯。我們可以用很棒來形容。」

「希望這裡一直保持現狀。這裡有太多寶貴的生命。妳沒聽說有人試圖解除保護狀態，加以開發的事情吧？」

「沒，但我沒留意這些事。這裡有什麼特別的？」

「這個嘛，你們的革木大多在這裡。妳過來時有注意到嗎？」

「沒，我只想盡快趕到這裡。革木有什麼重要的？」

「它們是你們世界知名的蜂蜜工業基礎，養活傳粉昆蟲，進而養活你們的農作。威廉·豪伊就是因爲它們被殺的——至少是間接原因。而革木越來越少了。」

「我們當然可以持續種植？」

「當然可以。我建議你們這麼做。但是革木要七十年後才會產生花蜜，也不能藉由燒傷刺激重生。因此濫伐就會造成長期傷害。」

「你很熟悉塔斯馬尼亞生態系統。」

阿提克斯聳肩。「這是我在蓋亞管理基金會的工作之一。」他說。

「是，是。好了，我也做好我的工作了。結果薩斯比先生畢竟還是有殺害威廉・豪伊的動機。」

「有？」

「威廉・豪伊和艾芙琳・畢福—希克斯不光只是生意夥伴，他們訂婚了。」

「喔，哇。妳是怎麼發現的？」

「薩斯比家裡有喜帖。而且我們把艾芙琳的手機列爲證物後，很容易就從其他簡訊裡看出他們是一對。」

「厲害。所以他顯然認識被害人。艾芙琳也有涉案嗎？她爲什麼不告訴我們？」

「我也是這樣問她！我又把她找回警局。她宣稱是被電視嚇到了，因爲在很多推理影集裡，動手的都是女朋友或另一半。我告訴她在現實生活中往往也是如此；被害人很少會死在完全不認識的陌生人手裡。接著她承認她常常羞於承認這段關係，因爲她年紀比豪伊先生大。她說外人常常因此評判她，還諷豪伊先生是拜金男。」

「拜金男？」

貝吉利督察點頭。「幾個月前，畢福—希克斯女士的父親——洛伊斯頓的叔叔過世，她繼承了三百四十萬元遺產。」

「啊，薩斯比肯定就是暗諷威廉是拜金男的人之一。」

「他確實是，而他本身也毫不掩飾在打那筆遺產的主意。他想要她把錢投資在他的公司。畢福—希克斯小姐對我承認如今威廉死了，她很可能會這麼做。所以動機有了。但威廉本人並不是那種人。他早在出現遺產前就想開始蜂蜜生意，遺產出現後，他的計畫還是一樣。」

「所以不管看起來有多不傳統，他們真的有機會幸福快樂一輩子，而薩斯比毀了一切。」

「差不多就是這樣。她不願相信自己的表哥會這樣對她，不然她早就該想到了。所以，莫洛伊先生，案情已經十分明朗，但我們卻還沒逮捕嫌犯。你的獵犬準備好了嗎？」

「好了。妳想直接展開追捕，還是休息一下？」

「喔，直接追捕。我不知道能不能在太陽下山前抓到他，如果可以就太好了。」

「好吧。歐伯隆！星巴克！出發！去找那傢伙。」

「他還在附近嗎？」我問，阿提克斯透過心靈回答。

他移動了位置，但我們應該可以在半小時左右趕上。請過溪往山丘上走，假裝有聞到他的味道。

我們涉水過溪，上坡時開始聞到味道。如果你想知道的話，毛毛蟲聞起來像蔬菜布丁，我不喜歡那玩意兒。噁！

我回頭看時發現貝吉利督察和阿提克斯走在一起，而且他們在笑。或許那是人類交配儀式的開端，或許只是在交談，但我想，基本上肯定是好事。雖然我沒辦法肯定。很顯然，現代的交配儀式包括了傳信息和表情符號。基於某種原因，茄子意義非凡。人類超怪的。

我們在丘頂附近再度聞到了洛伊斯頓・薩斯比的味道。

「嘿！壞蛋！」星巴克叫。

什麼？

「我們又聞到他的味道了，阿提克斯。」我解釋。

好，我要你們停下來，回頭，壓低音量對我叫一聲。

我們不瞭解原因，但還是照做，阿提克斯對警方說我們叫是因爲有所發現。

「他一定就在附近。」阿提克斯說，告知貝吉利督察一聲，然後快步追上我們，邊走邊透過心靈說話。

和之前一樣，特別小心陷阱。他離我們只有十分鐘左右——我們休息時他肯定也在休息，或布置陷阱——他肯定有武器。我不要你們受傷。找到他後，就讓警方去抓他。但我可能會在你們接近他時在你們身上施展僞裝羈絆；他是神射手，我不要他有機會瞄準你們。事實上……我們還是刻意從側面過去，不要跟蹤他的氣味。我眞的很不相信他，跟他走會迫使我們放慢速度，難以跟上。他有可能在溪谷裡聽見我們的聲音，準備棘手的陷阱對付我們。所以，上山，但不要跟他的氣味走；我和你們一起去，接近後再讓你們去確認他的位置。

我們繼續往上，但這一次，阿提克斯直接跟在我們後面，而不是之前那樣落後千里。警察落後了，終於發現阿提克斯之前都是在客氣。我們開始用德魯伊和獵狼犬的速度前進。

當抵達丘頂，往另一邊下坡片刻、遠離警方視線範圍後，阿提克斯叫我們停止前進，等他與元素溝通。

這一側的草地樹叢比東邊茂密，有許多蕨類植物和闊葉樹叢，但還不算是寸步難行的叢林。我看得很清楚，身高稍矮的星巴克或許比較看不見。阿提克斯說根據元素判斷，洛伊斯頓・薩斯比和我們在同一側山坡，不過快走到底了。如果他在我們抵達前先到下一處高地，情況就棘手了。

前方有太多樹木和樹叢，我看不遠，但星巴克側頭豎起蝙蝠般的耳朵，然後微微轉身，留意山坡下的某樣東西。

「我聽見壞蛋。腳步聲。樹葉聲。」

好。我們下去，找出他的位置。然後讓警察處理。

阿提克斯在我們身上施展僞裝羈絆，我的毛和皮膚一如往常微微刺痛。星巴克和阿提克斯在我眼前消失。這是最後一步了。

直接下山；我想他在右邊一點，阿提克斯說，我們擠入樹叢，阿提克斯緊跟在後。

我們沿路發出不少聲響；我們在犧牲隱匿性換取速度。我聽見星巴克的爪子在我身後落地，還有他可愛的喘息聲，但他聽見的不只這些。

「壞蛋停了。沒有腳步聲。有其他聲音。咻咻聲。拉弓聲。」

他弓箭在手。準備攻擊。

我聽見錚一聲，然後又唰地一聲，接著胸口傳來一陣灼痛。我哀鳴，因爲受驚時就會如此反應。

歐伯隆！怎麼了？阿提克斯問，但箭柄插上革木樹幹然後不停抖動的聲響回答了這個問題。薩斯比朝聲響處放箭，差點射中我。

「只是擦傷。」

好。盡可能壓低身形，繼續發出聲響。在我側面進攻時讓他分心。

「沒問題。」

我開始嚎叫，或用約德爾唱法轉音高歌，或許。反正就是製造噪音，學人類唱歌，在壓力下想不起歌詞，所以我就是盡量模仿麥克·傑克森的嗚呼聲。阿提克斯和星巴克趁著雜音掩護轉向右側，我則繼續伏低前進，忽略胸口的疼痛。我往右一看，透過樹叢的縫隙看見薩斯比滿臉通紅站在山坡上的一棵樹幹旁。他搭上另一支箭，正要拉弓，直接瞄準我——或我腦袋上方的位置。但我的叫聲突然出現競爭者，我聽見身後傳來警方的叫聲。我的叫聲喚來了救兵。

薩斯比大叫，轉向樹幹另一側，改變瞄準的方向，我大吃一驚。阿提克斯和星巴克在哪裡？我不再嚎叫，開始大叫，企圖在最後關頭驚嚇薩斯比，但他還是放箭了，山上的叫聲讓我知道他射中了人。聽起來有點像佛斯警官。我又大叫，眞的怒了，在每下叫聲間加入低吼，薩斯比又從箭筒中拔出一支箭，目光四下尋找我的蹤跡。當他伸直左臂，朝我搭箭時，一道殘影打斷了他的動作。他的左臂被突如其來的力道下壓，他大吃一驚，放開了弓和箭。

「不要壞蛋！」星巴克叫道，我終於知道是怎麼回事了。我的波士頓小夥伴跳起來咬他手臂或手腕。但薩斯比撲向地上的背包，我聽見腦中傳來阿提克斯的聲音。

星巴克，跑！離開那裡！

薩斯比拔出一把手槍，能裝很多子彈的現代手槍，不只六發。他開始射擊發出聲音的殘影，同時破口大罵。

「不要轟！太大聲！」星巴克抱怨，我上前幾步，使盡力氣大叫。薩斯比轉身，以爲我會直接撲到他身上，但感謝僞裝羈絆，他看不見我。他遲疑片刻，接著膝蓋爆裂，鮮血飛濺。他摔倒在地，不顧一切朝山坡上開槍，一直扣扳機，直到子彈射完。他開始往背包爬去，八成是要拿子彈，但阿提克斯撤銷我們的僞裝羈絆，出現在薩斯比下方的一棵樹後，用膝蓋抵著壞蛋的背，而納西爾巡佐和貝吉利督察則迅速跑來逮捕他。

「謝謝你，莫洛伊先生。」督察說，槍口指向薩斯比，巡佐則還槍入套，拿出手銬。

「我的榮幸。佛斯警官沒事吧？」

「死不了，但他膝蓋中了一箭。」

「喔不！阿提克斯，他肯定要在塔斯馬尼亞四下流浪，告訴年輕的冒險者說他從前也和他們一樣！【註】」

我以後不要和你一起玩電玩了，他說。

「所以妳也射他膝蓋回敬？」阿提克斯問。

督察輕輕搖頭。「巡佐開的槍。」

「為佛斯和威廉・豪伊討公道。」她說，接著正式逮捕在呻吟流血的洛伊斯頓・薩斯比，用手銬銬住他。

第十一章　一切都會沒事的

阿提克斯告訴我和星巴克，說我們是多棒的獵犬，承諾會在返回朗瑟斯頓後帶我們去吃大餐。他還花了點時間治療我的擦傷，確保不會感染。

你會頭昏嗎？他問。頭重腳輕？

「只有夢到貝拉多娜的時候，她是墨爾本的神祕貴賓犬。」

你什麼時候遇上她的？

「還沒遇上。但有朝一日，阿提克斯，我們會在三葉草叢中嬉戲。我知道她是眞的。我活躍的想像力十分肯定這一點。她渴望，我就渴望。我們一起在渴望森林裡渴望。渴望是很深沉的羈絆。」

阿提克斯自願去幫忙佛斯警官和薩斯比包紮傷口，他自稱受過醫療訓練，而警方帶了急救箱。他實際上做的是把手貼在他們身上，稍微進行魔法治療，確保他們不會失血致死或傷口感染。然後他們得做出兩個阿提克斯稱之爲狗雪橇的東西，讓我們把傷患拉出原野。其中一個雪橇要讓我拉；我當然想帶佛斯警官去醫院！貝吉利督察過來一直拍我搔我，發出很多可愛的愉快聲響，感謝我的幫助。

阿提克斯和其他警官輪流拉薩斯比。大家這趟旅程都走得很吃力，如果沒人受傷的話，本來可以紮營過夜的，但既然佛斯警官需要治療，那就變成了當務之急，於是我們繼續趕路到天黑。回到車上時，我們都累壞了，有兩輛救護車在等著佛斯警官和薩斯比。他們被送往伯尼的西北地區醫院，我們坐督察

譯註：出自遊戲《上古卷軸5》衛兵的台詞：「我從前也和你一樣是冒險家，直到我的膝蓋中了一箭。」

的車跟在後面。

「非常感謝你的幫忙，莫洛伊先生。」

「妳可以叫我康納。」

「還不行。在薩斯比先生判刑之前，我得維持正式的態度。你是人證，得出庭作證那些的。」

「喔！對。沒錯，我完全瞭解。」

「事情結束後，我很樂意叫你康納。」

她目光自車前移開，轉向阿提克斯微笑，他也對她笑。

「那我可以叫妳蘿絲嗎？」

「可以。我希望你這麼叫我。你最好這樣叫。」

「那就這麼說定了，貝吉利督察。」

之後他們一陣子沒再說話，但都一直微笑。

「阿提克斯，剛剛那是一種人類交配儀式嗎？」

我相信是，歐伯隆。等案子正式結束，我可以約蘿絲出門，她也可以答應。你的願望成眞了。

「但也是你的願望，對吧？因爲你喜歡她。」

我喜歡；你說得對。剛剛在追蹤時，我在想艾芙琳·畢福—希克斯還有她看到追求幸福的機會立刻把握，完全不顧家人朋友的眼光，而我認爲我或許讓我的職責阻止我接受幸福的機會。

「對，阿提克斯！喔，嘿，你知道她就像什麼嗎？那個一直在歌頌自己沒有白白浪費那一鍋的國農。」

你是說漢彌頓，沒有白白浪費那一槍的國父？

「對，我就是這麼說的！」

比喻得好。建議不錯。如果有機會得到幸福，我就該欣然接受。你打算怎麼稱呼這個案件？

「喔，簡單。這個案件叫作『嗡嗡殺人案』。」

可以。我們得看看能不能在伯尼找到好吃的食物。

「是的食物！」星巴克說。

不管能不能找到，我都會在回朗瑟斯頓後帶你們去你們喜歡的那家店。因爲你們都是超棒的獵狼犬，阿提克斯說。

「你是好人類！」星巴克回道，他說得不錯。追逐蝴蝶和袋熊及打擊犯罪都是好事，但眞正讓我高興的是阿提克斯又開始樂觀看待人生了。我希望他這樣，因爲那是他應得的。他是我最好的朋友。

《嗡嗡殺人案》完

鋼鐵德魯伊

中英文名詞對照表

A

Aenghus Óg　安格斯‧歐格（凱爾特愛神）
Airedale terrier　亞爾粗㹴犬
Airmid　艾兒蜜特（凱爾特神祇）
Agnieszka　艾格妮伊許卡（波蘭女巫）
Algy　奧吉（拳師犬，Algernon暱稱）
Amber　安柏（北美大平原元素）
ambergris　龍涎香（鯨魚嘔吐物）
Amita　阿蜜塔（德魯伊學徒）
Amtrak　安翠（阿提克斯掰的訂票系統）
Answerer　解惑者（魔法劍富拉蓋拉）
Ankh　安卡（古埃及生命十字架）
Anubis　阿努比斯（埃及神祇）
Appalachians　阿帕拉契（山脈）
Archdruid　大德魯伊
Aurelian　奧勒良（古羅馬皇帝，在位期間爲西元270~275年）

B

Badgely, Rose　蘿絲‧貝吉利（塔斯馬尼亞）督察
ban sidhe　哭喊女妖
Bast　巴絲特（埃及神祇）
Bartosz 巴托希（吸血鬼）
beefcake　牛肉蛋糕（肌肉結實的健美男）
Bellingham　柏令罕（華盛頓州地名）
Bend　班德（奧勒岡州地名）
Black, Kodiak　科迪亞克‧布萊克（熊人，阿提克斯的律師與朋友，遭殺害）
Black, Suluk 蘇魯‧布萊克（熊人）
Black Fork Mountain　布萊福克山（阿肯色州的山）
Blackmoore, Stephen　史蒂芬‧布萊摩爾（被瑪門附身的人）
Boone-Sutcliffe, Verity　薇樂蒂‧布恩—蘇克利夫（養狗人）
Bickford-Hicks, Evelyn　艾芙琳‧畢福—希克斯（塔斯馬尼亞凶案關係人）
Boston terriers　波士頓㹴犬
Bourbon　波旁（歐洲王朝）
boxer　拳師狗
Brighid　布莉德（凱爾特鍛造女神）
Brittany spaniel　布列塔尼長毛犬
Browar Szóstej Dzielnicy　六區釀酒廠（波蘭地名）
Byzantium　拜占庭（伊斯坦堡的舊稱）

C

Caesar, Julius　朱利爾斯‧凱薩（羅馬皇帝）
Cataract Gorge　卡塔瑞谷（保護區）
Cater, Howard　霍華‧卡特（考古學家）
Chasseur, Tracie　崔西‧雀希爾（養狗人）
chicken-fried steak　炸雞牛排
ciauscolo　蕭什科洛（一種薩拉米香腸）
clear-cutting　皆伐
cold iron　寒鐵
Collins　柯林斯（酒館伙計）
Conn of the Hundred Battles　身經百戰的康恩（古愛爾蘭高王）
Cork　科克（愛爾蘭城市）
Coronado　科羅納多（探險家）
County Offaly　奧法利郡（愛爾蘭地名）
creationist　神創論者

D

Dallas　達拉斯（德州城市）
Delilah　黛萊拉（關妮兒隨口掰的化名）

Diego 迪亞哥（奧斯卡父親、狼人）
doppelgänger 分身
Druid 德魯伊
Dunalley 達納利（塔斯馬尼亞地名）

E

ether 以太
Erainn 厄蘭（古愛爾蘭地名、名族名）
Eugene 尤金（美國奧勒岡的大學城）

F

Fae 精靈
Faery 妖精
Fand 芳德（凱爾特女神）
Faolan 福威郎（阿提克斯的狼獾夥伴）
Ferdinand II 費迪南德二世（波旁王）
Flagstaff 旗杆市（亞歷桑納地名，或譯弗拉格斯塔夫市）
Flidais 富麗迪許（凱爾特狩獵女神）
Fosse 佛斯（警官）
Fragarach 富拉蓋拉（解惑者）
French bulldog 法國牛頭犬

G

Gaia 蓋亞（大地）
Galapagos Islands 加拉巴戈群島
Garcia, Julia 茱莉雅・加西亞（養狗人）
ghoul 食屍鬼
Goggins-Smythe, Earnest 厄尼斯・高金斯—史密斯（阿提克斯友人）
Goibhniu 孤紐（凱爾特鐵匠神）
Glowa, Kacper 卡茲伯・果瓦（吸血鬼）
The Greater Key of Solomon 《所羅門王的大鑰匙》（魔法書，不是所羅門王寫的）
Greta 葛雷塔（狼人）
Griffith, Cordelia 科黛莉雅・葛里菲斯（律師）
grove （德魯伊）教團

H

harpy 鳥身女妖
Hauk, Hallbjorn "Hal" 霍伯瓊・「霍爾」・浩克（阿爾法狼人，律師）
Hays, Jack Coffee 傑克・咖啡・海斯（警長）
Helgarson, Leif 李夫・海加森（吸血鬼）
Hillsboro 西爾斯波洛（奧勒岡州地名）
Horus 荷魯斯
Howe, William 威廉・豪伊（受害者）
Huguenot 胡格諾（法國新教）
Hvergelmir 赫瓦格米爾之泉（北歐神話）

I

Ibarra, Gabriela 蓋布瑞拉・伊巴拉（波特蘭警局警探）
Immortali-Tea 不朽茶（德魯伊特調茶）
Irish wolfhound 愛爾蘭獵狼犬
Isis 伊西絲（埃及神祇）
Italian greyhound 義大利灰獵犬

J

Jack 傑克（貴賓犬）
Jesus 耶穌

K

Keane, Hudson 哈德森・基恩（受害者）
Kennedy, Owen 歐文・甘迺迪（大德魯伊現代英文名）
Klamath Mountains 克拉馬斯山（美國山脈）
Koziol, Arkadiusz 阿卡迪斯・可希爾（吸血鬼）
Krakow 克拉科夫（波蘭城市）

L

Lac Seul 瑟勒湖（美國安大略的湖）
lava lizard 熔岩蜥蜴
Launceston 朗瑟斯頓（塔斯馬尼亞地名）
leatherwood 革木
Loki 洛基（北歐魔頭、惡作劇之神）
Luiz 路易斯（德魯伊學徒）
Lumbergh, Ted 泰德・朗伯（養狗人）

M

MacBharrais, Aloysius 艾洛威休・麥克維（蘇格蘭巫師）
MacTiernan, Granuaile　關妮兒・麥特南
Maciej　馬切（波蘭酒吧客人）
Magnusson, Gunnar　剛納・麥格努生（已過世的阿爾法狼人）
Makepeace, Silas　席拉斯・梅克皮斯（阿提克斯假名）
Mammon　瑪門（惡魔）
Manannan Mac Lir　馬拿朗・麥克・李爾（凱爾特死神暨海神）
Manitoba　曼尼托巴（加拿大城市）
Marche　馬凱（義大利中部）
Maria　（聖母）瑪利亞
Martyna　瑪蒂娜（波蘭女巫）
Medina, Ignacio　伊格納修・梅迪納（電子工程師）
Mehdi　梅迪（德魯伊學徒）
Mena　梅納（阿肯色州的小鎮）
Moldova　摩爾多瓦（地名）
Molloy, Connor　康納・莫洛伊（阿提克斯化名）
The Morrigan　莫利根（凱爾特戰爭與死亡女神）
Munster　芒斯特（愛爾蘭省）

N

Naglee, Henry M.　亨利・M・納格利（銀行家）
Nantucket　南土克特（麻薩諸塞州島嶼）
Naseer　納西爾（巡佐）
necromancer　死靈法師
the Nile　尼羅河或尼羅河元素

O

Oberon　歐伯隆（德魯伊的獵狼犬）
Ó Cinnéide, Eoghan　歐格漢・歐肯奈傑（大德魯伊）
Ogma　歐格瑪（凱爾特神祇）
Oklahoma City　奧克拉荷馬市
Ó Meara, Dubhlainn　杜維林・歐梅拉（德魯伊）
Orlaith　歐拉（獵狼犬）
Osiris　歐西里斯（埃及神祇）
O'Sullivan, Atticus　阿提克斯・歐蘇利文
Ó Suileabháin, Siodhachan　敘亞漢・歐蘇魯文
Ozcar　奧斯卡（德魯伊學徒）

P

Palermo 巴勒莫（義大利西西里島上地名）
Palmyra　帕邁拉
Paracelsus　帕拉塞爾蘇斯（煉金術師）
Pastore,Stefano 史戴方諾・帕斯多（喀巴拉教徒）
Paul　保羅（抱抱地牢的工作人員）
Percy, Algernon　奧澤郎・波西（第四代諾森伯蘭公爵）
Perkins　柏金斯（聯邦交易館老闆）
Perun　佩倫（斯拉夫神話的雷神）
Petrie, Gordon　高登・派區
Phoenix　鳳凰城（美國城市）
The Pickwick Papers　《匹克威克外傳》（狄更斯作品）
Pierce, Delilah　黛萊拉・皮爾斯（養狗人）
plane shift or shift planes　空間轉移
Pole Mokotowskie　波雷莫可土夫斯基（波蘭華沙的公園）
Port Arthur　亞瑟港（塔斯馬尼亞地名）
Portland　波特蘭（奧勒岡州城市）
the potato famine　馬鈴薯大饑荒
Princell, Kasey　凱西・普林瑟（副警長）
pug　哈巴狗

Q

Qabbalist　喀巴拉教徒

R

Rafaela　拉菲拉（奧斯卡母親、狼人）
Ragnarök　諸神黃昏（北歐神話世界末日）
Roksana　羅克莎娜（波蘭女巫）
river of blood　血河（馬雅冥河）
river of pus　膿河（馬雅冥河）
river of scorpions　蠍河（馬雅冥河）
rumpus　朗普斯（一群幽靈，也有喧鬧之意）

S

salami　薩拉米（香腸）
Samuel Pepy's Café　山謬・佩皮咖啡廳
Saoirse　瑟夏（雪凡母親）
Savage River　薩維奇河（塔斯馬尼亞河流）
Saxby, Royston　洛伊斯頓・薩斯比（塔斯馬尼亞凶案關係人）
Scáthmhaide　史卡維德傑（影之杖）
Schiele, Egon　埃貢・席勒（畫家）
Sequoia　瑟克亞（元素，直譯的話是「紅杉」）
Settimo, Ruggero　魯傑羅・瑟提莫（政治家）
shape-shifter　變形者
Shreveport　什里夫波特（路易斯安那州城市）
Siobhan　雪凡（失蹤女孩）
the Sisters of the Three Auroras　曙光三女神女巫團（波蘭女巫團）
Sokolowski, Malina　瑪李娜・索可瓦斯基（波蘭女巫）
Sonkwe　尚克威（珊迪父親、狼人）
Sotomayor　索多瑪亞（探險家）
Starbuck　星巴克（波士頓　犬）
Stafford, Bill 比爾・史塔佛（酒館老闆）
Styx　冥河（希臘神話）
Szymborska, Wisława　維斯瓦華・辛波絲卡（波蘭著名詩人）

T

Tacoma　塔科馬（華盛頓州地名）
Tamar River　譚瑪河（保護區）
Taweret　塔沃里特（埃及神祇）
Tasmania　塔斯馬尼亞（澳洲島州）
tasmanite　塔斯馬油頁岩
Tasmanian devil　塔斯馬尼亞魔鬼（袋獾）
Tenochtitlan　特諾奇提特蘭城（阿茲特克城邦）
Thandi　珊迪（德魯伊學徒）
timestream　時間流
Tír na nÓg　提爾・納・諾格（凱爾特神話妖精國度）
troll　食人妖
Tuatha Dé Danann　圖阿哈・戴・丹恩（凱爾特神話神族）
Tulsa　土爾沙（奧克拉荷馬城市）
Tuya　圖雅（德魯伊學徒）
the Two Sicilies　兩西西里王國

U

Ulysses　尤里西斯（布列塔尼長毛犬）
the U.S. Exchange　聯邦交易館（酒館）

V

vampire　吸血鬼
Visigoth　西哥德人

W

Weles　維勒斯（斯拉夫神話大地之神）
wendigos　溫迪哥（印第安怪物）
Willamette　威廉米特（美國奧勒岡州地名與元素名）
wombat　袋熊

X

Xibalba　西瓦巴（馬雅冥界）

Y

Yarbrough, Clive　克里夫・亞伯羅（狗綁匪）
Yarbrough, Mary　瑪麗・亞伯羅（狗綁匪）
yewman　紫杉人（愛爾蘭妖精界傭兵）
Yorktown Square　約克鎮廣場（塔斯馬尼亞地名）
Yucatán　猶卡坦（墨西哥城市）

Z

Zoryas　柔雅三女神（斯拉夫神話）
Żuraw, Oliwia　奧莉維雅・祖拉夫（關妮兒的酒吧同事）

國家圖書館出版品預行編目資料

鋼鐵德魯伊故事集2：圍困／凱文・赫恩（Kevin Hearne）；
戚建邦譯——初版・——台北市：蓋亞文化，2020.09
冊；公分.——（Fever；FR073）

ISBN 978-986-319-503-0（平裝）

874.57 109012671

Fever 073

鋼鐵德魯伊故事集2〔圍困〕BESIEGED

作　者　凱文・赫恩（Kevin Hearne）
譯　者　戚建邦
封面插畫　Gene Mollica
封面裝幀　莊謹銘
編　輯　章芳群
總編輯　沈育如
發行人　陳常智
出版社　蓋亞文化有限公司
地址：台北市 103 承德路二段 75 巷 35 號 1 樓
電話：02-2558-5438　傳真：02-2558-5439
電子信箱：gaea@gaeabooks.com.tw
投稿信箱：editor@gaeabooks.com.tw
郵撥帳號 19769541　戶名：蓋亞文化有限公司
法律顧問　宇達經貿法律事務所
總經銷　聯合發行股份有限公司
地址：新北市新店區寶橋路二三五巷六弄六號二樓
電話：02-2917-8022　傳真：02-2915-6275
港澳地區　一代匯集
地址：九龍旺角塘尾道 64 號龍駒企業大廈 10 樓 B&D 室
電話：+852-2783-8102　傳真：+852-2396-0050
初版一刷　2020年09月
定　價　新台幣 390 元
Published and Printed in Taiwan

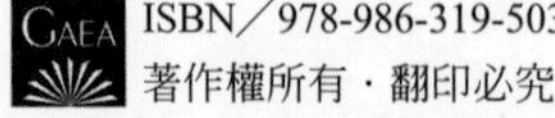

ISBN／978-986-319-503-0